HEYNE BÜCHER

Das Buch

Bei einem Segeltörn durch das philippinische Archipel erfährt Trent von einem spektakulären Kidnapping: Die Enkelin eines Reederei-Milliardärs aus Hongkong ist von Piraten mit brutaler Gewalt entführt worden. Für Sir Philip Li steht ungeheuer viel auf dem Spiel, das ihm mehr bedeutet als die Sicherheit seiner Enkelin. Denn der Drahtzieher des Verbrechens ist Lis größter Konkurrent, der vor keiner Schandtat zurückschreckt, um die Kontrolle über das Wirtschaftsimperium seines Rivalen an sich zu reißen. Um zu verhindern, daß Sir Philip sein Gesicht verliert, darf die Öffentlichkeit nichts von dem Verbrechen erfahren. Aus diesem Grunde müssen alle Zeugen der Entführung zum Schweigen gebracht werden. Keiner darf überleben – einschließlich seiner Enkelin. Bei dem Versuch, die schöne Jasmin zu retten, gerät Trent in Teufels Küche. Seine Überlebenschancen in dem mörderischen Kampf gegen die Piraten, moslemische Rebellen und entfesselte Naturgewalten sind äußerst gering. Aber Trent nimmt den Kampf auf, und die Rache ist sein …

Der Autor

Alistair MacLean, »Spitzenautor des modernen Abenteuerromans« (*Welt am Sonntag*) und unübertroffener Spezialist für Hochspannung, harte Action und rasantes Tempo, konzipierte den hochexplosiven Plot des Romans. *Goldene Rache* wurde nach dem frühen Tod des großen englischen Thrillerautors 1987 von Simon Gandolfi vollendet.

Im Wilhelm Heyne Verlag liegt ein Großteil des umfangreichen Romanwerks von Alistair MacLean vor.

SIMON GANDOLFI

Alistair MacLean's GOLDENE RACHE

Roman

Aus dem Englischen
von Gunther Seipel

Deutsche Erstausgabe

WILHELM HEYNE VERLAG
MÜNCHEN

HEYNE ALLGEMEINE REIHE
Nr. 01/10027

Titel der Originalausgabe:
GOLDEN VENGEANCE
erschienen 1994 bei Chapmans Publishers

Umwelthinweis:
Dieses Buch wurde auf
chlor- und säurefreiem Papier gedruckt.

4. Auflage
Redaktion: Werner Heilmann

Printed in Germany 1997
Umschlagillustration: ZEFA/Christian, Düsseldorf
Umschlaggestaltung: Atelier Ingrid Schütz, München
Satz: (2624) IBV Satz- und Datentechnik GmbH, Berlin
Druck und Bindung: Ebner Ulm

ISBN 3-453-11622-4

Den lieben Freunden Baron Frederick van Pallandt
und Susannah zum Gedächtnis.
Sie wurden in Puerto Galera auf den Philippinen
im Mai 1994 an Bord ihrer Yacht von Räubern
ermordet.

Danksagung

Mein Dank gilt auf den Philippinen Maria Nielson für ihre Recherchen, ihren Enthusiasmus und ihre außergewöhnliche Geduld, in Mexico City Beldon Butterfield für seine Gastfreundschaft und seine ermunternden Worte während der Vorbereitungen zum zweiten Entwurf dieses Romans, und dem Personal der American Airlines, das mich durch den verwirrenden Dschungel unzähliger internationaler Flughäfen lotste.

Prolog

Das Scharfschützengewehr, eine 9-mm-Mannlicher, hielt er dicht an sich gepreßt. Der Mann war klein. Einigen Berichten zufolge war er Spanier oder Lateinamerikaner und in seinem Gewerbe unter dem Namen *Sin* bekannt, einer Abkürzung von *sin error,* was auf spanisch soviel bedeutet wie ›fehlerlos‹. Und tatsächlich hatte er noch nie ein Ziel verfehlt.

Er lag in einem altertümlichen Leichenwagen mit offenen Seiten auf einer Unterlage aus Schaumstoff und hatte sich im Innern des Sockels für den Ebenholzsarg versteckt.

Hinten ähnelte der Leichenwagen einem viktorianischen Bett mit vier lackierten Mahagonipfosten, die von verchromten Kreuzen gekrönt wurden. Der Motor war im Großstadtverkehr Hongkongs zu heiß geworden, und als der Wagen durch die schmiedeeisernen Tore des Friedhofeingangs fuhr, konnte er hören, wie der Wasserdampf aus dem Kühler zischte. Holpernd lenkte der Fahrer den Wagen vorsichtig über den Bordstein auf den kurzgeschnittenen Rasen.

Sin klappte die beiden Bretter der Verkleidung auf der Rückseite des Sockels nach innen. Ein alter Kranz aus cremefarbenen Plastiklilien tarnte die Öffnung. Durch das Loch im Kranz sah er hinaus auf den rasenbedeckten Hang mit seinen in säuberlichen Reihen stehenden Grabsteinen aus Granit. Zweimal an die Verschalung klopfend, zeigte er dem Fahrer an, daß das frisch ausgehobene Grab jetzt genau vor ihm in einer Entfernung von etwa einhundert Metern auf halber Höhe des Hanges lag. Zwei Friedhofsarbeiter legten gerade eine Lage Plastikrasen über die rote und krümelige Erde, die im grellen Sonnenlicht feucht glänzte.

Der Leichenwagen schwankte und ächzte, als der korpulente chinesische Fahrer ausstieg, ein Schweizer Offiziersmesser aufklappte und die Spitze in den linken Vorderreifen stieß. Wagenheber und Radschlüssel wurden in einer hinter dem Sockel für den Sarg eingelassenen Ablage aufbewahrt, und der Chinese gab Sin mit seinem nach oben weisenden kurzen, dicken Daumen ein zustimmendes Zeichen, bevor er den Deckel anhob. Er kurbelte den Leichenwagen hoch, montierte das Rad ab und rollte es zur Hauptstraße.

Das Begräbnis von Sir Philip Lis Enkelin, Miß Mai'sin Jasmine Li, fand drei Stunden später statt. Die Taifunzeit hatte gerade begonnen, und es war entsprechend feucht. Der Episkopalbischof von Hongkong leitete die Trauerfeier. Die Journalisten waren sich in ihren Berichten nicht sicher, ob die Feierlichkeiten nun das Ende des erbitterten Finanzkampfes in der Kronkolonie oder lediglich einen Waffenstillstand bedeuteten. Unter den ausgewählten Trauergästen in der Kirche befanden sich auch die beiden Oberbefehlshaber in diesem Kampf; selbstverständlich war Sir Philip Li anwesend, zur großen Überraschung aller aber auch Wong Fu. Die beiden Kontrahenten waren bezüglich ihrer Herkunft und der Art und Weise, auf die sie dem Vernehmen nach ihre Angelegenheiten regelten, überaus verschieden.

Als Rangältester und Wortführer der alteingesessenen reichen chinesischen Familien war Sir Philip Li der Ansicht, sein ungeheurer Reichtum bedeute auch Verantwortung gegenüber der Gemeinschaft. Er hatte bei einem Dutzend bedeutender wohltätiger Stiftungen den Vorsitz inne und war an den offiziellen Beratungen über die Zukunft der Kronkolonie und den Verhandlungen zwischen der britischen Regierung und der Volksrepublik China beteiligt. Im Ausschuß für Auslandsbeziehungen des US-Senats waren seine Stellungnahmen erwünscht, darüber hinaus gehörte er zum Aufsichtsrat für Regionalhilfe der Weltbank.

Im geschäftlichen Bereich zeigte er nahezu väterliches Interesse an jedem Teil seines Firmenimperiums; seine legendäre Menschenfreundlichkeit bewies er eher mit vielen kleinen mildtätigen Handlungen als mit seinen Beiträgen zu offiziellen Wohltätigkeitsveranstaltungen. Daher brachte der Berg anspruchsloser Kränze auch eher die Dankbarkeit einer Vielzahl unbekannter Bedürftiger für bezahlte Krankenhausrechnungen oder die Förderung der Schul- und

Universitätsausbildung eines hochbegabten Kindes zum Ausdruck als das Andenken an die Verstorbene.

Darüber hinaus war Sir Philip ein ungemein kultivierter Mann. Er hatte am Kings College in Oxford französische Literatur studiert, seinen Magister in Betriebswirtschaftslehre in Princeton gemacht und an beiden Universitäten einen Lehrstuhl für chinesische Studien inne. Er gehörte dem Kuratorium des Royal Opera House an, unterstützte das Metropolitan und besaß eine angeblich einmalige Privatsammlung an seidenen Gebetsteppichen und Kunstgegenständen aus Glas.

Als gewandter Kenner des Französischen und Spanischen reiste er viel; Präsidenten, Diplomaten und Akademiker schätzten seine Gesellschaft. Er genoß das Vertrauen der Finanzwelt – auf der Beerdigung seiner Tochter stand Sir Euan Wiley, der Präsident der Cairns Oliver Handelsgesellschaft, direkt neben ihm und erinnerte daran, daß Sir Philip mit den ersten großen europäischen Handelsniederlassungen in China in Verbindung gebracht wurde.

Ganz im Gegensatz zu Sir Philip Li führte der neureiche Wong Fu ein zurückgezogenes Leben und sprach einen breiten Shanghaier Akzent, der darauf hindeutete, daß er einmal bescheiden angefangen hatte. Doch das ließ sich nur vermuten und unterschied sich so durch nichts von den meisten der spärlichen persönlichen Informationen über ihn, wie beispielsweise der Behauptung, er trage immer eine altmodische Kappe und würde bei allen Geschäftstreffen über einen Dolmetscher konferieren. Wong Fu stand in dem Ruf, sein Imperium per Telefon und über Mittelsmänner zu kontrollieren und die Festung seiner Zimmerflucht im obersten Stockwerk des Wong-Fu-Gebäudes auf der Connaught Road nur selten zu verlassen. Nur eines war sicher und ließ sich durch unzählige von seinen Leibwächtern zerschmetterte Kameras belegen: Fotografen waren ihm ein Greuel. Keine einzige Fotoagentur war im Besitz einer Aufnahme von ihm, auch in den Zeitungsarchiven war nichts dergleichen zu finden, so daß er sich in Hongkong frei bewegen konnte, ohne befürchten zu müssen, erkannt zu werden. Dennoch war er jetzt auf dem Begräbnis der Enkelin seines Erzrivalen erschienen, und als sich der Trauerzug zum Friedhof bewegte, reckten die Leute die Köpfe, um einen Blick in seinen Mercedes werfen zu können.

Für die Menge auf dem Gehsteig hatte dieser Aufzug der Autos der Prominenten und Wohltäter – oder zumindest der Prominenten und Mächtigen – Ähnlichkeiten mit der Ankunft der Stars bei den Zeremonien zur Verleihung des Oscar. Vielleicht brachten sie für Sir Philip in seinem Schmerz ja noch Sympathie auf, an dem toten Mädchen hingegen zeigten sie nur wenig Interesse. Sie war in den USA geboren und erzogen worden und in der hiesigen Gesellschaft eine Fremde; auch der Autounfall, der sie das Leben gekostet hatte, war nicht ungewöhnlich genug, um zu Kommentaren Anlaß zu geben.

Was jedoch wirklich geschehen war, übertraf an Bösartigkeit und Seltsamkeit alles, was sich selbst die Bestinformierten und Fantasievollsten vorstellen konnten.

1

Die siebentausend Inseln der Philippinen verstreuen sich wie kleine Tropfen über das Südchinesische Meer. Im Süden liegt die malaysische Provinz Sabah, und durch die Meerenge, die Malaysia von den Philippinen trennt, verläuft eine der meistbefahrenen und schmalsten Schiffahrtsstraßen der Welt, die an ihrer engsten Stelle keine zwanzig Kilometer breit ist. Die internationale Seeschiffahrtsbehörde warnt in diesem Gebiet vor Piraten.

In dieser Nacht überzog das weiche Licht des Halbmondes das Korallenriff und den Sandstreifen an der Südspitze des philippinischen Archipels mit blaßgelbem Schein. Auf der Innenseite des Riffs glitten zwei etwa achtzehn Meter lange und anderthalb Meter breite Boote entlang, deren schwarze Rümpfe wie schmale V geformt waren. An Bambusstangen befestigte Ausleger, die sich fast fünf Meter weit von den Rümpfen weg nach außen spannten, verhinderten ein Kentern der Boote. Von starken Motoren angetrieben, konnten sie bei voller Besatzung mit einer Geschwindigkeit von über vierzig Knoten über die ruhige Wasseroberfläche dahinschießen.

Durch die Insel vor der leichten Brise und hinter dem Riff vor dem Seegang geschützt, war die Wasseroberfläche kaum kenntlich, und die *baslig*, wie die Boote in der Landessprache genannt wurden, glichen schlanken Raubvögeln, die auf gebogenen Schwingen dahinschwebten – schön, aber tödlich.

An Bord jedes Bootes befanden sich achtzehn Filipinos, kleine, zierliche Männer. Sie gehörten zum Stamm der Badjao, waren Moslems, lächelten unaufhörlich, scherzten miteinander und kicherten. In wenigen Minuten würden sie sich auf ihre Beute stürzen. Von den vier Chinesen ging eine ganz andere Wirkung aus. Sie waren ernste Männer, professionelle Gewalttäter, Gefolgsleute Wong Fus, des reichsten der neureichen Chinesen, die gegen Ende der Kuomintang-Ära nach Hongkong gekommen waren. Sie verdankten Wong Fu ihr Leben. Diese modernen Piraten hatten keine Entermesser mehr, sondern AK-47-Schnellfeuergewehre, mit denen sie bis zu zweihundert Schuß pro Minute abgeben konnten. Darüber hinaus waren sie mit Bajonetten und blattförmigen, rasiermesserscharf geschliffenen *Barong*-Messern ausgerüstet. Zwei der Chinesen trugen Handgranaten an ihrem Gürtel.

Der ältere Chinese kauerte über einem Peilempfänger. Mit keiner Regung verriet er, was er gerade dachte, während er beobachtete, wie der kleine Lichtpunkt über den Rand des Bildschirms hinauswanderte. Auf diesen Lichtpunkt hatten sie es abgesehen; es war ein dreitausend Tonnen schwerer Frachter auf seiner Jungfernfahrt von einer südkoreanischen Werft nach Davao in den Südphilippinen und dann weiter nach Singapur.

Mit neunzig Metern Länge und achtzehn Metern Breite war die MV *Ts'ai Yen* für eine Stückgutladung von zweitausend Tonnen und eine Reisegeschwindigkeit von achtzehn Knoten ausgelegt; da sie sich jedoch auf ihrer Jungfernfahrt befand, hielt der erste Maschinist die Umdrehungszahl des Dieselmotors auf drei Fünftel des für die Reisegeschwindigkeit vorgesehenen Wertes. Die *Ts'ai Yen* fuhr unter philippinischer Flagge, Eigentümer war die South Asia Sail & Steam Company, der Heimathafen Manila. Der Frachter war die jüngste Neuerwerbung der Flotte von Handels- und Passagierschiffen, die Sir Philip Li gehörte.

Die *Ts'ai Yen* hatte eine achtköpfige philippinische Besatzung, einen kroatischen Kapitän, einen Ersten Offizier von den Seychellen, einen Chinesen aus Hongkong als Zweiten Offizier und zwei Maschinisten aus Taiwan. Zweiunddreißig Schiffe waren auf dem Radarbildschirm des Frachters zu sehen, als sich dieser in Richtung Westen durch die Meerenge schob, und sowohl der Kapitän als auch der Erste Offizier hielten im Ruderhaus zusammen mit dem Steuermann Wache. Der junge chinesische Zweite Offizier beobachtete aus dem Schatten eines Rettungsbootes heraus den einzigen Passagier, Miß Jasmine Li.

Jasmine oder Jay, wie sie auch genannt wurde, war zweiundzwanzig Jahre alt und die einzige Tochter des jüngeren Sohnes von Sir Philip, Peter, der mittlerweile wie ihre Mutter ebenfalls US-Bürger geworden war. Ihre Eltern waren in Washington bei einem Raubüberfall getötet worden, und ihr Großvater hatte gewünscht, sie solle nach Hongkong kommen. Die Familie ihrer Mutter hatte sich jedoch für eine Ausbildung in den Vereinigten Staaten starkgemacht und dabei energische Unterstützung von Sir Philips Ehefrau erhalten. Das hatte dazu geführt, daß sie an der Ostküste der USA auf das College vorbereitet wurde und dann im Hauptfach kreatives Schreiben studierte. Jay wäre dafür am liebsten auf die Idaho State University gegangen, aber ihr Großvater hatte darauf bestanden, daß sie eine renommierte Frauenuniversität wie Wellesley oder Bennington besuche. Jay hatte nicht gewagt, ihm zu widersprechen, und sich für Wellesley entschieden, wo sich auch die meisten ihrer Schulfreundinnen eingeschrieben hatten. Jetzt wollte Sir Philip, daß sie unter die Haube kam – und vorzugsweise einen Chinesen heiratete, der aus einer der Gründerfamilien Hongkongs stammte. Jays Großmutter hatte bei ihren Gesprächen mit der jungen Frau ständige Anspielungen auf die Männer gemacht, die als Heiratskandidaten in die engere Wahl kamen. Jay wollte jedoch keinen von ihnen.

Die junge Frau lehnte an der Reling und blickte auf die phosphoreszierende Wasseroberfläche, die vom Bug des Schiffes geteilt wurde und zur Seite spritzte. Mit dem Meer hatte sie immer Freiheit in Verbindung gebracht, doch der Zweite Offizier ließ sie nicht aus den Augen – er kam ihr vor wie ein weiterer Gitterstab in einem Käfig, der dazu gedacht war, sie vor jedem Fehltritt zu bewahren.

Kurz überlegte sie, ob sie fordern sollte, allein gelassen zu werden. Doch das hatte keinen Zweck. Der Zweite Offizier würde höflich, entschuldigend und ein wenig verlegen darauf reagieren. Er würde sich verbeugen, Gehorsam vortäuschen, seine Wachsamkeit verhehlen und scheinbar auf seine Füße starren, während sein Blick weiterhin unaufhörlich Jays Umgebung absuchte. Unbewußt würde er seine Hände zu Fäusten ballen, sie aber sofort wieder entspannen, wobei seine Muskeln auf der sanften Wölbung seiner Schultern hervortraten.

Die Wut hinterließ einen plötzlichen sauren Geschmack in ihrem Mund. Jay wandte sich vom Meer ab, ohne auf die Wache zu achten, und verschwand im Niedergang, der zu den Offiziersquartieren führte. Während der Reise war sie in der Kabine des Zweiten Offiziers untergebracht; wenn der überhaupt schlief, tat er das auf der Sitzbank.

Die Koje lag unter dem einzigen Bullauge in Jays kleiner Kabine. Eine schmale Tischplatte auf zwei Schubladenschränkchen diente als Schreibtisch und Frisierkommode. Ein Klappstuhl und ein Hängeschrank waren ebenfalls vorhanden; an der Bugseite hatte man Toilette, Dusche und Waschbecken untergebracht.

Auf der Tischplatte wartete Jays Laptop auf sie. Die Ladeeinrichtungen auf der *Ts'ai Yen* entsprachen dem neuesten Stand der Technik, und Jay hatte sich verpflichtet, unter einem Pseudonym drei Berichte über die Jungfernfahrt des Frachters zu schreiben. Sie hatte sich zum Ziel gesetzt, pro Tag zweitausend Worte zu Papier zu bringen. Jetzt stand sie da und musterte sich im Spiegel über dem Tisch.

Auf der Schule und auf der Universität hatte sie eine sehr klare Vorstellung von dem gehabt, wer sie war, und ihre Freundinnen hatten sie um ihre Selbstsicherheit beneidet. Doch bereits nach einer Woche daheim in Hongkong war sie von ihrer Großmutter beim Mittagessen in Gaddi's Restaurant im Peninsular Hotel warnend darauf hingewiesen worden, daß jede ihrer Handlungen, natürlich auch ihre Kleidung und das Ausmaß dessen, was sie von ihrem Körper zeigte, ihre Familie tangieren könnte; ganz gleich, wo sie sich gerade befand, ob auf dem Tennisplatz, am Swimmingpool oder auf den Sonntagsausflügen, die die Generation ihres Großvaters mit dem Wort ›Segeln‹ bezeichnete. In irgendeiner Bucht lagen dabei immer zwei oder drei Motoryachten vor Anker; jede Yacht hatte eine mindestens zehnköpfige Besatzung in gestärkter weißer Kleidung, die Mah-Jongg mit Steinen spielte, die der Stolz jedes Museums gewesen wären.

Für Jay war Segeln etwas ganz anderes. So etwas wie die Wochenenden in Martha's Vineyard, das Durchpflügen der langen Wellen im Gegenwind auf einer fünfeinhalb Meter langen, offenen, von der Gischt durchnäßten Sloop, der Becher heißer Hühnerbrühe aus der Thermoskanne, der die einzige Belohnung darstellte, wenn sie den Zielpunkt umrundeten und die Segel für die letzte drei Meilen lange Strecke zurück zum Yachtclub Richtung Süden fierten. Es waren die Grillfeste am Strand, das Schwimmen im Mondlicht, die Wettrennen über den harten Sand entlang der Wasserlinie – und manchmal ein Liebhaber.

Sie erinnerte sich gern an Massachusetts; obwohl ihr dann auch die Eltern ihrer Schulfreundinnen einfielen, deren Sommerhäuser am Strand und die Auffahrten, an denen nur noch die Schilder *Keine Juden!* fehlten. Doch Jay war die Enkelin von Sir Philip und Mitglied der Episkopalkirche; das bedeutete Schiffe, Immobilien, der Besitz von Viehfarmen und Banken.

Dieser gesellschaftlichen Schicht gehörte sie an, allerdings hatte sie sich nie für etwas Besonderes gehalten. Sie hätte genausogut die Tochter von Richard Smith sein können, dem Bankier und Stahlmagnaten.

Oder die eines Bankiers und Kohlemagnaten.

Oder die eines Bankiers und Großindustriellen aus irgendeinem anderen Industriezweig.

Banken waren der Schlüssel. Die richtigen Banken. Alteingesessener Reichtum. Jeder richtige Bankier am Strand wußte, daß Sir Philip Lis Ururgroßvater mit seiner Bank zwei schottische Händler in Macao, nämlich Jack Cairns und Matthew Oliver, unterstützt hatte. Nach der Vernichtung ihrer Opiumvorräte durch den Sonderbevollmächtigten des chinesischen Kaisers Lin Tse-hsu 1839 hatte er sie mit Geld saniert und später die nötigen Finanzen für ihren Umzug nach Hongkong zur Verfügung gestellt.

Cairns Oliver, Jardine Matheson, Swires – das waren die Namen der ersten großen europäischen Handelshäuser mit Niederlassungen in China. Mittlerweile waren sie zu riesigen multinationalen Konzernen angewachsen, die über Milliardenwerte an Aktien verfügten. An den Börsen der ganzen

Welt wurde mit diesen Aktien gehandelt. Bei Li gab es nur einen einzigen Aktionär: Sir Philip.

Jay wurde sich bei ihrem prüfenden Blick in den Spiegel bewußt, daß irgendwann sie, Jay Li, die alleinige Aktieneignerin sein würde, solange sie dem Hause Li weiter angehörte. Auch wenn sie in Hongkong heiraten sollte, war sie weiterhin Sir Philip Lis Enkelin. Sie gehörte zum Familienbesitz, und das war schon immer so gewesen. Die Vorstellung, sie sei eine unabhängige Person, war reine Selbsttäuschung.

Sie öffnete den Reißverschluß ihres Overalls, und ein schlanker, fast knabenhafter Körper mit kleinen Brüsten kam zum Vorschein. Stundenlanges Tennisspielen hatte ihre Schenkel gekräftigt. Da sie von Anfang an mit beiden Armen gespielt hatte, war deren Muskulatur auch gleich entwickelt. Mit ihrem kurzgeschnittenen Haar, den niedlichen Ohren, der kleinen Nase, den schwarzen, weit auseinanderstehenden Augen und der wohlproportionierten Kinnpartie wirkte sie auf Männer sehr anziehend – doch selbst das verdankte sie ihrer Familie.

In ihren letzten Monaten in den Vereinigten Staaten waren ihr Gerüchte zu Ohren gekommen, denen zufolge ihr Großvater nach den letzten beiden Jahren einer weltweiten Rezession einen Aufschwung erwartet und auf dem Londoner Immobilienmarkt spekuliert hatte. Von Milliardensummen war dabei die Rede. Obwohl ihr Großvater die Objekte zu einem günstigen Preis erworben hatte, war er gezwungen gewesen, sich dafür zu einem hohen Zinssatz Geld zu leihen, was ihn finanziell etwas überstrapaziert hatte. Auf den Finanzseiten der Zeitungen fanden sich Hinweise, daß man allgemein erwartete, er müsse die Banken bitten, die Konditionen für die ihm gewährten Kredite neu auszuhandeln oder umzuschulden. Er wurde kritisiert, zu altmodisch und zu stur an seine Geschäfte heranzugehen und sich gleichzeitig mit Geschäftsleuten eingelassen zu haben, die in den letzten Jahren ihren Niedergang erleben mußten.

Doch Jay kannte ihren Großvater. Auf ein unsicheres Spiel ließ er sich nie ein. Tagsüber trug er einen grauen Anzug und abends entweder einen dunkelblauen oder einen Smoking, natürlich in Schwarz. Weiße Smokingjacken waren nur etwas für Kellner oder Musiker. Nein, ihr Großvater spielte nicht. Jay lächelte bei dem Gedanken.

Sie fragte sich, ob sie den alten Mann liebte, aber die Frage war falsch gestellt. Eigentlich war er eher eine Machtinstitution als ein menschliches Wesen, auch wenn er es im allgemeinen nicht böse meinte, dachte sie. Man sollte ihm Bewunderung und Respekt entgegenbringen, ihn aber auch fürchten wie den Vulkan, den sie gerade vom Deck aus in der Ferne gesehen hatte; ein feuerspeiender Berg, der zur Produktion thermischer Energie genutzt werden, aber auch eine ungeheure Zerstörungskraft entfesseln konnte, wenn seine Energien ungebändigt zutage traten.

Der Mond war unter den Horizont gesunken, und die Positionslichter der *Ts'ai Yen* hoben sich deutlich vor der mattschwarzen Dunkelheit ab, so daß der Anführer der Chinesen Wong Fus nicht länger auf den Funkpeiler angewiesen war. Er hatte befohlen, daß die Piratenschiffe mit den schwarzen Rümpfen aus ihrem Versteck hinter der Insel herauskommen und dem Frachtschiff jetzt auf seinem Kurs auflauern sollten. Über dem Wasser pflanzt sich Schall besonders weit fort, und sogar die Filipinos vom Stamm der Badjao waren deshalb verstummt. Durch das sanfte Klatschen des Seegangs gegen die Rümpfe hindurch konnten sie das tiefe Grollen hören, das die Dieselmaschinen der *Ts'ai Yen* verursachten. In nördlicher Richtung war das matte orangene Glühen eines aktiven Vulkans zu sehen, und ein Hauch von Schwefel lag in der warmen, salzigen Luft. Die Boote selbst rochen nach totem Fisch und Kokosöl.

Wenn die *baslig* der Piraten durch die leichte Dünung angehoben wurden, tropften von den Auslegern winzige phosphoreszierende Tropfenfäden ins Wasser. Im Bug jedes Bootes lag jeweils eine aufgerollte, fünfundachtzig Meter lange Warpleine aus Nylon; beide Leinen waren mit ihren Enden aneinandergebunden und hielten so die Bugspitzen der Boote zusammen. Nervös lockerten die Badjao ihre Muskeln. Jetzt war der breite Bug des Frachters deutlich zu erkennen. Der chinesische Anführer gab den entsprechenden Befehl, und die Männer am Bug ließen die beiden Warpleinen abrollen.

Die *Ts'ai Yen* fuhr zwischen den *baslig* hindurch. Ihr Bug verfing sich im Seil, so daß mit einem heftigen Ruck die Piratenboote zu beiden Seiten des Frachters in einer Position hinter dem Ruderhaus gehalten wurden, die von den drei Männern auf Wache nicht eingesehen werden konnte. Umwickelte Enterhaken an dünnen Leinen wurden über die Reling des Frachters geworfen, und Sekunden später standen die ersten Piraten auf dem Achterdeck. In ihrer schwarzen Kleidung und barfuß waren sie fast unsichtbar und bewegten sich lautlos. Der Chinese lief den anderen bei ihrem Sprint zu den beiden äußeren Niedergängen voran. Ein leises Pfeifen gab das Signal zum Auftreten der Backbord- und Steuerbordtüren.

Der Kapitän hielt einen Becher mit dampfendem Kaffee in der Hand. Er war ein großer, grauhaariger Mann mit starrer, aufrechter Körperhaltung. Der Anführer der Chinesen jagte ihm drei Kugeln durchs Herz. Eine weitere Kugel durchschlug die Stirn des Ersten Offiziers. Das Schiff wurde von der automatischen Steuerung auf Kurs gehalten, und der Steuermann hatte die Steuerbordseite im Auge gehabt. Vor Angst lief ihm jetzt der Speichel das Kinn herab; er fiel auf die Knie und begann zu beten. Christliche Gebete. Einer der moslemischen Badjao kicherte, als er ihm sechs Kugeln in den Rücken jagte, bevor er ihn durch seinen Schädel schoß. Der Chinese war schon wieder aus dem Ruderhaus verschwunden.

Der Zweite Offizier hatte in der Offizierskombüse auf der Sitzbank gedöst und sprang auf, als er die Schüsse aus dem Ruderhaus hörte. Hastig riß er seine 9-mm-Automatikpistole aus dem Halfter, öffnete die Tür zum Korridor und sah zwei mit AK-47-Gewehren bewaffnete Chinesen. Der Anführer der Piraten trat gerade die Tür zur Kapitänskajüte auf, während der zweite Mann den Korridor unter Beschuß nahm. Hätte Lu den Versuch gewagt, zu Jay zu gelangen, wäre er noch während seines ersten Schrittes ein toter Mann gewesen.

Lu schlug die Kabinentür hinter sich zu und verriegelte sie. Zehn Sekunden, mehr blieben ihm nicht. Die Angreifer mußten hinter dem Ruderhaus an Bord gekommen sein. Hastig drehte er den Messingverschluß am vorderen der drei Bullaugen der Kabine los. Es führte zu einem schmalen Seitendeck hinaus, das durch eine Schutzwand am Schiffsrumpf eingefaßt wurde. Mindestens einer der Angreifer würde das Seitendeck im Auge behalten.

Der Zweite Offizier klemmte sich den Lauf der Automatikpistole zwischen die Zähne, packte ein über seinem Kopf verlaufendes Rohr der Sprinkleranlage, schwang sich vom Bullauge weg und schoß dann mit den Füßen voran durch die Öffnung. Noch bevor er auf dem Boden aufkam, hatte er die Pistole wieder in der Hand. Eine Geschoßgarbe schlug in die Schutzwände ein, als er sich abrollte, auf der linken Schulter aufkam und das Feuer erwiderte. Er schoß auf kein bestimmtes Ziel, wollte den Piraten nur ablenken. Ein weiterer Salto, und er war auf dem Vorderdeck, griff mit der Linken die Reling, feuerte wieder in die Luft und stieß sich gleichzeitig mit dem linken Fuß ab. Wie ein Turner flog er in hohem Bogen über das Geländer und sah unter sich den Bug einer *baslig*. Der Rumpf war innen und außen schwarz gestrichen. Zu einer Kugel zusammengerollt, die Arme schützend um den Kopf gelegt, fiel der Mann nach unten, schlug mit der rechten Schulter gegen die Bambusstange, die das vordere Ende des Auslegers hielt, und prallte ins Wasser. Sofort tauchte er unter, versuchte mit verzweifelten Beinstößen dem tödlichen Strudel der riesigen Schiffsschraube zu entkommen. Die Lichter der *Ts'ai Yen* verschwanden in der Ferne. Dann war der Zweite Offizier mit sich und dem Ozean allein.

Die Schüsse, die die Männer im Ruderhaus töteten, rissen Jay aus dem Tiefschlaf. Für einen Moment war ihr nicht klar, ob es tatsächlich Schüsse gewesen waren oder ob sie geträumt hatte. Dann hörte sie die Einschläge und das donnernde Echo der Salven im Korridor, die den Zweiten Offizier veranlaßten, in die Kabine zurückzuhechten. Aus anderen Teilen des Schiffes drang das Krachen weiterer Schüsse. Die Tür zur

Kabine des Ersten Offiziers nebenan wurde eingetreten. Jay drückte sich in die Ecke zwischen der Trennwand und dem Kopfende ihrer Koje und preßte die Decke an ihr Kinn. Sie konnte keinen klaren Gedanken fassen, kam sich vor, als sei sie von sich selbst getrennt und gleiche einem abstrakten Aufzeichnungsgerät, das in einer Art Vakuum arbeitete. Dieses Vakuum schien extrem zerbrechlich, die kleinste Bewegung würde es zerstören, so daß sie ihren Körper völlig reglos hielt; auch als die Kabinentür aufkrachte und sie die beiden Chinesen in ihren schwarzen Baumwollpullovern und den weiten schwarzen Hosen vor sich sah.

Der Anführer der Chinesen riß die Decke weg. »Das ist sie.«

»Die sieht ja aus wie ein Junge«, meinte sein Gefährte. Der Anführer gab ein tiefes, kehliges Glucksen von sich.

»Dann kannst du sie ja wie einen Jungen benutzen.« Er packte Jay an den Haaren. Das Vakuum, das ihr Halt gegeben hatte, zerplatzte; sie schrie auf und stieß mit ihren zu Krallen geformten Fingern nach seinem Gesicht.

Er verpaßte ihr einen Kinnhaken; bewußtlos sackte sie in sich zusammen. Die beiden Männer wickelten sie in die Decke und trugen sie nach draußen. Die anderen beiden Chinesen berichteten, daß ein Mann aus der Offizierskabine geflohen sei, obwohl zwei Badjao auf dem Deck zurückgeblieben waren, um jegliche Flucht zu vereiteln. Der Anführer der Chinesen befahl ihnen, sich mit dem Gesicht zum Meer an die Reling zu stellen, jagte ihnen jeweils eine Kugel in den Hinterkopf und stieß sie ins Wasser.

»Laßt euch das eine Warnung sein«, sagte er zu den anderen Badjao. »Wir bezahlen euch gut, aber weder Gott noch der Prophet werden euch retten, wenn ihr euch Fehler leistet.«

Der Anführer rannte zum Ruderhaus, zerschmetterte das Funkgerät des Schiffes und programmierte den Autopiloten so, daß sich der Frachter von der Schiffahrtsstraße entfernte. Seine chinesischen Gefährten ließen Jay derweil zu dem *baslig* an der Backbordseite herunter. Der Chinese brachte die Maschine des Frachters auf Höchsttouren und schaltete die Positionslichter aus. Dann zog er den kleinen Leitstrahlsender aus seinem Gürtel und schraubte den Plastikdeckel ab, der den Schalter schützte, mit dem der Sender in Betrieb gesetzt wurde.

2

Kurz vor Tagesanbruch war der Direktor der Clean Construction Timber Company in sein im obersten Stockwerk gelegenes Büro in Davao City auf der südphilippinischen Insel Mindanao zurückgekehrt. Der Funkempfänger, den er bei sich hatte, war auf die Frequenz des gerade auf der *Ts'ai Yen* aktivierten Senders eingestellt. Das Signal kam um vier Uhr einundzwanzig. Der Direktor fütterte das Fax mit dem Wochenplan für seine Holzfällerteams und schickte es zusammen mit einer Hochrechnung des aus dem Holzeinschlag zu erwartenden Cash-flows für den nächsten Monat zum Büro der Clean Construction in Hongkong.

Dieses Büro lag am hinteren Ende der Privatkais der Firma, auf dessen Gelände sich auch das Holzlager befand. Der Aufseher hatte in den letzten Stunden verfolgt, wie die Mahagonistämme von den an diesem Abend eingelaufenen Frachtschiffen Wong Fus an Land geschwenkt wurden. Alle führenden Mitarbeiter des Personals bei Fu waren mit ihm verwandt; er selbst war einer der Neffen Wong Fus und im letzten Jahr der Kulturrevolution aus Shanghai freigekauft worden.

Der Mann nahm jeweils eine Kopie der beiden übermittelten Faxe und ließ sie in eine transparente Schutzhülle gleiten, dann heftete er die Originale ab. Unwillkürlich zuckte er zusammen, als er aus dem klimatisierten Büro auf den Lagerhof trat. Die Luft wirkte wie eine feste Barriere aus einer schwülen, mit warmem Dieselgeruch, Meersalz und dem Gestank nach verrottendem Fisch, Baumharz und frischem Sägemehl angedickten Masse. Das fahlgelbe Licht einiger Bogenlampen glänzte auf den schweißnassen Oberkörpern der Dockarbeiter, kleiner, blaßhäutiger Männer mit gekrümmten Beinen und kräftigen Muskelpaketen. Ein Schauermann brüllte ihnen Anweisungen zu und versuchte dabei, das laute Jaulen der Ladebäume an Bord der Frachter zu übertönen. Eine Kreissäge kreischte auf. Der Aufseher wich einem großen Gabelstapler aus.

Eine schmale Seitentür führte auf eine Gasse hinaus, die an der Begrenzungswand des Holzlagers entlang zur Hauptstraße führte. Um diese Zeit bestand der nie versiegende Verkehr Hongkongs hauptsächlich aus den Fahrrädern und Motorrädern der Nachtarbeiter, schweren Lastwagen und Lieferwagen. Ein Personenwagen hätte jetzt mehr Aufmerksamkeit erregt als ein Fußgänger.

Der Weg des Aufsehers führte zwischen einem halben Dutzend Lagerhäusern mit ausgebauten Kellergeschossen hindurch, deren Türen in der vergeblichen Hoffnung auf einen Luftzug, der die Schwüle im Inneren vertreiben könne, geöffnet waren. Erschöpfte, verschwitzte Gesichter starrten ihn über die Lebensmittelstände auf dem Gehsteig hinweg an. Suppen brodelten über Holzkohlenfeuern, daneben lagen Haufen dünner Fadennudeln, Garnelen, Enten- und Hühnerfleisch.

Während der Mann weitereilte, warf er einen flüchtigen Blick auf die Männer, Frauen und Kinder, die sich über die Werkbänke in den Kellergeschossen beugten. Das Zischen der Lötkolben und das Kreischen der Drehbänke gellte in seinen Ohren, unaufhörlich hörte er das saugende und stoßende Geräusch der Spritzgußmaschinen, von denen der Gestank erhitzten Plastiks hochsteig.

Als er die Connaught Road überquerte, waren die Börsen- und Finanzmakler, die den Abschluß der New Yorker Börse in der Wall Street nicht verpassen wollten, bereits unterwegs. Das Wong-Fu-Gebäude glich einem dreiseitigen Kristall aus blauem Glas, der bis zu einer dreißig Stockwerke hohen Spitze emporgewachsen war. Ein uniformierter Wachmann ließ den Aufseher durch den Diensteingang ins Gebäude und steckte seine Karte in den Schlitz neben dem Privatfahrstuhl zum Penthouse seines Chefs. Sobald er den Fahrstuhl betreten hatte, wurde er von einer Videokamera inspiziert. Wong

Fus persönlicher Leibwächter empfing ihn in der schmalen Eingangshalle, von der aus eine Marmortreppe zu einer geschnitzten Doppeltür führte, die aus einer Festung des 13. Jahrhunderts stammte. Wong Fus Innenarchitekt hatte die Tür aufgespürt, sein Sicherheitsberater hatte zwischen den beiden Außenschichten als Panzerung eine dreißig Millimeter dicke Stahlplatte einbauen lassen.

Die Tür öffnete sich auf Knopfdruck. Hinter einem mächtigen, sichelförmigen Schreibtisch aus rosafarbenem Marmor stand Wong Fu. Der Schreibtisch war gut sechs Meter lang, anderthalb Meter breit und mit seinen fünf in ihn eingelassenen Computerbildschirmen der Traum jedes Nachrichtensprechers. Doch Wong Fu beherrschte ihn genauso wie den gewaltigen Raum, den man in Form einer dreiseitigen Pyramide aus Glas gestaltet hatte. Er war ein großer Mann mit breitem Gesicht, der Kopf saß auf einem kurzen Hals und nach vorne gereckt, die breiten Schultern und die gewölbte Brust waren die eines Catchers.

Der Schädel Wong Fus war glattrasiert und wirkte wie poliert, so daß jeder die weiße Narbe sah, die von einer etwa sieben Zentimeter über der rechten Augenbraue liegenden Stelle diagonal über seinen Schädel nach hinten verlief und kurz hinter dem linken Ohr endete. Die beiden mittleren Knöchel seiner rechten Hand schienen zerschmettert und gelähmt. Seine schweren Hände mit ihren dicken Fingern waren noch immer von einem Netz aus Muskeln überzogen, das noch von der Fronarbeit als Kind in der Schmiede herrührte. Er trug einen blauen Arbeitsanzug aus Baumwolle, dessen ungefütterte Jacke nicht zugeknöpft war und den Blick auf ein mit einem Monogramm versehenes dunkelgelbes Markenhemd und eine hellrosa Krawatte mit eingewebtem Rautenmuster freigab. Seine Schuhe waren eine Maßanfertigung aus hauchdünnem Leder bester florentinischer Qualität. Seidensocken, ein schwerer Siegelring mit einem Stein aus erstklassiger Jade und eine Armbanduhr von *Patek Philippe* mit einem geflochtenen Goldarmband vervollständigten sein Äußeres.

Auch wenn er es sich gewünscht hätte – die Kraft in seinen fast schwarzen und weit auseinanderstehenden Augen ließ sich nicht verbergen. Als er die Fotokopien entgegennahm, hatte er etwas von einer Raubkatze an sich, irgend etwas Drohendes, etwas, das an unverhoffte Grausamkeit denken ließ.

Der mächtige Mann entließ seinen Neffen und ging zu einer der Wände aus getöntem Glas hinüber, durch die man über die Stadt hinweg auf das umzäunte Grundstück der Familie Li blicken konnte. Wong Fu haßte die alteingesessenen reichen Mandarine Hongkongs. Er haßte ihre höfliche Sprache und ihre Bildung, doch am allermeisten war ihm ihre Kultiviertheit zuwider. Ihr war er auf den Leim gegangen. Und damit meinte er vor allem die Kultiviertheit eines Sir Philip Li.

Während der japanischen Besatzungszeit geboren, hatte bloße Körperkraft Wong Fu in seinem Viertel zu dem Mann werden lassen, der dort das Sagen hatte. Seine Intelligenz wies ihm den Weg zu den Möglichkeiten, die ihm der Bürgerkrieg zwischen den Kuomintang und den Kommunisten bot. Es herrschte kein Gesetz, Verbrechen blieben ungestraft, und gleichzeitig machte die Inflation Geld zu etwas Wertlosem. Wong Fu war der Anführer einer aus fünf Männern bestehenden Bande, die die Reichen ausplünderte. Ihr Beutegut bestand aus antiken Kunstgegenständen, mit denen sich ein höherer Preis erzielen ließ als mit Gold oder Juwelen und deren ursprüngliche Besitzer, wie Wong Fu meinte, nicht ausfindig zu machen sein würden.

Mit dem Messer an der Kehle seiner Opfer erfuhr er den Wert der einzelnen Gegenstände. Die Hehler waren Mitglieder krimineller Bruderschaften, der *Triaden*, die zum chinesischen Establishment gehörten und ihren Opfern Schutz und Profite gewährleisteten. Wong Fu wollte nichts mit ihnen zu tun haben. Er hatte vor, nach Hongkong zu fliehen und seine Beute als Investitionskapital zu nutzen.

Zusammen mit seinen Kumpanen überfiel er eine kleine Dschunke und zwang die Mannschaft, sie zur Kronkolonie zu bringen. Wong Fu war der einzige Überlebende dieser Seereise und kam im Sampan der Dschunke an Land. Er kaufte sich mit seinem Gold Wohnrecht und Arbeitserlaubnisse, ging ein halbes Jahr seinem alten Handwerk als

Schmied nach und akklimatisierte sich in dieser Zeit. Dann brachte er die wertlosesten seiner Kunstgegenstände dem Eigentümer eines Antiquitätengeschäftes. Durch diesen Antiquitätenhändler kam er an den nächsten Händler heran und arbeitete sich so immer weiter die Leiter hoch, bis er schließlich seine erlesensten Glaskunstwerke Sir Philip Li präsentierte.

Wong Fu hatte erwartet, direkt zu Sir Philip vorgelassen zu werden, und hatte sich genau darauf vorbereitet, was er ihm sagen wollte, um ihm seine Geschäftsverbindungen zur Aristokratie der Kronkolonie nachzuweisen. Doch er hatte nicht geahnt, über welches enzyklopädisches Wissen große Sammler verfügten. Ein Majordomus wies ihm den Dienstboteneingang. Von dort aus wurde er zu einem fensterlosen Betonanbau geführt, in dem Sir Philip auf ihn wartete.

Die Sammlerstücke Wong Fus waren auf einem auf Böcke gestellten Tisch auf pflaumenfarbenem Samt ausgebreitet. Das Licht der verhängten Lampe beließ den übrigen Raum im Dunkeln, und Wong Fu konnte Sir Philips Gesicht kaum erkennen, als der Mandarin mit der Spitze eines Ebenholzstabes auf die zerbrechlichen Glasgegenstände deutete. Mit ruhiger Stimme und in kultiviertem Ton hatte ihm Sir Philip die Geschichte jedes einzelnen Gegenstandes erzählt, seinen Eigentümer und die Umstände des Raubes genannt.

»Sie sind ein Mörder und ein Dieb«, schloß Sir Philip seine Ausführungen ohne wahrnehmbare Gefühlsregung. Er stellte einfach offensichtliche Tatbestände fest.

»Abschaum. Nehmen Sie Ihr Diebesgut und machen Sie, daß Sie wegkommen.«

Von da an war Wong Fu jeder Zugang zu den Kreisen der alteingesessenen reichen Chinesen Hongkongs verwehrt, und, was noch schlimmer war, Sir Philip hatte die Verwandten der Opfer Wong Fus aufgespürt, so daß diese wußten, an wem sie sich rächen konnten. Das war auch der Grund für die Stahltüren, die kugelsicheren Fahrzeuge und die Leibwächter.

Wie immer, wenn Wong Fu an Sir Philip Li dachte, begann die Narbe an seinem Schädel zu pulsieren und rot anzulaufen. Doch jetzt, endlich, hatte sich der Mandarin einen Fehltritt erlaubt, und Wong Fu bekam einen Vorgeschmack des süßen Gefühls der Rache, als er sich vom Fenster abwandte, um seine auf dem Kampfplatz der Computerbildschirme zusammengestellten Zahlenkolonnen zu begutachten.

Die Bildschirme zeigten, daß die Darlehensforderungen der Banken an Sir Philip 2,8 Milliarden englische Pfund betrugen. Bereits zweimal hatte Li die Termine für die Rückzahlungen nicht eingehalten, allerdings nur um wenige Tage. Jetzt war er mit der Zahlung seiner Zinsen auf ein Darlehen über zwölf Millionen Dollar gegenüber dem Hong Kong City Trust schon wieder sechsunddreißig Stunden im Rückstand. Seit Monaten hatten Wong Fus Agenten an den Märkten Gerüchte ausgestreut, doch Sir Philips Ruf hatte die Attacken unbeschadet überstanden.

Jetzt hatte Wong Fu ihn jedoch aus einer ganz neuen Richtung angegriffen. Das Drama sollte vier Akte haben. Als erstes erfolgte der Überfall der Piraten, dann kam die seelische und körperliche Vernichtung des Mädchens, ihre bühnenreife Rettung durch Wong Fus eigene Leute und schließlich die Pressekonferenz, auf der Wong Fu sie vor laufenden Kameras präsentieren wollte.

Dort würde sie stehen, durch Vergewaltigungen und Folter in den Wahnsinn getrieben, ein sabberndes Symbol der vergehenden Macht Sir Philips. Welches Vertrauen konnten die Leute noch in einen Mann haben, der nicht einmal in der Lage war, seine eigene Enkelin zu beschützen? Gab es einen größeren Gesichtsverlust, den Sir Philip erleiden konnte? In der östlichen Hemisphäre war es von überragender Bedeutung, hinsichtlich seiner Lebensführung und seiner gesellschaftlichen Position sein Gesicht, diese zerbrechliche Mischung aus Würde und Stolz, zu wahren. Die Aktienkurse der Unternehmensgruppen Lis würden fallen, die Banken, bei denen Wong Fu über hohe Beteiligungen verfügte, die Kredite verweigern. Schließlich würde auf dem finanziellen Parkett Panik ausbrechen, jeder kleine Finanzier mußte versuchen, seine Schäfchen ins trockene zu bringen.

Wong Fu könnte dann die Reste für zehn Cents den Dollar übernehmen. Doch der Gewinn bedeutete ihm nichts. Er genoß den Vorgeschmack auf die heißersehnte Erfüllung seiner Rachegelüste, als er sich vorstellte, wie der Frachter *Ts'ai Yen* auf die Felsen zuraste.

Mit der leichten, von hinten kommenden Brise aus Nordwest glitt der von Rod MacAlpine-Downey entworfene und wie eine Sloop getakelte Katamaran durch das erste Licht des Tages auf die Südspitze der Palawan-Inseln in den Westphilippinen zu. Der Wind reichte aus, um den Spinnaker zu blähen. Zwei Aluminiumstangen hielten das große Ballonsegel aus federleichtem Nylongewebe über die beiden Bugspitzen. Die Ruder waren durch eine mit einem Schutzanstrich versehene Ruderpinne miteinander verbunden, die am hinteren Ende des Cockpits querschiffs verlief. Beide Schwerter waren heruntergelassen; die doppelte Ruderpinne wurde mit Gummistropps auf Kurs gehalten, während der Eigentümer des Katamarans eine Eintragung auf der Seekarte machte.

Der Mann war auf den Namen Patrick Mahoney getauft worden und hatte achtzehn Jahre lang im Dienst einer Sonderabteilung des britischen Geheimdienstes gestanden. Mit seiner herausragenden Begabung für Sprachen hatte er sich besonders dann hervorgetan, wenn es darum ging, sich im Rahmen der Terrorismusbekämpfung in Terrorgruppen einzuschleusen. Gegen Ende seiner Dienstzeit war er drei Jahre lang als Undercover-Agent in Irland tätig gewesen. Um seine Sicherheit auch in Zukunft gewährleisten zu können – so hatte es damals zumindest geheißen –, hatte man ihn bei einem fingierten Hinterhalt in Süd-Armagh offiziell sterben lassen und an einem verregneten Morgen auf einem kleinen Friedhof hinter einer grauen Dorfkirche eine Leiche beerdigt. Jetzt hörte er auf den Namen Trent, und dieser Name wurde durch seinen britischen Reisepaß und die Papiere des Katamarans bestätigt.

Die Person, die in der Sonderabteilung als Führungsoffizier für ihn fungierte, hatte ihn allerdings auch öfters an die amerikanischen Kollegen ausgeliehen, insbesondere, wenn es darum ging, Aufträge zu erledigen, die vom Kongreß keine Zustimmung erhielten. Bei diesen Aufträgen war immer Blut geflossen. Am Ende des Kalten Krieges war Trent deswegen vor einen Senatsausschuß geladen worden. Seine Aussagen hatten ihm innerhalb des Geheimdienstes in London wie in Washington die Feindschaft des konservativen Flügels eingebracht. Bei anderen galt er fortan als Außenseiter und abtrünniger Einzelgänger, bei einigen Terrorgruppen außerdem als jemand, den man ›finden und eliminieren‹ mußte. Daher war er überaus wachsam und, wie er meinte, vorsichtig – was sich seine früheren Kollegen bei ihm wahrscheinlich nur schwer vorstellen konnten.

Ein Vollbart und ein schwarzer Lockenschopf verbargen seine Gesichtszüge fast völlig und machten es schwierig, sein Alter abzuschätzen, aber er war noch keine Vierzig und hatte einen geschmeidigen und muskulösen Körper. Ein weiter Kittel aus leichter Baumwolle und eine dazu passende Hose, deren Beine auf Höhe der Oberschenkel abgeschnitten waren, verdeckten die Narben, die Rückschlüsse auf seine frühere Beschäftigung erlaubten. An einer Kette aus Korallen, die er um den Hals trug, hing ein kleines Wurfmesser zwischen seinen Schulterblättern.

Als Patrick Mahoney hatte ihm ein kleines Haus am Hamble River gehört. Jetzt war die *Golden Girl* sein Zuhause und normalerweise die Karibik sein Segelgebiet. Auf die Bitte eines australischen Freundes hin hatte er die Deckladung einer Yacht nach Manila überführt. Der Australier hatte geplant, die Wracks der 1944 vor der Nordspitze der Palawan-Inseln gesunkenen japanischen Kriegsflotte zu inspizieren. Mit Puerto Galera als Ausgangsbasis hatten die beiden Männer einen Monat lang nach den Schiffen getaucht. Jetzt war Trent unterwegs nach Singapur und wollte dann weiter ins Mittelmeer.

Sein gegenwärtiger Kurs würde ihn um die Insel Balabac an der Südspitze der Palawanen herumführen. Der Kartentisch lag im Cockpit auf der Backbordseite des Niedergangs zum Salon. Ein hochmodernes, satellitengestütztes Navigationsgerät gab seine Position auf fünfzehn Meter genau an; über ein Parallellineal aus Messing gebeugt, machte Trent seine Eintragungen.

Mit einem Becher Kaffee bewaffnet, kehrte er ins Cockpit zurück. Der Wind hatte mit Anbruch der Morgendämmerung aufgefrischt und um ein paar Grad gedreht. Trent stellte die Spinnakerschoten etwas nach und beobachtete den Zweitkompaß an der Schutzwand des Cockpits. Die *Golden Girl* war als hochseetüchtiger Rennsegler entworfen worden und hatte bei hochgezogenen Schwertern etwas sechzig Zentimeter Tiefgang. Daher mußte er nicht wie bei einem Boot gleicher Länge mit nur einem Rumpf, das durch Tonnen von Bleigewichten als Ballast beschwert wurde, direkt gegen die Wellen steuern. Der Katamaran nahm mit der auffrischenden Brise Fahrt auf, die Nadel des Geschwindigkeitsmessers kletterte auf einen Wert von fünfzehn Knoten.

Die Zwillingsrümpfe hinterließen zwei dunkle Spuren auf der glatten Wasseroberfläche, die Bugspitzen knisterten leise wie Skier, die am frühen Morgen über die Eiskruste des Frühlingsschnees glitten. Das laute Krachen und Schlagen einer konventionellen Yacht fehlte.

Plötzlich jagte eine riesige weiße Bugwelle aus dem Dämmerlicht auf ihn zu. Mit einem Ruck löste Trent die Klampen, an denen die Schoten befestigt waren, und riß das Ruder hart nach Steuerbord. Der Spinnaker flatterte frei im Wind, das Großsegel schlug heftig, als die Bugwelle den Katamaran herumwirbelte. Ein schwarzer Schiffsrumpf, riesig wie eine Klippe, raste bedrohlich vorüber, kein einziges Licht war zu sehen. Dann folgte das Saugen der gewaltigen Schiffsschraube; Gischt überfluchtete das Cockpit der *Golden Girl.* Das Schiff stürmte dahin, der Katamaran tanzte in seinem Kielwasser auf und ab; das Großsegel knallte, der Spinnaker flatterte bleich wie ein Gespenst.

Zunächst gab es nur den Schreck und die Angst. Beides war Trent genauso vertraut wie der Adrenalinstoß, die Wut, das Zittern. Fluchend beobachtete er, wie das Heck des Frachters in den Nebelfetzen der Morgendämmerung verschwand.

Er ließ das Großsegel herunter und arbeitete sich nach vorne, um den riesigen, federleichten Spinnaker wieder einzufangen und zu verstauen. Mit Sorgfalt und Konzentration verrichtete er seine Arbeit, seine Bewegungen waren sicher und kraftvoll. Doch die Gedanken an das Schiff ließen ihm keine Ruhe. Es hatte keine Lichter gesetzt, der Rumpf sah frisch gestrichen aus, und es hatte sich auf einem Kurs befunden, der weit abseits aller normalen Schiffahrtslinien lag...

Die Unstimmigkeiten verfolgten ihn. Trent legte den zur Hälfte in seinem Sack verstauten Spinnaker wieder hin, überprüfte den Kompaß und schwang sich dann in den Salon hinunter. Um den Kurs des Frachters zu bestimmen, legte er das Lineal über die Windrose der Karte und schob es auf seine gegenwärtige Position.

Der nächstgelegene Hafen war Puerto Princesa. Der Frachter fuhr jedoch nach Süden. Entweder änderte er den Kurs bald, oder er steuerte direkt auf die Klippen zu. Trent schätzte die Geschwindigkeit des Schiffes auf achtzehn Knoten. Keine Lichter... Für einen Augenblick zögerte er. Eigentlich ging ihn das Schiff nichts an.

Wieder an Deck, verstaute er den Spinnaker endgültig in seinem Sack, setzte das Vorsegel, fierte das Großsegel und brachte den Katamaran so wieder zurück auf seinen ursprünglichen Kurs. Streifen goldenen Lichtes verfärbten den Osthimmel, verblaßten in Richtung Horizont und wurden nach oben immer dunkler bis zu einem tiefen Dunkelbraun. Dann tauchte der Rand der Sonne auf und verwandelte die Unterseite einer Wolke in zitternde Feuerwogen.

Trent erschauerte. Plötzlich war die Erinnerung an eine andere Morgendämmerung wieder da, bei der die Sonne in der Wüste über einem Pfad emporgestiegen war, der nur wenige Meilen entfernt über eine kleine Anhöhe führte. Der cremefarbene Range Rover tauchte auf der Kuppe auf, seine Umrisse waren vor der Sonne deutlich zu erkennen. Trent hatte seine Augen geschlossen, um sie vor dem grellen Licht zu schützen, wartete, horchte auf das Motorengräusch.

Von seinem Standort aus hatte er freie Sicht auf die zweihundert Meter vor ihm liegende Piste. Er benutzte ein Gewehr, da eine Sprengladung zwar sicher und schnell gewirkt, aber auch die Aktentasche und das Funkgerät des Range Rovers zerstört hätte. Für seine Flucht war das Funkgerät jedoch von essentieller Bedeutung.

Bewußt achtete er darauf, beim Warten tief und regelmäßig durchzuatmen. Bei jedem Ein- und Ausatmen zählte er bis acht. Mit dieser Methode schützte er sich vor seiner Angst – der Angst vor dem, was er gleich tun mußte, nicht der Angst um sich selbst. Er lag auf der Sanddüne und wußte genau, wie es ablaufen würde: Zuerst kam der Fahrer, dann die beiden Leibwächter und zuletzt das eigentliche Ziel. Er mußte sich vergewissern, daß die Männer tot waren, mußte die Aktentasche von allen Sprengvorrichtungen befreien, ihr die Dokumente über die russische Luftabwehr entnehmen, das Funkgerät entfernen und dann mit den Sprengkörpern der Aktentasche den Wagen in eine Feuersäule verwandeln. Wenn er über Funk einen Bericht an die Basis des Agenten abstrahlte, gewann er eine Stunde.

Für ihn war es damals das erste Mal gewesen, und jetzt, wo er im Cockpit der *Golden Girl* saß, erinnerte er sich noch genau daran, wie sich die Sandkörner angefühlt hatten, die an seinen Handgelenken rieben, und wie die ersten schwachen Anzeichen von Wärme langsam in seine von den zwei Tagen im Sattel immer noch steifen Muskeln drangen.

Das erste Mal. Er hatte zu den wartenden Kamelen zurückgehen und davonreiten wollen, als ob nichts geschehen wäre, als ob er die Ausbildung, die monatelangen detaillierten Vorbereitungen nicht absolviert hätte. Das alles hatte nichts mit ihm zu tun, sondern nur mit dem Mann, auf den er es abgesehen hatte, und mit den drei anderen Männern. Noch fünf Minuten. Dort auf der Sanddüne hatte er sich daran erinnert, daß er als zwölfjähriger Junge die überdachte Holzveranda vor dem Büro seines Vaters in der Nähe der einem Scheich am Persischen Golf gehörenden Rennställe entlanggelaufen war. Sein Vater hatte an seinem Schreibtisch gesessen. Ein großer, altmodischer Revolver lag auf dem grünen, in Saffianleder eingebundenen Buch vor ihm. Trent hatte die Verzweiflung und das Flehen in den Augen seines Vaters gesehen. Wie erstarrt war er an der Tür stehengeblieben, hatte genau gewußt, was er tun sollte. Er mußte nur die wenigen Meter bis zum Schreibtisch überwinden, sich in die Arme seines Vaters werfen und ihn spüren lassen, daß er ihn liebte. Mehr nicht. Doch statt dessen war er geflüchtet, und das hatte er sich nie verzeihen können. Er war in die Ställe geflüchtet und hatte sich in einer Ecke der hintersten Box zusammengekauert, die Knie eng an die Brust gezogen.

Eine halbe Stunde nach dem Schuß hatte ihn ein Stalljunge entdeckt. Trent hatte nicht geweint. Auch sechs Wochen später beim Tod seiner Mutter, die am Steuer ihres alten Jaguars ums Leben gekommen war, hatte er nicht geweint. Fünfzehn Jahre später war Trent die gleiche Straße durch die Wüste entlanggefahren; sie führte dreißig Kilometer geradeaus, dann kam die Kurve. Die Betonmauer, in die seine Mutter gerast war, lag zwanzig Meter von der Straße entfernt. Der Jaguar war mit einer Geschwindigkeit von fast einhundertachtzig Stundenkilometern von der Straße abgekommen.

Trent hatte zu jenem Zeitpunkt bereits in London im großen, finsteren Haus seines Adoptivonkels und Vormunds Colonel Smith gelebt. Der Colonel hatte den Jungen, der nicht weinte, für gefühlskalt gehalten; die beiden empfanden keine Zuneigung füreinander. Trotzdem hatte der Colonel Trent eine privilegierte Ausbildung bezahlt, ihn für eine Sonderabteilung des britischen Geheimdienstes angeworben und dort seine Aktivitäten kontrolliert.

Trent war dieses erste Mal auf der Sanddüne nicht vor seinen Verpflichtungen davongelaufen. Erst Jahre später, als er immer stärker die von seiner Kontrollinstanz und den Leuten in Washington gesetzten Ziele in Zweifel zog, war ihm klargeworden, wie gut man ihn programmiert hatte. Sein Dienst in Irland war schließlich der Wendepunkt. Der Colonel hatte es gespürt, und da ihn die Aussicht nervös machte, daß Trent vor einem Senatsausschuß aussagen könnte, lockte er ihn in einen Hinterhalt, um ihn von irischen Terroristen ermorden zu lassen. Trent hatte überlebt. In Mittelamerika stellte man ihm erneut eine Falle; doch mittlerweile war Trent selbst zum Jäger geworden, legte den Colonel herein und erreichte eine Vereinbarung, die es ihm erlaubte, sich aus der Sonderabteilung zurückzuziehen und ein Leben in Freiheit zu beginnen.

Er hatte gedacht, alles hinter sich gelassen zu haben, doch wurde er durch einen leitenden Beamten der amerikanischen Drogenbehörde DEA erneut in eine Sache hineingezogen, bei der es um einen in den Drogenhandel verstrickten kubanischen Admiral ging.

Jetzt endlich war Trent das erste Mal in seinem Leben ein freier Mann und sich dessen sehr wohl bewußt. Das ließ ihn auch zögern, als er seine Gedanken wieder auf den unbeleuchteten Frachter lenkte. Er befand sich in Piratengewässern. Piraterie schien zwar in der heutigen Zeit unwahrscheinlich zu sein, aber er hatte von anderen Seglern in Puerto Galera genügend Geschichten darüber gehört, Zeitungsberichte über Angriffe von Piraten gelesen und die Warnungen studiert, die an Schiffe gerichtet waren, die in diesem Gebiet verkehrten.

Eine halbe Stunde war vergangen, seit er beinahe mit dem Schiff zusammengestoßen war. Der Frachter mußte mittlerweile etwa zehn Meilen entfernt sein. Trent holte die Segel ein und stieg auf den Mast; er wußte jedoch, daß die letzten Nebelschwaden dieses Morgens im Westen, über denen die dunklen, malvenfarbenen Gipfel von Palawan und Balabac schwebten, das Schiff seinem Blick entziehen würden. Eigentlich gab es für sein Interesse keinen Grund, sagte sich Trent, als er auf den obersten Rahen stand und mit seinem Fernglas den Horizont absuchte. Die aufgehende Sonne ließ goldene Strahlenbündel zwischen den fahlen Nebelfetzen hindurchgleiten, die leichte Dünung bewegte sich sanft unter den Zwillingsrümpfen der *Golden Girl*. Von der Nacht abgekühlt, führte die Brise einen frischen Geruch nach Meer mit sich. Nur das leise Klatschen des Wassers zwischen den beiden Rümpfen durchbrach die Stille.

Eine rauhere See und andere Windbedingungen hätten ihm erlaubt, sich in Aktivitäten zu flüchten, die friedliche Ruhe jedoch rief ihm immer wieder die Jahre ins Gedächtnis zurück, in denen er der Verantwortung für seine Missionen ausgewichen war, in denen er nur Befehle ausgeführt hatte.

Jetzt war er ein freier Mann, und es gab nicht die geringste Entschuldigung für ihn.

Auch wenn sich der Nebel aufgelöst hätte, wäre die Entfernung zur Küste zu groß gewesen, um den Frachter auszumachen. Trent stieg wieder vom Mast herunter, verschwand im Salon und studierte für einen Augenblick die Seekarte. Er überlegte, ob er die Küstenwache anrufen sollte, doch aus Gewohnheit zögerte er, seinen Namen sowie den Namen und die Position seines Schiffes durchzugeben. Immer noch unschlüssig kehrte er an Deck zurück. Wieder sagte er sich, daß ihn das Schiff nichts anging, daß die Chance, einer faulen Sache auf die Spur zu kommen, gering war und daß er ohnehin nichts unternehmen konnte. Auch als er die Segel setzte, war er noch unentschlossen. Doch zur Beruhigung seines Gewissens war eine Stunde nur ein kleines Opfer. Die Segel blähten sich, und er brachte den Katamaran auf seinen neuen Kurs.

3

Unaufhörlich schrillte das Telefon und weckte Sir Philip Li schließlich. Der Apparat stand in seinem Arbeitszimmer, denn Sir Philip empfand es als unanständig, seine Geschäfte vom Bett aus zu regeln. Tastend suchte er auf dem Nachtschränkchen nach Brille und Armbanduhr – es war zwanzig nach sechs. Er ließ die Füße in seine Brokatpantoffeln gleiten und griff nach dem seidenen Morgenmantel. Sir Philip war einen Meter dreiundsechzig groß, hatte immer noch eine aufrechte Haltung und eine gute Figur; auch sein Gesicht verriet nicht die Last seiner siebzig Jahre. Auf dem Weg zu seinem Arbeitszimmer ging er kurz in das angrenzende Bad, um sich die Augen mit kaltem Wasser auszuspülen und mit dem Kamm durch die Haare zu fahren.

Auf einem niedrigen Tisch in seinem Arbeitszimmer standen ein altmodisches schwarzes Bakelittelefon und ein Faxgerät. Nur ein Dutzend leitende Angestellte kannten die nirgendwo aufgeführten Telefonnummern. Wenn einer von ihnen um diese Zeit anrief, mußte es sich um eine sehr dringende Sache handeln. Er setzte sich, bevor er den Hörer abnahm.

Der für seine Schiffsflotte zuständige Geschäftsführer meldete sich: »Hier ist Mr. Ching, Sir Philip! Die *Ts'ai Yen* hat um sechs Uhr ihre Position nicht durchgegeben. Wir sind nicht in der Lage, Funkkontakt mit ihr herzustellen.«

Sechs Stunden seit dem letzten Funkkontakt bei einer Geschwindigkeit von vierzehn Knoten ergab ein kreisförmiges Suchgebiet mit einem Radius von vierundachtzig Seemeilen. Eine halbe Stunde würde es noch dauern, bis die Suche aus der Luft beginnen konnte. Die ersten Schritte dazu wurden in allen Einzelheiten in einer firmeninternen Anweisung festgelegt, der Bericht würde um 9 Uhr auf Sir Philips Schreibtisch liegen.

Der Finanzier stellte sich vor, wie die Besorgnis im Schiffsbüro immer größer geworden war, bis schließlich der Entschluß gefaßt wurde, den Chef zu wecken. Am Hof der Manchukaiser hätte man die Überbringer schlechter Nachrichten hingerichtet. Sir Philip fragte sich, ob Mrs. Ching wohl die Hand ihres Mannes gedrückt oder vielleicht seine Schenkel getätschelt hatte, während dieser seine Nummer wählte.

»Danke, Mr. Ching«, erwiderte er. »Sehr freundlich, daß Sie angerufen haben. Wir haben bestimmt die Nachtruhe Ihrer Frau gestört.«

Er legte den Hörer wieder auf und griff nach Schreibblock und Bleistift, doch es gab nichts zu schreiben. Er wußte, was mit der *Ts'ai Yen* und seiner Enkelin geschehen war. Die Einzelheiten waren ihm natürlich unbekannt, aber die Gründe für das Verschwinden und wer der Drahtzieher war, standen ihm klar vor Augen.

Mit einem im Fußboden eingelassenen Schalter schaltete er die Beleuchtung eines aus dem sechzehnten Jahrhundert stammenden florentinischen Gemäldes ein, auf dem ein junges Mädchen zu sehen war. Normalerweise reichte eine Meditation von wenigen Minuten aus, um Sir Philip wieder zu Kräften zu bringen, doch heute benötigte er stärkere Reize. Er ging zu Balkontür hinüber, trat ins Freie und blickte auf seine Lagerhäuser hinab. Anfangs hatte man sie noch ›Faktoreien‹ genannt, aber das war vor langer Zeit in Macao gewesen.

Die Familienchronik wies nach, daß Sir Philips Ururgroßvater, der Geldverleiher Quang Ji Li, am 22. November 1840 als erster von Macao zur unbedeutenden, dem Festland vorgelagerten Insel Hongkong gesegelt war. Dort hatte er mehrere Hektar Land und zweihundert Meter Küste gekauft. Die Königliche Marine nahm am 26. Januar 1841 Hongkong in Besitz, und die schottischen Händler Euan Cairns und Matthew Oliver wurden am 25. Juni Eigentümer dieser Ländereien. Mit ihrem auf diese Weise sowohl unter chinesischem als auch unter britischem Schutz stehenden Besitz legten die Handelshäuser Li und Cairns Oliver hier die Grundsteine ihrer Firmenimperien. Jetzt, mehr als anderthalb Jahrhunderte später, wurde das Haus Li bedroht, und Sir Philip nahm alles in sich auf, was ihn an seine Ursprünge erinnerte: den in der Luft liegenden Geruch, den vom Meer herüberwehenden Wind, das geschäftige Treiben unten in den Kaianlagen, einen weit draußen vor Anker liegenden Tanker.

Sein Diener brachte ihm ein Tablett mit einer Tasse heißer Schokolade und einem frisch gebackenen Brioche. Seit dreißig Jahren war das sein Frühstück, aber wie das Gemälde schien es heute nicht auszureichen, er rührte es nicht an. Eine halbe Stunde später erschien er gebadet und mit einem leichten grauen Flanellanzug bekleidet auf dem Hafengelände und rollte sich auf einem Blechteller eine kleine Kugel Reis mit Fisch zusammen, während er ruhig mit einigen seiner Hafenarbeiter plauderte. Er begrüßte den Kapitän eines firmeneigenen Schleppers und erkundigte sich nach dessen Tochter, rief einen Maurer herüber, zeigte ihm einen kleinen Abschnitt der Kaimauer, an dem sich die Steine gelockert hatten, und stattete einem der Lagerhäuser einen Besuch ab. Um zwanzig nach sieben betrat er die Büros des Hauses Li.

Das dreistöckige, aus dem Jahre 1886 stammende Ziegelgebäude erhob sich am Ende des Hauptkais. Im Erdgeschoß war immer noch das Hafenkontor untergebracht. Die wuchtigen Schreibtische aus massivem Mahagoni stammten genauso wie die in Quadrate von etwa viereinhalb Metern Seitenlänge unterteilte geschnitzte Decke, deren Balken von drei Reihen Marmorsäulen gestützt wurden, noch von den Anfängen. Langsam drehte sich in jedem der Quadrate ein Ventilator – die dicken Mauern im Erdgeschoß mit ihren davorliegenden Arkaden machten eine Klimaanlage überflüssig. Die Computer erforderten allerdings, der Luft die Feuchtigkeit zu entziehen.

Sir Philips Schreibtisch stand mit sechs anderen hinter einem Holzgeländer auf einem Podest an der Rückseite des Kontors. Ein Dutzend Schreibtische war bereits mit perfekt frisierten jungen Chinesen besetzt, die sich auf ihre Computer-Terminals konzentrierten. Sir Philip blieben noch neun Minuten bis zur Ankunft seiner Sekretärin, und er führte vorher ein kurzes Gespräch mit einem Statistiker, der für Marktanalysen zuständig war.

Dann stieg er die drei Stufen zum Podest hoch und nahm hinter seinem Schreibtisch Platz. Es war fünf Minuten vor halb acht. Jeder Angestellte hier wußte, daß er jetzt mit einem Problem oder einer Frage, die ihn besonders beschäftigte, an Sir Philip Li herantreten konnte. Der Finanzier ließ seinen Blick über die gebeugten Köpfe wandern, aber niemand reagierte, und so wandte er sich ab, um seine Sekretärin zu begrüßen, die gerade aus dem Fahrstuhlkorb trat. Miß James, die seit fünfunddreißig Jahren bei ihm arbeitete, legte sechs in Saffianleder eingebundene Mappen vor ihn hin, die die Morgenberichte enthielten und die er lesen würde, bevor seine jungen Mitarbeiter kurz vor acht an ihren Schreibtischen erschienen. Heute würden fünf von ihnen kommen; sie waren für das Bankwesen, die Schiffsflotte, die Immobilien, die Produktion und die Landwirtschaft zuständig – der Mann für Energiefragen weilte auf einer Konferenz auf den Philippinen.

Um fünf nach acht würde der firmeninterne Sicherheitsexperte bekanntgeben, daß er den Konferenzraum durchsucht hatte, und dann entsprach es der Tradition, gemeinsam mit seinen jungen Mitarbeitern, dem sogenannten ›Kindergarten‹, die breiten Holzstufen zum ersten Stock hochzugehen. Die nächsten vier Stunden würden sie über die verschiedenen Bereiche des weltweiten Firmenimperiums von Sir Philip diskutieren. Dieses jeden Tag stattfindende Brainstorming mit seinen jungen Experten sorgte dafür, daß jugendliche Kraft und ständige Interaktionen in die Geschäfte einflossen. Sir Philip nahm nicht immer an diesen Konferenzen teil, und wenn er dabei war, hörte er eher zu, als selbst das Wort zu ergreifen.

Er überflog die Berichte und registrierte die Besorgnis, die im Hinblick auf die Gerüchte zum Ausdruck gebracht wurde, das Haus Li werde durch finanzielle Probleme bedroht. Wie verlautete, war der Markt nervös und sah mit Spannung dem Ergebnis des für zehn Uhr angesetzten Treffens zwischen Sir Philip und der Bank entgegen. Die Liegenschaftsabteilung informierte ihn über weitere Preiseinbrüche auf dem Londoner Immobilienmarkt für gewerbliche Räume, da zwei neue Gebäudekomplexe zu Dumpingpreisen angeboten wurden.

Der für die Immobilien zuständige Mitarbeiter hieß Rudi Beckenberg. Er kam als erster. Durch einen Bericht über die kreative Bewertung der Kontobewegungen innerhalb einer Firma, den der junge Deutsche während seines Studiums auf der Harvard Business School in Brüssel geschrieben hatte, war Sir Philip auf ihn aufmerksam geworden. Als zweiter kam Tommy Li, ein entfernter Verwandter, der an der London School of Economics seinen Abschluß gemacht hatte; sein Spezialgebiet war das Bankwesen. Peter Cameron war über seine Großmutter mütterlicherseits mit Cairns verwandt, und Sir Philip hatte ihn wegen der Kontroversen eingestellt, die er in der Zeit seiner Zugehörigkeit zur Abteilung für landwirtschaftliche Entwicklung der Weltbank ausgelöst hatte. Eine Großnichte des Chefs der Schiffsflotte, Sheila Ching, hatte ihre Doktorarbeit über versteckte Subventionen in der Schiffsindustrie geschrieben. Der abwesende Miki Tarma kam aus Madras im indischen Bundesstaat Tamil Nadu und war ein Experte in der Vorausberechnung des Energiebedarfs der Dritten Welt.

Wie Sir Philip blieb auch jeder seiner jungen Mitarbeiter auf dem Weg zum Podest an einem oder zwei Schreibtischen stehen. Sir Philip erhob sich, um sie zu begrüßen, sie plauderten leise miteinander und warteten auf den Sicherheitsexperten.

Ein nur aus Haut und Knochen bestehender Amerikaner mit roten Haaren und beginnender Akne erschien; er wirkte wie Anfang Zwanzig, stammte aus Nebraska und war über das Massachusetts Institute oft Technology und eine amerikanische Agentur zu ihnen gestoßen. Zunächst hatte er dagegen protestiert, einen Anzug tragen zu müssen. Jetzt hatte er einen pflegeleichten dunkelblauen Nadelstreifenanzug an, der vom Wohltätigkeitsbasar stammte und an den Schultern zu breit und an den Beinen zu lang war. Sein weißes T-Shirt trug die Aufschrift LIEBE MACHT FERTIG, seine Turnschuhe waren eine Katastrophe. Sir Philip war der einzige, der ihn Timothy statt Timmy nannte.

Die Gerüchte hatten Sir Philips Angestellte bereits nervös gemacht; er spürte, wie alle Blicke auf ihm ruhten, als er seinen ›Kindergarten‹ nach oben führte. Jetzt waren die ersten Schüsse gefallen, und er fragte sich leidenschaftslos, ob er wohl zu alt für die bevorstehende Schlacht wäre, denn eines war sicher: Sie würde hart werden, sehr hart.

Timmy schloß ihnen den Konferenzraum auf und nickte Sir Philip dabei mit einer Mischung aus Verbeugung und nervösem Tick zu. Der Finanzier wartete in aufrechter Haltung und locker über den Morgenberichten gefalteten Händen, bis seine Mitarbeiter am Rosenholztisch Platz genommen hatten. Mit dem Akzent der englischen Oberklasse, aber einer präziseren Wortwahl begann er die Unterredung.

»Ihre Morgenberichte zeigen Besorgnis über die Auswirkungen der Gerüchte auf unsere Geschäfte«, sagte er ruhig. »Bitte erinnern Sie sich daran, daß Ihre Stärken im kreativen Denken liegen. Überlassen Sie die praktischen Arbeiten den Technikern ein Stockwerk höher.«

Rudi Beckenberg, der Deutsche, wollte Sir Philip gerade unterbrechen, aber der Firmenchef kam ihm zuvor.

»Warten Sie noch, Rudi. Es gibt gewisse Grundregeln, die alle begreifen müssen. Jeder von Ihnen weiß, daß ich gegenwärtig Angriffen ausgesetzt bin. Die Leute sagen, ich sei zu alt und hätte den Anschluß verloren. In einem börsennotierten Unternehmen würde es Bestrebungen geben, mich abzusetzen, und man hätte gegenüber den Aktionären Verpflichtungen. Im Hause Li jedoch gibt es keine Aktionäre. Allerdings habe ich bei etlichen Banken Verbindlichkeiten, größtenteils handelt es sich dabei um öffentliche Körperschaften. Sie alle müssen selbst entscheiden, wie weit Ihre Verantwortung reicht. Wenn Sie an Ihre Zukunft denken, sollten Sie nicht vergessen, daß Sie hier als Katalysatoren eingestellt wurden. Sie sind für Ideen zuständig.«

Er lächelte sie an, ohne dabei Neugier zu zeigen, fragte sich nicht einmal, ob einer von ihnen den Verräter spielen könnte: Rudi Beckenberg mit seinem Lockenschopf, Tommy Li mit dem Körper eines Turners, die äußerlich gelassene Sheila Ching, Peter Cameron, streitlustig wie ein Terrier.

Sir Philip seufzte und schloß für eine Sekunde die Augen, dann straffte er bewußt die Schultern. An Sheila Ching gewandt, begann er mit seinen Erläuterungen. »Ich sehe meine Beziehung zum Hause Li als Treuhänderschaft. Die Entscheidungen, die ich treffe, werden daher vielleicht genauso von familiären und historischen Gegebenheiten beeinflußt wie durch finanzielle Notwendigkeiten. Sie andererseits sollten sich daran erinnern, daß diese Firma nur eine Phase im Verlauf Ihrer Karriere darstellt. Nur Dumme machen sich unnötig Feinde, und nur Aufschneider suchen Anerkennung für Entscheidungen, die ihnen gar nicht zustehen.«

Wieder blickte er sich um, suchte ihre Blicke. Sie wirkten so jung.

»Halten Sie sich aus den Auseinandersetzungen heraus, jeder von Ihnen«, mahnte er. »Betrachten Sie den Kampf als akademische Übung und mich als Prüfer. Ich erwarte tägliche Analysen, ferner Ihre Ratschläge bezüglich der Vorgehensweise gegenüber allen Protagonisten. Danke.« Sir Philip verbeugte sich und wußte dabei genau, welchen Eindruck er zu hinterlassen hatte: den eines gefälligen, förmlichen, zerbrechlich wirkenden alten Mannes, der seine beste Zeit schon lange hinter sich hatte.

Er überließ sie ihren Diskussionen und fuhr mit dem Fahrstuhl ins obere Stockwerk. Ein Flur trennte sein Büro und das seiner Sekretärin vom Bürotrakt seiner Mitarbeiter, die für die Kontrolle des Cash-flows zuständig waren. Diese Männer und Frauen wurden von ihm in alle Regionen der Welt geschickt, und er vertraute darauf, daß sie sich wie Geier auf ihre Aufgaben stürzen und sie so lange bearbeiten würden, bis nichts mehr von ihnen übrigblieb.

Vom Büro des Finanziers konnte man das Meer sehen. Der viereckige, für zwei Personen konstruierte Schreibtisch war in den frühen siebziger Jahren des vorigen Jahrhunderts für Euan Cairns und Matthew Oliver gebaut worden, der ledergepolsterte Kapitänssessel gehörte ursprünglich zum ersten Dampfschiff des Hauses Li, das im Frühjahr 1876 begonnen hatte, auf dem Clyde seinen Dienst zu verrichten. Die lackierten Schränke neben den Fenstern stammten aus der Zeit der Ming-Dynastie, das Porzellan darin aus dem vierzehnten Jahrhundert. Zwei einfache Glasregale trugen dunkle, fast schwarze Tongefäße, die zweitausend Jahre vor Christus geformt worden waren. In einem Glaskasten zogen Modellschiffe den Blick auf sich; der Laptop entsprach dem neuesten Stand der Technik.

Sir Philip schaltete ihn an und gab das Kennwort ein, mit dem er über das Sicherheitsprogramm zum Bericht über seine private Situation gelangte. Eine Seite zeigte seine Beteiligungen an den USA zum Schluß der New Yorker Börse an, und er gab einige berichtigende Zahlen ein.

Im angrenzenden Zimmer saß seine Sekretärin Miß James am Telefon. Sie war in Hongkong geboren, hatte eine kantonesische Mutter und einen schottischen Vater, der als Ingenieur gearbeitet hatte. In ihrer Kindheit war sie häufig umgezogen und sehr sprachbegabt. Miß James war groß und schlank, konnte Hitze und Schwüle bestens vertragen und kleidete sich immer äußerst schlicht mit einer weißen Bluse mit hohem Kragen und einem blauen Leinenrock. Auf Reisen und bei kühlerem Wetter als in Hongkong trug sie Wolle statt Leinen und zusätzlich eine passende Jacke, aber weder Farbe noch Schnitt ihrer Kleidung hatten sich in den fünfunddreißig Jahren ihrer Anstellung geändert.

Von Anfang an hatten die beiden als Team zusammengearbeitet und repräsentierten gewissermaßen die weiche und die harte Seite des Kapitalismus. Miß James' Sarkasmus hatte Sir Philips Mitarbeiter gelehrt, genau und effektiv zu arbeiten. Noch etwa eine Minute hatte sie ihr Ohr am Hörer, dann klopfte sie an die Tür ihres Chefs: »Die Flugzeuge sind in der Luft, Sir Philip.«

4

Die Inselkette der Palawanen erstreckt sich von der Westspitze Mindoros aus nach Südwesten in Richtung Malaysia und trennt die Sulu-See vom Südchinesischen Meer. Diese Inselgruppe besteht aus über eintausend Inseln, von denen Palawan mit vierhundert Kilometern Länge und vierzig Kilometern Breite bei weitem die größte ist. Palawan ist gebirgig und bewaldet, der höchste Gipfel übersteigt die Zweitausendmetergrenze. Die Insel Balabac liegt etwa vierzig Kilometer südlich von Palawan und markiert das Ende der Kette. Die Lücke zwischen Palawan und Balabac ist mit Riffen und kleinen Inseln übersät.

Die *Ts'ai Yen* lief fast genau auf halbem Wege zwischen Palawan und Balabac um sieben Uhr siebenunddreißig auf das Riff auf. Der beladene Frachter wog sechstausend Tonnen und hatte eine Geschwindigkeit von achtzehn Knoten. In einem Winkel von fünfundvierzig Grad trieb er seinen Bug mit einer der Explosion von dreitausend Kilogramm Dynamit entsprechenden Energie in die Korallen hinein. Der Keil aus südkoreanischem Stahl riß eine über vier Meter tiefe und drei Meter breite Rinne in den Kalkstein. Die Schiffsschraube peitschte das Wasser auf, als das Heck sich hob; durch einen über dreieinhalb Meter langen Riß im Schiffsrumpf strömte Meerwasser in den Maschinenraum.

Die Dieselmotoren bezogen ihre Luft über den Schornstein, der noch zwölf Meter über die Wasseroberfläche hinausragte. Die Brennstofftanks waren gegen Überflutung gesichert, der vordere Teil des Rumpfes saß jedoch fest, und mit jedem Kubikmeter Wasser, das in den hinteren Abschnitt des Frachters eindrang, verstärkte sich die Belastung. Um neun Minuten nach acht brach das Schiff in der Mitte entzwei. Das Heck neigte sich tief ins Wasser, dann bohrte sich die Schraube in den Felsen und zerbrach. Der Schaft verbog sich und sprang aus seiner Befestigung. Wasser drang durch die beschädigte Schaftdichtung in die Ölwanne des Motors. Der Kolben im dritten Zylinder fraß sich fest, die Plevelstange brach aus ihrer Lagerung und durchschlug die Seite des Motorblocks. Völlig aus dem Gleichgewicht geraten, zermahlte die Kurbelwelle das Metall der noch vorhandenen Lager, und die Maschine blockierte. Mit einemmal drang kein Laut mehr aus dem Schiff; die Stille wurde nur vom Tosen der Brandung durchbrochen.

Die *Golden Girl* flog auf die Küste zu. Trent stand auf dem Kabinendach und stützte sich gegen den Mast. Sein Fernglas blieb völlig reglos, er selbst ging mit den wogenden Bewegungen des großen Katamarans mit. Er hatte den Frachter gefunden, dessen Mannschaftsquartiere und dessen Brücke wie das Visierkorn eines Gewehrs über eine weiße Linie aus schäumender Brandung herausragten. Vorsichtig senkte er das Fernglas, suchte nach einem zum Schiff gehörigen Rettungsboot oder -floß. Die Brandung rieb weißes Pulver von den Korallen des Riffs herunter, welches das Licht der frühen Morgensonne zurückwarf und das strömende Wasser zwischen dem Grün und Braun der seichten Stellen zu einem blassen Blau verfärbte. Der Sand unter einem Saum aus Palmen auf den nördlich und südlich gelegenen Inseln leuchtete weißgolden. Auf dem Schiff gab es keinerlei Anzeichen von Leben.

Trent ließ sich ins Cockpit fallen und überprüfte die Geschwindigkeit des Katamarans – zwölf Knoten. Zehn Minuten würde es noch dauern, dann war er neben dem Frachter. Die Alternative bestand darin, auf einen Hubschrauber der Küstenwache oder der Marine zu warten, der von Puerto Princesa aus, der Hauptstadt von Palawan, losflog. Aber

Puerto Princesa lag einhundert Meilen weiter nordöstlich – und das bedeutete eineinhalb Stunden Flugzeit, auch wenn ein Helikopter unmittelbar zur Verfügung stand.

Der Angriff mußte schon vor Stunden erfolgt sein. Das Leben irgendwelcher Verwundeten würde durch eine Verzögerung von weiteren fünfzehn Minuten nur mit sehr geringer Wahrscheinlichkeit gefährdet. Trent bezweifelte, daß irgendeiner der Angreifer an Bord geblieben war, aber er konnte sich dessen nicht sicher sein. Den Mut der philippinischen Armee stellte er nicht in Frage, doch wenn unerfahrene Männer in Bedrängnis gerieten, trafen sie mit ihren Kugeln Unschuldige wie Schuldige. Das hatte er schon miterlebt. Ein einzelner Segler, der sich eher zufällig näherte, würde jedoch kaum bedrohlich wirken.

Eine hufeisenförmige Sitzbank verlief um einen Tisch herum, der im vorderen Ende des Salons der *Golden Girl* am Mastfuß befestigt war. Trent hob den mittleren Teil der Sitzbank an und entnahm dem Fach darunter eine in Decken gewickelte Repetier-Schrotflinte. Er lud sie durch und legte sie auf den Sitz im Cockpit unter ein Badetuch.

Eine halbe Meile von der *Ts'ai Yen* entfernt holte er das Vorsegel ein und verstaute es in einem Sack. Die Gischt am Heck des Wracks verriet ihm den Verlauf der Wellenbewegung. Trent packte das Fernglas weg, ging nach vorne und führte an einer leichten Leine eine kleine Boje durch das Ankerauge des Hauptankers, so daß er ihn zwischen den Korallen ohne Schwierigkeiten wiederfinden konnte. Danach legte er den kleinen Anker des hinter dem Cockpit am Bordkran hängenden Schlauchboots bereit. Das Deck des Frachters ließ er während der ganzen Arbeiten nicht aus den Augen. Eine kugelsichere Weste unter seinem Baumwollkittel wäre eine feine Sache, dachte er lächelnd. Das schwache, säuerliche Lächeln galt ihm selbst.

Fünfzig Meter vom Schiff entfernt ließ er den Anker ins Wasser fallen und rollte sechzig Meter Warpleine ab, bevor er den Katamaran mit dem Heck zur *Ts'ai Yen* auf den Wellen tanzen und mit backgehaltenem Großsegel unter das Heck des Frachters gleiten ließ. Dann schleuderte er den Anker des

Schlauchbootes über die Reling und manövrierte den Katamaran vorsichtig vom Schiff weg. In einer Entfernung von sechzig Metern ließ er den zweiten Anker der *Golden Girl* über Bord gehen und führte die Warpleine nach hinten zum Cockpit.

Die beiden Warpleinen der Hauptanker formten ein breites V und hielten den großen Katamaran vom Schiff fern. Bei zusammengerolltem Großsegel schlang Trent die zum Frachter führende Leine um die Schotwinsch und schob sich langsam mit dem Katamaran neben die *Ts'ai Yen*.

Mit der schußbereiten Repetierflinte Kaliber zwölf über der Schulter kletterte er über die Reling. Drei tote Männer auf dem Deck gehörten dem Anschein nach zu der aus Filipinos bestehenden Mannschaft. Den Kapitän, den Ersten Offizier und den Steuermann fand er im Ruderhaus. Die Offiziere und der Steuermann waren mit gezielten Schüssen getötet worden. Das Funkgerät des Schiffes hatte man mit einer Brandaxt zerstört.

Die Stahltür, die hinunter zum Maschinenraum führte, lag aus ihren Angeln gesprengt am Boden. Aus dem Niedergang stank es nach Salzsäure. Bevor Trent die Leiter hinabkletterte, wickelte er sich sein Hemd über Mund und Nase. Die Maschinisten hatten offensichtlich ihre Werkzeuge auf die Angreifer geschleudert, sie waren überall auf den Stahlplatten des Bodens verstreut. Die beiden Männer lagen mit den Gesichtern zueinander da, die Hälse mit einem Kabel zusammengebunden. Man hatte ihnen in die Bäuche geschossen und Batteriesäure über die Köpfe geschüttet.

Trent mußte sich das Hemd vom Mund nehmen, um ausspucken zu können. Seine Wut machte die Männer auch nicht wieder lebendig; lautlos zählte er vor sich hin, um wieder ruhiger zu werden, dann kletterte er die Leiter hoch aus dem Maschinenraum heraus, um den Rest der Mannschaft zu suchen. Zwei Männer fand er erschossen in ihren Kojen im Vorderdeck – acht Kojen waren belegt, aber bisher hatte er nur sechs Besatzungsmitglieder gefunden. Es gab eine gewisse Chance, daß die restlichen beiden noch lebten und sich versteckten, daher durchsuchte er das Schiff ein weiteres Mal, begann im Bug und machte sich mit lauten Rufen bemerkbar, während er nach hinten ging. Er verglich die blauen Emailleschilder mit den Namen auf den Kabinentüren mit den Toten: Kapitän, Erster Maschinist, Erster Offizier, Zweiter Maschinist.

Die letzte Kabine gehörte dem Zweiten Offizier. Beim Öffnen der Tür registrierte Trent Parfümduft. Ein Laptop war vom Tisch gefallen und lag zerschmettert auf dem Boden. Trent machte einen Schritt darüber hinweg zum Waschbecken in der kleinen Toilette und roch an der Seife. Die Decke auf einer der Kojen fehlte. Über einer Stuhllehne hing ein Overall aus Rohseide, in der Garderobe befanden sich drei Paar ausgeblichene Hosen und ein halbes Dutzend kurzärmelige Baumwollhemden. Ein leichtes Kleid hing hinter der sportlichen Kleidung in einer Schutzhülle – auf dem Etikett stand *Isse Miyake, New York.* In der Kabine des Zweiten Offiziers an Bord eines kleinen Frachters war das nicht gerade das Etikett, das man dort erwartet hätte.

Das Kleid sah frisch gebügelt aus; Trent hob den Stoff an die Nase und atmete das Parfüm der Besitzerin ein. Höchstwahrscheinlich Chanel, und die Besitzerin war wohl Nichtraucherin. Die im Schrank zusammengelegte und mit drei Reißverschlüssen versehene Reisetasche bestand aus blauem Gewebe mit einem Kaninchenmuster, dem Markenzeichen einer bekannten Firma. Im Inneren der Tasche fand er das entsprechende Etikett; die Tasche gehörte zur gleichen Preisklasse und Qualitätsstufe wie das Kleid. Am liebsten hätte er noch mehr Zeit zum Durchsuchen der Kabine gehabt, aber da die Frau fehlte, galt es, keine Zeit zu verlieren. Er warf einen kurzen Blick in den Salon und sah, daß auf der Sitzbank Bettzeug lag und ein Uniformhemd mit den goldenen Streifen des Zweiten Offiziers. Wieder an Deck, ließ er das Fallreep herunter.

Beim Hinunterklettern sah er die Einschußlöcher von Kugeln und am Boden des Rettungsbootes auf der Backbordseite einen dunklen Fleck. Er kletterte wieder zurück und hob die Abdeckung des Bootes hoch. Die letzten beiden Besatzungsmitglieder waren Freunde gewesen und hatten einander in den Armen gelegen, als sie gestorben waren.

Trent verschwand im Salon der *Golden Girl*, schaltete das Seefunkgerät ein und nahm das Seehandbuch vom Regal. Er alarmierte die Küstenwache in Puerto Princesa, informierte sie über den Vorfall und gab den Namen des Frachters, seinen Heimathafen und seine Position durch.

Der Funker wies ihn an, auf Empfang zu bleiben. Zehn Minuten später meldete sich eine neue, gebieterische Stimme. Ein Hubschrauber sei unterwegs, hieß es, und er solle am Funkgerät bleiben. Hätte Trent noch dem britischen Geheimdienst angehört, wäre er der Anweisung vielleicht nicht gefolgt, doch die Tage, in denen er offiziellen Schutz genossen hatte, waren vorbei, und er war das erste Mal auf den Philippinen. Da eine Solaranlage den Strom auf dem Katamaran erzeugte, konnte er sich auch nicht damit herausreden, daß seine Batterien aufgebraucht waren.

Nachdem er sein Gewehr verstaut hatte, machte er sich eine frische Kanne Kaffee und konzentrierte sich wieder auf die Karte. Der Schnittpunkt zwischen der von der Schiffahrt benutzten Fahrrinne im Süden des Sulu-Archipels und der nach hinten verlängerten Linie des Kurses, auf dem die *Ts'ai Yen* auf das Riff zugerast war, gab ihm die ungefähre Position an, wo die Piraten zugeschlagen hatten. Bei einer Entfernung von sechzig Seemeilen und einer Geschwindigkeit von zwanzig Knoten kam er auf drei Uhr Ortszeit für den Überfall.

Die Piratenboote konnten sicher eine Geschwindigkeit von mindestens dreißig Knoten erreichen und mußten bei Tagesanbruch wieder in ihrem Versteck sein. Daraus ergab sich eine Entfernung von neunzig Seemeilen zwischen ihrem Versteck und der Position des Überfalls. Das kreisförmige Gebiet, in dem sich der wahrscheinliche Aufenthaltsort der Piraten befand, umfaßte den größten Teil des Sulu-Archipels, Nord-Palawan und Balabac, San Miguel und sechzig Meilen malaysische Küste. Tausende von Inseln und unbewohnten kleinen Buchten gab es in diesem Gebiet, Tausende von Booten waren dort jeden Tag unterwegs und gingen ihren völlig legalen Aktivitäten nach.

Trent war dazu ausgebildet worden, Unstimmigkeiten zu finden, und seine Gedanken wanderten zur fehlenden Decke in der Kabine der Frau. Die Piraten mußten sie für irgend etwas benötigt haben – vielleicht für die Frau. War das der Fall, und lebte sie noch, konnten nur noch die Informationen eines in die ganze Sache Eingeweihten oder ein Wunder zu ihrer Rettung führen. Er schauderte, als er an die gräßliche Grausamkeit im Maschinenraum dachte. Für die Frau wäre es sicher besser, sie wäre tot. Trent fragte sich, wer sie wohl war. Aller Wahrscheinlichkeit nach ließ sich für sie oder den fehlenden Zweiten Offizier nur wenig tun.

Der Mann, der auf der *Ts'ai Yen* als Zweiter Offizier diente, hatte auf der Schule, auf der er für seinen Beruf ausgebildet worden war, den Namen Lu bekommen. Leibwächtern wurde alles über den Personenschutz beigebracht, und so hatte Lu in seiner Ausbildung auch gelernt, zu töten. Seit fünf Stunden war er immer weiter nach Norden in Richtung Sulu-Archipel geschwommen. Nur der Tod konnte ihn aufhalten, und vor dem Tod hatte er keine Angst. Wovor er sich fürchtete, das war, seine Pflicht nicht erfüllen zu können – als Versager zu leben war für ihn undenkbar. Immer wieder rief er sich den Anblick in seine Erinnerung zurück, den die Enkelin Sir Philip Lis geboten hatte, als sie im Mondlicht auf dem Deck stand.

Robert Li war der einzige noch lebende Sohn von Sir Philip Li. Wie sein Vater und sein Großvater war auch Robert in der Dragon School und in Eton ausgebildet worden. Am Trinity College in Cambridge studierte er Geschichte, am Courtauld Institute begegnete er seiner späteren Frau. Jeannine Li entstammte einer Adelsfamilie aus der französischen Provinz und hatte damals bereits ihre Kunststudien abgeschlossen.

Die Lis hatten sich für ihr großzügiges Haus mit vier Schlafzimmern im Londoner Stadtteil Pimlico entschieden, weil von dort aus die Tate Gallery so gut erreichbar war.

Die Sommer verbrachten sie in der Champagne, wo Jeannine Li ein kleines Grundstück und ein Landhaus geerbt hatte. Zweimal im Jahr kamen die Lis zwei Wochen nach Hongkong.

Trotz ihres Reichtums hatten sie bescheidene Ansprüche und waren sowohl bei Akademikern als auch bei Kunstsammlern ein gerngesehenes Paar. Von den Chinesen Hongkongs wurden die beiden als Fremde betrachtet; Robert galt bei ihnen als Dilettant.

Bei einem Zeitunterschied von acht Stunden rief Sir Philip seinen Sohn in seinem Haus in Pimlico nach Londoner Zeit nachts um halb zwei an. Er benutzte das normale Telefon und nicht den Zerhacker. Ohne einleitende Worte sagte er: »Die *Ts'ai Yen* wird vermißt, Robert. Du wirst es in den Morgenzeitungen lesen.«

Im Hörer blieb es still, und Sir Philip stellte sich vor, wie sich Robert gerade im Bett aufrichtete und in aller Ruhe seine Brillenbügel hinter die Ohren klemmte. In vielerlei Hinsicht gab es Entsprechungen zwischen Robert und den von ihm so bewunderten florentinischen Gemälden. Die Vollkommenheit der Ausführung hatte den Gemälden dazu verholfen, bis heute zu überdauern. Dasselbe mußte auch für das Haus Li gelten. Sir Philips Enkelin war nur eine Spielfigur auf dem Schachbrett. Wurde das Urteilsvermögen durch Gefühle beeinflußt oder wurde aufgrund von Emotionen ein zu schnelles Urteil gefällt, war das Spiel verloren.

Sir Philip wechselte das Thema. »Letzte Nacht europäischer Zeit sind zwei Gebäude auf dem Pariser Immobilienmarkt angeboten worden. Wir brauchen sie, Robert! Versuch es zunächst mit der VBS. Biete drei Achtel mehr. Wenn sie das nicht akzeptieren, versuch es mit den Clearingbanken.«

Er legte auf, rief mit dem Summer seine Sekretärin und betrat gemeinsam mit ihr den Fahrstuhl zum Erdgeschoß. Miß James trug eine dünne Ledermappe, in der sich einige Dokumente befanden, die für sein Treffen mit der Bank benötigt wurden. Jeder, der in der Geschäftswelt Hongkongs etwas zu sagen hatte, wußte von dem Treffen, und der Finanzier ließ sich deshalb Zeit, als er durch das Kontor ging, blieb hier und da an einem Schreibtisch stehen und stärkte die Moral seiner Angestellten mit einem gemurmelten Ratschlag oder einer Empfehlung.

Der vierzig Jahre alte Rolls-Royce Phantom Five war ursprünglich für Sir Philips Vater gebaut worden und mit einem Sitzplatz für die Sekretärin und einem in die Rückseite der Fahrerkabine eingebauten zusammenklappbaren Schreibtisch ausgestattet. In den sechziger Jahren war eine Klimaanlage dazugekommen, die man immer wieder nachgerüstet hatte, ferner gab es zwei Telefone und ein Faxgerät. Sir Philips Chauffeur hielt die Tür des Wagens geschlossen, bis der Finanzier und seine Sekretärin auf dem Gehsteig auftauchten. Auf dem Sitz lagen der *Hong Kong Standard* und die *South China Morning Post.* Miß James schenkte dem Finanzier aus einer mit einem Monogramm versehenen silbernen Thermosflasche Tee ein. Auf der Hauptstraße bremste ein Lastwagenfahrer, als er den riesigen Wagen erkannte. Vorsichtig manövrierte der Chauffeur das Fahrzeug in die Lücke im Verkehr.

Die Bank war weniger als drei Meilen vom Firmengelände entfernt, im Verkehrsgewühl Hongkongs dauerte die Fahrt jedoch eine halbe Stunde. In den ersten paar Minuten nahm Miß James zwei Anrufe entgegen. Ein dritter Anrufer telefonierte lange mit ihr, sie machte sich die ganze Zeit Notizen, die sie umgehend an Sir Philip weiterreichte: Ein englischer Segler hatte die *Ts'ai Yen* entdeckt. Es gab keine Überlebenden. Die Küstenwache würde innerhalb der nächsten Viertelstunde an Bord gehen; Sir Philips Team sollte zehn Minuten später eintreffen.

Nach einem Augenblick des Nachdenkens schrieb Sir Philip fein säuberlich detaillierte Anweisungen auf. Als letztes bat er Sir Euan Wiley, den Vorsitzenden der Cairns Oliver, den Segler von seinem Sicherheitsberater überprüfen zu lassen.

Als der Hubschrauber der Küstenwache über dem Frachtdeck in der Luft hing, kletterte Trent wieder auf den Frachter zurück. Die Nervosität des Piloten war unverkennbar, er hatte den Helikopter im Lee der Mannschaftsquartiere mit der Breitseite in die leichte Brise gedreht und ging ruckweise um jeweils etwa dreißig Zentimeter nach unten. Vorsichtig kletterte ein Passagier aus der offenen Seitentür nach draußen und stellte sich auf die Landekufe. Der Hubschrauber war noch mehr als drei Meter vom Deck entfernt, und die Person brüllte dem Piloten verärgert etwas zu. Nachdem dieser den Hubschrauber um fast zwei Meter weiter nach unten hatte sacken lassen, sprang der Mann ab, blieb mit dem Fuß an einem Lukendeckel hängen und stürzte seitlich auf das Deck; kriechend entfernte er sich aus dem Luftstrom der Rotorblätter. Zwei weitere Männer folgten ihm. Der Pilot zog den Hubschrauber wieder nach oben und schwenkte mit ihm in Richtung eines flachen Strandes davon.

Die Toten an Deck hatten in der Hitze bereits begonnen sich aufzublähen. Trent hatte erwartet, daß die Männer der Küstenwache in ihrer khakifarbenen Kleidung, ein Kommandant und zwei Untergebene, sich nach unten in den kühleren Salon des Schiffes begeben würden, aber statt dessen suchten sie den Schatten des Achterdecks auf. Der Kommandant hielt das Gesicht in den Wind und wischte sich mit einem Taschentuch den Schweiß ab, bevor er Kugelschreiber und Notizbuch zückte. Er hatte es nicht eilig und überließ Trent bis zur Ankunft eines zweiten Hubschraubers sich selbst.

Der zweite Pilot war ein wahrer Könner und setzte den Hubschrauber ohne weitere Vorbereitungen auf den massiven Lukendeckel. Als erstes sprangen zwei Chinesen heraus. Der ältere der beiden trug einen handbestickten *barong tagalog,* der einige hundert Dollar gekostet haben mußte, und leichte Slipper aus Leder der gleichen Qualität. Ein guter Schneider hatte seine Hose so geschnitten, daß sein durch das viele Sitzen am Schreibtisch entstandener typischer Bauch eines leitenden Angestellten nicht weiter auffiel. Im Gegensatz dazu bedeckte das Sporthemd eine Brust, die auch zu einem Ringer gepaßt hätte.

Der dritte Passagier war ein Japaner, der sich hinter den verspiegelten Gläsern einer runden Sonnenbrille versteckte. Obwohl er bereits Anfang Vierzig war, trug er die Haare lang und hatte sie zu einem Pferdeschwanz zusammengebunden. Die Jacke seines Markenanzugs drohte jeden Moment von seinen schrägen Schultern zu rutschen. Zum Anzug trug er ein Köperhemd, eine geblümte Krawatte und teure Lederstiefel. Trent fragte sich, ob der Japaner das als Verkleidung betrachtete. Doch was änderte das schon. Gehörte ihm etwa eine Galerie für Minimal art? Oder war er Jurymitglied eines kleineren Filmfestivals in Lateinamerika?

Der Kommandant der Küstenwache salutierte vor dem älteren Chinesen. Die beiden Männer berieten sich auf der anderen Seite des Achterdecks; der jüngere Chinese verschwand in den Offiziersquartieren. Der Japaner lehnte mit dem Rücken an der Reling und tat so, als schliefe er. Für Trent hatte er nicht einmal ein Kopfnicken übrig gehabt. Keiner der Männer hatte ihn gegrüßt. Doch jetzt kam der ältere Chinese auf ihn zu. Die Visitenkarte, die er aus seiner schmalen Brieftasche hervorholte, wies ihn als Ricardo Ling aus, den Präsidenten der South Asia Sail & Steam Ship Company mit Sitz in Manila. Er dankte Trent in hervorragendem Englisch für seine Mithilfe und den Mut, den er unter Beweis gestellt hatte, als er an Bord des Schiffes gegangen war. »Immerhin hätten sich die Mörder noch an Bord befinden können.«

»Ich konnte keinen Menschen sehen«, erwiderte Trent.

»Ihnen ist nichts Ungewöhnliches aufgefallen?«

»Nun, die Männer der Mannschaft waren tot.«

Der Chinese mußte unwillkürlich lächeln: »Sonst nichts?«

Trent war klar, daß er sich auf die Frau bezog. Warum kam er nicht direkt darauf zu sprechen? Trents Argwohn war geweckt, und er sagte nichts dazu.

Vielleicht war der Chinese ja mit seiner Antwort zufrieden, jedenfalls nahm er den Kommandanten der Küstenwache am Ellbogen und führte ihn ins Ruderhaus.

Der Japaner drückte sich von der Reling weg, gähnte und reckte sich, bevor er in Richtung Bug schlenderte. Dort stand er eine Weile und blickte über die zerklüfteten Felsen und Inselchen hinweg, aber in der Sonne war ihm viel zu heiß, und so kam er auf der gleichen Seite des Decks wieder zurück.

Trent hatte den Eindruck, der Japaner habe auf seinem Weg

zum Bug einige Meter vor dem Fallreep kurz gezögert. Er war sich sicher, daß er auch auf seinem Rückweg an dieser Stelle kurz innehielt.

Der Kommandant der Küstenwache kam mit dem jüngeren Chinesen wieder zurück. Dieser winkte den Japaner zu sich, und gemeinsam vertieften sie sich in ein kurzes Gespräch. Der Mann von der Küstenwache gesellte sich zu Trent in den Schatten. Verlegen meinte der Kommandant: »Die Sache wird noch genauer untersucht werden müssen, Mr. Trent. Dazu brauchen wir Sie.«

Trent hatte das erwartet und fragte, wann die Untersuchung stattfinden würde.

»Vielleicht in zwei oder drei Tagen«, antwortete der Kommandant und nickte sich selbst bestätigend zu. »Ja, spätestens in vier Tagen, Mr. Trent. Bestimmt nicht später.« Er blickte sich zu dem Chinesen um, als suche er bei ihm Bestätigung, dann wandte er sich wieder Trent zu. »Einer meiner Männer kann Sie nach Puerto Princesa begleiten und Ihnen bei allem behilflich sein, Mr. Trent. Hierbleiben können Sie natürlich auch«, ergänzte er unsicher und blickte zur *Golden Girl* hinüber, dann auf die von Riffen übersäte Wasserfläche. »Auf dem Frachter bleiben Wachen zurück; um Ihre Sicherheit brauchen Sie sich also keine Sorgen zu machen.«

Für Trent lag Puerto Princesa einhundert Meilen in der falschen Richtung. »Ich denke nicht, daß die *Ts'ai Yen* das erste Schiff ist, das in diesen Riffen auf Grund läuft«, meinte er. »Ich bleibe hier und schaue mich noch ein wenig um.«

5

Der erste Leibwächter Wong Fus überprüfte, ob auf dem Gehsteig vor dem Seiteneingang zur Bank alles in Ordnung war, bevor er die Tür des kugelsicheren Cadillacs öffnete. Ein zweiter Leibwächter hielt die Tür zur Bank auf, ein dritter stand am Fahrstuhl. Wong Fu trug wie gewöhnlich einen Arbeitsanzug mit Seidenhemd und Krawatte und maßgeschneiderte italienische Schuhe. Eine bestickte Kappe verdeckte die Narbe, die über seiner Kopfhaut verlief. Rasch überquerte er den Gehsteig, mit energischen Schritten ging er den Flur entlang zum Fahrstuhl, wo sein erster Leibwächter den Knopf für das Stockwerk mit dem Konferenzsaal drückte.

Vier der bedeutendsten Anteilseigner der Bank warteten im Vorraum auf ihn, unter ihnen zwei Chinesen. Wong Fu roch, daß sie Angst hatten. Genau denselben Geruch hatte er bei denen wahrgenommen, die er in den lange zurückliegenden Tagen seiner Anfänge in Shanghai ausgeraubt und ermordet hatte. Angst war es auch, die die Aktionäre auf seine Seite gebracht hatte; Angst würde es sein, die am Ende die Niederlage des Hauses Li herbeiführen sollte. Als er den Vorraum durchquerte und die Grüße der beiden europäischen Aktionäre erwiderte, dachte er an das Mädchen.

Sie hatte aufgeschrien, als die Piraten sie ins Boot geworfen hatten; einer der Männer hatte sie fluchend und mit einem Fußtritt zum Verstummen gebracht. Drei Stunden hatte sie jetzt auf dem Boden des Bootes gelegen. Das Dröhnen des Motors pochte in ihren Ohren, seine Vibrationen ließen ihren Körper durch den dünnen Stoff der Decke, in die sie eingewickelt war, erzittern. Sie konnte nichts erkennen, dämmerte dahin; es gab nichts anderes als die Furcht vor dem, was nach der Überfahrt kommen würde. Innerlich flehte sie, die Fahrt möge nie enden.

Jetzt wurde der Motor abgestellt, der Kiel des Bootes rutschte über den Sand. Ein lautes, in der plötzlichen Stille sehr bedrohlich wirkendes Kratzen war zu hören. Sie versuchte, sich so klein wie möglich zu machen, aber schon wurde sie gepackt und hochgeworfen. Sie klatschte ins Wasser. Alles hatte sie erwartet, nur das nicht; panische Angst vor dem Ertrinken erfaßte sie, verzweifelt kämpfte sie gegen die Decke an, während sie das Lachen der Männer hörte. Sie dachte an ihren Großvater, rief nach ihm, rief um Hilfe, flehte um den Schutz, den seine Macht verhieß.

Aus dem alten Rolls-Royce steigend, schenkte Sir Philip den wartenden Fotografen ein dünnes Lächeln und beruhigte die Journalisten mit dem Versprechen, nach dem Treffen auf Fragen zu antworten. Dann war er in der Eingangshalle verschwunden, in der der englische Vorsitzende der Bank bereits auf ihn wartete.

Die beiden Männer schüttelten sich für die Fotografen die Hände, aber der Engländer schien sich nicht besonders wohl in seiner Haut zu fühlen, als er Sir Philip in Richtung des Fahrstuhls begleitete.

»Wir dachten an den Hauptkonferenzraum«, sagte er so leise, daß nur Sir Philip es hörte. »Dort haben wir auch mehr Platz.«

Sir Philip hatte sich an Miß James gewandt, um sich den Umschlag geben zu lassen. Für einen Augenblick war er verwirrt und fragte: »Viele Menschen? Sicherlich doch nur Sie und ich, oder?« Die Verlegenheit des Vorsitzenden verriet ihm, daß an ihrem Treffen noch mehr Personen teilnehmen würden; ungeschickt fummelte er in den Papieren herum und ließ alles fallen.

»Danke, meine Liebe«, murmelte er Miß James zu, als sie den Umschlag wieder vom Boden aufhob. Er hielt sie am Arm fest: »Können Sie vielleicht mit mir kommen? Sie wissen schon, für den Fall, daß ich etwas vergessen sollte.«

Miß James warf dem Vorsitzenden der Bank über Sir Philips Kopf hinweg einen wütenden Blick zu. Für den war auch dieser Vorfall ein Zeichen des fortgeschrittenen Alters des Finanziers – er brauchte Schutz. Der Vorsitzende wußte, daß es nur vernünftig gewesen war, sich jetzt anderen gegenüber loyal zu zeigen. Die Aussagen auf den Finanzseiten trafen zu, Sir Philip war zu alt und zu festgefahren, sein Sohn war ein Dilettant und hatte nicht das Zeug, ein Firmenimperium zu führen. Das Imperium würde nicht mehr lange bestehen.

Nur wenige Außenstehende wußten die Zähigkeit und Entschlossenheit zu würdigen, die eine Führungsperson in der Finanzwelt aufbringen mußte. Der Bankier jedoch war sich über seine Qualitäten im klaren. Seine Frau konnte ihn vielleicht in der Intimität ihres Schlafzimmers herabsetzen, aber, bei Gott, eines Tages würde er es auch ihr schon noch zeigen. Ganz genau, dachte er, und ein Lächeln huschte über sein Gesicht, als er Sir Philip in den Fahrstuhl geleitete.

Unregelmäßig geformte Bruchstücke aus schwarzem Marmor stützten die Glastischplatte mit ihren abgeschrägten Kanten. Mit einer Länge von über sechs Metern und einer Breite von mindestens einem Meter achtzig war auf einer Seite genügend Platz für die vier Aktionäre und ihre Berater. Sir Philip trat ihnen nur in Begleitung von Miß James entgegen. Der Vorsitzende nahm am Kopfende des Tisches Platz.

Als Sir Philip wieder in den Papieren herumsuchte, wurde er sich der Leberflecken bewußt, die auf der Rückseite einer Hände zu sehen waren. Miß James beugte sich zu ihm herüber, um die Papiere in Ordnung zu bringen, und er dankte ihr. Dann blickte er hinüber zum Vorsitzenden.

Dem machte die Anwesenheit der anderen vier Männer weiteren Mut. Er ergriff das Wort, indem er versicherte, daß die Wirtschaftskraft des Hauses Li von keinem in Zweifel gezogen würde, daß aber durch die auf den Finanzseiten der Wirtschaftsblätter kolportierten Gerüchte und durch die überfällige Zinsrate von sechs Millionen Dollar Sorgen geschürt worden wären. Natürlich könne man sicherlich alle anstehenden Probleme mit Leichtigkeit aus dem Weg räumen.

»Wir sind hier unter Freunden«, versicherte er Sir Philip und lächelte in die Runde.

Einer der britischen Aktionäre bekräftigte es: »Auf alle Fälle.« Die beiden Chinesen nickten. Ein Rechtsberater warf ein, daß das Haus Li sich schon immer geweigert habe, sein Vermögen offenzulegen, und daß dies die Bank vor ein juristisches Problem stelle.

Der Vorsitzende ergänzte: »Die Bankstatuten, Phil.« Noch nie hatte er den Ehrentitel weggelassen, geschweige denn gewagt, den Namen des Finanziers abzukürzen. Zuversichtlich schloß er: »Wir werden uns bei diesem Treffen mit diesem Thema beschäftigen müssen.«

Ein Buchhalter nannte die genaue Darlehenssumme: »Einhundertdreißig Millionen Dollar, das sind vier Prozent des Kapitals der Bank.«

»Unklugerweise mit einem gewissen Risiko behaftet«, meinte einer der Rechtsberater.

Der Vorsitzende ergänzte: »Natürlich aus nachträglicher Sicht.«

Ein Finanzberater verwies auf eine bestimmte Klausel in den Darlehensvereinbarungen, nach der die verspätete Zahlung der Zinsen als Grund genügte, um die Darlehenssumme zurückzufordern.

Der Vorsitzende nickte: »Da sind wir sicherlich einer Meinung, Phil. Ich habe mit dem Board ausgelotet, welchen Spielraum wir haben. Sie wissen ja, wie das läuft. Es handelt sich um keine offizielle Erklärung, aber es herrschte doch eindeutig das Gefühl vor, daß wir glücklicher wären ...« Das Ende des Satzes blieb unausgesprochen.

Der Vorsitzende rutschte auf seinem Stuhl hin und her. Sir Philip hörte, wie sich links von ihm die Tür öffnete, und wußte, daß der Vorsitzende eine Klingel betätigt hatte.

Ein Angestellter reichte Miß James eine Notiz; sie las sie rasch, dann reichte sie sie an ihren Arbeitgeber weiter – es war die Mitteilung der Lloyds, daß das Frachtschiff *Ts'ai Yen* in der Sulu-See vermißt wurde.

Sir Philip schaute auf. Wong Fu beobachtete von der Tür aus die Szene.

Der Vorsitzende sagte: »Phil, ich gehe davon aus, daß Sie einander kennen. Mr. Fu ist seit kurzem einer unserer Hauptaktionäre.«

Wong Fus Anwesenheit anscheinend überhaupt nicht beachtend, ging Sir Philip ein weiteres Mal seine Papiere durch. Dann ließ er einen Verkaufsvertrag zwischen einer auf den Bahamas eingetragenen Aktiengesellschaft und dem Hause Li auf den Tisch fallen. Verkauft wurden eine Anlage zur Fleischverarbeitung in Florida, drei riesige Stücke Land und vierzigtausend Rinder zum Preis von einhundertsiebenunddreißig Millionen Dollar. Die Zahlung wurde innerhalb von dreißig Tagen fällig, der Morgan Trust bürgte für die Summe, der Empfänger war die Bank.

Einer der Rechtsberater griff nach dem Dokument, Sir Philip befand sich bereits auf halbem Weg zur Tür. Er ergriff den kristallenen Türknauf und schaute sich noch einmal zu dem Vorsitzenden um. Alle drei oder vier Monate hatten sie gemeinsam zu Mittag gegessen, waren sich aber nie besonders nahegekommen. Er merkte, daß er nicht in der Lage war, den Namen des Mannes zu nennen. Als er dann seinen Blick auf Wong Fu richtete, machte er kein Hehl aus der Verachtung, die er diesem Mann gegenüber empfand. »Abschaum aus der Gosse!« sagte er auf Mandarin. Als wenn er sich vor Ansteckung fürchten würde, tupfte er sich mit einem weißen Taschentuch die Lippen ab. »Miß James wird auf Ihre Unterschriften warten«, verkündete er.

»Das Haus Li unterhält mit dieser Bank keine weiteren Geschäftskontakte«, gab er den Journalisten bekannt und stieg in den Rolls-Royce.

Der Kommandant, der Japaner und der chinesische Schiffseigner waren mit dem Hubschrauber wieder aufgestiegen. Später wurden mit einer Barkasse aus Puerto Princesa vier zusätzliche Männer und die entsprechenden Vorräte auf der *Ts'ai Yen* abgesetzt, so daß sich jetzt sechs Wachen an Bord befanden.

Dünne Wolken hatten dem Meer einen blaßgrünen Farbton verliehen. Die Flanken der entfernten Gebirge wirkten in diesem durch die Wolken gefilterten Sonnenlicht kahl. Der leichte Wind hatte sich gelegt, die schwüle Hitze schien den Katamaran bewegungslos auf dem Wasser verharren zu lassen. Er wurde jetzt innerhalb des Riffs von drei Ankern oberhalb einer Sandfläche von der Größe eines Tennisplatzes gehalten, die Trent bei Ebbe entdeckt hatte. Bei Flut hatte er die *Golden Girl* vorsichtig zwischen den Korallenstöcken und den jetzt wie eine Festung wirkenden Felsen hindurch manövriert.

Die vermißte Frau ließ ihm keine Ruhe, die Frau und die Maschinisten, denen man Säure über die Gesichter geschüttet hatte, die Bösartigkeit der Piraten. Entweder war die Frau den Piraten in die Hände gefallen, oder sie war tot. Hätte man sie in der Kabine umgebracht, wäre Blut zu sehen gewesen. Eine Decke hatte gefehlt, und er nahm an, daß man die Frau mitgenommen hatte. Trent hatte gelernt, seinen Instinkten zu trauen.

Wieder kehrten seine Gedanken zu den ermordeten Maschinisten zurück. Die gleiche bewußte Grausamkeit hatte er in Dörfern erlebt, die Strafaktionen von Terroristen oder Einheiten zur Terrorbekämpfung zum Opfer gefallen waren. Die Männer wurden hingerichtet, die Frauen vergewaltigt und abgeschlachtet, tote Kinder blieben in den zerstörten Häusern zurück.

Die Frage, ob er dem Kommandanten der Küstenwache vielleicht etwas von der Frau hätte sagen sollen, beunruhigte ihn. Der chinesische Schiffseigner hatte sie nicht erwähnt – mit Absicht, dessen war sich Trent sicher. Wenn man überhaupt etwas für sie tun konnte, was konnte man unternehmen? Sollte man nach ihr suchen? Wo denn?

Obwohl weitere Überlegungen sinnlos waren, trieb ihn seine Machtlosigkeit wieder zurück zur Karte. Über sich selbst verärgert, setzte er sich im Cockpit hin und beobachtete, wie das Meer am Bug des Frachters saugte. Er benötigte Informationen, einen Namen, Einzelheiten über die Hintergründe. Dadurch fand er vielleicht heraus, ob die Entführung der Frau dem Vergnügen der Piraten dienen oder ob jemand damit erpreßt werden sollte.

Um sich irgendwie zu beschäftigen, begann er, die Fotos zu sortieren, die er von der japanischen Kriegsflotte gemacht hatte. Die Schiffsrümpfe wirkten unter Wasser grün und geisterhaft. Eine Fotoserie konzentrierte sich auf die in die zerklüfteten Panzerungen gerissenen Löcher. Andere Fotos verfolgten einen Hai, der an einem Gefechtsturm vorbeiglitt. Wieder dachte Trent an die Maschinisten auf der *Ts'ai Yen* und an die Frau. Irgend etwas mußte er einfach für sie tun. Es gab nicht die geringste Entschuldigung, die er gelten lassen konnte.

Auf einem Geflecht zwischen den beiden Rümpfen vor

dem Salon führte die *Golden Girl* einen großen Windsurfer mit sich. Trent hatte ihn mattschwarz angestrichen und so umgebaut, daß er auch ein konventionelles Segel führen konnte. Er wartete auf die Dunkelheit, bevor er das Surfbrett ins Wasser ließ, wickelte ein elektronisches Ortungsgerät in eine Plastiktüte und packte es in einen kleinen wasserdichten Rucksack. Zwei kugelschreibergroße Taschenlampen, ein Satz Dietriche und ein schweres Tauchermesser vervollständigten die Ausrüstung. Er zog den schwarzen Taucheranzug mit Kapuze an, wickelte sich ein Stück leichte Leine um die Hüfte und umhüllte den kleinen Dregganker, so daß er keine Geräusche verursachen würde.

Es war immer noch Ebbe, das Wasser saugte und gurgelte über dem Riff, das Surfbrett schabte über die Korallen. Wäre Trent geschwommen, hätte er nach den ersten hundert Metern überall blutige Schnittwunden gehabt.

Das Dach des Ruderhauses war auf der *Ts'ai Yen* für einen Beobachtungsposten der beste Punkt. An Bord zu gelangen, würde von hinten, vom tiefen Wasser aus, am einfachsten sein; daher würde auch auf dem Achterdeck eine Wache stehen.

Trent ließ die Fangleine des Surfbrettes über einen etwa sechs Meter vom Bug des Frachters entfernten Korallenstock gleiten und rollte sie ein Stück weit ab, so daß sie durchhing und das Surfbrett unter den Überhang des Frachters getrieben wurde. Er wartete vierzig Minuten, lauschte auf Schritte, die sich vom unaufhörlichen Meeresgeräusch und den vom Schiff verursachten Geräuschen abheben würden. Schließlich schleuderte er den umwickelten Dregganker hoch, kletterte rasch nach oben und rollte sich unter der Reling hindurch auf das Deck.

Für einen kurzen Moment war auf dem Dach des Ruderhauses eine Flamme zu erkennen, dann sah Trent das glühende Ende einer Zigarette, das sich in zwei Teile aufspaltete, als zwei Männer eine weitere Zigarette an der bereits brennenden anzündeten, um so Streichhölzer zu sparen. Auch auf dem Achterdeck würden zwei Männer stehen, zwei weitere würden irgendwo schlafen, wahrscheinlich an Deck, denn da es keinen Strom für die Klimaanlage gab, mußte es in den Mannschaftsquartieren unerträglich heiß sein.

Er machte die mitgeführte Leine an der Ankerkette des Frachters fest, löste den Dregganker vorsichtig von der Reling und ließ ihn wieder zurück ins Meer gleiten. Dann kroch er nach hinten in Richtung Quartiere, hielt alle paar Meter inne und vernahm schließlich das tiefe, pfeifende Geräusch der beiden Männer, die mittschiffs auf einem Lukendeckel schliefen.

Sich an den Männern vorbeischlängelnd, erreichte er den tiefen Schatten unterhalb des Ruderhauses. Sowohl die Türen zu den Quartieren an der Steuerbordseite als auch die an der Backbordseite waren abgeschlossen, doch die Schlösser waren neu, und die Verschlüsse ließen sich unter dem Druck der Dietriche leicht entriegeln. Sobald er sich im Innern der Quartiere befand, schloß er die Tür wieder hinter sich ab. Er nahm eine Decke aus dem Flurspind und ging in die Kabine des Zweiten Offiziers. Die Vorhänge waren zwar bereits zugezogen, doch als zusätzlichen Lichtschutz stopfte er noch die mitgeführte Decke hinter die Vorhangstange aus Messing.

Über der Koje hatte irgend jemand wieder eine Decke ausgebreitet. In der Garderobe, in der er die Frauenkleidung gesehen hatte, hing jetzt eine einzelne Uniform. Einige Schubladen waren mit Männerhemden und Unterwäsche vollgestopft; weder der Laptop noch die parfümierte Seife noch die Kosmetikartikel waren irgendwo zu sehen, statt dessen befanden sich jetzt ein einzelner Rasierer und ein Stück Kernseife im Bad.

Trent setzte sich an den Schreibtisch und betrachtete die Koje. Noch immer lag ein Hauch von Parfümduft in der Luft. Er zog die Decke ab. Das Laken am Fußende der Koje wirkte unbenutzt. Er untersuchte das Kissen, fand ein paar schwarze Kopfhaare, drückte das Gesicht in Kissen und Laken und sog tief die Luft in die Lungen. Säuerlicher Schweißgeruch fehlte, wahrscheinlich war die Frau schlank gewesen. Vom Duft des von ihr benutzten Parfüms und der Kosmetikartikel her zu urteilen war sie vielleicht fünfundzwanzig Jahre alt. Das glatte Laken am Fußende der Koje ließ auf eine Körpergröße zwischen einem Meter fünfundfünfzig bis einem Meter sechzig schließen. Das glatte schwarze Haar war kurz geschnitten, das Kleid von Isse Miyake und die teure Reisetasche verrieten, daß sie über Geschmack und Geld verfügte. Darüber hinaus war sie gebildet genug, um einen Laptop zu benutzen.

Der Name der Frau war ihm zwar weiterhin unbekannt, aber da ihr Fehlen verheimlicht werden sollte, mußte es sich um eine wichtige Person handeln, und früher oder später würde ihn das zu ihrem Namen führen. Er strich das Laken wieder glatt, legte die Decken an ihren ursprünglichen Platz zurück, schlich sich an Deck und schloß die Tür hinter sich ab. Von Norden näherte sich mit hoher Geschwindigkeit ein Boot.

Sein elektronisches Ortungsgerät funktionierte nur auf kurze Entfernungen. Trent stieg den Niedergang zum Ruderhaus hoch und kroch über das Deck nach hinten bis zum Fuß der Leiter, die auf das Dach des Ruderhauses führte. Die beiden dort postierten Männer sprachen aufgeregt miteinander, als das Boot näher kam. Eine Wache auf dem Achterdeck rief mit vor Angst heiserer Stimme etwas nach oben. Das metallische Geräusch, mit dem Waffen schußbereit gemacht wurden, war zu hören. Einer der Männer warf mit einer Münze nach den schlafenden Wachen auf der Deckluke, eine von ihnen wachte fluchend auf.

Da sich die Wachen auf das Boot konzentrierten, kletterte Trent rasch nach oben und schwenkte das Ortungsgerät in einem Halbkreis um sich herum. Er fing das Funksignal eines aktivierten Leitstrahlsenders auf, der wahrscheinlich auf dem Funkmast saß; der Angriff war wohlüberlegt gewesen, und wahrscheinlich hatte er der Frau gegolten, die so wertvoll sein mußte, daß ein Massenmord in Kauf genommen wurde, um sie in die Hände zu bekommen.

Der Lichtstrahl eines Suchscheinwerfers stach vom Boot aus in die Dunkelheit. Trent duckte sich und ließ sich wieder nach unten fallen, während der Steuermann den Motor drosselte und die Wachen einen der Neuankömmlinge an seiner Stimme erkannten. Sie brachen in ein schallendes Gelächter aus, und die beiden Gruppen riefen sich auf Tagalog etwas zu; der Akzent der Wachen war etwas weicher als der der Neuankömmlinge, die höhergestellt zu sein schienen. Die beiden Männer, die vorher noch geschlafen hatten, ließen eine Strickleiter herab und fingen die Leinen auf, als das Boot neben den Frachter glitt.

Trent kauerte sich unter den Niedergang, während die beiden Männer vom Dach des Ruderhauses nach unten kletterten, um die Neuankömmlinge zu begrüßen. Sechs Männer kamen an Bord; sie hatten Flaschen und Lebensmittel dabei. Man schlug sich gegenseitig auf den Rücken und machte derbe Scherze. Das Gelächter verstärkte sich, doch irgend etwas daran war falsch. Trent hätte den Wachen am liebsten eine Warnung zugerufen, aber dann dachte er an die gefangene Frau.

Schritt für Schritt würde man alle Zeichen für ihre Existenz beseitigen, bis nicht einmal die Erinnerung an sie blieb, weil alle, die von ihr wußten, tot waren. Der plötzliche, erstickte Aufschrei von unten bestätigte seine Vermutungen. Innerhalb weniger Sekunden war alles vorüber. Sechs gegen sechs, die Getränke waren mit hoher Wahrscheinlichkeit mit Drogen versetzt gewesen, und die Neuankömmlinge wußten gut mit ihren Messern umzugehen.

Da die Wachen jetzt tot waren, unterhielten sich die Männer auf chinesisch. Einer von ihnen drang in die Quartiere ein. Entweder besaß er einen Schlüssel, oder er konnte ungeheuer flink mit seinem Dietrich umgehen. Zwei andere kletterten den Niedergang zum Ruderhaus hoch. Tief geduckt rannte Trent zum Heck, schwang sich über die Reling, hing einen Augenblick an ihr und schätzte die Zeitspanne ab, in der das Wasser unter der Gilling auf und ab wogte. Als die sich zurückziehende Dünung ihren tiefsten Punkt erreichte, ließ er sich fallen. Das Saugen und Gurgeln des Wassers überdeckte das Klatschen, mit dem er im Wasser aufkam; er drehte sich und schwamm den Rumpf entlang zum Surfbrett zurück. Dort holte er den Anker wieder ein und paddelte langsam um den Bug des Frachters herum auf das ankommende Boot zu. Mit schwarzem Rumpf und einer Länge von knappen zehn Metern lag es breit vor ihm. Es ähnelte eher einem schnellen Dienstboot als einem Vergnügungsschiff. Vielleicht war es ein Boot für Taucher. Weder Name noch Nummer waren zu sehen.

Trent machte das Surfbrett zwischen den Rümpfen der *Golden Girl* fest. Er ließ sich in den Salon hinabgleiten, holte zwei Gewehre aus dem Spind, lud sie und verstaute sie in ihren wasserdichten, mit Reißverschlüssen versehenen Futteralen. Er öffnete die Luke unter dem Teppich im Boden des Salons, so daß er durch die Öffnung zwischen den Rümpfen aus dem Katamaran ins Wasser flüchten konnte. Dann setzte er sich vor den Kartentisch in die Dunkelheit und malte sich aus, wie die Männer an Bord der *Ts'ai Yen* in den Quartieren mit großer Gründlichkeit alle Spuren der Frau beseitigten. Der zähe junge Chinese, der zusammen mit dem Schiffseigner an Bord gekommen war, würde bei ihnen sein. Das hastige Verschleiern aller Anzeichen für die Anwesenheit der Frau war sein Werk gewesen.

Sobald sie mit dem Frachter fertig waren, würden sie ihre Aufmerksamkeit der *Golden Girl* zuwenden. Sie mußten auf das Tageslicht und die Flut warten, um über das Riff zu gelangen, doch dann würden sie von ihm wissen wollen, was er gesehen und ob er über Funk außer mit den Behörden mit noch jemandem gesprochen hatte. Dann würden sie ihn umbringen. Um den Kommandanten oder den Japaner würden sie sich nicht kümmern, von ihnen war keiner unter Deck gewesen. Sobald Trent nicht mehr lebte, hatte die Frau nie existiert.

Die Entführung war viel zu kompliziert, als daß sie das Werk normaler Piraten hätte sein können. Doch die Frau war mitgenommen worden, und die Schiffseigner taten alles, um ihre Gefangennahme zu verheimlichen. Trent fragte sich, auf welcher Seite wohl der Japaner und der Kommandant stehen mochten. Ein Boot der Küstenwache brauchte für die Strecke von Puerto Princesa fünf Stunden. Er schaltete das Funkgerät auf die internationale Notruffrequenz. Ein deutscher Tanker meldete sich, und Trent gab durch, daß die *Ts'ai Yen* angegriffen worden war.

Der Funker fragte, wie es um ihn stünde, und Trent antwortete, es stehe nicht gut um ihn, aber bis Tagesanbruch wäre er wahrscheinlich nicht gefährdet.

Zwanzig Minuten später meldete sich der Deutsche erneut über Funk und teilte ihm mit, die philippinische Marine sei unterwegs. »Viel Glück!«

Trent bedankte sich. Auf sein Glück verließ er sich jedoch nicht.

Er befestigte zwei Feldflaschen mit Wasser an seinem Gürtel, warf sich die Futterale mit den Gewehren über die Schulter und ließ sich zwischen den Rümpfen des Katamarans auf das Surfbrett fallen, mit dem er zu einer kleinen Insel mit einem halben Dutzend Palmen paddelte. In der Ferne konnte er das orangene Glühen des Vulkans erkennen.

6

Bei Grundstückspreisen, die die schwindelerregende Größenordnung von elfhundert Dollar pro Quadratmeter erreicht hatten, gehörte Braemar Lodge zu den ganz wenigen großen Häusern am Peak, die die verheerenden Auswirkungen der Stadtplanung unbeschadet überstanden hatten. In den letzten einhundertfünfundzwanzig Jahren hatte es den Taipan der Handelsniederlassung von Cairns Oliver beherbergt; das grimmige graue Herrenhaus aus Granit mit seinen viktorianischen Minaretten war genauso ein Symbol Hongkongs wie der Regierungssitz oder das Gebäude der Hong Kong und Shanghai Bank.

Sir Euan Wiley gehörte über den Zweig seiner Mutter indirekt selbst zur Familie Cairns. Harte Arbeit und seine Loyalität hatten ihm im jüngsten Kampf um den Vorsitz der Handelsniederlassung die Unterstützung Sir Philip Lis eingebracht. Einige Monate vor seinem sechzigsten Geburtstag akzeptierte er, daß die Banken und die meisten Mitglieder seiner Familie ihn als Übergangslösung für dieses Amt ansahen.

Das Faxgerät in der Bibliothek im ersten Stock war mit einer Klingel auf seinem Nachtschränkchen verbunden, und er stöhnte, als er sich von seiner Frau wegdrehte. Mißmutig warf er sich einen Morgenmantel über, stapfte über den breiten Treppenabsatz und tastete die Reihe Lichtschalter aus Messing entlang, die sich links neben der Tür befanden. Das Fax enthielt einen Bericht des Sicherheitsberaters in London über den Segler und war durch den automatischen Zerhacker gegangen. Sir Euan las es und wählte umgehend Sir Philip Lis Privatnummer.

»Philip, Euan am Apparat. Ich bin in zwanzig Minuten bei dir.«

Er zog sich eine Hose und ein Sporthemd über und schlüpfte mit den Füßen in die leichten Slipper. Unten in der Garage grüßte die Wache schläfrig und ließ die großen Doppeltüren zurückgleiten, bevor sie die Auffahrt hinunterrannte, um die Tore der Einfahrt zu öffnen. Euan zog es vor, den Mini des Kindermädchens zu nehmen und nicht den Rolls-Royce der Firma oder den Jaguar mit versenkbarem Dach, der seiner Frau gehörte. Er war ein großer Mann; seine zweite Ehe mit einer jüngeren Frau sorgte dafür, daß er seine schlanke Figur behielt. Sein Fahrstil verriet den Könner, er hatte es nicht nötig, durch irgend etwas aufzufallen. Die Tore zum Lagergelände der Firma Li schwenkten auf, als er von der Hauptstraße abbog, und Sir Philips Diener öffnete ihm die Vordertür.

Normalerweise kam er sich durch die fünfzehn Jahre Altersunterschied zu Sir Philip jung vor, aber dieses Mal fehlte seinen Beinen die Sprungkraft, als er die Treppe zum Arbeitszimmer des chinesischen Finanziers hochstieg. Überrascht von der Ruhe, mit der ihn Sir Philip begrüßte, kam er sich für einen Augenblick albern vor, als er ihm das Fax überreichte.

»Der Segler, Philip. Er war früher Mitglied des Geheimdienstes und arbeitete in einer Anti-Terror-Einheit. Er hat ein Dutzend Attentate für Washington ausgeführt, für die es keine offizielle Erlaubnis gab.«

Sir Philip wirkte unbeweglich, als er den Bericht in sich aufnahm, aber Euan Wiley hatte noch nie erkennen können, was in dem alten Mann eigentlich vorging. Es gab Zeiten, in denen ihn das Gefühl überkam, nur wenig mehr als eine kleine Schachfigur in den Plänen des chinesischen Finanziers zu sein. Das hieß nicht, daß er sich bei seiner Arbeit irgend etwas vorzuwerfen hatte – wenn das der Fall gewesen wäre, hätte er nie die Unterstützung Sir Philips genossen –, doch der ältere Mann dachte in viel längeren Zeiträumen als nur über die wenigen Jahre hinweg, die er Euan Wileys Erwartungen zufolge noch die Macht in Händen halten würde. Die Chinesen aus traditionell reichen Familien planten immer langfristig, sie hatten es noch nie auf das schnelle Geld abgesehen. Und sie ließen es auch nicht zu, daß das Aktienkapital der Familie verwässert wurde, wie es über die Generationen hinweg bei Cairns Oliver der Fall gewesen war. Großonkel Charley in Südfrankreich mit seinen jungen Frauen hatte sich nie die Mühe gemacht, Hongkong einen Besuch abzustatten. Tim von der Bank of England, der Architekt Charley junior, ein Abgeordneter, ein Kommandeur, etliche Gutsbesitzer, Bertie, der in Newmarket Rennpferde züchtete, sogar ein Akademiker gehörten jetzt zu den Anteilseignern. Und fünf Generationen von Töchtern und deren Aussteuern hatten die Kontrolle der Familie über das Aktienpaket weiter verringert. Sogar seine eigene Scheidung hatte dazu beigetragen – für einen Augenblick schämte er sich seiner Schwäche, der eines Mannes im mittleren Alter, für jüngere Frauen.

Er sagte: »Den Informationen über Trent zufolge ist der ein größerer Terrorist als die Terroristen, die er bekämpft hat. Was die Piraten betrifft, ist er allerdings genau der Mann, den wir brauchen.«

Nachdenklich klopfte Sir Philip mit einer gepflegten Fingerkuppe gegen das Fax. Er war ein kleiner Mann und körperlich wenig belastbar, geistig jedoch zeigte er keinerlei Ermüdungserscheinungen, auch sein Wille war ungebrochen. Was für Gefühle mochte er wohl für seine Enkelin empfinden, fragte sich Euan Wiley. Schmerz? Wut? Verzweiflung?

»Trent...« Der chinesische Finanzier faltete das Fax zusammen und ließ es in der Tasche seines Morgenmantels verschwinden. Er lächelte. »Ja. Meiner Meinung nach hast du recht. Das kommt uns sehr zustatten, Euan.«

Am anderen Ende der Stadt stand einer der vielen Verwandten Wong Fus vor dem großen Marmorschreibtisch, während Wong Fu selbst einen Bericht studierte, dessen Wortlaut exakt mit dem Bericht übereinstimmte, den auch gerade Euan Wiley empfangen hatte. Beide Schreiben hatten den gleichen Absender: einen früheren Mitarbeiter des militärischen Geheimdienstes Großbritanniens, der mittlerweile pensioniert war und ein Dutzend Kunden in Fernost mit seinen Informationen belieferte. Der Ausländer war das Geld wert, das er bekam, dachte Wong Fu, als er die Nachricht las. Er entließ den jungen Mann, der sie ihm überbracht hatte, und bestellte seinen Spezialisten für Kriegsführung zu sich. Der Mann, der eine halbe Stunde später das Penthouse betrat, war klein und machte einen überaus ordentlichen Eindruck. Er hätte auch als Buchhalter oder Lehrer durchgehen können.

Wong Fu schrieb seine Anordnungen auf ein Blatt Papier, das vor ihm auf dem Marmor der Schreibtischoberfläche lag: *Der Segler, Trent, ist gefährlich. Töten Sie ihn. Greifen Sie dazu auf die Triaden zurück.*

Der Mann nickte, Wong Fu ließ das Blatt zusammen mit dem Fax in den Reißwolf neben seinem Schreibtisch fallen. Auf diese Weise seinen Sicherheitsansprüchen genügend, dachte er wieder an das Mädchen. Die erste Lektion Demut würde ihr bereits erteilt worden sein. Der große Chinese fuhr sich mit der Zunge über die Lippen.

Zwanzig philippinische Piraten und vier Chinesen. Die Chinesen führten das Kommando. Sie befahlen Jay im Schatten einer Kokospalme niederzuknien und banden ihr die Handgelenke so zusammen, daß sie den Stamm einer Palme zwischen ihren Armen hatte. Aber sie rührten sie nicht an. Noch nicht. Sie warteten ab.

»Lady Li«, sprach sie der Anführer an. »Möchten Sie gerne etwas trinken, Lady Li?« Er packte ihren Kiefer und bog ihren Kopf nach hinten, so daß er ihr Wasser zwischen die Lippen gießen konnte. »Und vergessen Sie ja nicht Ihre gute Kinderstube, Lady Li«, warnte er. Flüsternd bedankte sie sich.

Er hielt ihr die Rückseite seiner Hand hin, und sie drückte ihre Lippen darauf, denn das war es, was er von ihr wollte. Mit ihren Augen flehte sie ihn an und flüsterte: »Mein Großvater wird Ihnen alles zahlen, was Sie verlangen.«

Der Chinese stieß ein tiefes, glucksendes Lachen aus.

Mit Anbruch der Dunkelheit wurde sie wieder in die Decke eingewickelt und ins Boot geworfen. Wie schon in der ersten Nacht überließ sie sich dem lauten Geräusch und den Vibrationen des starken Motors. Solange es lärmte, war sie so sicher wie an einer heiligen Stätte, dachte sie und stellte sich vor, sie stünde vor dem Altar einer Kirche. Dann fielen ihr die rechtsgerichteten Todesschwadronen in El Salvador ein, die die Menschen an den Haaren aus den Kirchen schleiften und auf den Stufen erschossen. Sie war auf die Straße gegangen, um gegen die Unterstützung des salvadorianischen Militärs durch das amerikanische Außenministerium zu demonstrieren. Nach dem Demonstrationszug waren sie und ihre Freundinnen von Wellesley zu einer Pizzeria gefahren. Jay konnte sich noch daran erinnern, daß sie eine besonders scharfe Pizza bestellt hatte.

Sie war keine Amerikanerin mehr. Irgendwo zwischen San Francisco und Hongkong hatte sie eine unsichtbare Grenze überschritten und war zur Chinesin geworden. Ohne zu bemerken, wie sie diese Grenze passiert hatte, aber jetzt begriff sie die Warnungen ihrer Großmutter beim Mittagessen, ihre Ratschläge bezüglich der Kleidung, die sie tragen sollte, bezüglich der Personen, mit denen sie verkehren sollte, bezüglich ihres Auftretens in der Öffentlichkeit. Ihre Großmutter hatte so sehr versucht, ihr den Status klarzumachen, den sie als Angehörige des Hauses Li geerbt hatte. Jay war Sir Philip Lis Enkelin, genoß hohes Ansehen, hatte eine besondere gesellschaftliche Stellung inne, besaß Macht. Doch Jay hatte sich geweigert, ihr zuzuhören. Sie war vielmehr fest entschlossen gewesen, ihr eigenes Leben zu leben. Wie konnte sie nur so blind gewesen sein? Sie begann zu beten. Es waren Gebete, die sie in der Episkopalkirche gelernt hatte. In der Schule und am College hatte sie die Episkopalkirche verlacht und sie für eine Art Feiertagsaktivität eines ländlichen Gesellschaftsclubs weißer angelsächsischer Protestanten gehalten.

Ihr kamen die Tränen. Sie dachte an den Zweiten Offizier der *Ts'ai Yen*, Lu. Auch ihn hatte sie verachtet.

Seit neun Stunden befand sich Lu jetzt im offenen Meer, und erst jetzt erreichte er die Insel. Nachdem er ein wenig Atem geschöpft hatte, kletterte er auf eine Kokospalme, die sich leicht geneigt über dem Strand erhob. Er trank die Kokosmilch aus einer jungen Nuß und aß ihr Fruchtfleisch, dann schob er ein Dutzend trockener Palmenwedel zusammen, versteckte sich unter ihnen und lag jetzt in der Dunkelheit da. Er hatte überlebt, und er hatte gewußt, daß er durchkommen würde. Wenn es dämmerte, konnte er sich auf die Suche nach einem Fischer machen.

Trent horchte, wie das Boot langsam am Rand des Riffes entlangfuhr. In den letzten Nachtstunden hatte sich der leichte Wind gelegt, und selbst das Meer wirkte erschöpft, als es an den winzigen Strand unterhalb seines Versteckes klatschte. Der Suchscheinwerfer am Bug des Bootes fand die *Golden Girl*, und über das Wasser hinweg waren Männerstimmen zu hören. Trent sprach kein Chinesisch, aber er erkannte das metallische Geräusch eines Schnellfeuergewehrs, das durchgeladen wurde.

Es konnte sein, daß der Katamaran gleich von Kugeln durchsiebt wurde, aber da rief einer der Männer auf Englisch: »*Golden Girl!* Ahoi, *Golden Girl!*«

Natürlich wußten sie nicht, mit wem sie es zu tun hatten.

Bei Tagesanbruch waren die sechs Killer auf dem Boot in der Lage, ihn zu erwischen, vorausgesetzt, sie gingen genauso professionell vor wie er. Sie würden dabei eigene Verlust einkalkulieren müssen, daher war es wichtig herauszufinden, wie weit sie sich für ihre Auftraggeber engagierten. Als erstes schoß er auf den Suchscheinwerfer und brachte ihn zum Verlöschen.

Ein Schwall von Flüchen zeigte ihm, daß er auch einen der

Männer getroffen hatte. Der Motor heulte auf, der Steuermann schwenkte das Boot herum und brachte es aus der Reichweite seiner Waffe. Ein einzelner Schuß aus einer unerwarteten Richtung reichte nicht aus, um seine Position zu bestimmen. Nichtsdestoweniger veränderte Trent diese um ein paar Meter und wartete ab, was die Männer als nächstes vorhatten. Mit etwas Glück würden sie die Morgendämmerung abwarten und dann von der philippinischen Marine oder der Küstenwache gefangengenommen werden. Doch statt dessen heulte der Motor wieder auf, und Trent hörte, wie das Boot mit einer Geschwindigkeit von schätzungsweise vierzig Knoten in östlicher Richtung davonraste.

Sechs tote Männer lagen in Lachen geronnenen Blutes auf der mittleren Frachtluke der *Ts'ai Yen.* Ein Hubschrauber der Marine schoß aus der Dunkelheit heraus. Der Pilot raste über die *Ts'ai Yen* hinweg, legte den Hubschrauber über der *Golden Girl* in eine Kurve und flog wieder über den Frachter zurück. Aus den Seitentüren ragten die Läufe großkalibriger Maschinengewehre. Die Schützen ließen den Frachter keinen Moment aus den Augen, während der Pilot sechsmal über ihn hinwegflog.

Das Ruderhaus ähnelte einer Festung, die Fenster aus Panzerglas gestatteten einen ungehinderten Blick über das ganze Frachtdeck. Hatte man das Ruderhaus erst einmal eingenommen, konnten sich die Marinesoldaten mit dem Durchkämmen der Quartiere Zeit lassen.

Beim sechsten Vorbeiflug zog der Pilot den Hubschrauber steil nach oben, ein Dutzend Männer waren auf das Dach des Ruderhauses hinuntergesprungen. Schnell schwärmten sie aus, zwei von ihnen warfen sich auf den Bauch, um das Frachtdeck zu sichern, zwei behielten die Niedergänge auf der Steuerbord- und Backbordseite im Auge, die zu den Seitendecks neben dem Ruderhaus führten. Der Hubschrauber hing mit schußbereiten Waffen vor dem Bug des Frachters in der Luft, während die letzten beiden Männer über den Rand des Ruderhauses glitten und sich vor dessen Türen auf die Decks fallen ließen. Sofort warfen sie Sprengladungen gegen die Seitenfenster, die drei Sekunden später explodierten. Mit einem gewaltigen Krachen zersplitterte das Panzerglas. Handgranaten flogen hinterher. Die Marinesoldaten wirbelten herum, ihre Maschinenpistolen im Anschlag, und bestrichen das Innere des Ruderhauses mit ihrem Feuer. Es war leer.

Der Hubschrauber ließ vier weitere Männer auf das Frachtdeck herunter, legte sich in die Kurve und flog auf den Katamaran zu. Ein Marinesoldat mit einem Megaphon rief, Trent solle an Deck kommen. Doch Trent lag vierhundert Meter entfernt in seinem Versteck auf der Insel. Bewaffnete Männer im Adrenalinrausch machten ihn nervös, und durch den Lärm, den der Hubschrauber machte, wäre es ihm sowieso unmöglich gewesen, sich bei den Männern Gehör zu verschaffen. Flach auf dem Bauch liegend, hob er sein T-Shirt mit dem Paddel in die Höhe. Einer der Marinesoldaten entdeckte es. Als sich der Hubschrauber vom Katamaran entfernte, feuerte ein MG-Schütze ein Dutzend Schüsse in die seichten Gewässer in der Nähe der kleinen Insel ab, um Trent zu warnen.

Die Warnung war überflüssig. Trent schob seine Beine auseinander und streckte auch seine Arme so weit wie er nur konnte von sich. Die Rotoren des Hubschraubers donnerten über seinen Kopf hinweg, der Luftzug fegte über den Sand. Dann hörte er den dumpfen Aufprall der Männer, die hinter ihm in den Sand sprangen, und der Hubschrauber drehte ab. Er brüllte, daß er der Engländer Trent sei, der zur *Golden Girl* gehöre. Ein Marinesoldat schrie ihm zu, er solle aufstehen. Er trug die Rangabzeichen eines Sergeants und sprach mit einem amerikanischen Akzent, den er wohl im Kino vervollkommnet hatte.

»Der Kommandant möchte, daß Sie wieder an Bord Ihres Bootes zurückkehren«, befahl er.

Im Cockpit des Katamarans beobachtete Trent, wie ein Patrouillenboot der Marine aus nördlicher Richtung heranraste, gefolgt von einem Boot der Küstenwache aus Puerto Princesa. Das Patrouillenboot ankerte vor dem Heck der *Ts'ai*

Yen; Matrosen ließen ein Beiboot aus Fiberglas ins Wasser gleiten. Die Marinesoldaten hatten die Quartiere durchsucht, und bald bot der Frachter das Bild einer Cocktailparty – überall standen Männer der Küstenwache, der Marine und Soldaten herum.

Einer der Männer vom Patrouillenboot sprang in das Beiboot, als der Steuermann vorsichtig über den Rand des Riffes hinweg zur *Golden Girl* hinüberlenkte. Die Epauletten des Mannes neben dem Steuermann wiesen ihn als Kommandanten aus. Er war einige Jahre jünger als Trent, hatte für einen Filipino recht breite Schultern, einen zähen, kompakten Körper und bewegte sich leichtfüßig. Sein Lächeln war kein Ausdruck der Freude, als er sich über das Heck an Bord des Katamarans schwang und ins Cockpit sprang.

Trent deutete mit einem Kopfnicken auf die *Ts'ai Yen.* »Sie haben das gut eingeübt. Ein gelungener Einsatz.«

Der Kommandant war nicht an Komplimenten interessiert. Er machte sich auch nicht die Mühe, sich vorzustellen, sondern wollte wissen, was Trent ihm zu sagen hatte.

Trent berichtete ihm, er habe gehört, wie sich ein Boot der *Ts'ai Yen* näherte. Etwa eine halbe Stunde lang hatte er danach vom Frachter den Lärm einer lauten Feier vernommen. Dann war es totenstill geworden. Die Stille hatte ihn nervös gemacht, er war ins Wasser geglitten und hatte sich innerhalb des Riffs zwischen den Felsen versteckt, wo ihn das Boot gejagt hatte.

»Sie waren bewaffnet?« fragte der junge Kommandant.

»Mit einem Gewehr«, antwortete Trent und brachte es dem Kommandanten.

Der Mann roch am Lauf. In seinem fließenden Englisch, ebenfalls mit amerikanischem Akzent, fragte er: »Ein Schuß?«

»Ein Schuß«, bestätigte Trent.

Der Kommandant schien das Interesse an ihm zu verlieren. Vielleicht dachte er auch nur nach. Drüben auf dem Frachter machten die Männer Aufnahmen, maßen alles aus, verstauten die Leichen in großen Säcken. Über dem Horizont zeigte sich ein schmaler goldener Streifen.

Schließlich begann der Kommandant, kräftig zu gähnen,

und kratzte sich am Hinterkopf, bevor er das Gewehr wieder über den Tisch des Cockpits in Trents Richtung schob. »Was haben Sie gemacht? Den Scheinwerfer zerschossen?«

»Ja«, erwiderte Trent. Der Kommandant grinste plötzlich.

»Hurensohn! Die dachten, sie würden Tauben jagen, und *Peng!* wurden sie wach.«

»So ähnlich …«

Trent verschwand in der Kombüse und stellte die Kaffeekanne auf den Herd. »Eier?« rief er.

»Ja«, antwortete der Kommandant. »Warum nicht? Haben Sie etwas dagegen, wenn ich mich ein wenig umsehe?«

»Nur zu!«

Auf der Backbordseite des Cockpits führte ein Niedergang in den die beiden Rümpfe verbindenden Salon hinunter. Große Fenster erlaubten den Blick nach vorne auf das Brückendeck, auf beiden Seiten des Kabinendachs waren gewölbte Lukendeckel eingelassen. Auf der Backbordseite des Niedergangs stand der Kartentisch, darüber war die neueste elektronische Ausrüstung untergebracht, die mit den in der Schutzwand des Cockpits eingelassenen Verstärkern und Relais verbunden war: Geschwindigkeitsmesser, Barometer, Tiefenmesser, Windgeschwindigkeitsmesser und die Anlage für die Satellitennavigation. Die Geräte des Seefunks waren auf der Backbordseite der Navigationsinstrumente installiert worden.

Am vorderen Ende des Salons stützte der Mastfuß einen Tisch, an den sich eine hufeisenförmige Sitzbank schmiegte, die mit handgewebten Decken aus Guatemala überzogen war. Hüfthohe Schränkchen liefen an der hinteren Trennwand entlang. Zwei Schiffskaraffen mit breiter Standfläche und verschiedenen Sorten Rum und eine Reihe Trinkgläser aus geschliffenem Glas wurden von einer Schlingerleiste an ihrem Platz gehalten. Auf dem blauen Bodenbelag lagen afghanische Teppiche. Die Regale standen voller Bücher. Zwei Ölgemälde aus dem 19. Jahrhundert mit Darstellungen von Schiffsszenen auf der Themse hingen neben den Treppen, die in die Rümpfe hinunterführten, an den Wänden.

Die Kombüse befand sich mittschiffs im Backbordrumpf;

davor und dahinter lagen mit Waschbecken und Toiletten ausgestattete Kabinen mit je zwei Kojen. Die Einzelkabine im Steuerbordrumpf lag hinten, war länger als die Kabinen auf der Backbordseite und wurde von einer Toilette und einer Dusche vom Spind für die Segel getrennt, der vom Vorderdeck aus zugänglich war. Mexikanische Tagesdecken lagen auf den Kojen, dazu gab es die passenden Vorhänge und auf dem weißen Bodenbelag bunte Teppiche.

»Nettes Zuhause«, meinte der Kommandant, als er wieder am Tisch im Salon Platz nahm.

»Danke.«

Trent schob einen Teller mit Eiern und Speck vor seinen Gast und setzte sich ihm gegenüber hin.

Der Filipino wischte das Eigelb mit einem Stück Brot vom Teller und grinste. »Jaja, Norfolk, Virginia – aber du bist um einige Jahre älter.«

»Einige«, bestätigte Trent. Der Filipino erzählte ihm gerade, daß sie den gleichen Auswahlprozeß und das gleiche Trainingsprogramm durchlaufen hatten. An welchem Ort das gewesen war oder welcher Sondereinheit sie angehört hatten, tat dabei nichts zur Sache. Sobald man die Ausbildung hinter sich gebracht hatte, war man einer der Leute geworden, auf die zurückgegriffen wurde, wenn es darum ging, brenzlige Situationen zu lösen. Die Worte ›Situation‹ und ›brenzlig‹ wurden dabei benutzt, um zu verschleiern, was in Wirklichkeit von einem verlangt wurde: Im Auftrag der Regierung Menschen umzubringen.

Die Ausbildungskurse durchzustehen war schon an sich ein großer Erfolg. In den Kampfeinsätzen vor Ort Entscheidungen im Sinne der Auftraggeber herbeizuführen, ein besonderer Triumph. Jetzt saßen sie sich hier im Salon gegenüber und ähnelten zwei Hunden, die sich gegenseitig beschnupperten und ihre Territorien ausloteten. Sie erkannten sich an Kleinigkeiten, beispielsweise an der Faulheit, die sie an den Tag legten, weil dieser Vormittag für die nächsten sechs Wochen die letzte Gelegenheit zu etwas Ruhe sein konnte, am Wunsch, sich nicht weiter in die Sache hineinziehen zu lassen, weil man sonst Gefahr lief, mit einer für die Situation unangemessenen Härte vorzugehen, an der Wut darüber, für nützlich gehalten, aber gleichzeitig wie ein Stück Dreck behandelt und nie zum Abendessen eingeladen zu werden. Mit Sicherheit war man auch nie die gewünschte Partie für die Lieblingstochter.

Der Kommandant schob seinen Teller beiseite und schaute zu, wie Trent frischen Kaffee nachschenkte. Er kippte noch etwas Sahne hinzu und meinte: »Tolles Frühstück. Ach ja, wenn du etwas brauchst, laß es mich wissen. Manolo Ortega...« Er streckte Trent eine Hand entgegen, auf der vom V des Daumens ein auffälliger Muskelstrang zum ersten Gelenk des Zeigefingers verlief.

»Danke«, sagte Trent. Er hätte dem Mann nur zu gern vertraut, kannte aber die hiesigen Spielregeln nicht. Da er nicht mehr zur Anti-Terror-Einheit gehörte, hatte er auch nicht länger Zugang zu den entsprechenden Informationen.

»Wie finde ich dich?« fragte er.

Der Kommandant entnahm einer schmalen Mappe aus schwarzem Leder mit goldfarbenen Ecken eine Visitenkarte von bester Qualität, deren Schriftzug eher eingraviert als aufgedruckt wirkte, und stellte sich als Korvettenkapitän Manuel J. Ortega vor, die rechte Hand von Admiral Jose Abalardo, der für Einsätze wie diesen verantwortlich war.

In dieser Position ließ sich eine ganze Menge erreichen. In Ländern wie den Philippinen die Hackordnung zu begreifen war eine besondere Kunst, doch man konnte davon ausgehen, daß sich Manolo Ortega ganz in der Nähe derer aufhielt, die die Entscheidungen trafen.

Dem Korvettenkapitän war es völlig egal, was Trent über ihn dachte, aber er wollte ihm eine Freundlichkeit erweisen, weil sie den gleichen Werdegang hatten. Er sagte: »Sie werden wünschen, daß du in Manila eine Aussage machst. Ich lasse ein paar meiner Männer auf deinem Boot zurück, damit dort nichts angerührt wird.«

Trent dankte ihm erneut, und Ortega ergänzte: »Vergiß nicht, dir immer den Rücken freizuhalten. Ich würde dir raten, möglichst schnell zu verschwinden.«

»Von den Philippinen?«

»Von der ganzen Region«, meinte Ortega.

Trent dachte wieder an die Frau.

Der Boden der Hütte bestand aus gestampfter Erde und Korallen, die Wände waren aus Lehm und Bambus. Eine mit Angeln versehene Holzplatte bildete die Tür, auch ein Fenster gab es. Der Holzpfosten in der Mitte trug das Strohdach. Sie hatten ihr eine Eisenschelle um den rechten Knöchel gelegt, die mit einer leichten Kette am Mittelpfosten befestigt war. Ein Eimer in der Ecke diente als Toilette, in einem zweiten Eimer befand sich Wasser zum Trinken oder Waschen. Die Einrichtung bestand aus zwei schmutzigen Strohsäcken.

Die vier chinesischen Rädelsführer hatten sie ausgezogen und spielten Karten. Der Gewinner würde anfangen. Sie ließen sich Zeit mit dem Spielen, um auszukosten, wie ihre Angst stieg. Sie hatte sich kurz gegen die Männer gewehrt, aber der Anführer hatte nur einen breiten Ledergürtel von seiner Hose losgemacht.

»Lady Li« nannte er sie, damit ihr klar wurde, daß er wußte, wen er vor sich hatte; sie sollte merken, daß die Macht ihres Großvaters hier in der Hütte nichts zählte. Er befahl ihr hinzuknien und schlug ihr ins Gesicht, damit sie begriff, daß sie nichts tun konnte, was ihre Lage verändert hätte. Sie konnte gehorchen oder kämpfen oder schreien. Den Männern, die sie gefangenhielten, war das egal. Sie waren angewiesen worden, sie zu demütigen, und hatten nicht einmal besonderes Vergnügen daran. Sie machten nur ihre Arbeit.

7

Ein Boot der Küstenwache nahm Trent mit nach Puerto Princesa, und mit Philippine Airlines flog er weiter nach Manila. Dort holte ihn ein Sergeant der Marine am Flughafen ab und fuhr mit ihm ins Hauptquartier, wo er sich einer Befragung durch den Untersuchungsausschuß unterziehen sollte. Vier

Männer in schlichter Kleidung stellten die Fragen, einer von ihnen war ein in den USA ausgebildeter Polizist, der bei Verhören Druck bevorzugte. Die anderen drei schienen eher heiterer Natur.

Sie wollten wissen, was er an jenem ersten Morgen an Bord der *Ts'ai Yen* gesehen hatte, und Trent antwortete, er habe nach Überlebenden gesucht. Da er keine finden konnte, hatte er die Küstenwache angerufen in der Hoffnung, sie würden die Piraten gefangennehmen.

Sonst nichts?

Nichts.

Und in jener Nacht? War er an Bord der *Ts'ai Yen* gewesen? Warum hatte er die Männer im Boot beschossen? Nahm er immer Leute unter Beschuß, die ihm etwas zuriefen? Zweifellos hatte er das Richtige getan, aber aus welchem Grund? War er sich so sicher gewesen, daß die Männer auf dem Boot die Wachen ermordet hatten? Er mußte doch etwas gehört oder irgend etwas gesehen haben!

Er antwortete, alles wäre eher ein Zufall gewesen. Er habe nicht einschlafen können, habe das Lachen gehört und später diese Stille wahrgenommen, und die Stille habe ihn nervös gemacht.

»Sie wirken nicht gerade wie jemand, der nervös wird«, meinte einer der Männer mit einem säuerlichen Lächeln. Ein fünfzigjähriger Chinese mit runzligem Gesicht bewegte seinen Kugelschreiber auf dem Tisch vor und zurück. »Wir machen Ihnen keine Vorwürfe, Mr. Trent«, meinte er. »Wir versuchen nur, zu verstehen, warum die Männer im Boot die Wachen umgebracht haben.«

Einer der anderen fügte hinzu: »Entweder wollten sie etwas vertuschen, oder sie haben etwas mitgenommen. Sind Sie da nicht der gleichen Meinung, Mr. Trent?«

Trent sagte, er habe über diese Frage eigentlich noch nicht nachgedacht.

Der Polizist grunzte verärgert und wollte wissen, warum Trent an Bord der *Golden Girl* Waffen mit sich führe.

Trent sagte, er habe seine Gewehre bei der Einreise in die philippinischen Hoheitsgewässer ordnungsgemäß angemeldet. Die Erlaubnis zum Mitführen der Gewehre hatte er dabei und reichte sie dem Polizisten, der ein wenig enttäuscht wirkte.

Der fünfzigjährige Chinese meinte: »Bei den vielen Piratenüberfällen in den letzten Jahren wäre ein Segler dumm, wenn er sich nicht bewaffnen würde.«

Der Mann, der das Verhör zu leiten schien, hatte im Unterschied zu den drei anderen etwas von einem Spanier an sich. Er meinte: »Sie waren uns eine große Hilfe, Mr. Trent. Wir wären Ihnen dankbar, wenn Sie noch bis morgen früh in Manila blieben würden für den Fall, daß wir noch etwas vergessen haben sollten.«

Trent war froh, noch ein wenig bleiben zu können. Er sagte, er sei im Manila Hotel zu finden, dachte, sie würden noch etwas dazu sagen, aber sie waren bereits mit anderen Dingen beschäftigt und gaben ihm die Hand – sogar der Polizist tat das, auch wenn er dabei nur wenig Charme versprühte – und urplötzlich stand Trent wieder draußen auf der Straße.

Mit dem Taxi ließ er sich nach Robinson's bringen, einer von Arkaden gesäumten Ladenzeile, und setzte sich dort in ein Café. Eine Weile fühlte er sich sicher, dann jedoch verwandelte sich die Atmosphäre. Es gab weder einen Wechsel noch irgendein Ereignis, an dem er das festmachen konnte, aber er zweifelte zu keinem Zeitpunkt an der Wirklichkeit der Gefahr. Seine Instinkte waren durch das jahrelange Leben als Undercover-Agent zu gut ausgebildet. Man war ihm auf den Fersen! Doch brauchte er Zeit, um seine Verfolger zu entdecken, schließlich befand er sich auf unvertrautem Territorium und wußte nicht, auf was er achten sollte. Oft waren Gesichter eine Hilfe: die Form der Ohrläppchen, der Augenabstand, der Winkel einer Kinnpartie – oder die Neigung eines Hutes, die Art und Weise, auf die die Haare eines Mannes nach vorne über dessen Stirn fielen, Jackenknöpfe, der Hemdkragen, der Krawattenknoten, der Sitz eines Kleidungsstückes.

Trent war zu erfahren, um sich über einen längeren Zeitraum täuschen zu lassen, aber er konnte spüren, wie sie ihm immer näher kamen. Er dachte daran, einem Taxi entgegenzulaufen und zum Manila Hotel zu fahren, bezweifelte aber, daß er es noch bis auf den Gehsteig schaffen würde. Sorgfältig ging er die einzelnen Tische durch. Größtenteils saßen junge Filipinos an ihnen, die mit handbestickten Hemden im Wert von zweihundert Dollar bekleidet waren. Links von ihm nahm ein junges Mädchen mit einem schüchternen Lächeln ihren großen Mut zusammen und sprach einen deutschen Geschäftsmann an. Um einen Tisch mit australischen Touristen prahlten die Männer lauthals mit ihren sexuellen Heldentaten und benutzten dabei eine Sprache, die einen Missionar umgehend nach einer Schüssel Seifenwasser greifen lassen würde. Ein übergewichtiger Amerikaner Mitte Fünfzig klammerte sich an die Hand einer achtzehnjährigen Prostituierten, als sei sie eine Jungfrau – dabei war er es, der Schutz brauchte. Eine fröhliche junge Chinesin mit grauer Hose und einem hellblauen Hemd winkte einem Freund an einem Tisch hinter Trent zu.

Der Engländer gab mit einem Fingerschnippen einem Kellner ein Zeichen und ließ eine Einhundertpesonote auf der Rechnung zurück. Bevor er die Glastüren erreichte, die hinaus auf die Arkade führten, hatte er seine Gegner identifiziert. Sie waren Geschäftsmänner mittleren Alters und verrieten sich durch ihre Wachsamkeit. Einer von ihnen hatte eine Zeitung dabei. Die beiden anderen hatten einander den Arm um die Schultern gelegt, während sie sich von der Seite an Trent heranarbeiteten. Damals in der Ausbildungsschule hatte man so etwas mit dem Begriff ›Jagdgesellschaft‹ bezeichnet. Die drei Männer waren die Treiber. Die Jäger warteten draußen. Trent dachte, daß es sich bei der Waffe wahrscheinlich um ein Messer handeln würde, das ihm zwischen der sechsten und siebenten Rippe von hinten ins Herz fuhr. Der Angriff würde völlig lautlos erfolgen, und die Angreifer würden genügend Zeit haben, das Weite zu suchen, bevor irgend jemand den Mord bemerkte.

Eine Jagdgesellschaft war eine üble Sache, denn das Opfer konnte die Jäger erst im letzten Augenblick ausmachen. Trent ging durch die Glastüren nach draußen, glitt sofort nach rechts und preßte den Rücken gegen die Glasplatte.

Links von ihm brüllte jemand, er ließ sich flach auf den Boden fallen und rollte sich unter den Beinen der Passanten hindurch. Männer und Frauen fielen über ihn.

Wer immer gerade gebrüllt hatte, brüllte ein zweites Mal. Trent kam hoch, die gestürzten Passanten boten ihm Schutz; er sprang über sie hinweg und warf sich geduckt nach links auf den Ausgang der Arkade zu. Da entdeckte er den Japaner mit dem Pferdeschwanz vom Tag davor, der auf den Gehsteig hastete, als ein überlanger Mercedes schleudernd zum Halten kam. Zwei junge Chinesen sprangen heraus, ein dritter Chinese brüllte ihm vom Rücksitz des Mercedes etwas zu. Die Wagentür stand offen, Trent glitt auf den Ledersitz. »Danke, daß Sie mich mitnehmen«, meinte er. Der Chinese erwiderte: »Das Vergnügen ist ganz auf meiner Seite, Mr. Trent.«

Der Chauffeur fuhr hinter einer Ampel an den Straßenrand, und der Chinese schlüpfte aus dem Wagen auf den Gehsteig. Trent machte sich nicht die Mühe, danach zu fragen, wohin er gebracht wurde. Wenn sie es ihn hätten wissen lassen wollen, hätten sie es ihm gesagt. Es ging in südlicher Richtung davon; der Weg führte durch Vororte, die kein Architekt geplant hatte. Schließlich endeten auch diese, und um sie herum erstreckten sich staubige Felder, die hier und da von Mangobäumen beschattet wurden. Die Hütten am Straßenrand waren von Bananen und Papayas umgeben. Schweine, Hühner und unzählige Kinder mit Rotznasen liefen herum, die Augen der Kinder tränten und saßen voller Fliegen.

Gelegentlich tauchten unverputzte Betonbauwerke mit Blechdächern auf und zeugten von einem Filipino, der im Ausland gearbeitet hatte. Die Lastwagen hatten verbogene Aufbauten und Flicken auf den Reifen. Überlange Jeepneys mit mehr Chrom als Motorleistung keuchten die niedrigen Hügel hoch. Nur die Bäume schienen nicht von der Armut gezeichnet zu sein.

Nach einer Stunde bog der Chauffeur von der Hauptstraße ab, und sofort veränderte sich das Land zum Besseren. Sie kamen in eine kleine Stadt und fuhren über einen zentralen Platz mit Häusern im Stil der spanischen Kolonialzeit, der von Mango- und Avocadobäumen beschattet wurde. Am einen

Ende des Platzes stand das Rathaus, am anderen die Kirche, in der Mitte gab es ein Denkmal und ein halbes Dutzend Steinbänke.

Hinter der Stadt führte die Straße zwischen Zuckerrohrfeldern hindurch. Viehkoppeln waren zu sehen, gekalkte Steinmauern als Begrenzungen, Zäune, die nicht danach schrien, repariert zu werden. Der Chauffeur fuhr zwischen zwei steinernen Torpfosten hindurch und folgte einer langen Allee aus Jacaranda-Bäumen. In der Ferne sah Trent berittene Wachen mit umgehängten Gewehren. Beregnungsanlagen verteilten ihr Wasser auf Feldern mit smaragdgrüner Luzerne, Obstbäume standen in geraden Reihen da. Außerhalb der Begrenzungsmauern einer ockerfarben gestrichenen Hazienda passierten sie einen Hubschrauber, der auf einem Betonplatz stand. Die Hazienda hätte genausogut in Südspanien oder Lateinamerika stehen können, vorausgesetzt, der spanische oder lateinamerikanische Landbesitzer war reich wie ein Krösus.

Wuchtige Platanen spendeten Schatten, es gab Springbrunnen und Wassertröge und ein dreieckiges Holzpodest zum Aufsteigen für die Reiter mit drei Stufen an jeder Seite und einem Pfahl zum Anbinden der Tiere in der Mitte. Zweige mit roten, weißen und rosafarbenen Hibiskusblüten waren auf einen einzigen Stamm gepfropft worden; an den Stellen, wo das Sprühwasser von den Springbrunnen herüberwehte, blühte Oleander; die Gartenmauern wurden von Bougainvilleen überwuchert.

Ein Majordomus im gestärkten weißen Baumwollanzug öffnete die Tür des Mercedes und führte Trent über einen mit Steinplatten belegten Hof in den Schatten einer riesigen Eingangshalle mit geschnitzten Holzbalken und einer bemalten Decke.

Auf einem in der Mitte des Raumes stehenden Refektoriumstisch stand eine Glasschüssel mit Rosen. Sessel mit geschnitzten und mit Leder beschlagenen Rückenlehnen und ledernen Sitzflächen standen vor den Wänden. Die Gemälde demonstrierten eine seltsame, düstere Mischung aus chinesischer und westlicher Kunst und stammten wie die Möbel aus einer bestimmten Epoche der frühen Kolonialzeit. Schmale Fenster wurden durch handgearbeitete Gitterstäbe aus Schmiedeeisen geschützt.

Der Majordomus drückte am anderen Ende der Entrada eine Doppeltür auf und bat Trent mit einer Verbeugung in den Salon. Eine Seite des Salons führte auf einen Innenhof, in dem eine Bronzeskulptur mit einem ineinanderverschlungenen Liebespaar stand, aus dessen Füllhorn das Wasser in einen Teich mit Seerosen strömte. Der Salon bildete ein fast perfektes Quadrat mit etwa zwölf Metern Seitenlänge und war über sechs Meter hoch. An einer Seite des Salons lief ein Bogengang entlang. Vier Ölgemälde von Van Gogh leuchteten an den Wänden. Kerzenleuchter aus Eisen standen auf zwei großen Tischen aus der Kolonialzeit, in eine Wand waren Glasregale eingelassen, die eine Sammlung tiefgrüner Kunstgegenstände aus Jade präsentierten. Eine durch Elektrizität angetriebene und von Ketten gehaltene *tunka* erzeugte einen leichten Luftzug. Vier große und in einem Quadrat angeordnete Sofas mit einer Polsterung aus hellbeiger Rohseide waren sonst die einzigen Einrichtungsgegenstände.

Ein hochgewachsener Europäer in cremefarbener Hose und einem Sporthemd von Lacoste kam Trent entgegen, um sich vorzustellen, ein älterer Chinese in einem der Sofas blieb sitzen.

»Wiley«, sagte der Europäer und streckte Trent die Hand entgegen. »Euan Wiley. Nett von Ihnen, unsere Einladung anzunehmen, Mr. Trent. Ich bin der Vorsitzende einer in Hongkong ansässigen Gesellschaft namens Cairns Oliver. Vielleicht haben Sie schon von uns gehört?«

Trent bejahte, und Euan Wiley lächelte, nicht aus Arroganz, sondern weil das alles einfacher machte.

»Sir Philip Li«, sagte er mit einer leichten Verbeugung in Richtung des älteren Chinesen im grauen Anzug. »Wir sind Geschäftspartner, Mr. Trent.«

»Ich weiß, wer Sir Philip ist«, sagte Trent.

»Ja, natürlich.« Einen Augenblick wirkte Wiley, als hätte er den Faden verloren. Dann fuhr er fort: »Wollen Sie sich nicht setzen?«

»Mit wem von Ihnen werde ich mich unterhalten?« fragte Trent.

Ein schwaches und ziemlich frostiges Lächeln flog über Sir Philips Lippen, und er schaute zum Vorsitzenden der Cairns Oliver auf. »Euan, vielleicht solltest du uns eine Weile allein lassen.«

Euan Wiley zögerte, aber Sir Philip ergänzte: »Es geht hier nicht um deine Angelegenheiten, Euan.«

»Das nehme ich auch an...« Doch Euan Wileys Loyalität gegenüber dem älteren Mann veranlaßte ihn zu zögern, bevor er den Raum verließ. Der chinesische Finanzier war gezwungen, aufzustehen, ihn beim Ellbogen zu nehmen und zur Tür zu führen. Er schloß die Tür hinter dem langen Schotten und stand Trent in dem großen Salon direkt gegenüber.

»Tee, Mr. Trent?«

»Ja, gerne«, erwiderte der Engländer. Was sich auch immer auf der *Ts'ai Yen* abgespielt haben mochte, dem Ausgangspunkt dieser Geschehnisse war er jetzt sehr nahe. Die ganze Nacht über hatte er kein Auge zugetan, er war müde und wollte sich nicht auf irgendwelche Spielchen einlassen. Er wollte auch auf keinen Fall, daß der chinesische Finanzier erfuhr, wieviel oder wie wenig er wußte – das Wissen um die Existenz der Frau hatte sich als todbringend erwiesen.

Sir Philip drückte neben der Tür auf eine Klingel. Als der Majordomus auftauchte, bestellte er Tee. Dann ging er in den Innenhof und schaute dort auf das aus dem Füllhorn strömende Wasser. Trent folgte ihm nach draußen und stellte sich neben ihn. Er fragte sich, ob das plätschernde Wasser Zufall war oder eine Vorsichtsmaßnahme gegen elektronische Abhörgeräte darstellte. Was in dem älteren Mann vor sich ging, war nicht zu erkennen.

Der Finanzier bückte sich und nahm ein totes Blatt aus dem Wasserbecken. Das Blatt war wie ein offenes Boot geformt, und er sagte: »Die *Ts'ai Yen* gehörte mir, Mr. Trent. Sie befand sich gerade auf ihrer Jungfernfahrt.«

»Das tut mir leid«, sagte Trent.

Der ältere Chinese hob kaum merklich die Schultern und gab dem Majordomus mit einem Wink zu verstehen, neben dem Becken einen Klapptisch aufzustellen. Das Tablett war mit dunklem Lack überzogen, und Sir Philip ließ es sich nicht nehmen, den Tee in Tassen aus durchscheinendem Knochenporzellan einzuschenken. »Ich hoffe, Sie nehmen weder Milch noch Zucker, Mr. Trent?«

Es war grüner Tee, er schmeckte leicht rauchig. Zweifellos handelte es sich um eine besondere Sorte, die jeden Teekenner beeindruckt hätte. Trent fragte sich, ob Sir Philip jemals Langeweile dabei empfand, immer nur das Beste zur Verfügung zu haben. Er lächelte in sich hinein, weil er wußte, daß auch er in seinem Metier einmal der Beste gewesen war – und das wahrscheinlich auch blieb. Das war sicherlich der Grund dafür, daß er sich jetzt an diesem Ort befand. Er sagte: »Zumindest haben eine ganze Reihe Leute versucht, mich umzubringen, und ich wüßte gerne, worum es hier eigentlich geht.«

Sir Philip zuckte die Schultern. »Es herrscht Krieg, Mr. Trent. Die Männer, die die *Ts'ai Yen* angegriffen haben, arbeiten für einen meiner Konkurrenten, einen Mann, der mich mit aller Macht haßt. Wenn Europäer an Haß denken, denken sie an ein scharfes, heftiges und kurzlebiges Gefühl. Für uns Chinesen ist Haß das tiefste aller Gefühle.« Er machte eine Pause, war einen Augenblick völlig in seinen Gedanken versunken. Dann fuhr er fort: »Ich kann zwar nicht beweisen, daß dieser Mann für den Verlust der *Ts'ai Yen* verantwortlich ist, Mr. Trent, aber es ist so, und alle wissen das. Ich mußte einen großen Gesichtsverlust hinnehmen, und das Gesicht zu wahren ist in diesem Teil der Welt von höchster Wichtigkeit. Finden Sie die Piraten, Mr. Trent!«

»Ich bin kein Detektiv!« erwiderte Trent.

Der ältere Chinese wandte sich vom Wasserbecken ab. Er hatte tiefschwarze Augen und eine Härte darin, die bei sehr mächtigen Männern üblich war. Trent fragte sich, wie lange es wohl her sein mochte, daß ihm irgend jemand eine Bitte abgeschlagen hatte. Er erinnerte sich an seine Jahre im Geheimdienst und an seinen Vorgesetzten in Washington, der ihm die Namen seiner Opfer genannt hatte, als ob er dabei die Macht genieße, über einen Menschen das Todesurteil auszusprechen.

Der Tod. Trent haßte den Gestank, der mit dem Tod einherging.

»Und ganz gleich, was Ihnen zu Ohren gekommen sein mag, Sir Philip, ich bin auch kein Henker«, fügte er hinzu.

Der Finanzier sagte: »Ich weiß, was Sie sind, Mr. Trent. Wir haben einen Mann in London, der uns mit sehr umfassenden Informationen zu Ihrer Person versorgt hat.«

Das hatte Trent vermutet. Sir Philips Informationsquelle mußte ein Angehöriger des militärischen Geheimdienstes sein, der dem Chinesen die entsprechenden Informationen verkauft hatte, und Trent bemühte sich, seine Wut und Verachtung nicht in seiner Stimme mitklingen zu lassen. »Soll das eine Drohung sein, Sir Philip?«

Einen Augenblick lang wirkte der Finanzier überrascht. Dann sagte er ruhig: »Ich drohe nie. Entweder gehen Sie auf meine Bitte ein, oder ich lasse aus der Bitte einen Befehl werden. Die Wahl liegt bei Ihnen, Mr. Trent. Seien Sie doch so freundlich, den Tee zu trinken, solange er heiß ist!« Er betätigte die Klingel, und ein Sekretär, halb Chinese und halb Filipino, erschien in der Tür und blieb dort stehen, während Trent seine Tasse leerte.

»Überaus angenehm«, sagte Trent zu dem Finanzier, und Sir Philip entgegnete: »Sobald diese Angelegenheit erledigt ist, müssen wir unbedingt eine Teezeremonie abhalten.« Er führte Trent auf die gleiche Weise zur Tür, auf die er schon Sir Euan Wiley dorthin geleitet hatte, freundschaftlich und zuvorkommend. »Guten Tag, Mr. Trent. Mr. Chung wird Ihnen jede Hilfe zukommen lassen, die Sie benötigen.«

Chung war Mitte Vierzig, gewandt, behutsam und umsichtig wie ein Krankenpfleger in einem privaten Pflegeheim für geistig Behinderte. Er führte Trent einen langen, mit unglasierten Kacheln belegten Flur entlang in ein Büro mit hoher Decke, das mit einem Arbeitstisch aus der Kolonialzeit im spanischen Stil, zwei Sesseln mit hoher Rückenlehne, einem altmodischen Safe und einer Wand aus feuerfesten Aktenschränken ausgestattet war. Ein Bündel Sonnenstrahlen fiel vom einzigen Fenster hoch oben in der Wand schräg in den

Raum. Ein Deckenventilator drehte sich mit einer Geschwindigkeit von ungefähr einer Umdrehung pro Minute.

Chung schien darüber erleichtert zu sein, sich wieder in der Sicherheit seines eigenen Reiches zu befinden. Er setzte sich an seinen Arbeitstisch, bot Trent mit einem Kopfnicken den zweiten Sessel an und brachte einen mit einem Karbonband auf dickem Schreibpapier geschriebenen Brief zum Vorschein, der Trent bevollmächtigte, im Auftrag der South China Sail & Steam Company in allen die *Ts'ai Yen* betreffenden Angelegenheiten tätig zu werden. Chung versorgte Trent mit einer Mannschaftsliste und gab ihm einen Miniaturleitstrahlsender. Sobald Trent die Piratenbasis ausgemacht habe, sollte er diesen aktivieren. Innerhalb einer Stunde würde dann Hilfe eintreffen.

»Versuchen Sie nicht, alles auf eigene Faust zu machen«, warnte Chung ihn mit ernster Miene. Trent wußte, daß auch der Sekretär den Bericht aus London gelesen hatte. Darin hatte man sich wohl ausführlich mit Trents Ruf auseinandergesetzt, eigenmächtig und ohne Respekt gegenüber den Anordnungen der Sonderabteilung und den Vorschriften zu handeln.

Chung polierte eifrig die großen, runden Gläser seiner Brille, die in einer goldbeschichteten Metallfassung mit Federbügeln saßen. Er war ein dünner Mann, hatte eine leicht gebeugte Haltung und oben auf dem Kopf eine kahle Stelle, so daß er wie ein Mönch mit Tonsur in Zivilkleidung wirkte. Vorsichtig klemmte er sich die Brille wieder hinter die Ohren und sah noch ernster aus als vorher. »Diese Männer sind gefährlich, und Sie würden nicht unbehelligt davonkommen. Mit eigenmächtigen Handlungen werden Sie nichts ausrichten können, darüber hinaus ist eine solche Vorgehensweise auch völlig unnötig.«

Trent sagte, er habe selbst gesehen, daß die Piraten zu Gewalt neigten, und würde den Sender auf alle Fälle einschalten, sobald er in die Nähe der Piratenbasis gelangte.

»Ich habe nicht darum gebeten, diesen Job zu übernehmen, und ich spiele nicht gerne den Helden«, versicherte er dem Sekretär.

»Das freut mich«, entgegnete Chung mit einem schwachen Lächeln, das zwei Goldzähne freilegte.

Trent fragte nach den Schiffspapieren, und Chung zeigte Überraschung hinsichtlich dieser Frage. »Die befinden sich bei Mr. Tanaka Kazuko«, sagte er nach kurzem Nachdenken. »Ich glaube, Sie sind ihm an Bord der *Ts'ai Yen* begegnet. Er ist ein japanischer Gentleman.«

»Ah ja«, meinte Trent und tat so, als interessiere ihn das Thema nicht weiter.

Erleichtert darüber, sich nicht geirrt zu haben, nahm Chung einen schweren Umschlag aus einer auf dem Schreibtisch liegenden Akte und überreichte ihn Trent mit einer leichten Verbeugung. »Ihre Vergütung, Mr. Trent. Ich hoffe, Sie empfinden sie als ausreichend. Unglücklicherweise habe ich nicht viel Erfahrungen mit Arbeiten dieser Art, aber sie schienen mir ganz allgemein unter die Rubrik Rechtshilfe zu fallen, daher habe ich Ihnen den gleichen Betrag zukommen lassen wie unseren firmenexternen Rechtsberatern plus zehn Prozent als ... nun ja ...«

Verlegen hielt er inne, und Trent ergänzte: »Gefahrenzulage.«

Chung nickte kurz. »Ganz genau. Ach ja, dann war da noch die Frage Ihrer Bewaffnung, Mr. Trent. Auch da war ich mir nicht sicher, aber ich dachte, vielleicht wäre es das beste, die Waffen hätten ungefähr die Größe eines Füllfederhalters. Wie Sie wissen, ist das ja vor allem eine Frage des persönlichen Geschmacks. Daher ließ ich die hier präparieren. Drei?« fragte er, als er die drei Erlaubnisscheine zum Mitführen von Schußwaffen und einen Füllfederhalter über den Tisch schob. »Ich hoffe, das genügt, Mr. Trent. Der hiesige Polizeichef hat die Papiere bereits unterschrieben. Sie müssen nur noch die fehlenden Angaben eintragen.«

Trent war sich nicht sicher, welches Verhalten von ihm erwartet wurde. Mußte er dem Sekretär für seine Bemühungen seinen Dank aussprechen? Er sagte, er wolle die Toten untersuchen, und sofort telefonierte Chung mit einem Polizisten in Manila.

»Die Leichen befinden sich im städtischen Leichenschauhaus. Der Pathologe erwartet Sie«, informierte er Trent, als er den Hörer wieder auflegte. »Inspektor Martino wird Ihnen mit seinem ganzen Können zur Seite stehen.« Er schrieb die Telefonnummer des Inspektors auf einen Zettel. »Natürlich bin ich auf diesem Gebiet nicht besonders erfahren, aber wenn es irgend etwas gibt...«, damit fügte er seinen eigenen Namen und seine Telefonnummer in säuberlichen Großbuchstaben hinzu. »Ein Wagen wird Sie zurück ins Manila bringen. Bitte versuchen Sie auf alle Fälle, die Verbindung zu uns aufrechtzuerhalten. Wir wollen ja nicht, daß Sir Philip sich Sorgen macht, Mr. Trent.«

Die Drohung war nicht zu überhören, auch wenn Chung sie in seinem weich akzentuierten und ziemlich altmodischen Englisch sehr höflich verpackte.

»Damit wäre nichts erreicht«, pflichtete ihm Trent bei. Chung lächelte und freute sich darüber, daß er sich verständlich gemacht hatte.

8

Der junge Mann war kaum noch in der Lage, richtig durchzuatmen, als der Privatfahrstuhl mit ihm zum Penthouse Wong Fus hochraste. Er folgte dem persönlichem Leibwächter des mächtigen Chinesen die letzten Stufen hoch und stellte sich unter die Überwachungskamera. Das Schloß klickte, die Tür schwang auf, und ein Klingelsignal forderte ihn auf, vor Wong Fu zu treten. Er wagte kaum, den Mann anzuschauen, der hinter seinem riesigen Marmorschreibtisch wie hinter einem Bollwerk stand. Der junge Mann hatte das Gefühl, sich erbrechen zu müssen, als er das riesige Zimmer durchquerte, so eng war sein Brustkorb. Fast hätten die Knie unter ihm nachgegeben.

Er nahm ein Blatt Papier von dem Stapel links auf dem Schreibtisch und schrieb darauf: *Der Segler Trent ist in Manila entkommen. Er wurde durch zum Hause Li gehörende Männer gerettet.*

Der junge Mann verbeugte sich und reichte Wong Fu die

Nachricht auf den zusammengelegten, gewölbten Handflächen wie auf einem flachen Tablett. Wong Fu las die Sätze und ließ das Papier in den Reißwolf fallen. Die Narbe über seinem Schädel pochte und rötete sich. Er lächelte und leckte sich den rechten Mundwinkel. Dann schlug er dem jungen Mann mit der flachen Hand ins Gesicht.

Lu kniete mit einem Knie auf dem Nacken des Fischers. Er verdrehte seine Hand in dessen Haaren und preßte das Gesicht des Mannes in den Sand. »Sind in den letzten vierundzwanzig Stunden Boote mit einer Länge von über fünfzehn Metern hier vorbeigekommen?« fragte er leise. Er zog den Kopf des Fischers hoch, damit der Mann ihm seine Frage beantworten konnte. »Sag mir, welche Farbe die Boote hatten«, raunte er ihm zu. »Wie viele Männer waren an Bord? Was für Männer waren das?«

Doch der Fischer hatte nichts gesehen, und Lu ließ sich mit seinem ganzen Körpergewicht auf den Hals des Mannes fallen. Er nahm dem Fischer die Kleidung und seine Machete ab, zerrte sein Boot zum Strand hinunter, setzte die Segel und nahm Kurs auf die nächste Insel. Es war nur eine Frage der Zeit, bis er dem Chinesen und den Piraten über den Weg lief. Dann würde er auch das Mädchen finden.

Den ganzen Morgen über hatten sie sich ihrer bedient. Sie wollte tot sein, aber es gab nichts, womit sie sich hätte umbringen können. Der Schmerz kam in Wellen. Der Schmerz und die Scham über das, was sie ihr angetan hatten, und die Scham darüber, daß sie ihnen erlaubt hatte, zu tun, was immer sie tun wollten. Sie hatte die Männer um die Erlaubnis angefleht, ihnen zu Willen sein zu dürfen, hatte sie inständig gebeten, ihr doch zu sagen, was sie von ihr wollten, sie gebeten, ihre Sklavin sein zu können, wenn sie nur aufhörten, ihr weh zu tun. Aber sie genossen ihre Schmerzen. Der Anführer lachte sie aus und sagte zu ihr, das wäre nur der erste Tag, und es würden noch viele Tage folgen. Er prophezeite ihr, daß sie irgendwann dem Wahnsinn anheimfallen würde. Erst dann könnte sie gerettet werden, und zwar von Wong

Fu, der sie wahnsinnig, geschändet, als Symbol des Gesichtsverlustes und des Machtverlustes ihres Großvaters der Welt präsentieren wollte.

Sie bat die Männer flehentlich, ihr zu sagen, wer dieser Wong Fu wäre, der sie retten würde, und sie schlugen wieder auf sie ein, weil sie sich nicht vorstellen konnten, daß es jemanden gab, dem Wong Fu und seine Macht und sein Haß auf das Haus Li unbekannt waren. Die Männer vermuteten, daß sie das Oberhaupt ihres Familienclans beleidigen wollte, und bestraften sie abwechselnd für diese Unverschämtheit. Dann bedienten sie sich wieder an ihr, und sie flehte sie unter Tränen an, sie doch sterben zu lassen.

Ein Mercedes setzte Trent vor dem Leichenschauhaus ab. Wie üblich litt Manila wieder einmal unter einem Zusammenbruch der städtischen Elektrizitätsversorgung infolge Überlastung. Diese Perioden ohne Strom dauerten acht Stunden oder länger, und am meisten litten die Armen und die Mittelklasse darunter. Die Häuser der Reichen und die Fünf-Sterne-Hotels waren mit Generatoren ausgerüstet, das Leichenschauhaus ebenfalls.

Ohne großes Interesse las sich der Pathologe Trents Bevollmächtigungsschreiben durch, rief aber einen Angestellten herbei, als Trent darum bat, die Berichte über die Mitglieder der Mannschaft einzusehen. Der Angestellte holte die Akten, und Trent las sie sich unten im Kühlraum durch.

Der Kapitän, der Erste Offizier, der Steuermann und ein Matrose waren ohne unnötige Gewaltanwendung umgebracht worden, während man die anderen Männer regelrecht abgeschlachtet hatte. Trent bat darum, die Leichen sehen zu können, und verglich sie mit der Kopie der Mannschaftsliste des Pathologen. Der Zweite Offizier fehlte, sein Name wurde auf der Liste mit Lu angegeben. Er war männlichen Geschlechts und achtundzwanzig Jahre alt. Frauen hatten nicht zur Mannschaft gehört.

Der Pathologe reichte ihm eine Flasche Rum, und Trent nahm einen Schluck, um nicht unfreundlich zu wirken. Als er die Flasche an die Lippen setzte, hustete jemand. Der

Engländer schaute hoch und sah den Japaner mit dem Pferdeschwanz in der Türöffnung stehen. Mr. Tanaka Kazuko, so hatte ihn Chung genannt. Er trug jetzt einen anderen Anzug, einen Zweireiher der gleichen teuren Marke wie auf dem Schiff, der nur wie durch ein Wunder nicht von seinen Schultern rutschte, dazu eine lachsfarbene Krawatte, ein geblümtes Hemd und zweifarbige Schuhe. Eine runde Sonnenbrille mit verspiegelten Gläsern verbarg seine Augen, in der Hand hielt er eine blaue Aktentasche aus Plastik.

»Sie haben sich also einen Auftrag zum Durchleuchten der South China Sail & Steamship Company besorgt«, sagte er auf Englisch mit starkem Liverpooler Akzent.

Er verbeugte sich nicht, was für einen Japaner ungewöhnlich war. Statt dessen deutete er mit einem Kopfnicken auf die Flasche Rum. »Als nächstes kommen Sie wahrscheinlich mit einer Erlaubnis, über die Sperrstunden hinaus hinter verschlossenen Türen alkoholische Getränke zu sich nehmen zu dürfen.«

Trent erwiderte: »Wer sind Sie eigentlich? Der letzte Fan der Beatles?«

Er hatte eigentlich kein Interesse daran gehabt, den Japaner zu beleidigen, aber die Bemerkung hatte gesessen, und Trent war nicht bereit, sich zu entschuldigen. »Ich könnte mehr in Erfahrung bringen, wenn ich die Schiffspapiere hätte.«

Tanaka Kazuko zog die Papiere aus seiner Brieftasche.

Passagiere wurden in ihnen nicht aufgeführt. Trent gab ihm die Papiere zurück und sagte: »Ich kenne Ihren Namen, aber das ist auch schon alles.«

Der Japaner holte aus seiner Jackentasche eine gravierte Geschäftskarte und reichte sie Trent. Sie wies ihn als Vizepräsidenten der Abbey Road Investigative Unit aus und damit als Experten für Recherchen mit Telefon- und Faxnummern in Tokio, Hongkong und Singapur. »Ich vertrete die Versicherer«, meinte er und zuckte die Schultern, als sei das nicht weiter von Belang. Seine Jacke rutschte auf seinen Schultern nach unten, und er schob sie zurück. »Wo sind Sie untergekommen?«

»Im Manila«, antwortete Trent.

Tanaka Kazuko meinte: »Da ist es etwas gemütlicher als im Leichenschauhaus. Gehen wir doch dorthin.«

Sie fuhren mit dem Taxi quer durch die Stadt und schwiegen die ganze Zeit, weil es möglich war, daß der Fahrer zuhörte, und weil es so heiß war. Trent hatte ein Zimmer im alten Trakt des Hotels verlangt. Die Eingangshalle besaß die Größe mehrerer Tennisplätze, die Balken, auf denen die Decke ruhte, waren vom Rauch unzähliger Zigarren geschwärzt. Das Raffles in Singapur, das Taj in Bombay, das Continental in Saigon und das Manila – sie alle hatten etwas Romantisches an sich. Das merkt man aber nur, wenn man sich in ihnen aufhält, dachte Trent, als er am Fenster seines Zimmers stand und auf die Straße hinunterblickte, auf der der Verkehr seine Abgase in die stinkende Luft pustete.

Der Japaner zog sich Jacke und Schuhe aus, löste seine Krawatte und machte es sich auf dem Doppelbett bequem. Den Kopf auf den verschränkten Armen, machte er ganz den Eindruck, als wollte er eine Weile bleiben.

Trent fragte: »Die *Ts'ai Yen* kann man ja wohl abschreiben. Woran sind Sie also interessiert, Mr. Kazuko?«

»An der Fracht.«

»Reden Sie keinen Unsinn!« fuhr Trent ihn an. »Die Versicherer wollen doch nur, daß die Fracht nicht auf dem Schiff bleibt. Dazu brauchen sie keinen Privatdetektiv mit Büros an allen wichtigen Orten. Abbey Road! Als nächstes werden Sie von mir verlangen, daß ich Ihnen abkaufe, Sie seien der Mann, der weiß, wen man schmieren muß, um die Fracht abzuladen. Verteiler von Schmiergeldern tragen ja vielleicht verspiegelte Markensonnenbrillen, aber mit Sicherheit keine auffälligen Anzüge und ein Haarband. Damit fällt man doch viel zu sehr auf.«

Tanaka Kazuko gähnte ihn an, und Trent fügte hinzu: »Wollten Sie mich in den Arkaden an der Ladenzeile warnen, oder haben Sie die Leute gewarnt, die versucht haben, mich umzubringen?«

Die Frage war ziemlich dumm, und der Japaner dachte nicht daran, darauf zu antworten. Trent war müde und darüber verärgert, daß er in eine Operation hineingezogen worden war, die er nicht durchschaute. Er machte sich Sorgen um die Frau und hatte das Gefühl, daß auch er an der mißlichen Lage, in der sie sich befand, schuld war, und sei es nur deswegen, weil er nichts unternahm. Doch er war sich nicht sicher, an welcher Stelle er ansetzen sollte. Würde Tanaka Kazuko endlich gehen, könnte er ja loslegen, dachte er sich. Nicht einmal ausruhen konnte er sich, solange Tanaka Kazuko auf seinem Bett lag. »Wie heißt noch dieser erbitterte Feind von Sir Philip Li?« fragte er.

»Wong Fu.«

»Steht er hinter dem Überfall auf die *Ts'ai Yen?*«

»Wahrscheinlich.« Als ob er seine Gleichgültigkeit unter Beweis stellen wollte, gähnte Tanaka erneut.

»Was zum Teufel meinen Sie mit ›wahrscheinlich‹?«

»Daß ich Ihnen fünfzig Prozent meines Honorars gebe, wenn Sie mir den entsprechenden Beweis liefern«, erwiderte Tanaka. »Das ist die Hälfte von den zwanzig Prozent der Summe, die ich der Versicherung erspare, und für die Versicherung geht es dabei um Forderungen von über sechzehn Millionen Hongkong-Dollar, also meckern Sie nicht darüber, daß ich in Ihrem Bett liege.«

»Ich habe nicht gemeckert«, meinte Trent.

»Das hatten Sie aber gerade vor«, erklärte Tanaka. »Was hat Ihnen Li gezahlt?«

Trent hatte das noch gar nicht überprüft. Er schlitze den Umschlang auf und fand darin einen Scheck über dreihundertvierzigtausend Dollar, der bei der Hong Kong und Shanghai Bank eingelöst werden konnte. Tanaka griff nach dem Scheck und meinte: »Hongkong-Dollar! Ein Hungerlohn! Sie hätten ihm den Scheck um die Ohren hauen sollen!«

»Das stand nicht zur Wahl«, meinte Trent.

Er überlegte, ob er den Japaner verprügeln oder ihn aus dem Bett werfen sollte, aber nachdem der die Jacke ausgezogen hatte, konnte er sehen, daß Tanakas Schultern aus großen Muskelpaketen bestanden. Ständiges Training in einer Kampfsportart führte zur Entwicklung derartiger Muskeln, und Trent hatte den Eindruck, das Hotel-Management hätte etwas dagegen, daß er herausfand, wie gut Tanaka tatsächlich war.

»Ich bin gut, und wenn Sie wollen, daß ich aufhöre, Ihre Gedanken zu lesen, dann tragen Sie sie nicht so offensichtlich zur Schau.« Er nahm seine Sonnenbrille ab, klappte sie zusammen und steckte sie in ihr Etui. »Nach dem, was ich über Sie gelesen habe, sollen auch Sie gut sein. Mahoney. So hießen Sie doch früher, nicht wahr?«

Patrick Mahoney war an einem regnerischen Samstagmorgen auf einem irischen Friedhof zu Grabe getragen worden, und neben dem Priester und den vier Männern vom Beerdigungsinstitut mit ihren schwarzen Stiefeln, den schwarzen Handschuhen und blauen Sergeanzügen hatte es nur einen weiteren Zeugen gegeben. Trent setzte sich in einen Sessel vor dem Bett und fragte: »Wo haben Sie diesen Namen gehört?«

Tanaka Kazuko zuckte die Schultern, als tue das nichts zur Sache. »Lis Leute«, antwortete er. »Wollen Sie meine Lebensgeschichte hören?«

Früher war er Polizeichef in Kyoto gewesen und hatte es irgendwann satt gehabt, daß ihm dauernd unehrliche Politiker erzählten, welchen ihrer Freunde er nicht verfolgen durfte. »Jetzt werde ich reich, lasse mich flachlegen und höre Beatles-Platten.«

»Jaja«, meinte Trent.

»Was machen Sie denn Tolles?« Tanaka schwang seine Füße auf den Boden, stand auf, reckte sich, tanzte einen leichtfüßigen Shuffle und sang schmachtend in ein imaginäres Mikrofon: »Zeig's mir doch ...!« Dann grinste er Trent an und meinte: »Falls Sie das nicht ausrechnen können: Zwanzig Prozent von sechzehn Millionen Hongkong-Dollar sind vierhunderttausend US-Dollar, und Sie bekommen die Hälfte davon. Für einen Briten ist das doch gutes Geld.«

»Und was ist für einen Japaner gutes Geld?« wollte Trent wissen.

»Da würden Sie vor Neid erblassen.«

Tanaka tastete nach seinen Schuhen, schnürte sie zu und warf sich die Jacke über die Schulter. Er machte sich nicht die Mühe, die Krawatte geradezuziehen. »Was werden Sie als nächstes tun?«

»Die Piraten suchen«, antwortete Trent.

»Die könnten Sie aber auffressen.«

Trent warf ihm den Sender hin. »Lis Mann sagte, er würde die Kavallerie schicken.«

Der Japaner ließ den Sender auf das Bett fallen. »Russisches Fabrikat. Vielleicht funktioniert es, vielleicht auch nicht.«

»Jetzt reden Sie wie das Mitglied einer japanischen Handelsdelegation«, meinte Trent.

Tanako Kazuko wollte gerade seine Sonnenbrille wieder aufsetzen und stand schon in der Tür. Einem Beobachter, der nicht gelernt hätte, genauer hinzusehen, wäre er vielleicht mit seinem Pferdeschwanz, seinem Anzug und den zweifarbigen Schuhen etwas albern vorgekommen – wahrscheinlich wie der für die Buchhaltung zuständige Mitarbeiter einer kleineren Werbeagentur oder der Regisseur billiger Werbespots. Dieses Bild gab der Japaner absichtlich ab.

»Ich bin aber der einzige Mann, dem Sie in dieser Sache trauen können, und das sollten Sie mir besser glauben, Mr. Trent. Sie sind ein Fachmann für Terrorismus, und der ist überall gleich, aber hier geht es um richtiges Geld. Asiatisches Geld, Mr. Trent. Chinesisches, um genau zu sein. Und davon haben Sie nicht die geringste Ahnung. Wir werden morgen früh mit dem gleichen Flug zurück nach Palawan fliegen. Machen Sie sich eine Liste von dem, was Sie zu wissen glauben, und geben Sie sie mir. Dann gibt es eine Chance, Ihnen den Rücken so lange freizuhalten, bis Sie Ihr Honorar einstecken können.«

Ein Grinsen huschte über sein Gesicht. Mit geradem Rücken neigte er sich um einige Zentimeter nach vorne. »Seh elfleut, Sie kennenzulelnen, Mistah Tlent!«

Trent lag auf dem Bett. Er konnte noch die Wärme spüren, die Tanakas Körper dort hinterlassen hatte, und hätte nur allzugern in Erfahrung gebracht, ob Tanaka wußte, daß an Bord der *Ts'ai Yen* eine Frau gewesen war, und wenn ja, ob er wußte, um wen es sich dabei handelte. Hätte er ihn danach gefragt, hätte er verraten, wieviel er selbst wußte, und er sah eigentlich keinen Grund, warum er Tanaka vertrauen sollte.

Die einzige Person, der Trent jemals vertraut hatte, war Colonel Smith gewesen, der Mann, der in der Sonderabteilung seine Aktivitäten kontrolliert hatte und für seinen Schutz zuständig war – und das war ein fast tödlicher Fehler gewesen.

Trent fragte sich, was ein pensionierter Polizeichef aus Kyoto als gutes Honorar ansah und ob Tanaka immer zwanzig Prozent verlangte. Der Japaner hatte ihn gebeten, eine Aufstellung von dem zu machen, was er wußte. Trent hätte das sowieso getan.

Erstens bewies der auf der *Ts'ai Yen* angebrachte Sender, daß man den Überfall sorgfältig geplant hatte. Die Berichte aus der Pathologie und seine eigene Einschätzung der Verletzungen wiesen darauf hin, daß der Angriff von einem oder mehreren Killern durchgeführt worden war, die den hartgesottenen Piraten, bei denen es sich mit ziemlicher Sicherheit um Moslems vom Sulu-Archipel handelte, Befehle erteilten. An Bord des Frachters hatte sich eine Frau befunden, die jetzt verschwunden war. Als Lis heute zum erstenmal an Bord der *Ts'ai Yen* kamen, hatte einer von ihnen versucht, ihre Existenz zu vertuschen. Wenigstens eines der Killer-Teams, die wahrscheinlich ebenfalls vom Hause Li bezahlt wurden, hatte später Morde begangen, um ihre Existenz zu verheimlichen. Der Zweite Offizier war ebenfalls verschwunden. Die Frau und der Zweite Offizier konnten getötet und über Bord geworfen worden sein. Li zufolge stand der chinesische Geschäftsmann Wong Fu hinter dem Überfall. Diese Vermutung teilte auch Tanaka Kazuko. Wong Fu wollte, daß Sir Philip Li sein Gesicht verlor. Da Li und Tanaka wünschten, daß Trent die Piraten fand, ergab sich mit ziemlicher Wahrscheinlichkeit, daß Wong Fu versuchen würde, ihn daran zu hindern. Aus diesem Grund hatten Wong Fus Männer auch versucht, ihn an jenem Morgen umzubringen. Und Lis Männer würden wahrscheinlich ebenfalls versuchen, ihn zu töten, sollten sie herausfinden, daß er von der Frau wußte.

Trent ging hinunter in die Eingangshalle des Hotels und nahm ein Taxi in südlicher Richtung. Er zahlte dem Fahrer einhundert Pesos und sagte ihm, er solle eine gerade auf Rot schaltende Ampel überfahren, nach rechts abbiegen und an der nächsten Ecke langsamer werden. Trent stieg aus, verschwand in einer kleinen Gasse, ging einen Häuserblick weiter, machte plötzlich kehrt und nahm ein zweites Taxi zum Lesesaal des britischen Kulturinstituts, in dem er sich in der Handbibliothek ein Exemplar des *Who's Who?* zu Gemüte führte.

Sir Philip Li war 1976 zum Ritter geschlagen worden. Er war verheiratet, und einer seiner Söhne hieß Robert. Dieser hatte sich mit einer Französin vermählt, einer Gräfin aus altem Geschlecht. Zwei Enkel schulpflichtigen Alters lebten in England. Ein jüngerer Sohn Sir Philips hatte in den USA geheiratet, aber er und seine Frau waren im gleichen Jahr verstorben – wahrscheinlich bei einem Unfall. Enkel wurden in Verbindung mit dieser Ehe nicht aufgeführt, aber das konnte auch daran liegen, daß sie amerikanische Staatsbürger waren – und dieses *Who's Who* war eine britische Veröffentlichung.

Trent stellte das Buch zurück, fand im Café um die Ecke einen Münzfernsprecher und rief Korvettenkapitän Manuel Ortega im Marinehauptquartier an. Eine Sekretärin sagte ihm, Ortega sei wieder aus Palawan zurück, hielte sich aber momentan nicht in seinem Büro auf. Wenn Trent ihr eine Nummer hinterlassen würde, über die er zu erreichen wäre, könne sie versuchen, den Kommandanten in seinem Wagen anzurufen und ihn bitten, zurückzurufen. Trent sagte ihr, er hieße d'Oro und gab ihr die Nummer des Cafés.

Das Lokal hatte zwei Straßeneingänge und eine durch einen Vorhang aus Perlenschnüren vom Gastraum abgetrennte Küche. Trent setzte sich mit dem Rücken zur Wand an den Tisch direkt neben dem Vorhang. Es gab zwar keine Veranlassung, anzunehmen, daß irgend jemand im Marinehauptquartier seinen Namen an Wong Fus Männer weitergeben würde, aber Wong Fu war reich, und die meisten Filipinos waren arm. Allerdings war er davon überzeugt, daß Wong Fus Leuten fünf Minuten nicht ausreichen würden, um zum Café zu gelangen, der Sekretärin aber wahrscheinlich genug Zeit gaben, um mit Manolo Ortega Kontakt aufzunehmen. Eine Minute vor Ablauf der gesteckten Frist klingelte das Telefon, und der Besitzer des Cafés winkte Trent zu sich herüber.

»Hier ist Ortega«, sagte der Kommandant. »Es gibt einige Leute, die sich gerne mit Ihnen treffen würden.«

»Sind das Leute, die auch ich gerne treffen würde?«

»Wenn Sie ein bißchen Grips im Schädel haben, würde ich Ihnen empfehlen, das nicht zu tun«, erwiderte der Kommandant. »Von wo aus telefonieren Sie?«

Trent nannte ihm den Namen und die Adresse des Cafés und reichte dem Kassierer den Hörer zurück. Er bezahlte seinen Kaffee und ging zu einem Geschäft für Herrenkleidung auf der anderen Straßenseite, in dem er ein Paar kurze weiße Socken kaufte und dabei den gegenüberliegenden Gehsteig keinen Augenblick aus den Augen ließ. Ortega kam mit einem Jeep der Marine, parkte vor dem Café neben einem Parkverbotsschild und hupte einige Male. Trent konnte keine Verfolger entdecken, daher überquerte er die Straße und glitt neben Ortega auf den Beifahrersitz. Ortega legte den Gang ein, fuhr um den Häuserblock herum und eine enge Einbahnstraße entlang, um alle etwaigen Verfolger abzuschütteln. Dann stellte er den Wagen an den Straßenrand und trommelte im Rhythmus einer gerade im Radio laufenden philippinischen Version eines amerikanischen Rap auf das Lenkrad. Die Muskeln seiner Hände traten hervor wie Seilstränge. Von der entspannten Zuversicht, die ihn an jenem Morgen beim Frühstück an Bord der *Golden Girl* ausgezeichnet hatte, war jetzt nichts mehr zu sehen. Er schaute Trent nicht an und blieb bei dem distanzierten Ton, den er auch schon am Telefon ihm gegenüber angeschlagen hatte.

Immer noch den Rhythmus trommelnd, meinte er: »Das hier ist mein Land. Spricht man mit einem Amerikaner, wird er einem erzählen, es sei ein einziges Dreckloch. Was wissen die denn schon? In Miami werden mehr Touristen ermordet als bei uns in einem Jahr, und das, obwohl wir im Süden mit aufständischen Moslems und im Norden mit Kommunisten zu kämpfen haben. Jetzt wurden sechs Männer der Küstenwache umgebracht. Ich komme von Palawan zurück und muß erfahren, daß eine der chinesischen Triaden ein Kopfgeld von zehntausend US-Dollar auf Sie ausgesetzt hat. Das ist auf den Philippinen eine Menge Geld. Daher möchte ich gerne wissen, was zum Teufel hier eigentlich gespielt wird, Mr. Trent.«

Trent sagte: »Die gleiche Frage stellte mir vor einer Stunde ein Japaner, Tanaka Kazuko. Er ist ein Fan der Beatles.«

»Ein richtiger Komiker also«, meinte Ortega, beendete jedoch sein Trommeln auf dem Lenkrad und schaltete das Radio ab.

»Danke«, sagte Trent. »Ist das Ihre Aufgabe? Die Aufständischen zu bekämpfen?«

»Hier stelle ich die Fragen«, erwiderte Ortega. Trent schwieg. Ortega fluchte und blickte schließlich zu Trent hinüber. »Ja, genau das mache ich. Ich kämpfe gegen die Aufständischen. Oder vielmehr gegen das, was von ihnen noch übriggeblieben ist.«

Mindanao war die größte moslemische Insel auf den Philippinen und das Zentrum der Aufständischen. Auch die im Südwesten liegende Insel Basilan und der Sulu-Archipel waren moslemisch, und die Gewässer dort galten als Piratengebiet. Sogar der Reiseführer für Globetrotter mahnte Reisende in dieser Gegend zu extremer Vorsicht.

»Die Aufständischen müssen überall auf den Sulu-Inseln Sympathisanten haben«, meinte Trent.

»Terroristen«, entgegnete Ortega.

Trent zuckte die Schultern. »Das kommt ganz auf den Standpunkt an. Einige von ihnen müssen doch glauben, daß die Piratenüberfälle ihrem Ruf schaden. Nennen Sie mir einen Namen und einen Ort, an dem ich suchen sollte.«

Ortega hieb auf die runde Erhöhung in der Mitte des Lenkrades ein und warf Trent einen finsteren Blick zu. Schließlich faßte er einen Entschluß. »Ishmael Muhammad. Er ist so etwas wie ein fundamentalistischer Intellektueller von der Universität Teheran und nie lange an einem Ort. Deswegen habe ich diesen Hurensohn auch nie erwischt. Meistens hält er sich jedoch irgendwo im Gebiet der Samales auf. Das liegt am nordöstlichen Ende des Sulu-Archipels. Die Einheimischen halten ihn für eine Art Robin Hood, und das ist ein weiterer Grund, warum ich ihn bisher nicht festsetzen konnte. Er hat vielleicht zwanzig, höchstens dreißig Männer hinter sich. Einige von ihnen sind richtige Herzchen, Sie sollten also besser gut auf sich aufpassen.«

»Danke«, meinte Trent.

Ortega schlug ein weiteres Mal gegen das Lenkrad, dieses Mal so heftig, daß er sich weh tat. Fluchend schüttelte er seine Hand. *»Danke!«* sprudelte es schließlich aus ihm heraus. *»Danke!* Verdammt noch mal, ist das alles, was ich bekomme?«

Trent zeigte ihm den Miniatursender. »Einigen Sie sich mit Sir Philip Li, und die Piraten gehören Ihnen.«

»Wenn Sie sie finden.«

»Ich finde sie«, sagte Trent.

9

Die Brandung ermöglichte es ihnen, sich ganz ungestört zu unterhalten. Sir Philip Li war so zart gebaut, daß er auf dem Sand kaum Spuren hinterließ, Manolo Ortega hingegen war größer und schwerer und schlurfte ein wenig. In einer Entfernung von einhundert Metern fuhr auf der Küstenstraße Sir Philip Lis Mercedes neben ihnen her, fünfzig Meter hinter ihnen stakste der Leibwächter des Finanziers den Strand entlang.

»Alle, Kommandant. Dazu gehören auch der Anführer und seine Frau. Haben Sie das verstanden?« fragte Sir Philip.

Ortega studierte die Zeichnungen des Paares. Trents Bart und sein dickes Haar, das an ein Strohdach erinnerte, waren unverkennbar. Das Mädchen war schlank und knabenhaft und wahrscheinlich eine Chinesin. Aber das war egal. Für das Honorar, das gezahlt wurde, würden sie alle sterben. Zehntausend US-Dollar für den, der Trent tötete, weitere zehntausend, wenn das Mädchen starb. Fünfzigtausend Dollar wurden unter seinen Männern aufgeteilt, einhunderttausend bekam Ortega selbst. Doch entweder gab es alles oder nichts.

Manolo Ortega hatte verstanden.

Später Abend in Manila oder Hongkong bedeutete, daß es in der Innenstadt Londons erst früher Nachmittag war. Robert Li tauchte geduckt aus einem schwarzen Taxi auf und huschte durch den leichten Nieselregen über den Gehsteig und die Treppe zur Traders Funds Bank hoch.

Zunächst hatte er die Union Bank aufgesucht, ferner drei der vier großen englischen Clearingbanken. Danach war er bei der Royal Bank und der Bank of Scotland gewesen, ferner bei Rothschild und Schroeder. Die Bankiers waren ihm höflich begegnet, denn die Gerüchte bezüglich der Schwierigkeiten des Hauses Li hatte sich noch nicht bestätigt. Doch waren sie argwöhnisch genug, und Robert Li machte sie noch mißtrauischer, da sich seine Erfahrungen auf die Verwaltung von Wohltätigkeitseinrichtungen und Museen beschränkten. Glücklicherweise reichten die vom Hause Li gebotenen Prozente nicht aus, und die Bankiers konnten ablehnen, ohne daß dies beleidigend wirkte.

Die Traders Funds Bank reagierte anders. Es war ein ursprünglich niederländisches Bankhaus, das erst seit kurzem in London vertreten war und über ausgesprochen viel Kapital verfügte, von dem den Gerüchten zufolge ein Großteil aus Lateinamerika stammte und versteckt werden mußte. Doch das wurde von jeder Gesellschaft behauptet, die zu Zeiten einer weltweiten Rezession übermäßig zahlungskräftig war. Robert Li wurde sofort in das Büro des hiesigen Vorsitzenden des Vorstandsgremiums der Bank geführt.

Der Mann besaß einen niederländischen Reisepaß und sprach ein makelloses Englisch mit kaum wahrnehmbarem Akzent. Seine Schuhe und sein Hemd stammten unverkennbar aus London, sein dunkelgrauer Flanellanzug von der Savile Row. Nur eine mit silbernen Rippenmustern versehene italienische Seidenkrawatte ließ das Bild einer bourgeoisen Respektperson aufblitzen. Lächelte er, so wurde ein vollkommenes Gebiß mit überraschend weißen Zähnen sichtbar, das durch die natürliche Bräune seiner Haut nur noch stärker hervorgehoben wurde. Er gewährte dem Hause Li das Darlehen für die gewünschte Frist mit einer fast unziemlichen Hast, die er mit schwärmerischer Aufrichtigkeit damit erklärte, daß die Bank ihr Engagement für langfristige Investitionen unter Beweis stellen wollte.

Als Robert Li gegangen war, rief der Vorsitzende über die Leitung mit dem Zerhacker in Honkong an und berichtete dem Verwandten Wong Fus, der als Vermittler zwischen der Bank und dem chinesischen Finanzier fungierte, von seinem Erfolg.

Nach seiner Rückkehr in die wohlgeordnete Ruhe seines Hauses in Pimlico telefonierte Robert Li mit seinem Vater in dessen Kontor auf einer nicht gegen Abhörversuche gesicherten Leitung und teilte ihm mit, was er erreicht hatte.

»Gut gemacht, Robert. Sehr gut«, lobte ihn Sir Philip. Im obersten Geschoß eines zwei Straßen entfernt liegenden Bürogebäudes hörten Wong Fus Männer über das von Timmy Brown für sie installierte Mikrofon mit und kicherten, als Robert fragte, ob es neue Nachrichten hinsichtlich des Mädchens gebe.

Der Schwefelgestank war Bestandteil der Hölle, die Jay durchlebte. Sie konnte das an ein Husten erinnernde Geräusch des Vulkans hören, nachts war durch die Ritzen in den Wänden ihres Gefängnisses hindurch das Glühen eines Kraters zu sehen.

Der philippinische Rundfunk hatte Anweisungen an die am Fuß des Vulkans lebenden illegalen Landbesetzer ausgestrahlt, sie sollten ihre kleinen Grundstücke verlassen und in die an der Nordküste gelegene Ebene flüchten, wo sie im Bedarfsfall von Landungsbooten gerettet würden. Bis dahin wollte sie eine freundliche Regierung mit Nahrung versorgen.

Die Bauern waren Moslems und hatten allen Grund, eine hauptsächlich aus Christen bestehende Regierung, die Hunderte von Meilen von ihnen entfernt auf der anderen Seite des Meeres residierte, weder besonders gerne zu mögen noch ihr zu vertrauen. Zu oft waren sie mit Garantien für eine Landreform betrogen worden. Jetzt hatten sie sich Landstücke angeeignet, die wegen der immer wiederkehrenden Ausbrüche kein Reicher für sich beanspruchen wollte. Sie hatten Bananen und Papayas angebaut, jede Familie besaß ein oder zwei Ziegen, und in einem kleinen Gehege hinter den Hütten liefen immer ein paar Hühner herum. Wenn sie den Anweisungen des geologischen Instituts folgten, was sollten sie in Zukunft dann essen? Wovon sollten sie leben? Von Versprechungen? Sie wußten, was sie von diesen Versprechungen zu halten hatten: Es waren Lügen der Christen.

Das Telefon klingelte, und Trent griff nach dem Hörer. Tanaka war am Apparat: »Ich hatte einen harten Tag, und die Nacht war kurz, also bitte keine Widerrede! Sie können zum umzäunten Gelände mit dem Swimmingpool gelangen, ohne durch die Eingangshalle zu gehen. Die Mauer auf der linken Seite ist etwa zwei Meter hoch. In einer Viertelstunde bin ich mit einem Taxi da.«

Einmal hatte der Japaner ihm bereits das Leben gerettet. Trent schaute auf seine Uhr. Es war Viertel nach sieben – er hatte elfeinhalb Stunden geschlafen! Schnell zog er Badehose und T-Shirt an, packte die übrigen Kleidungsstücke samt seinen anderen Habseligkeiten in eine Reisetasche und ließ diese auf dem Bett zurück. Dann ging er durch den neuen Flügel des Hotels und über die Seitentreppe zum Gelände mit dem Swimmingpool. Ein Bediensteter wünschte ihm höflich einen guten Morgen und reichte ihm ein Handtuch.

Der Swimmingpool lag in der Mitte eines von Bäumen beschatteten Gartens. Trent ging an der Seite des Wasserbeckens entlang, ließ sein T-Shirt auf eine Liege fallen und sprang am tiefen Rand des Beckens mit einem Kopfsprung ins Wasser. Mit etwa zwanzig Zügen hatte er den Swimmingpool durchquert. Von der anderen Seite des Gartengeländes ertönte einige Male eine Autohupe. Trent zog sich aus dem Wasser, rannte zu der Stelle, an der er sein T-Shirt gelassen hatte, schnappte es sich und legte an Tempo zu, während er auf die Mauer zulief. Er sprang, erwischte die Oberkante der Mauer mit beiden Händen, schwang sich hinüber und kam mit beiden Füßen auf. Die hintere Tür des Taxis stand offen. Tanaka gab ihm mit einem Wink zu verstehen, daß er sich beeilen solle.

»Was ist los?« fragte Trent, während er neben dem Japaner in den Wagen glitt.

Tanaka grinste. »Nicht viel. Ich wollte nur wissen, ob Sie mir vertrauen.«

»Das war das letzte Mal«, erwiderte Trent.

»Wie schade. Auf Ihren Kopf ist eine Prämie ausgesetzt.« Der Japaner schien sich über die Neuigkeiten zu freuen. »Zehntausend US-Dollar. Sie sind also sogar für einen Briten noch recht billig.«

Er sagte dem Fahrer, er solle einmal um den Häuserblock fahren, während er Trents Rechnung bezahlen und seine Taschen holen wollte.

»Zweihundertdreißig Dollar«, berichtete er Trent, als er seine Reisetasche auf dem Fußboden des Taxis abstellte. »Das ziehen wir von Ihrem Anteil am Honorar ab.«

Trent und Tanaka flogen mit der Philippine Airlines nach Puerto Princesa auf Palawan zurück. Ein Boot nahm sie auf, fuhr mit ihnen die Küste entlang nach Süden und setzte Trent an der *Golden Girl* und Tanaka auf dem Frachter ab. Die ersten Leichter hatten neben der *Ts'ai Yen* festgemacht. Ein Maschinist hatte einen Dieselgenerator an Deck aufgestellt, um die zwei Ladebäume in Betrieb nehmen zu können, Schauermänner schwenkten die Fracht aus dem großen Laderaum nach oben.

Trent ließ die *Golden Girl* mit geblähtem Vorsegel über das Riff hinweggleiten, ging in fünfundzwanzig Meter Wassertiefe vor Anker und fuhr mit dem Schlauchboot wieder zum Frachter zurück. Er kletterte an Bord, inspizierte den Bereich, der am ersten Morgen Tanakas Interesse geweckt hatte, und entdeckte dort Blutflecken an Deck und einige etwa einen Meter voneinander entfernte Blutspuren am Rumpf. Es sah so aus, als hätte man an dieser Stelle zwei Leichen über Bord geworfen.

Die Tür zu den Offiziersquartieren stand offen, und er

inspizierte die Kabine des Zweiten Offiziers. Männerhemden, Socken und Unterwäsche lagen in den entsprechenden Schubladen, alles war fein säuberlich zusammengefaltet und mit dem eingedruckten Namen Lu versehen. Uniformen und Arbeitskleidung befanden sich in der Garderobe. Auf dem untersten Brett der Garderobe standen ein Paar einfache schwarze Schuhe, ein Paar Turnschuhe und ein Paar japanische Sandalen. Schreibpapier, einige Postkarten und zwei technische Handbücher waren sorgfältig in der obersten Schreibtischschublade eingeräumt worden. Die Koje roch nach Rasierwasser. Trent fand es zusammen mit den anderen üblichen Toilettenartikeln für den Mann auf dem Regal über dem Handwaschbecken. Im Medizinschränkchen lagen einige Rasierklingen, Zahnpasta, ein halbes Päckchen Kondome, eine Tube mit einer Salbe gegen Hämorrhoiden und eine Flasche mit hochdosierten Multivitamintabletten.

Er fragte sich, welchen Grund die Piraten oder deren Anführer wohl gehabt haben könnten, Lu und die Frau hinzurichten. Und wenn sie tot war, warum mußten Lis Männer dann vertuschen, daß sie an Bord gewesen war? Zweifellos gab es eine Verbindung zwischen der Frau und Sir Philip Li. War sie seine Geliebte? Und Lu wiederum ihr Liebhaber? Der ältere chinesische Milliardär wirkte nicht so, als hätte er eine Geliebte, aber das Äußere und die sexuellen Gewohnheiten eines Menschen stimmten selten miteinander überein.

Trent blickte sich um, sah, daß Tanaka ihn von der Tür her beobachtete, und sagte: »Lus Kleidung, aber kein Lu, und an Deck sind einige Leute erschossen worden.«

»Lu zählen Sie ja zur Mannschaft. Damit bleibt nur einer der Piraten oder die Frau.« Tanaka grinste angesichts Trents Fassungslosigkeit. »Lis Enkelin ist doch aus den USA zurückgekehrt. Wußten Sie etwa nicht, daß es eine Enkelin gab? Ihre Eltern wurden von einer Bande puertoricanischer Cracksüchtiger ermordet, die am Samstagabend lieber Gangster spielten, als im Kino Popcorn zu futtern. Jemand gab mir die Information, daß Lis Enkelin an Bord war – Lu ist ihr Leibwächter.«

Jetzt hatte das Mädchen also einen Namen. Sie mußte Millionen an Lösegeld wert sein. Sicher wäre kein Pirat so dumm, sie zu töten. Den Leibwächter, ja, aber nicht das Mädchen.

»Denken Sie gefälligst wie ein Asiate«, drängte ihn Tanaka. »Der alte Li wird sein Gesicht verlieren, wenn die Nachricht über seine Tochter an die Öffentlichkeit dringt. Darum geht es bei diesem Piratenüberfall.«

Trent sah vor seinem inneren Auge, wie der Finanzier in seiner Hazienda neben dem Teich mit den Seerosen saß, an seinem Tee nippte und sich mit ruhiger Stimme höflich mit ihm unterhielt, wobei er allerdings aus der Macht, die er besaß, keinen Hehl machte. Dieser Mann würde die besten Experten für Verhandlungen über die Freilassung des Mädchens eingeschaltet haben und eine zweite Gruppe von Spezialisten aufbieten, um sich zu rächen. Und einen Spürhund auf die Piraten ansetzen...

Die Insel war von einem Riff umgeben; sie war rund, flach und hatte einen Durchmesser von nur einhundert Metern. Die Vegetation bestand lediglich aus einigen Palmen. Lu ließ das kleine Segelboot an Land gleiten und zog es den Strand hoch bis in den Schatten. Die drei rechteckigen Häuser auf der anderen Seite der kleinen Insel waren mit Palmwedeln gedeckt, die Wände bestanden aus geflochtenen Matten aus Palmmaterial. Die Häuser standen auf hölzernen Pfählen im seichten Wasser der Lagune und waren durch das Riff geschützt, das an einem Bogen aus weißer Gischt zu erkennen war. Unter den Häusern tanzten einige Kanus auf und ab, an den Pfählen jedes Hauses war in der Nähe der Treppe ein Fischerboot festgemacht; die Männer waren also von den Fischgründen nach Hause zurückgekehrt.

Die Inselbewohner holten ihr Wasser aus einem mitten auf der Insel gelegenen Ziehbrunnen. Lu kroch bis auf sechs Meter an den Brunnen heran und wartete im Schatten der Bäume in einer Senke. Als erstes kam eine Frau. Lu legte ihr von hinten den Arm um den Hals und flüsterte ihr zu, sie solle ihren Mann rufen. Die Frau war viel zu verängstigt, um ihn zu begreifen; Lu tötete sie und wartete weiter. Zehn Minuten verstrichen, bis der Mann von der Treppe vor ihrer Hüttentür aus nach ihr rief. Sie antwortete nicht; daher paddelte der Mann an Land.

Das Leben auf der kleinen Insel bot ja vielleicht keine materiellen Vorzüge, aber dafür Sicherheit, und der Mann hatte keinerlei Angst, als er vom Strand hoch zum Brunnen kam. Er machte sich Sorgen um seine Frau und rief leise nach ihr. Vielleicht dachte er ja, sie sei eingeschlafen und könnte sich erschrecken, wenn er sie zu abrupt weckte. Er blickte über die Schulter zurück und mahnte ein Kind zur Vorsicht, das gerade aus der Hütte auf die Treppe gekommen war. Dann sah er hinter dem Brunnen auf dem Sand die zusammengesackte Gestalt seiner Frau und rannte die letzten Meter zu ihr hin.

Mit der Handkante verpaßte ihm Lu einen Schlag in den Nacken. Es hätte genausogut eine Steinkeule gewesen sein können. Er fing den zu Boden gleitenden Fischer mit den Armen auf, warf ihn in den Schatten und ohrfeigte ihn. Der Fischer ächzte, als er wieder zu Bewußtsein kam, rollte den Kopf hin und her und suchte nach seiner Frau.

Lu schlug ihm mit der flachen Hand gegen beide Wangen und fragte, welche Fischerboote mit einer Länge von fünfzehn bis achtzehn Metern er hier außerhalb ihrer unmittelbaren Heimatgewässer gesehen habe. Der Fischer beschwor, nichts gesehen zu haben, allerdings habe er von der Mannschaft eines anderen Bootes gehört, sie hätten miterlebt, wie am Tag zuvor zwei große *baslig* aus dem Wasser gezogen worden wären. Lu fragte, wo das gewesen sei, und der Fischer meinte, irgendwo im Westen.

Den Fischer an den Haaren festhaltend, ließ Lu ihn eine skizzierte Karte in den Sand zeichnen und befragte ihn zu den Entfernungen. Sobald er sich diese fest eingeprägt hatte, brach er ihm das Genick und rollte die Leiche den Abhang hinunter, so daß sie von den Hütten aus nicht mehr gesehen werden konnte.

Er schob sein Boot wieder ins Wasser, verwischte die vom Rumpf zurückgelassene Furche, die in den Sand gezeichnete Karte und seine Fußspuren. Als er die Segel hißte und das gestohlene Boot durch die Brandung hindurch auf die offene

See lenkte, hörte er über dem Wasser das jammernde Klagen eines Kindes.

Trents hochmodernes, satellitengestütztes Navigationsgerät zeigte seine Position bis auf fünfzehn Meter genau an, er war also in der Lage, im Schutz der Dunkelheit trotz der vielen Riffe in diesen Gewässern zu segeln. Dem Seehandbuch nach war die Insel unbewohnt, und es gab kein Wasser darauf. Mit kleiner Fock und gerefftem Großsegel kam er näher und ging dreihundert Meter vor der Küste vor Anker. Die Flut setzte gerade ein, daher rollte er ein beträchtliches Stück Warpleine aus, tauchte an ihr entlang und überprüfte, ob sich die Ankerflügel auch tief genug in den Boden eingegraben hatten.

Die Insel war zweihundert Meter lang und nur fünfzig Meter breit. Zunächst ging er einmal um sie herum, dann lief er kreuz und quer von Ost nach West über sie hinweg und in einem doppelten Z von West nach Ost zurück. Es gab nicht die kleinsten Anzeichen von Besuchern.

Der Engländer kehrte zum Katamaran zurück, baute dessen doppelte Ruderpinne ab, zog die Schwerter aus ihren Schlitzen und holte den Anker ein. Während der große Katamaran in das seichte Wasser trieb, ließ er sich über Bord fallen und zog die *Golden Girl* an den Bugspitzen auf den Strand.

Auf der ganzen Insel gab es keinen einzigen Baum, daher schleppte er seinen Ersatzanker und die Warpleine quer über die Insel, stieß die Ankerflügel in den Boden, zog die Warpleine durch die Führung zurück und machte sie an der kleinen Winde fest, mit der sich schwere Lasten bewegen ließen. Unter die Bugspitzen und unter die Rümpfe wurden Rollen gelegt, dann ging er mit Warpleine und Winde wieder zum Anker. Nach fünf Minuten hatte Trent mit der Winde die Bugspitzen des Katamarans aus dem Wasser gezogen und kletterte wieder an Bord.

Wenn die beiden Spinnakerstangen in die im Brückendeck eingelassenen Vertiefungen vor dem Salon geschoben wurden, bildeten sie ein senkrechtes V. Eine weitere Vertiefung an der die beiden Bugspitzen verbindenden Querstange hielt den Baum so fest, daß dieser zusammen mit den Spinnakerstangen einen Dreifuß bildete. Der Mastfuß saß in einem offenen Stahlschuh, der wiederum von einem Pfosten getragen wurde, der durch das Kabinendach hindurch bis zum Boden des Salons reichte. Ein Stahlgelenk ermöglichte es, den Mastfuß im Schuh vor- und zurückzukippen. Durch das Entfernen zweier Bolzen im Kabinendach konnte Trent den Mastschuh auch um zehn Grad nach Steuerbord drehen.

Er lockerte die Achterstage und ließ den Mast behutsam an der Steuerbordseite des Dreifußes herunter. Dann nahm er den Dreifuß auseinander, befestigte die Takelage am Mast und den Mast an der vorderen Querstange. Mit den Rollen unter dem Zwillingsrumpf dauerte es mit der Winde noch eine weitere Stunde, um die *Golden Girl* bis über die Flutlinie hinauszuziehen.

Auf der Überfahrt von Palawan hatte sich Trent eine Liste der Ausrüstungsgegenstände gemacht, die er auf dem Windsurfer benötigte:

Sender
Tauchermesser in Beinscheide
jede Menge Sonnenschutzmittel
Armeestiefel
satellitengestütztes Navigationsgerät
Karte
Wasser
Lebensmittel
Harpunengewehr, Angelschnur, Angelhaken
eine Rolle leichte Leine
klappbarer Enterhaken als Anker
Paddel, Ersatzpaddel
Tauchausrüstung und eine Sauerstoffflasche

Er lud alles in eine Styroporkiste, die er mit Gummistropps an der Oberfläche des Windsurfers festmachte. Danach stellte er den Mast auf und befestigte das Segel.

Mit einem Becher starken Kaffee spülte er eine Schüssel Getreideflocken hinunter. Dann weichte er den Spinnaker im

Meerwasser ein, breitete das Segel über dem Katamaran aus, pflockte es am Boden fest und bedeckte es mit einer Schicht Sand. Um zu überprüfen, ob die Tarnung ihren Zweck erfüllte, mußte Trent noch warten, bis es hell wurde. Am Rand des Wassers setzte er sich hin.

Der leichte Wind, der ihn von Palawan über die Sulu-See hierhergebracht hatte, war mit Nahen der Dämmerung eingeschlafen. Die kleinen Wellen schienen erschöpft in sich zusammenzufallen. Ein leichter Geruch nach Jod und Verwesung stieg aus dem Streifen abgestorbenen Tangs hoch, der die Flutlinie markierte, während von einem Vulkan ein Hauch Schwefel herüberwehte. Frische Eruptionen im Vulkankrater verfärbten den nördlichen Horizont zu einem sanft glühenden Orange. Im Osten wurde der Himmel kaum merklich heller. Die Dämmerung kündigte sich an.

Bei Tagesanbruch paddelte Trent mit dem Windsurfer auf die offene See hinaus. Der Himmel behielt im Westen über der dunklen, graublauen Fläche des Wassers einen tiefen, malvenblauen Farbton bei. Selbst vor diesem Hintergrund war die *Golden Girl* in einhundert Metern Entfernung nur schwer auszumachen. War man zweihundert Meter entfernt, blieb der Katamaran fast unsichtbar. Später am Tag würde das grelle Sonnenlicht Himmel, Sand und Meer ganz farblos werden lassen, und es würde kaum noch irgendwelche Schatten geben, die den Umriß der *Golden Girl* verraten konnten. Vielleicht stolperte ein vorbeidriftender Fischer über den Katamaran, doch sonst war er in Sicherheit.

Trent setzte das Segel und nahm mit dem Windsurfer Kurs auf die Samal-Inseln. Zwanzig Seemeilen weiter nordwestlich ließ Lu zur gleichen Zeit sein Segelboot auf den Strand einer anderen Insel gleiten.

Lu roch den Rauch des Holzfeuers bereits, als die Dunkelheit die Insel noch seinen Blicken entzog. Während er sich durch die Palmen heranschlich, wurde der Geruch in seiner Nase immer stärker. Vier Fischer kauerten an einem Feuer aus Kokosnußschalen, kleine Männer mit schmalem Gesäß. Auf zugespitzten Stöcken hielten sie Fischstückchen über die

Glut. Ihr Hunger war so groß, daß sie nur Augen für die Fische hatten; Lu konnte bis auf dreißig Zentimeter an den direkt vor ihm hockenden Mann herankommen, bevor er entdeckt wurde. Er war nur ein schwacher Schatten vor einem dunklen Horizont, ein Geist, ein Phantom – und diese Männer glaubten noch an solche Dinge, glaubten an Magie. Schon die Schnelligkeit, mit der Lu vorging, mußte den beiden Fischern auf der anderen Seite wie Zauberei vorkommen. Der Mann direkt vor Lu und der rechts von ihm starben, ohne ihn überhaupt bemerkt zu haben. Mit einem einzigen Hieb hatte er ihnen das Genick gebrochen, und sie kippten nach vorne in die Glut.

Der dritte Fischer ließ seinen Stock fallen. Er machte keinen Versuch, seinem Tod auszuweichen. Statt dessen kauerte er sich noch mehr zusammen, schien seinen Hals gehorsam dem Vollstrecker entgegenzurecken und drehte nur den Kopf weg, um nicht mitzubekommen, wann es soweit war; dadurch machte er es Lu sehr einfach.

Der vierte Fischer fiel auf die Knie und flehte das Phantom an, ihn zu verschonen. Er habe in neun Jahren sieben Kindern das Leben geschenkt – die würden doch alle verhungern ...

Lu brachte ihn mit einem Schlag ins Gesicht zum Schweigen und konnte gerade noch verhindern, daß die Fischstückchen in die Glut fielen. Nach der Kokosnuß war dies die erste Nahrung, die er zu sich nahm, seit er von Bord der *Ts'ai Yen* gesprungen war, doch trotzdem nahm er sich die Zeit, mit einem Zweig die kleinen Glutstückchen vom weißen Fleisch des Fisches herunterzuschlagen, bevor er mit seiner Mahlzeit begann. Ohne Hast aß er alles auf und beobachtete dabei den Fischer wie ein Fuchs ein Kaninchen.

Als er fertig war, wischte er sich mit dem Handrücken über den Mund, die Hand säuberte er am zerlumpten Sarong der direkt neben ihm liegenden Leiche. Der Fischer bot ihm mit beiden Händen ein braunglasiertes Wassergefäß an. Lu trank nur wenig, wischte sich erneut über die Lippen und fragte dann nach den beiden großen *baslig*.

Der Fischer hatte von zwei Booten gehört, die auf einer Insel drüben im Westen an den Strand gezogen worden waren. Er zeichnete eine Karte in den Sand, die mit der Karte des letzten Informanten Lus ausreichend übereinstimmte. Mehr wußte er jedoch auch nicht, und Lu bereitete ihm einen schnellen Tod.

Danach holte er sich den Fang der Nacht aus dem Boot der Männer, putzte die Fische und begann sie zu grillen. Vier *Barong*-Messer lagen im Boot, zwei von ihnen nahm er ebenfalls mit. Während er darauf wartete, daß die Fische über der niedrigen Glut trockneten, schärfte er die beiden Klingen der *Barong*, indem er sie aneinander wetzte. Er legte die Fische vor der Gischt geschützt im Heck seines Segelbootes auf eine Unterlage aus zusammengefalteten Palmwedeln. Dort konnten sie in der Sonne noch weiter trocknen. Ein Aluminiumbecher aus dem Boot der Fischer wurde mit Meerwasser gefüllt und so hingestellt, daß das Wasser verdunsten konnte. Dadurch gewann er Salz, das er auf den Fischen verstreichen wollte.

Die Leichen packte er ins Fischerboot und befestigte das Ruder so, daß das Boot mit der nächsten Flut gen Westen auf die offene See treiben würde. Dann verwischte er alle Fußspuren, die im Sand zu sehen waren. Als die Sonne über den Horizont stieg, legte er sich in den Schatten seines kleinen Bootes und schlief ein. Er hoffte, näher an das Mädchen herangekommen zu sein, und fragte sich, ob sie wohl noch lebte.

Sie hatten sie auf dem Erdboden der Hütte liegengelassen. Reglos lag sie da wie eine Leiche. Doch innerlich war sie überaus lebendig. Sie begriff jetzt, warum man sie entführt hatte, und betete nicht länger darum, zu sterben. Vielmehr hatte sie einen Wall aus Haß aufgebaut, hinter dem sie den winzigen Kern ihres Innersten, dicht wie Antimaterie und genauso unsichtbar, verbarg – einen Kern, den sie mit ihrem Vertrauen auf die Allmacht ihres Großvaters nährte.

Sir Philip Li stand inmitten seines Kindergartens auf dem Podest des Kontors. Timmy Brown erklärte den Konferenzraum für sicher, und gemeinsam stiegen sie die Treppe hoch. Miß James hatte die Zeitungen und Faxe mit den wichtigsten

Schlagzeilen des Tages sowie die Kommentare der ausländischen Presse ausgebreitet. Wie Sir Philip erwartet hatte, begannen die Finanzseiten der Zeitungen mit Artikeln über die Veräußerung seiner fleischverarbeitenden Betriebe und des Weidelandes in Florida. Meistens rechneten sie dem Leser vor, daß der erzwungene Verkauf das Haus Li dreißig bis fünfunddreißig Prozent des tatsächlichen Wertes seiner Investitionen gekostet hatte.

DER ERSTE SCHRITT ZUR AUFTEILUNG DES HAUSES LI? lautete eine noch ganz annehmbare Schlagzeile. LIS SPIELRAUM WIRD ENG, hieß es woanders.

Während seine jungen Mitarbeiter lasen, beobachtete Sir Philip ihre Gesichter. Die Schlacht hatte begonnen, doch keiner von ihnen wußte, welche Kräfte er entfalten konnte. Er versuchte, sich ein Bild davon zu machen, wie sie ihn wohl einschätzten, und fragte sich, wer von ihnen als erster den Verräter spielen würde.

»Reizend«, meinte Rudi Beckenberg zu einem britischen Boulevardblatt, das auf seiner Titelseite unter der Schlagzeile EIN CHINESE WAPPNET SICH MIT DROGENGELDERN ein Foto von Robert abgebildet hatte.

»Intelligent«, verbesserte Tommy Li, und Sir Philip nickte. Er versuchte, sich vorzustellen, wie sehr sich Wong Fu über die Attacke freuen würde – doch man erzählte sich, Wong Fu sei Analphabet. Unwillkürlich fragte sich Sir Philip, ob das wohl stimmen könne.

Mit dreiundzwanzig Jahren war Pete das jüngste Mitglied im Fu-Clan, dem regelmäßig der Zutritt zu Wong Fus Penthouse gestattet wurde. In seiner Kindheit war seine Mutter die Lieblingskusine des Finanziers gewesen. Wong Fu hatte sie aus China freigekauft, und Pete hatte eine Ausbildung am St. Josephs in Hongkong und an der Universität Manchester genossen, wo er Betriebswirtschaftslehre studierte. Seine Magisterarbeit hatte aus einer Computerstudie zum Thema plötzlicher Wechselkursschwankungen bestanden. Jetzt faßte er täglich die Zeitungs- und Radionachrichten zusammen und las Wong Fu jeden Morgen das Resümee vor.

Wong Fu hatte es sich derweil in einem mit schwarzem Leder gepolsterten Sessel mit verchromtem Gestell bequem gemacht, der am Ostfenster stand. Das Mädchen, das ihn rasierte, war noch ein Teenager. Pete wartete, bis sie mit einem heißen Handtuch die letzten Spuren des Rasierschaums von Wong Fus Gesicht gewischt hatte, bevor er dem Finanzier das Fax der Titelseite eines britischen Boulevardblattes mit dem Foto Robert Lis zeigte. Er erklärte ihm die Zweideutigkeit der Schlagzeile, und Wong Fu brach in schallendes Gelächter aus. Dem großen Li mit seinen englischen Anzügen würden in den nächsten Wochen noch einige Lektionen erteilt werden.

Seit Sir Euan Wiley den Vorsitz innehatte, machte ihn die tägliche Fahrt im Rolls-Royce mit Chauffeur von Braemar Lodge herunter zum Büro immer wieder verlegen. Die riesige Limousine war ein grotesker Anachronismus, und auf der winzigen Insel der Kronkolonie fiel das besonders auf.

Am liebsten wäre er gelaufen, aber seine Frau hatte die Ehefrauen seiner Direktorenkollegen erwähnt, von denen jeder verzweifelt danach trachtete, als nächster in Braemar Lodge einzuziehen.

Die Frauen sehnten sich nach den Titeln und den ganzen Kinkerlitzchen, die mit dieser Position verbunden waren, und es war viel von Gesichtsverlust und Abgrenzung die Rede.

Euan wußte, daß er eigentlich kaum mehr als ein einfacher Manager war. Die Macht lag beim Haus Li, und das war schon immer so gewesen, seit den Anfängen in Macao. Sir Philip hatte es freundlich gemeint, als er ihn davon abhielt, an seinen Vereinbarungen mit Trent Anteil zu nehmen. Euan jedoch fühlte sich herabgewürdigt und war darüber befremdet, von dem Finanzier zur Tür geführt worden zu sein. Diesen Morgen beim Frühstück wurde sein Ärger noch dadurch verschlimmert, daß seine Frau von ihm verlangte, Vorsicht walten zu lassen, um nicht zu tief in die Sache hineingezogen zu werden.

Um Mitternacht englischer Zeit hatte ihre Mutter aus England angerufen. Robert Li sei auf der Titelseite der Regenbogenpresse abgebildet und beschuldigt worden, Drogen zu schmuggeln. Und hatte Euan auch dieses und jenes gehört? Und wußte er, was sie sich im Club erzählten? Außerdem habe sie den Finanzier noch nie gemocht. Seine Abstammung könne keiner verleugnen, hieß es, und Li war Chinese, während sie doch Briten waren – und sie wären ihm dankbar, wenn er sich das ins Gedächtnis zurückriefe. Auch da, wo sie wohnten, galt es, ihre gesellschaftliche Stellung zu wahren, und daheim, wo die Kinder zur Schule gingen, war das genauso. Euan solle doch an die Kinder denken, die bekämen doch alles mit, und es machte ihnen bestimmt keinen Spaß, verlacht zu werden, weil der eigene Vater lieber mit chinesischen Geschäftsleuten zusammen war als mit seinen richtigen Freunden.

Durch diesen Redeschwall beunruhigt, hatte Euan von seinem Toast aufgeschaut, wollte davor warnen, soviel herumzutratschen, doch ein neuer böser Zug um die schmalen Lippen seiner Frau entmutigte ihn, und so hatte er sich hastig in die Festung der Limousine zurückgezogen.

Jetzt glitt der Rolls-Royce wie ein Phantom am Wong-Fu-Gebäude vorbei. Euan blickte zu der Glaspyramide hoch und fragte sich, ob und wann sie an ihn herantreten würden.

10

Wie ein Schleppnetzfischer durchkämmte Trent die Samal-Inseln nach dem Anführer der moslemischen Aufständischen. Dreihundertfünfzig Jahre hatte die Besetzung der Philippinen durch die Spanier gedauert, und auf den Samal-Inseln hatten sie nie richtig Fuß gefaßt. Auch die Amerikaner schafften es nicht, die Inseln zu okkupieren, und nach ihnen kamen die Japaner, denen wiederum die von den USA gestützte Marcos-Diktatur folgte. Jetzt herrschte eine demokratische Regierung, in der die Christen und Manila das Sagen hatten. Für die Inselbewohner war das genauso eine Kolonialmacht wie ihre Vorgänger.

Die Inseln waren klein und größtenteils flach, nur wenige

Bäume beschatteten den unfruchtbaren Boden. Ihre Bewohner gehörten zwei größeren Stämmen an: den für ihre Grausamkeit bekannten Badjao und den freundlicheren Samal. Selten bestanden die Dörfer aus mehr als zwanzig in den seichten Gewässern innerhalb des Riffes auf Pfählen stehenden Hütten. Die Häuser der Samal zeichneten sich durch eine aufwendigere Bauweise aus als die der Badjao; während letztere überwiegend aus mehreren Schichten übereinandergelegter Palmwedel bestanden, verwendeten die Samal auch geflochtene Matten und mit Mustern verzierte Palmschäfte als Baumaterial. Lattenstege aus gespaltenen Bambusstangen bildeten die Dorfstraßen; unter den Stegen waren Boote verschiedener Größe vertäut: die mindestens fünfzehn Meter langen *baslig*, die kleineren *banos* und winzige Auslegerkanus, die so schmal waren, daß die Besatzung gezwungen war, sich auf ein über die Dollborde gelegtes Brett zu setzen und nur für die Beine im Rumpf Platz fand.

Moslemfrauen kauerten über offenen Herdfeuern, dünner Rauch hing über den Strohdächern. Auf den Verbindungsstegen hockten in ihre Gespräche vertiefte Männer. Nackte Kinder spielten im Wasser; durch ihre von der vielen Sonne fast schwarz gebrannte Haut fielen ihre strahlendweißen Zähne besonders ins Auge. Auf Gestellen trockneten Fische und Algen. Seevögel stießen ins Wasser, kreischten am Himmel.

Trent fuhr mit seinem großen umgebauten Windsurfer zwei Tage lang von Insel zu Insel. Den Badjao ging er wohlweislich aus dem Weg, in jeder Siedlung der Samal fragte er jedoch nach Ishmael Muhammad. Immer stieß er dabei auf verschlossene Gesichter, oft begegnete man ihm mit offener Feindseligkeit.

Es war nur eine Frage der Zeit, bis die Aufständischen von seinen Erkundigungen Wind bekommen würden. Am dritten Tag hatten sie ihn aufgespürt. Trent lag offensichtlich schlafend im Schatten einer Palme. Er hatte den Windsurfer auf den Strand gezogen, über einem Feuer aus getrocknetem Seetang Fisch gegrillt und aus einer jungen Kokosnuß Kokosmilch getrunken.

Das Boot der sechs Rebellen war etwa zwölf Meter lang. In

großen Schmuckbuchstaben mit grünen Rändern stand der Name FATIMA am Rumpf. An Stelle des Motors benutzten die Männer die Segel, um über das Riff zu gelangen und den Engländer zu überraschen. Sie trugen Sarongs in fröhlichen Farben, in ihren Gürteln steckten *kampilan* mit langen Klingen. Ihre Maschinenpistolen stammten wahrscheinlich aus Vietnam oder Kambodscha. Fünf von ihnen waren noch recht jung, der sechste ein alter Mann mit einer gezackten Narbe, die von seiner rechten Schulter diagonal über den ganzen Rücken lief. Doch nicht dieser Alte war der Anführer der Gruppe, sondern ein zäher junger Mann, dessen Haß offensichtlich war – und der ihn unberechenbar machte.

Der Anführer trat Trent gegen die Beine, um ihn zu wecken. Langsam hob Trent die Hände und rückte ein wenig nach links, damit sie sahen, daß er unbewaffnet war. Dann ließ er die Hände hinter seinen Kopf sinken, damit die rechte Hand auf dem Knauf seines Wurfmessers ruhte. Er konnte den Anführer zu jedem beliebigen Zeitpunkt töten – die anderen fünf waren auf Gewalt nicht vorbereitet. Wenn der Anführer seine Maschinenpistole fallen ließ, konnte Trent sie auffangen und die anderen damit in Schach halten, bevor sie richtig begriffen hatten, was passiert war.

Der Aufständische brüllte ihn an und stieß ihm den Lauf seiner Waffe zwischen die Rippen. Das Wissen darum, daß Trent ihn jederzeit töten konnte, verlieh dem Engländer Geduld.

Er sagte: »Ich suche jetzt den dritten Tag nach Ishmael Muhammad.«

Der alte Mann fragte: »Was willst du bei Ishmael Muhammad?«

Der Anführer verpaßte Trent einen Hieb über seinen Oberschenkel, bevor er antworten konnte. Trent beobachtete seine Augen und wußte, daß der Filipino sich nichts sehnlicher wünschte, als ihn umzubringen.

Mit der Zuversicht eines Mannes, der weiß, daß er sicher ist, lächelte Trent ihn an. »Vielleicht bringe ich Unterstützung, vielleicht Millionen Dollar. Tötet ihr mich, werdet ihr es nie erfahren.«

Immer noch lächelnd, fügte er hinzu: »Oder ich bin Filmregisseur und beabsichtige, euch berühmt zu machen. Es gibt viele Möglichkeiten.«

»Viele«, echote der alte Mann und hätte beinahe über die Wut des Anführers gelächelt. »Mit deiner weißen Haut könntest du genausogut ein böser Geist sein. Oder ein Tourist.«

»Macht denn das einen Unterschied?« fragte Trent. Zwei der Männer lächelten. Der Anführer jedoch ließ seine MP wieder auf Trent hinuntersausen. Das Visierkorn riß Trents Oberschenkel auf und zerfetzte seine Hose. Der Engländer fühlte, wie das Blut zwischen seinen Beinen nach unten sickerte, und sagte: »Vielleicht hast du vergessen, daß das Heilige Buch uns anweist, Fremden gegenüber gastfreundlich zu sein.« Bevor der Anführer ihn unterbrechen konnte, begann er, im Singsang den Koran zu zitieren.

Solche Koranzitate hatten Trent mehr als einmal das Leben gerettet. Der alte Mann fragte, ob er ein Gläubiger sei, und Trent fragte zurück, ob ein Mann denn das Heilige Buch kennen und gleichzeitig ein Ungläubiger sein könne.

»Stimmt«, sagte der alte Mann, doch der Anführer hatte aus Fernsehfilmen dazugelernt und rief, Trent sei ein Spion, und sie sollten ihn erschießen, bevor er soviel in Erfahrung gebracht hätte, daß er sie verraten könnte. Er hob die MP, aber einer der jungen Männer, die gelächelt hatten, schob den Lauf zur Seite. Eine Weile stritten die beiden lauthals und wütend miteinander und sprachen dabei viel zu schnell, als daß Trent auch nur ein Wort aus dem Englischen oder Spanischen hätte aufschnappen können, mit dem die meisten philippinischen Dialekte gespickt sind.

Die Männer, die dagegen waren, daß er umgebracht wurde, setzten sich durch. Sie banden Trent die Hände auf dem Rücken zusammen und schubsten ihn den Strand hinunter zu ihrem Boot. Dort mußte er sich auf die Decksplanken legen, und damit er nicht sehen konnte, in welcher Richtung sie davonfuhren, wurde ein Fischernetz über seinen Kopf gezogen. Den Windsurfer banden sie am Boot fest.

Die Sonne auf seinem Rücken verriet Trent, daß es nach Norden ging. Der Motor brachte sie in den Riffen mit einer

Geschwindigkeit von fünfzehn bis achtzehn Knoten voran. Der schmale Rumpf sprang hoch, wenn er von den leichten, kurzen Wellen draußen im tieferen Wasser getroffen wurde, und dann waren sie gezwungen, das Tempo zu verringern.

Kurz nach Anbruch der Dunkelheit glitt das Boot auf den Strand. Unter den Aufständischen gab es erregte Diskussionen, wieder ertönte die wütende Stimme des Anführers. Zwei Männer packten Trent an den Ellbogen und schleiften ihn aus dem Boot. Es war nur von Vorteil, für schwach gehalten zu werden, und daher tat Trent so, als wäre er zusammengebrochen, während die Männer ihn über den Sand zogen. Sie warfen ihn in einen nach Ziegen stinkenden Käfig. Ein neuer Streit brach aus, als er verlangte, man solle ihm die Hände vor seinem Körper zusammenbinden. Ein Mann brachte ihm Wasser, und Trent besprenkelte seine Hände und Füße damit. Dann wandte er sich mit dem Gesicht nach Mekka und begann mit eintöniger Stimme jene Gebete zu singen, die jeder gläubige Moslem sechsmal am Tag wiederholen muß.

In den Rennställen am Persischen Golf, in denen sein Vater als Verwalter und Trainer tätig gewesen war, hatte Trent als Junge oft genug zusammen mit dem alten arabischen Pferdepfleger gebetet. In der libyschen Wüste hatte er das gleiche mit seinen Ausbildern getan, die ihn für einen Palästinenser hielten und ihm das nötige Wissen zum Terrorismus vermitteln wollten. Auch im Libanon und in Jordanien und im Gazastreifen hatte er gemeinsam mit Terroristen gebetet, für die er der irakische Komplize oder ein Libyer oder ein Ägypter aus der Bruderschaft war. Als er das erstemal auf seiner Pilgerfahrt zu den heiligen Stätten auf den Hängen oberhalb Mekkas gewesen war, hatte er sich als Jordanier ausgegeben. Beim zweitenmal kam er aus dem Sudan. Hier auf den Samal-Inseln moslemische Gebete zu sprechen, stellte ihn vor keine Probleme. Wie ein guter Schauspieler wurde er zu dem, den er gerade spielte; außerdem glaubte er genauso fest an die Gebete, die er gerade rezitierte, wie an die Gebete der römisch-katholischen Kirche, die er als Kind gesprochen hatte. Die Worte unterschieden sich ohnehin nicht sehr voneinander.

Der alte Mann mit der langen Narbe auf dem Rücken gab ihm getrockneten Fisch mit Reis zu essen und goß sein Wassergefäß wieder voll. Urinierte Trent am Strand, wurde er von einem jungen Mann begleitet. Die Nacht überließ man ihn sich selbst.

Er schätzte, daß er es mit etwa sechzig Aufständischen zu tun hatte – ausschließlich Männern. Wie bei allen Freiheitskämpfern oder Terroristen gehörten ein paar Intellektuelle, die aus Überzeugung dabei waren, zu der Gruppe, dann einige Fanatiker, ferner Bauern, die die Armut dazu gebracht hatte, sich den Rebellen anzuschließen, und Banditen, die an Gewalttätigkeiten ihr Vergnügen fanden. Das Lager lag in einer kleinen, von Sandstränden gesäumten und mit Palmen beschatteten Bucht. Ein wenig vom Strand entfernt stand eine einzelne Hütte; die Männer schliefen in selbstgemachten Zelten, die sie mit Tarnfarbe angemalt hatten, oder in zwischen den Bäumen angebrachten Hängematten. Das auffällig bemalte Boot, die FATIMA, lag weithin sichtbar vor Anker, die anderen vier *baslig* hingegen hatten einen grauen Anstrich, waren in den Schatten gezogen und unter schmutzigen Säcken versteckt worden.

Trent hatte während seiner Reise auf dem Windsurfer gut und lange geschlafen. Mit der Spitze seines Messers lockerte er vorsichtig den Knoten an dem Seil, mit dem seine Hände zusammengebunden waren. Dann döste er ein paar Stunden in der Käfigmatte und lauschte den Moskitos. Der weiche Sand dämpfte Schritte, doch das Geräusch einer Sandale, die gegen einen Stein stieß, machte den Engländer sofort hellwach.

Die vom leichten Wind bewegten Palmwedel ließen das Mondlicht in unregelmäßig geformten Flecken auf den Boden fallen. Links von ihm in der Nähe der Bäume nahm er eine Bewegung wahr, die nicht in diese Muster paßte. Er rollte auf die Seite, als würde er keinen Schlaf finden, dann wieder auf den Rücken, so daß er dem Unbekannten seine Füße zuwandte. Er meinte, ein Keuchen und Rascheln gehört zu haben – ganz so, als ob ein Mann ausgerutscht sei und einen Baum gepackt habe, um sein Gleichgewicht wiederzugewinnen. Diese neuen Geräusche kamen direkt von hinten, die Bewegung hingegen nahm er eindeutig vor sich wahr.

Er hatte sich selbst zum Lockvogel gemacht, um die Aufständischen anzuziehen. Auf diese Rolle hatte er sich vorbereitet und war sich ihrer bewußt. Jetzt nahm man ihn in die Zange, und er hatte keine Ahnung, was die Leute, die ihm näher kamen, mit ihm vorhatten. Er fragte sich, ob es in dem Lager vielleicht einen Agenten der Zentralregierung gab oder einen Agenten einer ausländischen Macht – eben jemanden, der fest entschlossen war, mit ihm in Kontakt zu treten oder ihn vielleicht sogar zu retten – und ob dieser Mann den Verdacht des zweiten Mannes erregt hatte.

Kaum wahrnehmbar bewegte sich vor ihm ein Schatten und verriet den Standort des ersten Mannes. Hinter sich hörte er wieder, wie es raschelte. Hatten die beiden Männer dasselbe Ziel? Oder hatte sich einer der Aufständischen dazu entschlossen, ihn umzubringen? War es möglich, daß ihn der zweite Mann beschützen wollte?

Er mußte unbedingt wissen, in welche Richtung er sich drehen sollte, und stieß einen plötzlichen Schrei aus, keine Worte, sondern eher ein Kreischen, das ihm einen Schuß von hinten einbrachte. Die Kugel schlug nur wenige Zentimeter links von ihm ein, Sand spritzte ihm in die Augen. Als eine zweite Kugel einen Holzpfosten traf, hatte er sich bereits nach links weggerollt, eine dritte Kugel ließ einen der Gitterstäbe zersplittern. Eine Salve von der anderen Seite des Käfigs führte hinter ihm zu einem wütenden Aufschrei; der Mann, der die Salve abgefeuert hatte, stürmte auf das Gefängnis zu.

Der Mann hinter Trent brüllte eine Warnung, und Trent umklammerte sein Messer. Der Angreifer schoß wild drauflos, die Gitterstäbe des Käfigs lagen jedoch eng nebeneinander und lenkten die Kugeln ab. Nur eine traf ihr Ziel.

Das Mündungsfeuer verriet dem zweiten Mann, wohin er schießen mußte. Zweimal drückte er ab. Ein verzweifelter, wütender Aufschrei war zu hören, der Angreifer stürzte, sein Griff löste sich, die Maschinenpistole flog aus seiner Hand. Der Kopf des Mannes krachte gegen die Gitterstäbe, nur noch eine leichte Bewegung seiner Hand war im Mondlicht zu sehen. Dann erstarb auch diese Bewegung.

Der Lichtstrahl einer Taschenlampe fiel auf das Gesicht des Mannes, und Trent sah, daß es sich bei ihm um den jungen Anführer der Gruppe handelte, die ihn am Morgen gefangengenommen hatte. Der alte Mann mit der Narbe hielt die Taschenlampe. Er kniete sich neben den jungen Mann, fühlte nach dem Puls und zog dann seine blutverschmierte Hand zurück. Aus Trauer oder weil ihn das dramatische Geschehen erschöpft hatte, schüttelte er den Kopf und drehte sich zu Trent um, der sich mit dem Rücken an der Käfigwand in eine sitzende Haltung geschoben hatte.

»Der Wille Gottes«, meinte der alte Mann fatalistisch. Mittlerweile hatten sich auch die anderen Rebellen eingefunden, und der alte Man schaute von dem Toten hoch. Wieder schüttelte er den Kopf und fragte Trent ruhig und vor allen Zeugen: »Fremder, bist du ein guter Mensch?«

Trent schwieg, der Alte blickte ihn prüfend an. Dann meinte er: »Er haßte Ausländer. Zwei seiner Schwestern sind Prostituierte in Los Angeles und bedienen Touristen. Wir wollen darum beten, daß Gott dir die Kraft gegeben hat, ein guter Mensch zu sein, und daß du mit deinem Leben etwas Gutes anfängst.«

»Ich werde es versuchen«, erwiderte Trent.

Gemurmelte *Inshallahs* waren von den Männern zu hören.

»Bist du verletzt?« fragte der alte Mann.

»Am Bein«, antwortete Trent.

Sie öffneten den Käfig, und einer der Aufständischen schnitt Trends Hosenbein auf. Dickflüssig wie Bratensoße floß das Blut aus der Seite seines rechten Oberschenkels. Der Mann machte aus dem Stoff der Hose ein kleines Kissen und preßte es auf die Wunde, während ein anderer ins Lager zurückkehrte, um Verbandsmaterial und eine antibiotische Salbe zu holen.

»Es wird schnell heilen«, sagte der Mann. Trent meinte, die Wunde sei bedeutungslos.

Die Männer trugen die Leiche auf einer Bahre weg, und Trent blickte auf. Immer noch ruhte der Blick des alten Mannes auf ihm. Trent hatte ihm versprochen, etwas Gutes zu tun, und er dachte an die Frau. Seit fünf Tagen befand sie sich jetzt in Gefangenschaft, und er fragte sich, ob das Lösegeld bereits gezahlt war.

»Letzte Woche haben draußen in der Sulu-See Piraten ein Schiff überfallen«, sagte er. »Sie nahmen eine Frau gefangen. Eine Chinesin.«

»Schlaf jetzt«, sagte der Alte. Einer der anderen Männer meinte: »Ishmael wird morgen früh hier eintreffen. Er wird darüber entscheiden.«

Sie banden ihm die Hände los, ohne zu bemerken, wie locker das Seil bereits war, und brachten ihm ein Kissen aus getrocknetem Tang. Die Wucht der einschlagenden Kugel hatte die Nerven in seinem Oberschenkel taub gemacht. Jetzt verebbte der Schock allmählich, und tief und pochend kamen die Schmerzen. An Schlaf war jetzt nicht mehr zu denken. Als Trent die Augen schloß, sah er eine junge schlanke Frau vor sich.

Ihre Entführer hatten sie wie eine weggeworfene, wertlose Puppe auf dem Boden liegenlassen. Sie konnte kein Wort mehr sagen. Speichel tropfte aus ihrem Mundwinkel, Schleim lief ihr aus der Nase, ihre Augen waren hinter riesigen Blutergüssen kaum noch zu sehen.

Die Entführer hielten sie bereits für wahnsinnig, glaubten, sie sei innerlich schon tot. Sie dachten, daß sie mittlerweile empfindungslos gegenüber den ihr bei jeder neuen Mißhandlung zugefügten Schmerzen geworden wäre. Doch in ihr Innerstes konnten sie nicht hineinsehen. Dort glühte ihr Haß wie geschmolzenes Gold. Jedesmal, wenn sie sich erneut an ihr vergingen, stärkten sie nur ihren Haß, und obwohl sie keinen klaren Gedanken mehr fassen konnte, verspürte sie so etwas wie ein Glücksgefühl, weil sie jetzt sicher war, Vergeltung üben zu können. Sie kannte die Macht ihres Großvaters.

Lu beobachtete den Fischer in seinem winzigen Auslegerboot. Es war ein alter Mann, seit vielen Jahren war er Witwer. Seine Kinder hatten ihn verlassen, sie hatten jetzt eigene

Kinder und Enkelkinder, um die sie sich kümmern mußten. Vielleicht war der alte Mann ein bißchen wunderlich geworden. Doch immer noch konnte er von Insel zu Insel segeln, denn das bereitete ihm große Freude. Weil er so weit herumkam und stets den neuesten Tratsch hörte, gab es in vielen Dörfern des Archipels alte Männer, die ihn mit Vergnügen willkommen hießen. Diese Männer gaben ihm zu essen und stellten ihm in einer Ecke ihrer Hütte einen Schlafplatz zur Verfügung.

Lu ging den Strand entlang. Seine Haut war sonnengebräunt, seine Muskeln durch das Hemd und die Hose, die er geraubt hatte, nicht zu sehen. Er grüßte den Fischer mit einem Händedruck und umarmte ihn mit solcher Kraft, daß der alte Mann keuchte, plötzlich Angst bekam und zu zittern begann. Doch Lu ging sanft mit ihm um, der Alte konnte ihm jetzt nicht mehr entkommen. Er setzte ihn in den Schatten, holte ihm Wasser und getrockneten Fisch, hockte sich ihm gegenüber hin und schaute zu, wie er mit seinem zahnlosen Mund das Fischfleisch von den Gräten saugte.

Das Essen verlieh dem alten Mann neue Kräfte. Lu lächelte ihn an und fragte sanft, ob er etwas über die Piratenboote wisse. Der alte Mann antwortete, er würde jedes Boot im Archipel kennen. Die Boote, nach denen Lu sich erkundigte, gehörten den Badjao aus dem Norden der Insel. Erst vor vier Tagen war er ihren Booten begegnet. An Bord hatten sich Fremde befunden, die dem gleichen Stamm angehörten wie Lu. Er ermahnte Lu, ja auf sich aufzupassen, denn die Badjao seien gefährlich. Er könne ihm jede Menge Geschichten über ihre Untaten aus vielen zurückliegenden Jahren erzählen. Die Christen hatten Angst vor ihnen und ließen sie in Ruhe. Aber alle Christen waren Feiglinge – auch wenn sie riesige Boote besaßen, auf denen sich Kanonen befanden, die größer waren als die Stämme der Palmen, unter denen er und Lu jetzt saßen. Mit eigenen Augen hatte er so eine Kanone schon einmal gesehen. Und er hatte erlebt, wie die Japaner die Christen in die Flucht geschlagen hatten. Zwischen den Christenstämmen gab es keine Unterschiede, ganz gleich, ob sie weiße oder braune Hautfarbe hatten. Sogar ihr Gott war ein Feigling. Hatte er sich nicht seinen Feinden ergeben und war von ihnen an ein Holzkreuz genagelt worden?

Lu nickte zustimmend und bot dem alten Fischer Wasser an, damit er noch mehr erzählte. Jetzt gab es für den alten Mann kein Halten mehr, und Lu mußte ihn ein wenig bremsen. Inständig bat er um weitere Informationen über die beiden Boote.

Der Fischer beharrte darauf, zum Strand zurückzugehen, damit er mit einem Stock eine Karte in den nassen Sand zeichnen könne. Während er den Strand entlanghinkte, prahlte er damit, was für ein guter Zeichner er wäre. Jeden Fluß kannte er, jede Bucht, er wußte genau, in welcher Richtung sich die Bäume neigten, wo es Süßwasser gab, wo sich in den Mangrovensümpfen Krabben fangen ließen... Ach ja, er wußte wirklich viel! Lu hatte Glück.

Der alte Fischer begleitete das Zeichnen der Karte mit weiteren Geschichten darüber, wie er hierhin und dorthin gesegelt und was an den verschiedenen Orten alles passiert war. Als er auf das Versteck der Piraten zu sprechen kam, zeichnete er eine sandige Landzunge. Die Bäume neigten sich in Windrichtung, und hinter der Landzunge befand sich die Mündung eines kleinen Flusses, der zum befestigten Dorf der Piraten führte. Hinter diesem Dorf zeichnete er ein Klippe, hinter die Klippe einen Vulkan.

Der Fischer war ungeheuer stolz auf sein Werk und sein gutes Gedächtnis. Lu befragte ihn gewissenhaft, dankte ihm und brach ihm dann mit einem einzigen Hieb das Genick. Der alte Mann merkte es nicht mehr.

11

Durch die Wunde an seinem Bein wirkte Trent sehr angreifbar, als er von seinem Käfig zu dem gesäuberten Sandviereck humpelte, das den Aufständischen als Moschee diente.

Mit der Morgendämmerung war auch Ishmael Muhammad eingetroffen. Im Schneidersitz saß der Rebellenführer da und hatte sein Gesicht gen Mekka gewandt. Er war Mitte Dreißig, groß und schlank. Seine Anhänger begegneten ihm mit Ehrfurcht. Er verbeugte sich vor Trent mit einer Würde, die seine religiöse Gesinnung bezeugte. Als er seine Fragen stellte, war Gott auf seiner Seite. Wer war Trent? Aus welchem Land kam er? Aus welchem Grund hatte er nach den Rebellen gesucht? Von einer Chinesin war die Rede gewesen. War sie seine Frau?

Mit überzeugten Fundamentalisten war Trent bestens vertraut, und deshalb war er bei seinen Antworten sehr vorsichtig. Er sei ein englischer Segler, die Frau war von einem Schiff entführt worden, die Mannschaft hatte man ermordet. Man hatte ihm gesagt, Ishmael Muhammad wisse über alle Geschehnisse im Gebiet der Samal-Inseln Bescheid, und er war gekommen, ihn um Hilfe zu bitten.

Ishmael wollte wissen, ob Trent immer den Retter von in Not geratenen Frauen spiele. Seine dunklen Augen verrieten Neugier, aber nicht den geringsten Humor. Seine Augenlider öffneten und schlossen sich wie Jalousien. Wie sie sich bewegten, hing davon ab, ob er gerade mit Trent oder mit Gott sprach.

Trent antwortete, das sei seine Pflicht. Er zitierte aus dem Koran, und Ishmael meinte: »Es stimmt also? Sie haben das Heilige Buch studiert?«

»Ja, ich habe es studiert«, antwortete Trent. »Man sollte versuchen zu begreifen, woran Millionen von Menschen glauben.«

»Dann haben Sie bestimmt auch den Buddhismus studiert!«

Trent nickte.

»Und die Hindus?«

Die nächste Frage war vorauszusehen. Um ihn daran zu hindern, sie zu stellen, sagte Trent: »Ja. Und auch den jüdischen Glauben. Es gibt zwar nicht so viele Juden, aber das Judentum hat einen großen Einfluß.«

Sogar auf einer Tausende von Kilometern von der Ostküste des Mittelmeeres entfernten kleinen Insel begleitete ein leises Zischen die Erwähnung des Erzfeindes.

Die dunkelbraunen Augen, die Trent so genau beobachtet hatten, wendeten sich nach innen, als der Rebellenführer mit seinem Gott Zwiesprache hielt. Mit einem Klicken glitten die weintraubengroßen, gelbbraunen Perlen einer iranischen Gebetskette durch seine Finger. »Und was glauben Sie jetzt?«

»Daß ich jeden Tag versuchen muß, ein bißchen besser der zu sein, der ich bin, als den Tag zuvor«, antwortete Trent.

»Das nennen Sie Glaube?«

Trent zuckte die Schultern. »Es ist eine Lebensweise. Gestern starb einer Ihrer Männer.« Hilfesuchend warf er dem alten Mann mit der Narbe auf dem Rücken einen Blick zu. »Ich habe die Ereignisse beschleunigt, die zu seinem Tod führten. Armut und die ungehemmte Begierde vieler Männer jeder Hautfarbe und jedes Glaubens schufen die Voraussetzungen. Wollen Sie, daß ich diese Männer kastriere oder töte? Oder die Hurenbars in Los Angeles bombardiere? Deren Besitzer hinrichte?«

»Sie tun also nichts.«

»Ich suche eine Frau«, verbesserte Trent. »Piraten haben sie von einem Schiff entführt. Sie wissen, welche Piraten in der Lage sind, einen solchen Angriff durchzuführen. Wenn Sie solche Männer beschützen, dann schaden Sie Ihrem guten Ruf und dem Ihrer Anhänger.«

Trent entlastete sein Bein, und Ishmael fragte: »Vierzig oder sogar fünfzig Männer, die mit schweren Maschinengewehren bewaffnet sind? Die ihre Waffen einer Armee abgekauft haben, die erklärt, sie habe sie im Kampf gegen die Soldaten Allahs verloren? Die vielleicht sogar über kleine Raketen verfügen – über SAMs? Was könnten Sie da Gutes tun? Oder ist schon der Versuch genug?«

»Erfolg zu haben ist besser«, erwiderte Trent. Einige der Männer lächelten und nickten, als Trent fortfuhr. »Diese Männer tun Böses, sie sind Feinde Gottes. Ist es nicht gleichgültig, wer sie bestraft? Im Mast meines kleinen Wasserfahrzeugs werden Sie einen Sender finden, den ich hätte aktivieren können, als mich Ihre Männer gefunden haben.«

Wieder war das leise Zischen zu hören. Die Männer schaukelten auf ihren Zehen nach vorne wie Athleten, die sich auf einen Sprung vorbereiten.

»Sie wären alle tot«, durchbrach Trent die Stille. Er suchte den Halbkreis der angespannten Gesichter ab. Wie eine Wolke lag auf jeder Braue und im Schwung der Lippen jedes Mannes etwas Bedrohliches. Trent blickte wieder ihren Anführer an. »Das hier ist Ihr Krieg. Und das Recht muß wenigstens zum Teil auf Ihrer Seite sein. Warum sonst würden Sie sich ins Exil begeben? Aber es ist Ihr Kampf, nicht meiner, und ich stehe auf keiner Seite. Ich wünsche, daß diese Frau gerettet wird, und dazu muß ich die Piraten finden. Sie sind genauso Ihre Feinde wie meine.«

Ishmael sprach mit einem seiner Männer. Der Mann stand auf und trottete zu Trents Windsurfer hinunter.

»In der Hielung des Mastes«, sagte Trent ruhig, und Ishmael erteilte die entsprechenden Anweisungen.

Der Mann fand den Sender und brachte ihn seinem Anführer. Ishmael untersuchte ihn mit den kundigen Fingern eines Mannes, der in illegaler Kriegführung ausgebildet wurde. »Ein russisches Gerät.«

»Alte Freunde von Ihnen«, sagte Trent, um die Erinnerung an die Jahre des Kalten Krieges wachzurufen, in denen die Sowjets sowohl den philippinischen Kommunisten als auch den Moslems für ihren Kampf gegen die von den USA unterstützte Marcos-Diktatur Waffen geliefert hatten.

»Sie haben keinen Glauben, aber sie waren nützlich für uns«, gab Ishmael zu.

»Der Nutzen beruhte auf Gegenseitigkeit. Kommandant Manuel Ortega würde auf das Signal reagieren.«

Wieder ertönte das Zischen, als der Name des Leiters der Spezialeinheiten fiel, der die Kampfgenossen und Glaubensbrüder dieser Männer aus den Bergfestungen Mindanaos und Basilans verjagt hatte.

»Der Krieg bringt die verschiedensten Leute zusammen«, fuhr Trent fort. »Schaffen Sie sich ein für allemal diese Piraten vom Hals. Oder sind das etwa Ihre Verbündeten? Verstecken Sie sich hinter deren Gewehren?«

Er hatte seine Karten auf den Tisch gelegt. Ruhig blickte er Ishmael Muhammad direkt ins Gesicht. Die Herausforderung war eindeutig wie ein Fehdehandschuh, und es gab dem Gesagten nichts mehr hinzuzufügen. Entweder würde der Rebellenführer ihn unterstützen, oder den Befehl zu seiner Hinrichtung geben – der Wille Gottes oder Zweckdienlichkeit entschieden darüber. Wieder mußte er an die Frau denken. War sie inzwischen freigekauft worden? Hoffte sie immer noch auf Rettung? Oder war sie bereits tot? Oder dem Tod so nahe, daß es sich nicht mehr lohnte, sich für sie einzusetzen? Oder war sie so sehr mißhandelt worden, daß sie darum betete zu sterben?

Stimmen wurden laut, Arme wurde geschwenkt. Einer der Aufständischen stand auf, um den Männern über die gesäuberte Sandfläche hinweg etwas zuzurufen. Trent fragte sich, ob er das Ausmaß der Macht, die Ishmael ausübte, überschätzt hatte. Doch die Stimme des Anführers beendete die erregten Debatten, und er befahl dem alten Mann, Trent wieder zurück zu dem Käfig zu bringen.

Der Alte schloß das Vorhängeschloß ab, mit dem die Käfigtür versperrt wurde. Für einen Moment warf er Trent einen prüfenden Blick zu, dann schlurfte er über den Weg davon. Wenige Minuten später kam er mit einer frischen Kokosnuß zurück. Er sagte, er müsse nun zu der Versammlung, überließ Trent aber sein Messer, so daß der Engländer die Nuß öffnen oder sich aus dem Käfig befreien konnte, den die Gewehrkugeln an einer Seite sowieso bereits beschädigt hatten. Trent fragte sich, ob der alte Mann ihm diese Chance zur Flucht gegeben hatte, weil er befürchtete, die Entscheidung der Versammlung richte sich gegen ihn. Doch es war müßig, darüber nachzudenken, und so trank er einfach die Kokosmilch aus der Nuß und löste das dünne Fruchtfleisch. Danach legte er sich in den Schatten und döste, während er darauf wartete, daß die Rebellen ihre Entscheidung fällten.

Eine Stunde später kehrte Ishmael mit drei Männern zum Käfig zurück. Er öffnete das Vorhängeschloß und hockte sich neben den Engländer in den Staub.

»Wir haben uns unterhalten«, sagte er und zog die gelbbraune Gebetskette aus seinem Ärmel. Klickend glitten die Perlen wieder durch seine Hand. »Einige halten Sie für einen Spion und wollen Sie umbringen.«

Trent schob sich in eine sitzende Position und lehnte sich gegen die Gitterstäbe. Das Bein mit der Wunde hatte er nach vorne gestreckt. Die dunkelbraunen Augen des Rebellenführers erinnerten ihn an den Mönch, der an seiner Hochschule als Philosophiedozent sowohl die älteren Studenten als auch die Novizen unterrichtet hatte. In seinem letzten Sommersemester hatte sich Trent an drei Abenden in der Woche eine Stunde lang mit dem Mönch auf der Rasenterrasse vor der Klosterkirche auf italienisch unterhalten. Der Mönch hatte ihn bei ihren Gesprächen über Architektur und Bücher genau beobachtet, meist mit einer leichten Verzweiflung im Blick. Jetzt, im Käfig, fragte sich der Engländer, ob der Mönch vielleicht gewußt hatte, daß Trent damals bereits für die Sonderabteilung vorgemerkt war und daß man die Förderung seiner Sprachbegabung hinsichtlich seiner Verwendung als ausgebildeter Killer seitens der Regierung für unerläßlich hielt.

Er zeigte Ishmael das Messer des alten Mannes. »Wäre ich ein Spion, wären Sie ein toter Mann. Hätte ich den Sender benutzt, wären hier alle tot.«

Ishmael nickte. »Genau das habe ich auch gesagt.« Die Gebetskette klickte, während er versuchte, sich Einblick in Trents Gedanken oder sein Seelenleben zu verschaffen. Er hatte sehr saubere Finger. Viele der Terroristen, der Freiheitskämpfer und der Vollstrecker von Todesurteilen, denen Trent begegnet war, hatten ebenfalls ausgesprochen saubere Hände gehabt. Plötzlich war Trent ungeheuer dankbar darüber, daß er nicht mehr für die Anti-Terror-Einheit des Geheimdienstes arbeitete – die ganzen Jahre hatte er Todesurteile für Richter vollstreckt, die den von Armut, Vorurteilen und Machtmißbrauch geprägten Hintergrund der Todeskandidaten für unerheblich hielten.

Er lächelte Ishmael an und fragte ruhig: »Lebe ich oder sterbe ich? Kurzfristig gesehen«, fügte er hinzu. Einer der Rebellen lachte glucksend.

Die Perlen klickten wieder, und der Rebellenführer fragte: »Sagen Sie mir zunächst, ob Sie zufällig hierhergeraten sind!«

Ishmaels Männer verwirrte die Frage, Trent jedoch verstand sie. Er hatte keinen Versuch unternommen, vor Ishmael zu verbergen, wer oder was er war. Die Frau war ihm wichtig, und er merkte jetzt, daß sie deswegen von Bedeutung für ihn war, weil er sie nicht kannte, und daß er aus einer Verpflichtung heraus handelte, die er dem imaginären Mann gegenüber empfand, der zu werden er wünschte.

»*Confiteor omnipotens Deus*«, murmelte er, und das erste Mal schien der gebildete iranische Intellektuelle kaum merklich zu lächeln.

»Ich bin mein eigener Herr«, sagte Trent, und weil es ihm wichtig war, daß Ishmael ihm vertraute, fügte er hinzu: »Das war natürlich nicht immer so.«

»Es gab keinen Grund, mir das zu erzählen.«

»Wir sollten das aber voneinander wissen«, sagte Trent. »Kann ich verlangen, daß Sie mir vertrauen, ohne zu erklären, was ich bin?«

Die Perlen klickten. »Weiß Manuel Ortega, daß Sie nach uns suchen?«

»Er hat mir Ihren Namen gegeben.«

Ishmael nickte, als sei das die natürlichste Sache der Welt und nicht anders zu erwarten gewesen. »Wir waren zusammen auf dem College. Eine Zeitlang waren wir sogar Freunde«, meinte er. Ein Hauch von Bedauern über dieses andere Leben schwang in seiner Stimme mit. Trent dachte wieder an die Mönche, an ihre Keuschheits-, Armuts- und Gehorsamkeitsgelübde.

Der Rebellenführer redete weiter: »Manolo tut Ihnen nichts. Er wird es für unfair halten, Ihnen Informationen zu entlocken. Hinter ihm stehen jedoch Männer, die noch zur alten Garde gehören, Männer der Marcos-Diktatur, die von den Amerikanern ausgebildet wurden. Vor denen sollten Sie sich in acht nehmen. Sobald Sie Ihre Pflicht getan haben, würde ich Ihnen empfehlen, das Land zu verlassen. Es gibt ruhigere Gewässer, in denen sich genauso schöne Strände und Korallenriffe entdecken lassen wie hier bei uns.«

Ishmael zeichnete eine Karte in den Sand. »Die Operationsbasis der Piraten liegt an einem Fluß«, sagte er und deutete auf eine im Norden liegende Insel. »Den Vulkan werden Sie sehen. Wenn er ausbricht, fließt die Lava von dem Dorf der

Piraten weg nach Osten. Angeblich gibt es in diesem Fluß Krokodile, der Dschungel ist vermint und mit Fallen übersät, so daß nur der Pfad am Flußufer begehbar ist. Er wird bewacht.«

»Gibt es noch andere Dörfer?« fragte Trent.

Ishmael deutete auf die im Osten und Westen der Flußmündung gelegenen Gebiete. »Kleine Siedlungen. Vielleicht arbeiten deren Bewohner mit den Piraten zusammen – aus Angst oder weil sie von ihnen bezahlt werden. Eigentlich gehören sie aber nicht zu ihnen.«

»Dann muß ich also dem Fluß folgen.«

»Oder die anderen Dörfer in Gefahr bringen, genau«, ergänzte Ishmael. Er freute sich über Trents Entscheidung. »Zumindest müssen Sie es versuchen. Aber selbst mit zwei sehr gesunden Beinen ist das ein schwieriges Unterfangen.«

Trent meinte, er habe doch nur eine Fleischwunde.

»Sie eitert, wenn sie nicht behandelt wird. Sie werden nachts dem Fluß folgen müssen ...«

Das Feuer des Vulkans mit seinem orangefarbenen Glühen war in der Dunkelheit der Nacht deutlich zu erkennen. Der Schwefelgestank drang in Lus Nase, als er schweigend auf die sandige Landzunge zuschwamm, die schützend vor der Flußmündung lag. Auf seinem Weg bis hierher hatte er zehn Leichen hinter sich zurückgelassen, neun Männer und eine Frau. Seit fünf Tagen hatte er nur noch an das Mädchen gedacht. Vielleicht war seine Besessenheit so groß geworden, daß sie ihn aus dem inneren Gleichgewicht brachte, jedenfalls hatte er einen seltsamen Blick bekommen, der ausdruckslos und konzentriert zugleich wirkte. Die Sonne hatte seine Haut zu einem tiefen Kastanienbraun verfärbt. Er hatte sich von Fischen ernährt, Wasser und Kokosmilch getrunken und war eigentlich kräftigere Kost gewöhnt, so daß er an Gewicht verloren hatte. Seine Muskeln traten jetzt unter der wie blankpoliert wirkenden Haut wie dicke Seile zutage.

Um möglichst nicht entdeckt zu werden, hatte er sein Boot eine Seemeile vor der Insel zurückgelassen. Zwischen der Küste und dem Piratendorf lagen fünf Kilometer Dschungel. Neun Stunden Dunkelheit blieben ihm jetzt noch. Als Waffen hatte er sich die beiden aus dem Fischerboot entwendeten *Barong* über den Rücken geschnallt – die Klingen waren inzwischen rasiermesserscharf geschliffen. Seine Hände und Füße konnte er infolge der jahrelangen Unterweisungen seines Meisters ebenfalls als tödliche Waffe benutzen. Er hatte keine Angst, als er sich dem Strand näherte, und verschwendete auch keinen Gedanken an seine eigene Sicherheit. Nur sein Auftrag existierte. Die Enkelin …

Die vier Chinesen traten in die Hütte. Einer von ihnen rollte den nackten Körper mit dem Fuß auf den Rücken. Sie behandelten ihn wie einen toten Gegenstand, weil er kaum noch Menschliches an sich hatte. Wong Fu hatte ihnen befohlen, das Mädchen zu zerbrechen, und sie hatten den Befehl ausgeführt. Eine Weile hatte sie noch gewimmert, aber seit eineinhalb Tagen war sie stumm. Speichel tropfte aus ihrem Mund. Ihr Blick war leer, ihre Augen ähnelten den toten Augen eines Fisches, der auf einem Marktstand in der Sonne liegengeblieben war. Sie würde sich nie mehr erholen, nicht einmal in der jahrelangen Obhut des besten Sanatoriums – zu diesem Urteil kamen die vier Chinesen, als sie ihr Werk begutachteten. Der Einblick in ihr Innerstes war ihnen nicht möglich, sie ahnten nicht einmal, daß es da noch etwas gab.

Die Chinesen hielten das Mädchen für geistig tot.

Jay sah in den Chinesen nur noch die Opfer ihrer Rache.

Sie sah den Konkurrenten ihres Großvaters, Wong Fu, gefesselt in einem Eisensarg mit langen, spitzen Nägeln im Deckel liegen. Den Sarg hatte sie einmal in einem Museum, in einem Comic oder in einem alten Horrorfilm gesehen. Jetzt jedoch war er für sie Wirklichkeit geworden. Ihre Fingerspitzen ruhten auf dem Rand einer Feinsteinstellung, mit der sich der Sargdeckel um Tausendstel Millimeter nach unten oder oben bewegen ließ. Die Nägel berührten Wong Fus Fleisch, und sie sah, wie sich seine Haut unter dem Druck der Spitzen spannte. Es gab keinen Grund zur Eile. Sie lächelte, als sie in seine Augen blickte, und leckte sich die Lippen, als er schrie.

Reglos wie ein Krokodil auf einer Sandbank lag der wirkliche Wong Fu in seinem schwarzen Ledersessel. Das Verschwinden des britischen Seglers hatte ihn in Rage versetzt, aber jetzt lächelte er, während er die Argumente mithörte, die im Konferenzraum des Hauses Li von den jungen Mitarbeitern Sir Philips, seinem Kindergarten, geäußert wurden. Die Klangqualität war hervorragend. Der Amerikaner Timmy Brown hatte mit seinen Geräten gute Arbeit geleistet. Wong Fus Spezialist für Kriegführung hatte ihn umbringen lassen wollen, sobald er seinen Zweck erfüllt hatte, aber Wong Fu zog es vor, den Sieg abzuwarten und dann dem Hause Li seine Funktion zu enthüllen – wie er alle Männer aus dem Hause Li, die zu Verrätern geworden waren, auffliegen lassen wollte. Sollten doch Lis Leute selbst sie umbringen; dem alten Li durfte das quälende Wissen, hintergangen worden zu sein, und der damit verbundene Gesichtsverlust nicht erspart bleiben.

In Abwesenheit des alten Mannes wurde die Uneinigkeit und die Unsicherheit im Konferenzraum offensichtlich. Der Deutsche, Beckenberg, wäre wohl der erste. Gier und Arroganz würden ihn veranlassen, ins Lager Fus überzuwechseln – und als Wong Fu die Stimme der Chinesin hörte, roch er förmlich ihre Angst davor, vom Niedergang des alten Li mitgerissen zu werden. Ihr Onkel Ching war der für Lis Schiffsflotte zuständige Mann und hatte ihr bestimmt von der Entführung berichtet.

Das Mädchen ...

Auf der weit entfernten Oberfläche ihres Körpers spürte sie, wie einer der Chinesen Wong Fus sich bewegte. Ihr Vergnügen an den Qualen Wong Fus wechselte zum Vergnügen über den Tod ihrer Kidnapper. Sie würden alle sterben. Sie sah, wie sich ihr Blut über den Boden ergoß. Ein kräftiger, warmer Geruch stieg von ihm auf. Sie wälzte sich darin, als wäre es das Sinnlichste auf der Welt.

Im Moment ihrer Freude verschwand das Gewicht des chinesischen Entführers. Wie durch ein umgedrehtes Fernglas sah sie den Zweiten Offizier der *Ts'ai Yen*. Riesengroß stand

Lu hinter der Türöffnung, vor dem blassen Licht der Morgendämmerung war er deutlich zu sehen. Bis auf einen Lendenschurz war er nackt, und sie sah die Muskelpakete an seinen Armen, Schultern und Beinen. Mit beiden Händen umklammerte er ein blattförmiges Entermesser. Blut floß von der Klinge, besprenkelte seinen Körper, der bereits schmutzig und schweißnaß glänzte.

Sie genoß die Süße ihrer Rache in vollen Zügen. Jetzt war er gekommen. Sie sah seine Zähne, als er lächelte. Seine Füße zu beiden Seiten ihres Brustkorbes stellend, bewegten sich seine Muskeln, als er das Entermesser hoch in die Luft hob. Blut tropfte von der Klinge auf ihr Gesicht. Sie schaute hoch, blickte in seine Augen und sah in ihnen nur ihr eigenes Bild.

Hinter Lus Schultern erkannte sie die bleiche Gestalt ihres Großvaters in seinem grauen Anzug. Hinter ihrem Großvater stand ihr Onkel Robert. Drüben an der Wand weinte ihre Großmutter, rang die Hände und klagte schluchzend, sie habe Jay immer gesagt, daß es einmal so mit ihr enden würde. Hatte sie sie nicht ermahnt, sich anständig anzuziehen, nur mit Männern auszugehen, die auf ihrer Liste standen, und nie nach sechs Uhr abends mit ihnen allein zu sein? Und doch lag sie jetzt nackt auf dem Boden da. Wie bei einer Hure hatten sich Wong Fus Männer an ihr bedient. Wo sonst hätte das denn auch alles enden sollen?

Das Entermesser sauste nach unten.

Doch plötzlich war Lu weg.

Sie hörte, wie das Messer gegen die Hüttenwand polterte. Durch das umgedrehte Fernglas hindurch sah sie weit entfernt den Anführer ihrer chinesischen Entführer mit einem Knüppel in der Hand. Er lächelte auf sie herab und sagte: »Wir wollen ja nicht, daß Sie umgebracht werden, Lady Li. Wong Fu würde darüber ausgesprochen wütend werden.«

Sie weinte und kroch wie eine Krabbe wieder zurück in ihren innersten Kern, wo sie sicher war und warten konnte, warten, bis der richtige Zeitpunkt gekommen war. Jetzt waren noch andere Gesichter aufgetaucht – Gesichter, die eines Tages der heißen Glut ihrer Rache ausgesetzt sein würden, bis sie dahinschmolzen, wie Gold zerflossen und ihren Becher füllten, bis er überlief. Langsam, dachte sie. Es muß ganz langsam geschehen. Schluck für Schluck würde sie die Todesqualen dieser Männer auskosten, genauso, wie sie es einmal bei ihrem Onkel auf seinem Grundstück in Frankreich bei einer Weinprobe gesehen hatte. Sie würde einen winzigen Schluck nehmen, ihn durch den Gaumen rollen und dann in den Dreck spucken. Die Männer waren es, die sich ernsthaft um sich Sorgen machen mußten. Wie ihr Gesicht wohl aussah, wenn sie sich am Tod dieser Männer ergötzte?

12

Eine Meile südlich der sandigen Landzunge, die einen direkten Zugang zur Flußmündung versperrte, lag ein winziges Atoll. Im Schutz der Dunkelheit war Trent auf der kleinen Insel an Land gegangen und hatte den Windsurfer auf den Strand gezogen. Der Vulkan kennzeichnete die Lage der Piratenhochburg mit seinen vor dem Nachthimmel hochpeitschenden und in goldenen und roten Farbtönen aufleuchtenden Fontänen. Ein Streifen geschmolzener Lava lief vom Gipfel aus ein kurzes Stück die Ostflanke des Berges herunter; starker Schwefelgestank breitete sich in der feuchten Luft aus.

Es wurde hell, und Trent studierte die Küste durch sein Fernglas. Eine Reihe Palmen säumte die Landzunge und neigte sich in Windrichtung. Hinter der Landzunge lag die von dichtem Dschungel eingehüllte Flußmündung, dahinter waren die Klippe und der Vulkan zu sehen. Der leichte Wind trieb den Rauch vom Gipfel des Bergkegels weg; alle zehn oder fünfzehn Minuten spritzte eine neue Eruption in den Himmel.

Kurz nach Tagesanbruch kam von Süden eine graue *baslig* mit gesetzten Segeln in Sicht. Das Boot bog hinter die Landzunge, und Trent beobachtete, wie der Mast zwischen den Bäumen dahinglitt, bevor er flußaufwärts in den Dschungel hineinschwenkte. Im Westen wagten sich ein paar kleine Auslegerkanus in die Brise. Es wurde heller, und Trent machte vor dem dunkelgrünen Dschungel die Umrisse von etwa einem Dutzend auf Pfählen stehender Hütten ausfindig. Eine Biegung der Küste verbarg die im Osten der Flußmündung liegende Siedlung, aber als die Sonne aus dem Ozean stieg, tauchte auch dort ein halbes Dutzend kleiner Fischerboote auf.

Vierzehn Stunden Tageslicht hatte Trent jetzt vor sich, in denen er nichts unternehmen konnte. In der Nacht würde der höchste Wasserstand der Flut um 21 Uhr erreicht sein.

Trent hatte einen großen Teil seines Lebens damit verbracht, zu warten – er hatte auf Dschungelpfaden gewartet, in der Biegung eines Wadis, im Schatten neben einer Türöffnung in einem arabischen Souk, im Windschatten einer Steinmauer, die das Grün eines irischen Hügelhangs zerteilte. In der Vergangenheit hatte er immer auf Befehl eines anderen gewartet, seine Ziele wurden durch die Launen der Regierungspolitik bestimmt. Allmählich hatte es ihn immer mehr abgeschreckt, seine Fähigkeiten anzuwenden. Auch als schließlich ein neuer Mann seine Einsätze kontrollierte, war er nicht mehr fähig gewesen, weiterzumachen.

Die Sonne kletterte in den Himmel, entzog dem Dschungel seine Farbe. Das grelle Licht schimmerte aus dem Wasser, so daß die Fischerboote im Osten wie über einem grauen Spiegel zu schweben schienen. Der Wind legte sich. Die Luft war schwer, brütende Hitze lastete über allem, nirgendwo eine Regung. Jetzt stieg der Rauch über dem Lavakegel senkrecht in die Höhe. Das Fehlen jeglicher Vögel, die vor dem bleichen Himmel ihre Kreise zogen, und das unwirkliche Bild der über dem Meer schwebenden Boote erzeugten die Illusion, die Zeit sei aufgehoben.

Dann bellte ein fettes, schleimiges Husten über das Wasser. Als wenn der Vulkan damit den Wind aufgeweckt hätte, strich der erste Hauch über Trents Schultern, und er drehte sich um. Dicht über dem Horizont sah er eine verschwommene graue Linie. Die winzigen Auslegerkanus und die Fischerboote bewegten sich hastig auf die Küste zu, der Strich des Korallenriffs, das im Westen schützend vor der Siedlung lag, wurde weißer, als sich die Dünung verstärkte.

Die drückende Hitze schien den Sturm festzuhalten. Erst am späten Nachmittag rollte die Wolkenbank von den Inseln weg in Richtung Süden und dehnte sich über das Meer aus. Der leichte Wind wurde stärker und brachte den Geruch nach Regen mit sich. Dann sah man die silberne Regenwand, die vom Sonnenuntergang mit goldenen Streifen überzogen wurde. Der Regen peitschte das Meer zu leichten Schaumkronen auf, so daß das untere Ende der Regenwand wie aus Spitzen gewirkt zu sein schien. Die Wellen stiegen immer höher, und schließlich trieben weiße Brecher von hinten auf Trent zu und rasten weiter, um vor ihm auf die Landzunge zu krachen.

Der Wind kam von hinten, und Trent ließ den Windsurfer im Windschatten des Atolls ins Wasser gleiten. Im Licht der Abenddämmerung und im Dunst der Regenbank verborgen, raste er mit gerefftem Segel das kurze Stück bis zur Landzunge über das Meer. Er hielt das Segel hart am Wind, das Ruder wurde vom Aufprall der Wellen, die unter dem leichten Rumpf aufschäumten, kräftig durchgeschüttelt. Die Ruderpinne zitterte in Trents Hand, der Regel klatschte auf seine Schultern und floß ihm in die Augen.

Er steuerte die Landzunge an, ritt mit dem Windsurfer auf einem schäumenden Wellenkamm an Land. Den Mast und das Segel abnehmend, zog er den Windsurfer hoch auf den Strand. Dann legte er sich flach auf den Bauch und später aus dem Schutz der Palmen über das Wasser hinweg. Der Regen verbarg den Fluß vor seinem Blick, sogar die Bäume waren nur noch als wogende Silhouette im alles umfassenden Schatten der Insel zu erkennen; der Vulkan war völlig in Sturmwolken eingehüllt und darin verschwunden. Blitze zuckten durch die sich verstärkende Dämmerung. Sekunden später rollte der Donner über die Landzunge; Windböen zerrten an den Palmen.

Direkt neben ihm hatte der prasselnde Regen den Sand eingeebnet. Jede Sekunde veränderte sich das Muster der von den Tropfen verursachten Pockennarben, deren Tiefe die Stärke des Gusses anzeigte. In der Ferne vereinigten sich an den Bergflanken des Vulkans Hunderte von kleinen Wasserläufen zu einem großen Wasserschwall, der sich über die Klippe ergoß und den Fuß anschwellen ließ.

Innerhalb einer Stunde würde die Flut einsetzen und dem steigenden Wasserstand des Flusses eine Grenze setzen, so daß dieser den Dschungel überflutete. Wenn das Wetter so blieb, würde der Regen Trent verbergen, und der Wind konnte ihn den Fluß hoch vor sich hertreiben – die ganzen fünf Kilometer bis zum Dorf der Piraten. Vielleicht hatten die Piraten ja Drahtseile über den Fluß gespannt, die ihnen anzeigten, wenn sich ein Boot näherte, doch es würde nicht nötig sein, zu tauchen, und so schleppte Trent die schwere Tauchausrüstung auf den Kamm der Landzunge und vergrub sie dort am Fuß eines Baumes.

Die Linie aus totem Seetang, die den höchsten Wasserstand der letzten Flut markierte, trieb jetzt im Wasser, als dieses an der der Küste zugewandten Seite der Landzunge immer weiter anstieg. Der stürmische Wind hielt an, der Regen ließ zwar etwas nach, aber immer noch verdeckten dichte Wolken die Sterne. Ein leichtes rotes Glühen in der Wolkendecke markierte den Gipfel des Vulkans.

Trent wartete bis zwei Stunden vor Eintreten des höchsten Wasserstandes. Dann ließ er den Windsurfer ins Wasser. Der Wind trieb ihn über die Meerenge hinweg und in die Flußmündung hinein. Im Dunkeln völlig orientierungslos, hielt er nach Bäumen Ausschau, die ihm das Flußufer anzeigten. Auf der Karte waren zunächst drei Flußbiegungen eingezeichnet gewesen, dann folgten ein gerader Abschnitt, zwei weitere Biegungen und schließlich erneut ein gerades Stück, das bis zum Fuß der Klippen führte.

Sobald er den Rand des Dschungels entdeckt hatte, holte er das Segel ein und tastete mit dem Paddel nach dem Ufer, aber durch den hohen Wasserstand stieß er nirgendwo auf Grund. Das Glühen des Vulkans ermöglichte es ihm, sich ein wenig zurechtzufinden, während er sich von Baum zu Baum in die Dunkelheit hineinmanövrierte. Durch das unaufhörliche Rauschen des Wassers an den Baumstämmen und das unablässige Prasseln des Regens auf das Blätterdach hindurch horchte er nach den kleinsten Veränderungen der Geräusche.

Das Hochwasser hatte die verrottende Vegetation aufgerührt, der Gestank faulender Pflanzen stach ihm in die Nase, es war heiß, und die schwüle Luft machte das Atmen schwer. Links von ihm ertönte ein heiseres Husten – ein Tier, vielleicht ein Krokodil. Ein Papagei kreischte auf.

Gestrüpp kratzte an der Unterseite des Rumpfes, als er auf der Innenseite der ersten Biegung des Flusses entlangtrieb. Dann befand er sich wieder im offenen Wasser und mußte den Windsurfer mit aller Kraft durch eine Stelle mit ungleichmäßigen kleinen Wellen steuern, die ihn an das andere Ufer zu treiben drohten. Er kehrte wieder zur Baumlinie zurück, aber mittlerweile hatte der Regen nachgelassen, und er hörte das Wasser um die Bugspitze gurgeln, als er weiter flußaufwärts fuhr.

Jetzt frischte der Wind auf, und unterhalb der Wolkendecke breitete sich schemenhaft der Umriß des Vulkans aus. Ein dünnes Rinnsal aus glühender Lava leuchtete auf der Ostflanke des Berges. Der Vulkan gab ein bellendes Geräusch von sich und erschreckte die Affen, die sich unter den Baumwipfeln aneinandergedrängt hatten und jetzt wild kreischten.

Der Fluß war mittlerweile als bleiches Band zwischen seinen Ufern zu erkennen. Der Wind kam genau von hinten, Trent stellte daher den Mast wieder auf und setzte das Segel. Obwohl das Wasser mit der einlaufenden Flut in der letzten Stunde nicht mehr so schnell gestiegen war, setzte das ansteigende Meer den Wassermassen des Flusses auch weiterhin eine Grenze. Bäume waren vom Sturm aus der durchnäßten Erde gerissen worden. Die zersplitterten Stämme drängten sich jetzt dort zusammen, wo das mit der Flut ansteigende Meerwasser und die Hochwasserwelle des Flusses aufeinandertrafen, und bildeten eine massivere Barriere, die flußabwärts gerissen werden und dabei jedes Hindernis in seinem Weg hinwegfegen würde, sobald sich die Fließrichtung änderte. Trent hatte schon einmal erlebt, wie ein ähnlicher Wasserschwall beladene Lastwagen wie trockene Kiefernzapfen ein Wadi entlangwirbelte, Brücken auseinanderbrechen ließ und aus ihren Verankerungen riß, Straßen wegschwemmte und Dämme mit der Wucht eines Sturmbocks durchbrach.

Der erste Wechsel in der Richtung der Strömung würde die einzige Warnung sein, die ihm dieses Ereignis ankündigte. Sorgfältig beobachtete er die Wasseroberfläche, und obwohl er unbedingt schnell vorankommen mußte, hielt er sich dicht an den Bäumen. Der Vulkan bellte, hustete, keuchte und stieß frische Lava aus. Das Schnattern der Affen verriet ihre Position, und ein noch heftigeres Kreischen ertönte, als einer der Affen einer Schlange zum Opfer fiel. Große Flughunde gaben gellende Schreie von sich, das Geräusch flügelschlagender Vögel drang durch das Blattwerk der Baumwipfel. Zikaden feierten den Regen mit ihrem rhythmischen Schnarren, die pulsierenden Laute unzähliger Frösche erfüllten die Nacht.

Weiterhin stand die gekräuselte Rauchwolke über dem Vulkan, und als Trent das Ende des geraden Flußabschnitts erreichte, leuchteten im Süden die ersten Sterne auf. In ihrem blassen Licht sah Trent, wie vor ihm die Wasseroberfläche hochschwappte und aufschäumte. Dort kämpften die beiden gegensätzlichen Strömungen um die Oberherrschaft. Bäume rollten im wirbelnden Wasser, zerborstene Baumstümpfe ragten für einen kurzen Moment in den Himmel, bevor sie wieder in die Tiefe gerissen wurden.

Trent drückte das Ruderblatt herum und ließ den Windsurfer in den Schutz der Bäume hineinschießen. Mit niedergelegtem Mast und zusammengerolltem Segel paddelte er immer tiefer in den Dschungel hinein. Die beiden in entgegengesetzte Richtungen ziehenden Strömungen kämpften die letzten Minuten gegeneinander an. Doch der Umschwung der Gezeiten war gekommen, und plötzlich strömte die Masse der auf und ab tanzenden Baumstämme flußabwärts. Am Ufer stürzten riesige Bäume, das krachende Donnern erschütterte den Wald. Über allem stand der Vulkan; der Schwefelgestank, den er ausstieß, lag schwer in der Luft, als sich der Wind legte; die ausgeworfene Lava loderte karamelfarben vor dem Nachthimmel.

Schlanke Bäume tauchten auf, als das Wasser das von ihm eroberte Gelände wieder freigab. Dann kamen die Spitzen der Büsche zum Vorschein, und Trent lenkte das Vorderende seines Windsurfers wieder zurück in Richtung Flußufer.

Er hörte das erschreckte Keuchen eines Tieres, und etwas Schweres, vielleicht ein Wildschwein, platschte links von ihm davon. Durch die Hintergrundlaute des Dschungels hindurch war so etwas wie das Geräusch eines Wasserstrahls zu hören, der mit hohem Druck aus einem Wasserhahn in eine Badewanne sprudelte – der Wasserfall hinter der Piratenbasis. Trent wußte jetzt, daß er seinem Ziel ganz nah war, und schob seinen Windsurfer neben einen Baum, der flach über den Fluß hinwegraste.

Er nahm den Sender aus der Hieling des Mastes, band die leichte Leine mit einem Ende an den Windsurfer, schnitt ein kurzes Stück vom anderen Ende ab und wickelte sich die am Windsurfer festgemachte Leine um die Schulter. Dann kletterte er über den Stamm des fast waagerecht gewachsenen Baumes hinweg, wobei der Windsurfer die ganze Zeit hinter ihm her auf dem Wasser tanzte, bis er einen Ast erreichte, über den er zu einem gerader gewachsenen Baum überwechseln konnte. Die ersten Hauptäste dieses Baumes verzweigten sich neun Meter über ihm. Er führte das kurze Stück der Leine locker um den Baum herum, wickelte die Schlaufen um seine Knöchel und bewegte sich auf diese Weise wie eine Raupe ganz langsam den glatten Stamm hoch, bis er die erste Astgabel erreichte. Dort stellte er sich aufrecht hin, packte den nächsten Ast und kletterte so beständig immer weiter nach oben, bis er, tief im Blätterdach verborgen, den Sender an einem Zweig befestigen und anschließend den Windsurfer hochziehen konnte. Als er schließlich etwa dreißig Meter über dem Dschungelboden das große Surfbrett in einer Astgabel verankert hatte, war er schweißgebadet und atmete heftig. Er schaltete den Sender ein, glitt nach unten und kletterte wieder zu dem Baum zurück, von dem aus er aufgebrochen war.

Die Kombination aus Wind, Flut und Regen hatte die Überschwemmung verursacht, doch mittlerweile hatten Wind und Regen aufgehört, die Flut zog sich schnell zurück, und das Wasser sank in fünf Minuten um schätzungsweise sieben Zentimeter. Trent ließ sich ins Wasser gleiten, drückte sich senkrecht nach unten und kam bei ausgestreckten Armen mit den Zehen auf dem schlammigen Boden auf. Das

Wasser war noch etwa zwei Meter dreißig tief. Pro Stunde sank es um etwa einen Meter, um vier Uhr morgens würde es also zwei Meter niedriger stehen, und bei Tagesanbruch würde er von Schlamm und tiefen Pfützen umgeben sein. Das Dorf mußte etwas höher liegen. Auch die Minen und Fallen galt es in die Überlegungen mit einzubeziehen, und so stieß Trent sich ab und schwamm zum nächsten Baum hinüber. Er bemühte sich, dabei so wenig Geräusche wie möglich zu machen und hielt alle paar Minuten inne, um zu horchen. Eine halbe Stunde später vernahm er hundert Meter vor sich die leise Stimme eines Mannes. Ein zweiter Mann kicherte, und Trent hörte das charakteristische Geräusch, mit dem ein Urinstrahl ins Wasser plätschert.

Stampfende Schritte im Matsch bewiesen, daß dort, wo die Piraten standen, tatsächlich höheres Gelände war. Jetzt hielt sich nur noch eine Person vor ihm auf. Es war einige Minuten nach drei, einer der Männer hatte wahrscheinlich gerade seinen Wachdienst beendet.

Trent versuchte, sich ein Bild von dem vor ihm liegenden Gelände zu machen. Der Hang würde mit Bäumen bestanden sein, zwischen denen Stolperdrähte angebracht waren. Vielleicht gab es auch irgendwelche Befestigungsanlagen, einen Graben oder eine Mauer, die man wiederum durch Minen oder unter Buschwerk verborgene Fallgruben geschützt hatte. Die Wache würde in der Nähe dieser Befestigungsanlagen auf Lauer liegen. Möglicherweise gab es auch noch einen Wachtturm, der über das Blätterdach des Dschungels hinausragte und einen guten Blick flußabwärts gestattete. Oben auf der Klippe würde ein weiterer Mann postiert sein und nach Flugzeugen Ausschau halten.

Der Engländer hatte nie vorgehabt, auf Manolo Ortega und seine Männer zu warten. Wahrscheinlich war die Frau ohnehin bereits freigekauft worden. Aber er konnte sich dessen nicht sicher sein. War sie immer noch gefangen, würden die Piraten sie umbringen, sobald der erste Schuß fiel. Dieses Risiko durfte er nicht eingehen.

Da die starke Strömung des Flusses eine Annäherung vom Wasser aus unmöglich machte, würde er nur über Land in die Nähe des Piratendorfes gelangen können. Bei trockenem Wetter wäre es ihm vielleicht möglich gewesen, mit einem Stock nach der lockeren Erde über einer Mine zu tasten, im Schlamm und im Dunkeln jedoch würde er sie erst dann entdecken, wenn er auf sie trat. Ihm wurde flau im Magen, als er mit diesem Gedanken zum nächsten Baum hinüberschwamm.

Er schwamm wie ein Tier, streckte den Kopf aus dem Wasser und machte kurze, kräftige Stöße, die zum Teil nach unten gerichtet waren, um seinen Körper an der Wasseroberfläche zu halten. Das kleinste Geräusch würde ihn jetzt der von ihm keine fünfzig Meter mehr entfernten Wache verraten. Schließlich erreichte er einen Ast und hielt sich an ihm fest, sein Körper lag flach auf dem Wasser. Dann streckte er den Arm mit gestrecktem Zeigefinger senkrecht nach unten. Seine Fingerspitze berührte den Boden. Der Schlamm stank nach verfaulenden Pflanzen.

Langsam führte er die Hand wieder nach oben und tastete vor sich nach dünnen Stolperdrähten, die ihn verraten würden. Da er nichts fand, suchte er nach dem Umriß des nächsten Baumes, zog seine Füße hoch und stieß sich vom Stamm ab. War der Stoß zu fest, konnte er einen Alarm auslösen oder die Blätter eines Busches zum Rascheln bringen. Dieses Mal jedoch hatte er sich mit zuwenig Kraft abgestoßen, und die zurückflutenden Wassermassen zogen ihn mit sich und wirbelten ihn herum. Sein Kopf prallte gegen einen Baumstumpf, und plötzlich hatte er das Ufer hinter sich gelassen und befand sich im Fluß. Er griff nach einem überhängenden Ast. Das strömende Wasser zerrte an ihm, drehte sein Gesicht nach unten. Er rollte sich auf den Rücken und schnappte nach Luft, dann schob er sich vorsichtig am Ast entlang wieder auf das Ufer zu, bis die Strömung im Stauwasser hinter dem Baum an Kraft verlor.

Sein tiefer im Wasser hängender Fuß stieß gegen einen waagerechten Stab, der dicht unter der Wasseroberfläche angebracht war. Immer noch auf dem Rücken liegend, tastete er unter sich und merkte, daß er sich über einer Art Leiter befand, die scheinbar nur wenige Zentimeter unterhalb der

Wasseroberfläche dem Verlauf des Ufers folgte. Irgend etwas stieß gegen seinen Rücken. Wieder griff er nach unten, und seine Hand berührte ein hartes, klumpiges Objekt. Was immer es auch war, es bewegte sich, und er ließ es los. Ein bleiches Etwas erhob sich ein paar Zentimeter über die Wasseroberfläche und schnappte hastig nach Luft. Es gab noch mehr von diesen Wesen, einige blasser, andere dunkler, und überall dieses alptraumhafte Zischen und Keuchen festsitzender und voller Panik gegen das Ertrinken ankämpfender Tiere. Krokodile! Ein riesiger Gitterkäfig voller Krokodile zog sich am Ufer entlang!

Nur die größten von ihnen konnten ihre Köpfe zwischen den Gitterstäben hochschieben. Die kleineren waren durch das Käfiggitter entkommen, die übrigen, die nicht groß genug waren, um beim höchsten Wasserstand noch die Wasseroberfläche zu erreichen, waren ertrunken. Trent versuchte, sich ein Bild von diesem Käfig zu machen. Normalerweise ragte er wohl fast einen Meter über das Wasser hinaus, eine einmalige Befestigungsanlage! Bald würde das Wasser wieder bis unter das Käfigdach sinken. Momentan gab es in dem Käfig jede Menge zum Fressen, und die Krokodile waren sicher völlig erschöpft.

Ganz zu Anfang hatte Trent vermutet, das Gitterdach sei eine Leiter – es konnte tatsächlich als Leiter dienen. Benutzte er diese Leiter nicht, blieb ihm nichts anderes übrig, als durch den Schlamm zu kriechen und zu beten, daß ihn der Zufall oder das Glück von allen Minen und Fallen fernhielt.

13

In weniger als einer Stunde würde die Morgendämmerung beginnen. Der Vulkan gab weiterhin seine an ein bellendes Husten erinnernden Geräusche von sich und stieß kleine Mengen Lava aus. Schon lag wieder der Schwefelgestank über dem Wald. Auch das letzte Wasser hatte sich aus den überfluteten Gebieten zurückgezogen, und aus dem zähflüssigen Mulch aus Schlamm und verrottender Vegetation stieg jetzt ein schwerer, feuchtkalter Verwesungsgeruch in der schwülen Luft hoch. Das hohe, helle Sirren der Moskitos drang durch die tiefen, kehligen, rhythmisch vibrierenden Laute der Frösche. In ihrem Käfig am Flußufer gaben die Krokodile laute, schnaubende Geräusche von sich, die Schweinen am Futtertrog ähnelten. Es wurde höchste Zeit, sich in Bewegung zu setzen. Trent rollte sich aus dem Schutz des Baumes heraus, hinter dem er sich versteckt hatte, und schob sich vorsichtig auf das Käfigdach.

Das Wasser war jetzt etwa dreißig Zentimeter unter die Gitterstäbe gesunken; Trent konnte das Blut der toten Reptilien und den stinkenden Atem der lebenden Krokodile riechen. Er hatte sich einen Ast abgeschnitten und zugespitzt, mit dem er sich verteidigen wollte, aber die Krokodile waren viel zu sehr mit ihrem kannibalistischen Festmahl beschäftigt.

Die Wolken lösten sich auf, das Licht der Sterne erlaubte ein Minimum an Sicht. Während sich Trent über die Gitterstäbe hinwegbewegte, zählte er sie. Alle 25 Zentimeter kam ein Stab. Fünfzig Meter hatte er jetzt hinter sich gebracht, sechzig. Der Fluß verschwand, das Gelände stieg an und verschmolz schließlich mit der tieferen Dunkelheit der Klippe. Das Glühen des Vulkans zeigte ihm dessen Spitze. Links lichteten sich die Bäume. Die heruntergedrehte Flamme einer Kerosinlampe tauchte die Ecke einer Hütte in schwaches Licht und warf ein blaßgelbes V über ein flaches Stück Schlamm.

Nur wenige Zentimeter neben Trents Hand kam die lange Schnauze eines Krokodils zwischen den Stangen hoch, er stieß mit dem zugespitzten Stock nach ihr. Das Krokodil schnaubte und schnellte wieder zurück. Ein Hund fing an zu bellen, Trent erstarrte. Ein halbes Dutzend weitere Hunde stimmten in das Gebell ein. Ein Mann, den er in der Dunkelheit nicht sehen konnte, fluchte und warf einen Stein nach dem anderen Hund, der laut aufjaulte. Dann war endlich wieder Ruhe, aber der Engländer ließ noch weitere fünf Minuten verstreichen, bevor er sich wieder zu bewegen wagte.

Das Ende des Käfigs stieß an einen hölzernen Anlegesteg. Vier Boote, unter ihnen die grauen *baslig,* die Trent am Morgen zuvor gesehen hatte, waren dort festgemacht. Mit einem knirschenden Geräusch rieben sich die Bambusausleger im dahinströmenden und zwischen den senkrechten Pfosten des Steges hindurchwirbelnden Wasser der Strömung aneinander.

Trent rollte sich vom Käfigdach herunter in den Schatten, legte sich flach auf den Bauch und beobachtete das vor ihm liegende Gelände. Sowohl die Konzentration als auch das Urteilsvermögen konnten durch Gefühle beeinträchtigt werden; wenn der Engländer an die Frau dachte, dann war sie für ihn daher eher ein Zielpunkt als eine Person. War sie im Dorf, würde sie bewacht werden. Vom oberen Ende der Lichtung nahe der Klippe aus hatte er den besten Überblick.

Nichts regte sich, und Zentimeter um Zentimeter bewegte er sich vorwärts, grub Zehen und Fingerspitzen in den glitschigen Schlamm. Mit Beginn der Dämmerung mußte er diesen günstigen Beobachtungspunkt erreicht haben, er hatte also noch dreißig Minuten Zeit. Jede hastige Bewegung konnte ihn jedoch verraten. Das Wichtigste bei einem Angriff war das Überraschungsmoment, und deshalb hatte er sich zwischen den Bäumen aller Kleidungsstücke entledigt. Ein in Jugoslawien aufgewachsener Schotte beim SAS hatte ihm diesen Trick beigebracht.

»Ganz egal, wer sie sind, als erstes blicken sie auf deine verwundbarsten Teile. Das liegt in der Natur des Menschen«, hatte ihm der Schotte garantiert. »Dadurch hast du einen entscheidenden Vorteil – zwei Sekunden vielleicht. Sollte das nicht ausreichen, taugt der Job nicht für dich.«

Das Dorf war planlos um einen offenen zentralen Bereich herum gewachsen, der von zwei riesigen Mangobäumen beschattet wurde. Die Hütten standen auf bis zu anderthalb Meter hohen Pfählen. Einige von ihnen hatten Blechdächer, die meisten waren jedoch mit Stroh gedeckt und hatten Wände aus geflochtenen in einem Bambusrahmen steckenden Palmwedeln. Trent glitt unter den Hütten zwischen den Pfählen hindurch und achtete dabei die ganze Zeit auf Wachen oder Hunde. Dabei bewegte er sich so langsam, daß seine Bewegungen fast nicht wahrnehmbar waren, schob sich mit den

Zehen nach vorne, suchte mit den Händen den vor ihm liegenden Schlamm nach Stöcken, weggeworfenen Konservendosen oder Steinen ab, die Geräusche verursachen könnten.

Dicht über dem Boden konnte er vor dem Himmel die Silhouetten der Hütten erkennen. Vor sich hörte er das kratzende Geräusch eines Streichholzes, und einen Augenblick lang tanzte eine Flamme in den gewölbten Händen eines Mannes. Dem Gesicht nach zu urteilen war der Mann Chinese; er saß vor einer Hütte. Die Flamme zitterte und fiel in sich zusammen, doch die Zeit hatte Trent ausgereicht, um zu sehen, daß diese Hütte auf einem Erdhügel und nicht auf Pfählen stand.

Die Wache an der Tür konnte ein Hinweis darauf sein, daß es sich bei der Hütte um ein Gefängnis handelte. Oder war dort das Waffenlager untergebracht? War es vielleicht das Haus des Anführers der Piraten? Da in der philippinischen Gesellschaft Stammeszugehörigkeiten immer noch von überragender Bedeutung waren, hätte der Mann vor der Tür jedoch zum gleichen Stamm gehört wie der Anführer, und Ishmael Muhammad hätte es bestimmt erwähnt, wenn der Anführer ein Chinese gewesen wäre.

Sechs Meter Schlamm lagen zwischen Trent und der Wache. Der Engländer zögerte. Er wußte, daß er den Mann vielleicht töten mußte, und obwohl er schon soviel hinter sich hatte, war es noch immer dasselbe. Zuerst kam die völlige Konzentration auf die Annäherung, als ginge es bei der Mission um nichts anderes. Erst im letzten Moment erlaubte er sich, seine Gedanken auf das eigentliche Ziel zu richten. ›Eliminieren‹ oder ›ausschalten‹ hieß es bei den Amerikanern. Die Dreckarbeit.

In den Nächten, in denen er aus Angst vor Alpträumen keinen Schlaf fand, hatte Trent gelernt, diese Sprachheuchelei zu verabscheuen, hinter der sich der Mann in Washington vor seiner Verantwortung versteckt hatte.

Der Colonel, der damals Trents Aktivitäten in der Sonderabteilung kontrolliert hatte, war da direkter gewesen: »Wir wollen, daß dieser Mann umgebracht wird. Schleusen Sie sich bei ihnen ein, Patrick. Bringen Sie in Erfahrung, was Ihnen möglich ist, doch ich will, daß er getötet wird, bevor er noch mehr Schaden anrichten kann. Enttäuschen Sie mich nicht.«

›Schaden anrichten‹ – damit waren in diesem Zusammenhang die vom politischen Gegner verübten Morde gemeint: Autobomben, Briefbomben, in Passagierflugzeugen und Bahnhöfen untergebrachte Bomben; die Salve aus einer Maschinenpistole in eine belebte Bar in einer Seitenstraße von Belfast; Familienväter, denen plötzlich eine Geschoßgarbe in den Bauch gejagt wurde, während sie im Wohnzimmer mit Frau und Kindern vor dem Fernseher saßen. Sie hatten sich Filme dazu ansehen müssen. Filme von Gemetzeln und von Polizeiinterviews mit kurz vor dem Zusammenbruch stehenden Witwen und weinenden Kindern. Die Tränen waren wichtig. Seine Ausbilder waren Profis gewesen – in den achtzehn Jahren seines Dienstes in der Anti-Terror-Einheit hatte es nicht den leisesten Hinweis auf den Selbstmord seines Vaters gegeben.

Bewußt rief er sich das Bild der ermordeten Maschinisten mit den von der Säure zerfressenen Gesichtern auf der *Ts'ai Yen* in sein Gedächtnis zurück. Dann dachte er an die Frau und gewann seine Selbstsicherheit wieder. Er wischte seinen rechten Daumen und den Zeigefinger an seinen nassen Haaren ab, zog sein Wurfmesser, säuberte die Klinge und rollte sich auf den Rücken. Mit den Füßen zur Wache bewegte er sich wie eine Raupe den leichten Hang hoch, zog und schob sich mit Bewegungen von Fersen, Gesäß, Ellbogen und Hinterkopf voran. Die Dunkelheit beschützte ihn; der glatte, schlüpfrige Schlamm erleichterte sein Vorankommen.

Er beobachtete die Wache mit der alles andere ausschließenden Intensität eines Habichts. Wenn der Mann seine Zigarette aufgeraucht hatte, würde er die Kippe wegwerfen. Es bestand die Möglichkeit, daß er sie nach unten warf und hinterherschaute. Entdeckte er daher Trent, würde er nach seinem Gewehr greifen und einen Warnruf ausstoßen.

Die Kippe flog herunter. Trent hatte gerade die windgeschützte Seite des Erdhügels erreicht. Die Hüttenwände bestanden aus mit Palmmatten verkleideten Bambusstangen.

Der Engländer umrundete die Hütte. An einer Stelle war zwischen zwei Bambusstäben eine Lücke. Licht drang durch den Spalt nach draußen. Trent kniete sich hin und hörte ein Wimmern, dann ein derbes Lachen.

Durch den Schlitz an der Wand war der muskulöse Rücken eines Mannes zu sehen. Der Mann hüpfte in die Höhe, als er sich seine Hose über die kräftigen Schenkel nach oben zog. Ein zweiter Mann lachte, als der erste gegen die Wand stolperte, und als er dann davontorkelte, sah Trent, daß es sich bei beiden Männern um Chinesen handelte. Alle vom gleichen Typ: Fallschirmjäger, Angehörige einer Elitetruppe, Männer, die davon lebten, Gewalttaten zu begehen. Das Licht kam von einer Laterne, die mit einem Haken an einem Draht befestigt war, der zu einem der Dachbalken lief. Zwei Strohsäcke bedeckten einen Teil des Bodens, quer über ihnen lag eine junge, nackte Chinesin auf dem Rücken. Von einer am linken Knöchel der Frau angebrachten Eisenschelle führte eine Kette zum Mittelpfosten der Hütte, auf dem das Balkenwerk des Hüttendaches ruhte. Die Eisenschelle war mit plattgehämmerten Nieten verschlossen, die Kette mit einem schweren Vorhängeschloß aus Messing am Mittelpfosten befestigt.

Das Ding, das an den Pfosten gekettet war, hatte nichts mit ihr zu tun. Sie wußte zwar, daß die Schmerzen, die sie erlitt, real waren, war aber nicht in der Lage, sie zu fühlen. Von der Welt an der Oberfläche spürte sie nichts. Sie hatte sich viel zu tief in ihr Versteck verkrochen. Und sie war eine Spinne.

Eine Spinne, die hoch über dem Deckel der Eisenkiste saß, in der der Konkurrent ihres Großvaters, Wong Fu, in Fesseln lag. Der Deckel der Eisenkiste mit den darin eingelassenen Nägeln hing an einem einzelnen Seidenfaden und war so vollkommen ausbalanciert, daß Bruchteile eines Millimeters des von ihr gesponnenen Fadens ausreichten, die Nägel ein winziges Stück tiefer in Wong Fus Fleisch zu treiben.

Zum Bild des gequälten und schreienden Wong Fu gesellte sich jetzt das Bild ihres Großvaters in seinem makellosen grauen Flanellanzug. Sie verhöhnte ihn und beobachtete mit ungeheurer Freude, wie er unter ihrer Verachtung zu etwas zusammenschrumpfte, das einer getrockneten und verschrumpelten Walnuß glich. Ihre Großmutter weinte und rang die Hände, als Jay fröhlich dabei kicherte.

Die Frau gab ein seltsames Gurgeln von sich. Einer der Chinesen drehte sie mit seinem Stiefel auf den Bauch und verpaßte ihr mit der Schnalle seines Gürtels, den er gerade wieder durch die Schlaufen an seiner Hose ziehen wollte, noch zwei Schläge über die Schultern. Ihr Rücken war bereits dick angeschwollen und mit verkrustetem Blut bedeckt, aber sie machte keine Anstalten, sich zu schützen. Trent erinnerte sich an andere Folteropfer, die sich, nach außen hin völlig empfindungslos, tief in ihrem Inneren vergraben hatten. Für einen Moment wurde sein Wahrnehmungsvermögen durch Wut und Entsetzen getrübt, und er überhörte die Schritte. Die kalte Schneide einer Stahlklinge legte sich auf die Rückseite seines Halses. Eine Stimme flüsterte ihm zu, er solle sich umdrehen. Vor ihm stand die chinesische Wache, die gerade hinter die Hütte gekommen war, um zu urinieren.

Die Wache rief den Männern im Hütteninneren etwas zu, und gleich darauf führten drei Chinesen Trent zwischen den Hütten hindurch nach unten zu dem offenen Platz, an dem die beiden Mangobäume standen. Im ersten Licht des neuen Tages sah Trent einen großen, jungen Chinesen, der auf dem Rücken lag und am Boden angepflockt war. Eine durchsichtige Plastikschüssel war mit Klebestreifen an seinem Bauch befestigt. In der Schüssel wimmelte es von Ameisen. Die Haut auf dem Bauch des Mannes war weggefressen worden, und das freiliegende Fleisch glänzte rot. Einer der Chinesen verpaßte dem Mann einen Fußtritt, um ihn aus seiner Bewußtlosigkeit zu reißen.

Der Anführer der Chinesen stellte sich breitbeinig über das Opfer, beugte sich hinunter, spuckte dem Mann ins Gesicht und lachte.

Trent sehnte sich danach, ihn umzubringen. Das Verlangen fühlte sich an wie ein Feuer, das sich von Trents Bauch aus bis in seine Lenden hinein ausbreitete. Nur die Gewißheit, selber zu sterben, bevor er den Menschen umbringen konnte, der sich diese Abscheulichkeit ausgedacht hatte, hielt ihn davon ab. Er würde den Mann noch töten, dessen war sich Trent sicher. Daher tat er jetzt so, als sei er verwirrt und hilflos. Vielleicht war es seine Nacktheit, die ihn rettete. Denn mittlerweile standen auch Frauen mit ihren Kindern um ihn herum, die aus ihren Hütten gekommen waren. Sie verspotteten ihn wegen des Drecks, der seine nackte Haut bedeckte. Wie armselig er doch wirkte, so gebückt und mit hängenden Schultern, damit seine Muskeln nicht auffielen. Ein Europäer.

Eine der Frauen schlug ihn mit einem Stock. Eine andere warf einen Stein nach ihm, der ihn am Schlüsselbein traf. Er verbeugte sich demütig, als der Anführer der Chinesen ihn am Ohrläppchen packte und ihn den Abhang hoch zu der Hütte zerrte, in der die Frau eingekerkert war. Mit einem Fußtritt beförderte der Chinese Trent in die Hütte und schlug mit dem Gewehrkolben die Beine unter ihm weg. Trent fiel mit dem Gesicht auf die Füße der Frau.

»Lady Li«, redete der Chinese sie an. »Sehen Sie nur, Lady Li!« meinte er schmachtend. »Schauen Sie sich das neue Geschenk an, das Ihnen Ihr edler Großvater zukommen ließ.«

Er stieß Trent das Gewehr in den Rücken und fauchte ihn an, ihr die Füße zu lecken. »Zeig der großen Lady Li gefälligst deine Hochachtung«, befahl er und drückte Trents Kopf nach unten. »Erkennst du deine Herrin nicht?«

Die Frau hatte sich nicht gerührt. Auch als Trent mit seiner Zunge durch den dicken Schmutz fuhr, der die Wölbung ihrer Füße bedeckte, zeigte sie keine Reaktion. Dann spürte der Engländer, wie die scharfe und schwere Klinge eines Samuraischwertes auf seinem Genick ruhte. Er wartete darauf, daß das Schwert gehoben wurde.

Doch dem Chinesen bereitete es großes Vergnügen, sein Opfer in der Ungewißheit zu lassen und den entscheidenden Schlag hinauszuzögern. Mit der Spitze der Klinge schob er Trents Haare vom Genick weg – sah den Griff des Wurfmessers, fluchte und stieß einen Warnruf aus, der sowohl ihm selbst als auch seinen Gefährten galt. Er versetzte Trent einen Tritt in die Seite, doch im gleichen Moment brach urplötzlich das Inferno über sie herein: Das Donnern eines Düsenflugzeugs erschütterte die Hütte. Granaten explodierten auf der Lichtung.

Männer und Frauen schrien auf, und nur für eine Sekunde blickte der Chinese nach oben. In dieser Sekunde sauste Trents Wurfmesser gerade wie ein Pfeil in seine Kehle.

Der Chinese ließ sein Schwert fallen. Seine Hände umklammerten den Griff des Wurfmessers, und er blickte auf Trent herab. Seine Überraschung war genauso intensiv wie das Vergnügen, das er zuvor empfunden hatte, als er über Trents Tod nachsann.

Trent rollte bereits auf die an der Wand lehnende Maschinenpistole zu. Er packte sie mit seiner rechten Hand und feuerte einhändig auf die beiden anderen Chinesen, während der nächste Düsenjäger über das Dorf hinwegdonnerte. Die beiden Chinesen starben, ohne sich dessen bewußt zu werden. Bomben detonierten auf der Spitze der Klippe, Trent hörte das Kreischen einer Rakete und Sekunden später die Explosion. Er rollte sich auf die linke Seite und jagte eine lange Salve in den Mittelpfosten. Holzsplitter prasselten auf die gegenüberliegende Wand. Trent zerrte die Strohsäcke unter der Frau weg, schleuderte sie über sie und hetzte durch die Hütte. Mit seiner Schulter krachte er gegen den Mittelpfosten, der etwa fünfzehn Zentimeter über dem Boden abbrach. Trent riß die Kette los und bahnte sich durch eine Kaskade von herabfallendem Stroh einen Weg zu der Frau, während die Dachbalken in sich zusammenfielen, als wären sie Teil eines Kartenhauses.

Sich die Kette über die Schulter werfend, hielt der Engländer das Mädchen in den Armen und stürmte auf die zur Klippe weisende Hüttenwand zu, die unter seinem Aufprall in sich zusammenkrachte. Trent fiel mit der Frau auf die geschützte Seite des Erdhügels. Die nächste Angriffswelle der Flugzeuge donnerte das Tal von der Seeseite hoch, und er sah ein sechzig Meter langes Stück der Klippe abbrechen und fast wie in Zeitlupe nach unten fallen. Dann kam das ohrenbetäubende Krachen, mit dem der Felsen auch die letzte Reihe der Hütten unter sich zerschmetterte. Unaufhörlich schrien Frauen und Kinder, die Menschen rannten auf die Bäume zu. Jetzt kamen die Kampfhubschrauber, die vor und zurück schwebten und alles, was sich bewegte, unter Beschuß nahmen. Trent verfluchte Manolo Ortegas effektive Vorgehensweise.

Er hatte sich auf die Frau gelegt, preßte sich mit ihr gegen die Fundamente der Hütte; ein Teil des nach außen weggebrochenen Daches bedeckte sie. Der letzte Anflug auf die Klippe sprengte einen neuen Felsbrocken auf die darunterliegenden Hütten. Durch das Strohdach spähend, entdeckte Trent eine Bambusleiter, die an einem unbeschädigten Teil der Klippe entlang ein Stück weit nach oben zu einer Höhle führte, deren Eingang etwa einen Meter zwanzig breit und einen Meter hoch war.

Wieder kamen die Hubschrauber herangebraust, drei nebeneinander. Ihre Bordwaffen zerstörten alles, was von den Hütten noch übriggeblieben war. Erste Brände flackerte auf. Trent roch den Rauch und hörte das Prasseln der Flammen. Ein Dutzend Männer und Frauen und ein halbes Dutzend Kinder hatten sich links von ihm versammelt. Sie knieten im Schlamm, streckten den Hubschraubern ihre Arme entgegen, schienen deren Besatzungen um Gnade anzuflehen. Einen Augenblick lang schaukelten die Maschinen in der Luft, die Piloten zögerten, vielleicht holten sie auch Befehle ein. Dann neigten sich die Nasen der Hubschrauber wieder nach unten, und die Männer, Frauen und Kinder schrien auf.

Rauch trieb aus den Hütten weiter unten im Dorf hoch, Munition explodierte durch die Hitze wie Feuerwerkskörper. Trent drückte die Frau noch fester an den Erdboden, brüllte sie an, sich nicht zu bewegen, bezweifelte aber, daß sie ihn überhaupt verstand. Wie eine Schlange glitt er unter das heruntergestürzte Dach, das die Überreste der Hütte bedeckte, und holte sich sein Messer zurück, das noch in der Kehle des chinesischen Anführers steckte. In der Hemdtasche des Mannes fand er Streichhölzer; mit ihnen zündete er die trockene Innenschicht des Strohdaches am hangabwärts gelegenen Ende des Hauses an. Er fächelte den Flammen Luft zu, bis sie genug Nahrung fanden, dann rollte er sich wieder unter das heruntergestürzte Dach.

Die Hubschrauber hingen mittlerweile weiter unten über dem anderen Teil des Dorfes, und Trent hörte Schüsse und neue Schreie, als sie zwischen den Trümmern auf noch Überlebende stießen.

Dichter Rauch stieg vom Strohdach hoch, und Trent nutzte die Chance. Die Frau fest in den Armen, robbte er mit ihr den Hügel hoch bis in den Schutz der Überreste der nächsten Hütte, schleppte sie zwischen die Stützpfähle, steckte eine der Wände aus Palmmatten mit einem Streichholz an und kroch mit seiner Last weiter hügelaufwärts. Die Hubschrauber waren mittlerweile am unteren Ende des Dorfes gelandet. Sobald Manolo Ortegas Spezialeinheiten auf den Boden gesprungen waren, schwärmten sie aus, stürmten durch das Dorf hoch und trieben die Überlebenden auf die Klippe zu.

Trent setzte das nächste Haus in Brand und robbte wieder zwischen den Pfählen unter der gegenüberliegenden Wand ein Stück weit den Hang nach oben. Fünfzig Meter waren es noch bis zur Klippe und bis zu der Leiter, die hoch zur Höhle führte. Aus dieser geringen Entfernung und im Licht der ersten Sonnenstrahlen, die auf die Klippenwand fielen, konnte Trent erkennen, daß vor der Öffnung der Höhle ein Drahtgeflecht angebracht war. Hühner flatterten gegen das Geflecht, aber das ohrenbetäubende Grollen der Hubschrauber übertönte ihr Gackern.

Aus der Hütte, unter der sie lagen, quoll Rauch, als das Strohdach Feuer fing; der Rauch aus den anderen Hütten hatte sich über den ganzen Abhang ausgebreitet, der zwischen ihnen und den Verfolgern lag. Trent wickelte die Kette um das freie Bein der Frau, hob sie hoch und stürmte auf die Leiter zu. Ein Soldat trat aus dem Schatten der direkt neben der Klippe liegenden Hütte. Er schien zu lächeln, und Trent ließ die Frau fallen, als der Soldat sein Gewehr hob. Trent rief ihm etwas zu und verschränkte als Zeichen der Ergebung die Hände hinter seinen Kopf, aber das Lächeln des Soldaten veränderte sich nicht. Daher zuckte Trents rechte Hand nach oben. Das Messer traf den Soldaten in die Halsarterie. Im Sterben drückte der Mann noch ab und durchsiebte die Luft. Rechts neben Trent tauchte ein zweiter Soldat auf. Trent hechtete auf die heruntergefallene M-16 zu und erschoß ihn. Dann schnappte er sich sein Messer wieder und jagte dem ersten Soldaten drei Kugeln durch die Wunde, um die Spuren des Messers zu beseitigen. Er packte die Frau, hob sie hoch und rannte die letzten paar Meter bis zur Klippe hinüber; dort schaute er sich um und blickte auf den Rauchvorhang hinunter. Alle Menschen, die er sah, lebten nicht mehr.

Die Frau hing mit der um seine Schultern gelegten Kette an den Füßen über seinem Rücken. Trent kletterte die Leiter hoch; das volle Gewicht der Frau zog ihn nach hinten. Die Schußwunde in seinem Schenkel platzte unter der Spannung auf, seine Kräfte schwanden. Noch fünfundvierzig Sprossen, etwa zwölf Meter. Er begann zu zählen, wie er es immer tat, wenn er in Streß geriet. Eine Sprosse, zwei Sprossen, drei, vier, fünf...

Die Jäger kamen näher, Jäger auf Entenjagd, und während Trent weiter hochkletterte, verfluchte er Manolo Ortega ein weiteres Mal. Da hörte er direkt unter sich einen Gewehrschuß.

14

Trent schaute nach unten. Auf der Leiter ausgestreckt und die Sonne im Rücken, boten das Mädchen und er ein perfektes Ziel. Zwanzig Meter von der Klippe entfernt kniete einer der Piraten im Schlamm. Bei seinem ersten Schuß hatte er danebengeschossen, weil er gerannt war. Heftig bewegte sich seine Brust auf und ab, er schnappte nach Luft; Haß und Wut verzerrten sein Gesicht. Trent vermutete, daß er bei dem Angriff seine Familie verloren hatte. Die Mündung seines Gewehrs wurde zu einem schwarzen Loch, als er zielte, schwankte jedoch noch ein wenig, weil der Mann so erschöpft war. Trent sah, wie der Pirat den Atem anhielt, um ruhig visieren zu können.

Trent drehte sich herum, um das Mädchen mit seinem Körper zu schützen. Auch einen Sturz würde sie zwar nicht überleben, aber er wollte nicht, daß der Pirat sie umbrachte. Er war überrascht darüber, daß ihm Tränen in den Augen standen; er, der noch nie geweint hatte, vergoß jetzt Tränen um das Mädchen. Blinzelnd sah er, wie der Gewehrlauf zur Ruhe kam...

Eine kurze Salve aus einem Automatikgewehr bellte aus dem Dschungel, vier Schüsse, mehr nicht. Schlamm spritzte weniger als einen halben Meter neben dem Piraten zur Seite, und er wirbelte herum. Das Gewehr im Anschlag, entdeckte er einen Marinesoldaten am Rand des Dschungels, der ungeschickt versuchte, ein neues Magazin in seine M-16 einrasten zu lassen. Der Pirat drückte ab. Der Soldat ließ seine Waffe fallen und preßte beide Hände gegen die Brust. Er war noch jung, und Trent meinte seine Überraschung zu spüren, als er starb.

Sofort wandte sich der Pirat Trent wieder zu und zielte auf ihn und das Mädchen. Ein dunkler Fleck breitete sich auf seinem Hemd aus – mindestens einmal mußte der Soldat ihn getroffen haben. Sehr langsam hob der Pirat sein Gewehr und schloß das linke Auge. Sein Finger spannte sich um den Abzug. Die Kugel traf die Klippe dicht über Trents Kopf.

Hilflos auf der Leiter stehend, beobachtete Trent, wie der Pirat darum rang, das Gewehr noch ein weiteres Mal unter Kontrolle zu bringen. Doch die Kraft des Filipinos sickerte wie sein Blut aus ihm heraus. Langsam bog er sich nach hinten. Dann stöhnte er auf und fiel seitlich auf den Boden.

Der Höhlenrand war jetzt fast in Trents Reichweite. Noch zwei Sprossen, und er kippte das Mädchen auf den Felssims, stemmte das Drahtgeflecht hoch, rollte das Mädchen darunter und scheuchte gleichzeitig die Hühner zurück.

Die Höhle erstreckte sich etwa viereinhalb Meter in die Klippe hinein und war künstlich zu einer fast einen Meter achtzig hohen Kammer vergrößert worden. Das von der Höhlendecke tropfende Wasser und der nach Ammoniak stinkende Hühnerkot hatten den Höhlenboden schlüpfrig gemacht. Trents Augen brannten; er schleppte die Frau nur bis kurz hinter den Höhleneingang, dann legte er sich dicht an den Rand und blickte wieder nach unten.

Weil es so heftig geregnet hatte, schlugen nur wenige Flammen aus den Trümmern, aber dichter Rauch wallte empor. Der das Kommando führende Offizier hatte seine Männer in zwei Gruppen aufgeteilt. Eine riegelte den Wald ab, die übrigen waren die Treiber.

Die Piraten hatten wenig Kampferfahrung, die einzigen Schüsse, die zu hören waren, gab das Militär ab. Ein Soldat blieb neben dem jungen Chinesen stehen, der unter dem Behälter mit den Ameisen festgebunden worden war, jagte ihm zwei Kugeln durch den Kopf und lief weiter.

Eine Frau mit einem Kind auf den Armen raste aus dem Rauch heraus. Wie ein in einer Falle steckendes Tier drehte sie sich um ihre Achse, fand aber nirgends Schutz und fiel auf die Knie. Dann kamen eine weitere Frau und drei Männer. Die Männer hatten ihre Waffen weggeworfen. Ein sechs- oder siebenjähriger Junge folgte...

Der für Trents frühere Aktivitäten zuständige Geheimdienstmitarbeiter hätte die Operation als ›freie Jagd‹ bezeichnet – kein Wildhüter untersagte das Töten der Henne oder Jungvögel. Bald war alles vorbei, und eine Pfeife schrillte, die die Marinesoldaten am Flußufer zusammenrief. Statt Manolo Ortega führte ein Leutnant das Kommando. Trent war es jedoch gewesen, der den Angriff erst ermöglicht hatte, und mit Entsetzen wandte er seinen Blick von dem kleinen, mit Lumpen bekleideten Bündel ab, das einmal ein Kind gewesen war.

Der beißende Geruch des Ammoniaks hatte die Frau aus ihrer Bewußtlosigkeit gerissen. Sie hustete, Speichel tropfte aus ihrem Mund, ihre Augen tränten. Sie schenkte Trent keine Beachtung, als der ihr mit seinem Finger den Mund abwischte und sie näher an das Drahtgeflecht heranschob.

Vor der Landzunge war ein Minensuchboot vor Anker gegangen. Eine halbe Stunde verstrich, bevor eine Barkasse den Fluß hochkam und anlegte. Die Barkasse hatte mittschiffs eine Tageskabine, davor und dahinter befand sich jeweils ein Cockpit. Soldaten fingen die von den Matrosen zugeworfenen Leinen auf. Manolo Ortega trat aus der Kabine ins Freie und blinzelte für einen Augenblick in die Sonne, bevor er den

Gruß des für den Einsatz zuständigen Leutnants erwiderte. Dann sprang er an Land, und die beiden Offiziere schüttelten sich die Hände.

Als nächstes tauchten die vertrauten schrägen Schultern Tanaka Kazukos in der mit einer Jalousie geschützten Tür auf. Er hatte seine Haare mit einem roten Band zu einem Pferdeschwanz zusammengebunden und trug einen cremefarbenen Anzug mit fünfundzwanzig Zentimeter breiten Aufschlägen. Anstatt an Land zu gehen, latschte er zu einer Ecke des Cockpits hinüber, stützte sich mit dem Rücken gegen das Teaksüll und ließ die Schultern hängen wie ein Teenager, der glaubt, daß es unmodern ist, für irgend etwas Interesse zu zeigen.

Danach kam ein stämmiger Chinese mit khakifarbener Hose und einem blauen Polohemd aus der Kabine. Eine schwere Automatikpistole hing an seinem Gürtel. Der Chinese grüßte den Leutnant mit einem kühlen Kopfnicken, seine Augen schnellten dabei hin und her, und nichts entging seiner Aufmerksamkeit, als er sich am Flußufer postierte.

Sogar die Luft schien stillzustehen, als die schmächtige Gestalt Sir Philip Lis im grauen Anzug in das grelle Sonnenlicht trat. Er stand im Cockpit, eine Hand ruhte leicht auf der lackierten Reling, und er schien sich ausgesprochen wohl zu fühlen.

Der Leutnant begrüßte ihn ehrerbietig, und Trent, der im Höhleneingang kauerte, wollte ihm gerade zuwinken, aber in diesem Augenblick begann die junge Frau zu wimmern, und er sah die entsetzliche Angst in ihren Augen, als sie sich hastig in das Halbdunkel zurückzog. Nicht *die Frau*, rief sich Trent in sein Gedächtnis zurück. Dieses mißhandelte, angekettete Geschöpf mit der Eisenschelle am Fuß war Sir Philip Lis Enkelin.

Wieder wimmerte sie, und vor Angst wurde ihr Atem zu einem heftigen, erstickten, keuchenden Luftschnappen, so daß er sie festhalten mußte. Wie er es bei einem Pferd getan hätte, besänftigte er sie, indem er ihr mit geflüsterten Worten Mut zusprach. Er schaute zu der Gruppe vor der Barkasse zurück und sah, daß Manolo Ortega eine tote Frau mit der Spitze seines Schuhs auf den Rücken drehte. Sir Philip schüttelte den Kopf, und für einen Moment weigerte sich Trent, zu verstehen, was da vor sich ging. Dann stieg kalte, harte Wut in ihm hoch, und er fühlte, als er beobachtete, wie Manolo sich an seinen Leutnant wandte und die Soldaten paarweise ausschwärmen ließ, um die übrigen Toten einzusammeln.

Ortega brachte einen mit Segeltuch bespannten Regisseurstuhl aus der Barkasse und stellte ihn für Sir Philip in den Schatten eines Avocadobaumes. Der Finanzier nahm die Gefälligkeit dankbar an. Er setzte sich, schob sich die Hose zurecht, damit die Bügelfalten nicht litten, und faltete die Hände auf seinem Schoß. Hinter dem Stuhl stand der chinesische Leibwächter. Und jetzt kam sogar Tanaka an Land und hockte sich in den Schatten.

Die Marinesoldaten benötigten eine Stunde, um die Toten auf der Lichtung unter den Mangobäumen an der Stelle zusammenzutragen, an der Lu getötet worden war. In langen Reihen legten sie die Leichen für die Überprüfung mit den Gesichtern nach oben hin. Die Männer von der Barkasse schlenderten durch die schwelenden Überreste des Dorfes. Über eine Enkelin würde man hier kein Wort verlieren. Sie existierte nicht mehr. Als Trent die Frau im Arm hielt, fühlte sich der gräßliche Schorf unter seinen Fingerspitzen rauh an. Ihre Lippen waren angeschwollen, so lange hatte sie nichts mehr getrunken.

Er beobachtete, wie die Männer die Leichen überprüften und dann den Abhang hoch zur Barkasse zurückgingen. Sir Philip bemerkte die Leiter. Er sprach mit Ortega darüber, aber Tanaka war ihnen bereits zuvorgekommen. Das plötzliche Gackern der Hühner hätte Trent und das Mädchen verraten, daher wartete der Engländer, bis der Japaner auf der Leiter fast bis ganz oben gekommen war. Dann zog er die Frau nach hinten in die Dunkelheit und setzte sich mit dem Gesicht zum Höhleneingang und dem Messer in der Hand hin. Er spürte nichts anderes als Wut. Beide hatten sie den sicheren Tod vor Augen, aber vorher würde er diesen verräterischen Hundesohn noch umbringen.

Der Japaner hatte eine schwere Automatikpistole aus seinem Schulterhalfter gezogen. Die Hühner waren ihm im

Weg, er hob das Drahtgeflecht hoch und scheuchte sie in die Freiheit, damit er sich in den Eingang knien konnte. Mit zusammengekniffenen Augen spähte er in die Dunkelheit hinein. Dann sah er Trent und das Messer und lächelte. Das Lächeln rettete ihn. Trent zögerte, und der Detektiv feuerte zweimal direkt auf den Höhlenboden.

Das Krachen der Schüsse hallte ohrenbetäubend laut durch den umschlossenen Raum. Als die Echos verklungen waren, flüsterte Tanaka: »Selbst für einen Briten suchen Sie sich ausgesprochen seltsame Örtlichkeiten aus.«

Dann drückte er ein weiteres Mal ab, kroch noch tiefer in die Höhle hinein und hielt hinter Trent nach dem in der Dunkelheit versteckten Mädchen Ausschau. »Herrgott, ist das ein Gestank!« beschwerte er sich. »Die Soldaten werden die ganze Südküste dichtmachen und meinen es bitterernst damit. Sie müssen daher am Vulkan vorbei. Geben Sie mir achtundvierzig Stunden Zeit.«

Der Japaner kehrte zum Höhleneingang zurück und brüllte zu den Männern von der Barkasse hinunter, daß er außer Hühnerscheiße absolut nichts gefunden habe.

Mißtrauisch versuchte Trent, die Motive des Detektivs zu erahnen. Doch da es keinen anderen gab, dem er Vertrauen schenken konnte, sagte er: »Wir brauchen Wasser.«

Tanaka grinste boshaft: »Das brauchen die Araber ebenfalls und bezahlen mit Ölquellen dafür.« Er glitt aus der Höhle auf die Leiter und verschwand. Trent hörte, wie Ortega Witze über den Zustand von Tanakas Anzug machte und wie ein Soldat lachte.

Die Hubschrauber suchten den Wald ab, während Ortegas Soldaten den Dschungel bis zum Strand durchkämmten. Eine Landmine explodierte mit einem dumpfen Knall. Kurze Maschinengewehrsalven waren zu hören. Die Sonne schien direkt auf dem Rand des Höhleneingangs zu sitzen. Weiter drinnen in der Höhle war es zwar kühler, aber die aus dem Hühnerkot freigesetzten Ammoniakausdünstungen waren zuviel für die Frau.

Trent saß da und beobachtete sie. Er hatte Angst, sie würde plötzlich losschreien. Die schweißnassen Haare klebten ihr an der Stirn, die Spitzen krümmten sich in ihre Augen. Er wollte ihr das Haar zurückstreichen, aber diese Geste war zu intim, und so dachte er an seine Vergangenheit und an die Frauen, die ihn beschuldigt hatten, unfähig zu sein, Gefühle zu empfinden. Damit hatten sie gemeint, er sei unfähig, zu lieben oder Zuneigung zu zeigen.

Sein Dienst in der Sonderabteilung hatte ihm eine Isolation auferlegt, die vollständiger war als die eines Mönches in einem abgeschotteten Schweigeorden. Ein Mönch betete zumindest noch gemeinsam mit den anderen Angehörigen seiner Glaubensgemeinschaft. Trent, der sich immer wieder in Terroristengruppen eingeschlichen hatte, war von allem abgeschnitten worden, was er mit anderen hätte teilen können. Als er auf Lis Enkelin hinunterblickte, wußte er, daß sie beide nur überleben würden, wenn die junge Frau ihm vertraute. Und damit überhaupt Vertrauen existieren konnte, mußte er sie erst wieder ins Leben zurückholen.

Er erinnerte sich noch gut an einen Diplomaten, den er einmal aus einem Bergdorf im Libanon befreit hatte. Dieser Diplomat war berühmt gewesen für seinen brillanten Intellekt, war aber durch die Folterungen dermaßen traumatisiert, daß er bei der geringsten Berührung aufschrie. Trent war nicht in der Lage gewesen, sein Vertrauen zu gewinnen, und hatte ihn immer wieder zum Verstummen bringen müssen, damit sie überleben konnten. Dabei war ihm jedesmal bewußt gewesen, daß die Angst des Mannes nur noch stärker wurde. Die letzten Kilometer hatte er ihn auf den Schultern getragen und war mit ihm über die Dünen hinweg zum Meer gerannt, wo er den Mann von seinen Schultern in das Schlauchboot fallen ließ, das am Treffpunkt am Strand auf sie wartete. Wimmernd vor Angst hatte der befreite Gefangene auf dem Boden des Schlauchboots gelegen, und Trent erinnerte sich noch gut an den Ausdruck des Abscheus auf dem Gesicht des Marineleutnants – Abscheu darüber, daß ein Mann so sehr an Selbstachtung verlieren konnte.

Nicht einmal Trents Vorgesetzter hatte die Rettung des Gefangenen für möglich gehalten, aber Trent hatte ihn gekannt und darauf bestanden, einen Versuch zu machen. Nachdem sich der Diplomat noch über die Geschehnisse befragen ließ, zog er sich in eine Welt der Scham zurück, aus der ihn auch die Psychiater der Sonderabteilung nicht herausholen konnten. Er und Trent hatten kein Wort mehr miteinander gewechselt, und schließlich hatte der Diplomat sich eines frühen Morgens nur anderthalb Kilometer von Trents Häuschen entfernt im Hamble River ertränkt. Die Leiche mußte vorbeigetrieben sein, als Trent beim Frühstück saß. Und Trent hatte die Botschaft verstanden.

Und jetzt? Den Namen der Frau zu kennen, wäre sicherlich von Vorteil. Er drehte ihr Handgelenk herum, so daß er die Innenseite des Armreifs sehen konnte: *Für Jay in Liebe von Daddy.*

»Jay«, flüsterte er. Solange sie ihre Augen geschlossen hielt, war es einfach. »Jay, es wird alles wieder gut. Das verspreche ich dir! Wir schaffen das schon! Es wird alles wieder gut. Darauf hast du mein Wort.«

Mit der Spitze des Zeigefingers strich er ihr die Haare aus den Augen. »Jay«, sagte er wieder. »Jay, wir werden es schaffen. Sobald es dunkel ist, hole ich Wasser.«

Ihr Durst hatte mittlerweile ein gefährliches Stadium erreicht, ihre Lippen waren aufgesprungen. Trent kauerte sich am hinteren Ende der Höhle hin und fing die Wassertropfen auf, die von der Decke fielen, doch das reichte nicht einmal, um sich selbst den Dreck von den Händen zu waschen. Hätte er das Wasser von seinen Handflächen in ihren Mund rinnen lassen, wäre sie womöglich an einer Bakterieninfektion gestorben.

Er zerrte die junge Frau bis zum hinteren Ende der Höhle und hielt sie in seinen Armen unter die Stelle, an der es von der Decke tropfte. Die Wassertropfen wurden nur langsam größer und hingen noch zitternd am Fels, bevor sie schließlich herunterfielen. Ihr Mund war ein kleines Ziel. Endlich tauchte die blasse Spitze ihrer Zunge auf und fuhr über einen kleinen Fleck Feuchtigkeit, der sich in einem Riß auf ihrer Oberlippe verfangen hatte. Ein weiterer Tropfen fiel herab, und sie leckte an ihm wie eine züngelnde Klapperschlange in der heißen Wüstenluft. Trent betete darum, daß sie ihre Augen geschlossen hielt. Ihren leeren Blick – oder schlimmer noch die Rückkehr des Lebens in ihren Blick mit allen damit verbundenen Schmerzen und Schrecken hätte er nicht ausgehalten.

Sie war zufrieden damit, in ihrer von ihr selbst geschaffenen eigenen Welt zu bleiben, wie immer die auch aussehen mochte. Die Tropfen fielen herab, und er hielt sie den ganzen Nachmittag über. Der Krampf in seinen Armen war ein kleiner Preis, den er für seine Unfähigkeit zahlte, ihr Bewußtsein zu erreichen. Es dämmerte, und er hörte, wie unten an der Klippe ein Mann die Melodie von *Abbey Road* vor sich hinflötete. Noch weitere zwei Stunden wartete er, bevor er sich nach unten wagte.

Trent ging davon aus, daß es Patrouillen gab, und zögerte, als die Leiter quietschte. Moskitos sirrten, Frösche und Zikaden ließen ihre rhythmischen Laute erklingen. Leuchtkäfer schossen über die Lichtung, zwischen den Überresten der Hütten glühte es noch. Der Gestank nach verbranntem nassem Holz und schwelendem Stroh vermischte sich mit dem starken Schwefelgeruch, der in der Luft hing. Auf der Spitze der Klippe zitterte ein blaßrosa gefärbter Fleck – der Widerschein der Glut des Vulkans.

Sobald Trent den Erdboden erreicht hatte, kauerte er sich hin, machte sich dabei so klein wie möglich und suchte nach den sich vor dem Nachthimmel abhebenden Umrissen einer Wache. Seine Zehen berührten einen Stock, der im rechten Winkel zur Klippe lag. Er fuhr mit den Fingerspitzen unter dem Stock entlang und stieß auf eine in den Schlamm gezogene Linie, die ihn zu einer in einem Spalt steckenden Feldflasche führte. Tanaka.

Der Engländer kletterte wieder in die Höhle zurück und hielt die Flasche an Jays Lippen. Er rief sie bei ihrem Namen, half ihr beim Trinken und merkte, daß es ihm in der Dunkelheit leichter fiel, mit ihr zu sprechen.

»Jay, ich heiße Trent. Wir werden es schaffen. Das verspreche ich dir. Hab keine Angst. Ich weiß, was passiert ist. Ich bin auf deiner Seite, Jay!«

Mehr gab es für sie nicht zu begreifen, mehr konnte er ihr auch nicht sagen, aber in der Hoffnung, daß es irgendwann bis zu ihr durchdringen würde, wiederholte er ihren Namen immer wieder. Und er versuchte, sich ihr verständlich zu machen, obwohl er nicht glaubte, daß sie ihn begreifen würde. Es war eher so etwas wie ein Mantra, das sie beide durch die vor ihnen liegenden Tage geleiten sollte.

»Ich bin auf deiner Seite, Jay, weil du auf der Seite stehst, auf der auch ich sein will. Ich lasse mich nicht kaufen. Und mir ist es auch ganz egal, wie mächtig dein Großvater ist. Ich bin auf deiner Seite. Das verspreche ich dir.«

Sie gab keine Antwort, aber ihre Lippen bewegten sich, und ihre Kehle akzeptierte das Wasser.

»Ich werde dich jetzt allein lassen«, sagte er zu ihr. »Es ist nur für heute abend und vielleicht noch für morgen, das hängt ganz davon ab, wie schwierig alles wird...« Es war leicht, dabei an unspezifische Schwierigkeiten zu denken und nicht an genau bezeichnete Risiken.

War der Gegner erst einmal auf einen aufmerksam geworden, war das Schwierigste einer Mission immer die Rückkehr. Die Amerikaner waren Meister darin, aber nicht die Männer aus Washington, sondern die alten Hasen aus der Zeit vor den Computern. Von denen waren zwar die meisten häßlich und übergewichtig und neigten zum Saufen, sie waren jedoch unbeugsam und ihren eigenen Leuten gegenüber loyal bis zum Äußersten. Um Befehle oder von irgendwelchen Ausschüssen getroffene Entscheidungen kümmerten sie sich wenig. Saß jemand von ihnen in der Patsche, halfen sie ihm da heraus und pfiffen auf die Konsequenzen. Jetzt hatte er nichts anderes als Tanakas Wort, daß er für sie da sein würde – das Wort eines ehemaligen Großstadtpolizisten, der reich geworden war, weil er den Wohlhabenden immer wieder eine Gefälligkeit erwiesen hatte...

Mit oder ohne Tanakas Versprechen, ihnen zu helfen, hätte Trent auf jeden Fall den Weg über den Vulkan gewählt. Er war länger, daher die unlogischere Route und wurde wahrscheinlich nicht so streng überwacht. Ihre einzige Hoffnung bestand darin, ein Boot zu stehlen, nachts zu segeln und sich tagsüber irgendwo zu verstecken. Zwischen den unzähligen Inseln würden ihre Verfolger sie nur mit unverschämtem Glück zur Strecke bringen können. Sobald Trent und Jay Li die Meute aber erst einmal abgeschüttelt hatten, konnten sie sich aus den philippinischen Hoheitsgewässern herausschleichen, eine der Schiffahrtsstraßen ansteuern und sich dort von einem unter amerikanischer oder europäischer Flagge fahrenden Frachter aufnehmen lassen.

»Sie müssen glauben, daß wir flußabwärts geflohen sind. Ich werde eine falsche Fährte legen, dann verschwinden wir über die Klippe. Sie werden nicht nach uns suchen«, sagte er zu ihr.

Er neigte die Flasche ein weiteres Mal, gestattete der Frau aber nur ein paar Tropfen. Mit dem Wasser mußten sie sparsam umgehen. »Ich bin gleich zurück«, versprach er. »Bleib hier. Rühr dich nicht vom Fleck. Und trink das Wasser nicht zu schnell.«

Trent verschloß die Flasche, allerdings nur ganz locker, und hängte sie an einen Felsvorsprung. Unten auf dem Erdboden angelangt, beobachtete er wachsam den Fluß. Die Barkasse war weg. Vielleicht schliefen sie ja alle auf dem Minensuchboot. Wahrscheinlicher war jedoch, daß ein Hubschrauber sie nach Mindanao gebracht hatte, wo es Fünf-Sterne-Hotels am Strand mit guten Köchen gab, wenn diese auch nicht ganz Sir Philips normalem Standard entsprachen. Zumindest konnten sie sich dort über dem Holzkohlefeuer frischen Fisch und Hummer grillen oder sich die hiesigen Krabben mit Ingwer und Chili servieren lassen. Trent beschäftigte sich in Gedanken eine Weile mit den Mahlzeiten des Finanziers, während er wie eine Schlange auf das Flußufer zuglitt. Er wünschte dem Finanzier den übelsten Durchfall und hätte fast gelacht, als er sich vorstellte, wie sich Sir Philip verzweifelt bemühte, aus seiner Anzughose zu kommen.

Seine kindischen Gedanken waren ein Symptom seiner Erschöpfung. Es wäre besser gewesen, er hätte in der Höhle geschlafen, anstatt die Frau unter die herabfallenden Wassertropfen zu halten. Nein, nicht *die Frau*. Sie hieß Jay Li, und es war wichtig, daß er das nicht vergaß, denn er war bereit, für sie zu sterben. Der Grund dafür war unwichtig – genauso unwichtig wie die Frage, was er tun würde, nachdem er sie gerettet hatte. Bei der Sonderabteilung hatte seine offizielle Verantwortung bei einem Einsatz immer mit dem Abfassen eines Berichtes geendet.

15

Das Licht der Sterne lag silbern schimmernd auf der Flußoberfläche. Am Ufer standen die von den Raketen zerfetzten Gitterstäbe des Käfigs wie die Rippen eines ungeheuren Skeletts nach oben. Der Gestank nach verfaultem Fleisch vermischte sich mit dem Schwefel und dem Rauch, und Trent mußte an die Krokodile denken, die entkommen waren und sich jetzt irgendwo im Fluß oder am Rand des Dschungels aufhielten. Bestimmt hatten die Reptilien ihre toten Artgenossen verschlungen und würden mit etwas Glück die nächsten vierundzwanzig Stunden vor sich hin dösen. Die Soldaten machte die Nähe des Flusses jedoch vielleicht nervös, so daß Trent auf dem Pfad blieb, der sich zwischen den Bäumen am Flußufer hindurchwand.

Argwöhnisch nach Fallen und Wachen Ausschau haltend, kroch er auf dem Bauch voran. Seine Hände tanzten dabei wie Krabben über den vor ihm liegenden Pfad. Er war schweißüberströmt, wischte sich mit dem Unterarm über die Augen. Zecken und Blutegel hatten sich auf ihrer Suche nach Blut in sein Fleisch gebohrt.

Er haßte den Urwald – die Hitze, die Insekten, den widerlichen Gestank nach vermodernden Pflanzen. Doch er war ein Experte darin, sich im Dschungel völlig lautlos voranzubewegen, und so glitt er wie eine Schlange den Pfad entlang. Seine Nasenlöcher hatten sich geweitet, um den Schweißgeruch eines Menschen oder den Geruch einer Zigarette aufzunehmen. Die meisten Männer auf den Philippinen waren Opfer der tödlichen Propaganda der Tabakindustrie, die das

Rauchen als Zeichen der Männlichkeit und der Kultiviertheit hinstellte.

Trent horchte in die Geräuschkulisse des Dschungels nach einem sich bewegenden Stiefel oder einem Zweig, der über die Schulter eines Mannes strich, oder nach einem plötzlichen Atemholen. Er horchte auf das Geräusch eines sich aus dem Fluß schiebenden Krokodils, das auf das Ufer kroch, um unter tropfenden Blättern zu dösen, und nach dem warnenden Zischen einer Schlange, die auf seinem Weg lag.

Der gellende Laut eines panisch quieksenden Nagetiers, das gerade von den Krallen einer Eule gepackt wurde, drang durch die Dunkelheit. Die Eule rief einen Artgenossen herbei, Flügelschlagen war zu hören, dann das Kratzen der Krallen auf einem Zweig und das Geräusch, mit dem die Eulen das Fleisch ihrer Beute zerrissen. Schlamm saugte am Fuß eines großen oder unvorsichtigen Tieres. Dann plötzlich ein Hauch von Knoblauchgeruch im Atem eines Mannes – vielleicht eines Überlebenden des Massakers, mit größerer Wahrscheinlichkeit aber eines Angehörigen der Truppe Manolo Ortegas, der gerade von seiner Wachschicht kam –, er kündigte diesen bereits an, bevor er aus dem Dschungel heraus auf den Pfad trat.

Der Weg zum Fluß war Trent durch den geborstenen Käfig versperrt, und immer noch hielten sich Krokodile in ihm auf. Der Engländer hatte auch nicht genug Zeit, um sich lautlos tastend einen Weg ins Gebüsch hineinzubahnen, ohne Geräusche zu verursachen. Er drückte die Fingerspitzen auf den Boden, zog die Knie an den Bauch und seine Füße bis in seinen Schritt. Wie ein Frosch hockte er da, bewegte sich noch um ein paar Zentimeter, um sich genau in der Mitte eines über den Pfad sichtbaren Stücks Sternenhimmel zu befinden.

Schwere Armeestiefel gluckten im Matsch.

Dann wurden vor dem Sternenhimmel die Umrisse von Kopf und Schultern eines Soldaten sichtbar.

Trent hatte keine andere Wahl. Er stieß nach oben, verpaßte dem Mann mit dem rechten Handballen einen Schlag unter das Kinn, während er ihm gleichzeitig sein Knie zwischen die Beine rammte. Der Soldat keuchte auf und brach zusammen.

Trent fing ihn auf und hob ihn über einen Zweig hinweg. Der Mann würde mindestens eine halbe Stunde lang ohnmächtig sein. Da man ihn für die Elitetruppe ausgewählt hatte, war er für einen Filipino recht groß, und sein Tarnhemd paßte Trent sogar an den Schultern. Die Hose allerdings war zu eng, daher schnitt Trent die Hosenbeine auf Kniehöhe ab und im Schritt einen Schlitz hinein. Er warf sich die M-16 des Soldaten über die Schulter und steckte sich seinen Revolver in den Gürtel.

Der Filipino war den Pfad zehn Meter entlanggegangen, ohne von einer Mine in die Luft gesprengt worden oder in eine Falle geraten zu sein. Diese Strecke legte Trent daher mit schnellen Schritten zurück. Er fand den Baum, der sich fast waagerecht über das Flußufer neigte, formte aus dem in Streifen geschnittenen Unterhemd des Soldaten einen Strick, den er an seinen Füßen befestigte, und stieg dann mit ruckartigen Bewegungen den Baum mit dem senkrechten Stamm hoch. Dort holte er den Windsurfer herunter und beförderte ihn den waagerechten Stamm des anderen Baumes entlang hinaus bis über den Fluß. Im Vorratsbehälter befanden sich noch vier Nahrungsrationen. Er verstaute sie unter dem Baum, wickelte sich die Leine um seine Schultern und stopfte den Inhalt des Arzneikästchens in seine Hosentaschen. Danach ließ er den Windsurfer ins Wasser gleiten und mit der Strömung des Flusses in die zurückweichende Flut treiben.

Der Windsurfer allein reichte noch nicht aus, um zu beweisen, daß das Mädchen und er die Küste erreicht hatten, doch nach der Kletteraktion zitterte Trent am ganzen Leib und wußte, daß es ein Fehler wäre, jetzt noch mehr zu unternehmen, ohne vorher neue Kraft geschöpft und sich ausgeruht zu haben. Er aß den Inhalt einer der Konservendosen, nahm drei Pillen gegen Durchfall, eine gegen Malaria und rieb sich die Wunde an seinem Schenkel mit antibiotischer Salbe ein. An dem Baum, in dem er den Windsurfer versteckt hatte, würden Spuren zurückgeblieben sein. Anstatt weiter in unbekanntes Gelände vorzudringen, ging er wieder in Richtung Dorf zurück.

Ganz in der Nähe des Pfades wuchs ein *Coapa*-Baum. Er

streifte sich die Füße am Boden ab, damit er keine Schlammspuren am Stamm zurückließ, und begann auf den Baum zu klettern. Die verschwitzten Hände machten es fast unmöglich, auf der glatten Rinde Halt zu finden, und auch das Seil, mit dem er seine Füße zusammengebunden hatte, rutschte immer wieder ab. Die Wunde an seinem Schenkel näßte und pochte. Das Pochen zog sich die Wirbelsäule hoch bis in seine Arme und tief in seine Nackenmuskulatur hinein. Zweimal mußte er innehalten. Der Baum bebte, als der Vulkan wieder zu husten begann. Glühende Lava schoß aus dem Krater heraus, tauchte den Dschungel in rötliches Licht. Wo vorher Dunkelheit geherrscht hatte, waren jetzt sich bewegende Schatten. Wieder ertönte das laute Bellen und ein tiefes, rumpelndes Grollen, und wieder bebte der Baum. Dann folgte Stille, und Trent kletterte das letzte Stück bis zu einer V-förmigen Astgabel hoch, die etwa fünfundzwanzig Meter über dem Erdboden im Blätterdach versteckt lag.

Nachdem Trent sich mit dem Seil in der Astgabel gesichert hatte, ließ er den Kopf gegen den Stamm sinken. Er hatte schon viele Nächte auf diese Weise geschlafen und war dabei häufig in noch schlechterer körperlicher Verfassung gewesen. Doch jetzt war er älter und mußte sich um die Frau kümmern. Jay Li …

Das Beben der Erde weckte sie auf, irgendwo hustete und ächzte ein Monster. Ihre Mundhöhle brannte, und sie weinte. Tränen auf ihren Wangen war sie gewöhnt. Sie wußte, daß sie allein war, denn an der weit entfernten Oberfläche ihres Körpers gab es keine neuen Schmerzen. Das Brennen war innen, und mit Schmerzen im Inneren ihres Körpers war sie vertraut.

Der Gedanke an die Qualen veranlaßte sie, sich zu einer Kugel zusammenzurollen, und dabei sah sie einen kreisförmigen Bereich, in dem die Dunkelheit etwas blasser war. Sie erwartete, daß aus dem blassen Bereich heraus neue Schmerzen auf sie zukamen, aber das war nicht der Fall. Nach einer geraumen Weile streckte sie ihre Beine und schob sich über den schlüpfrigen Boden bis zum Ende der Kette. Die Kette schleifte hinter ihr her, aber sie war länger als zuvor. Als sie die blasse Stelle erreicht hatte, erkannte sie, daß es sich dabei um eine Öffnung handelte. Draußen war es Nacht, und die Nachtluft war von einem anderen Gestank erfüllt. Verglichen mit dem Ammoniakgeruch, in dem sie wach geworden war, war dieser neue Gestank kräftiger, aber nicht so stechend.

Ammoniak. Zuerst scheute sie vor dem Erkennen des Wortes und ihrem Vermögen, dem Gestank außerhalb von ihr einen Namen zu geben, zurück. Alles außerhalb von ihr war gefährlich.

Mit einer raschen Bewegung zog sie Arme und Beine wieder an, formte erneut eine Kugel, eine kleine und schwer zu findende Kugel. Sie rollte in ihr Loch und fiel hinein, zurück in die Tiefe, zurück in die Sicherheit.

Tief unten in ihrer Dunkelheit gab es etwas. Sie saugte aus der Entfernung daran, sog den Geschmack in sich hinein. Es gab keine unmittelbaren Schmerzen, und so rollte sie sich wieder auseinander und wagte sich ein wenig weiter vor, immer darauf vorbereitet, sich sofort wieder zurückzuziehen. Sie berührte das Etwas mit den Zehenspitzen, befühlte es ganz vorsichtig. Es war die Stimme eines Mannes.

Ganz schnell wob sie ein Netz um die Stimme, so daß sie sie festhalten konnte und Zeit hatte, sie genauer auf ihren Inhalt hin zu untersuchen. Es war schon lange her. Ein Mann hatte sie bei ihrem Namen gerufen, und seine Stimme war ganz weich und zart gewesen, hatte sie dabei nicht verspottet oder verhöhnt.

Dann sah sie ihren Großvater neben dem Mann stehen und zog sich rasch zurück. Aber irgend etwas daran war falsch, und noch während sie sich zurückzog, sah sie, wie sich das Bild veränderte. Ihr Großvater war dagewesen, aber der Mann hatte sie beschützt. Und er hatte ihr ein Versprechen gegeben. Sie wußte genau, daß er ihr etwas versprochen hatte. Zuerst konnte sie sich nicht daran erinnern, was es gewesen war; sie wußte nur noch, daß der Mann ihr etwas versprochen hatte.

Dann fiel es ihr wieder ein. Er hatte ihr versprochen, Wong Fu in der Eisenkiste so zu fesseln, daß er nicht entkommen würde, während sie oberhalb des Deckels ihren Faden spann. Sie sah zu, wie sich der Mann über die Kiste beugte, um ihn festzuschnallen. Der Mann war wie seine Stimme – schwach und ungeschickt. Wong Fu lachte und packte den Mann am Hals, drückte zu, bis er um Gnade flehte.

Jay haßte den Mann. Sie haßte ihn genauso sehr wie Wong Fu und genauso sehr wie ihren Großvater und seine Günstlinge. Sie haßte ihn wegen seiner Schwäche und wegen seiner Versprechen, die er nur dann versuchen würde zu halten, wenn sie ihn dazu zwang. Sie haßte ihn, weil er ein Mann war. Alle Männer waren böse. Die Beweise dafür, die ganzen Schmerzen, barg sie in ihrem Inneren. Die würde sie nie vergessen.

Langsam kam ihr ein Name. *Trent.* Sie untersuchte den Namen genauer. Als sie seine Ränder betastete, erinnerte sie sich daran, daß es Wasser gegeben hatte. Sie war stärker als Trent, viel stärker. Sie brauchte weder Wasser noch Nahrung. Der Haß in ihr war ihr Nahrung genug, und als die Erde bebte, glühte er plötzlich goldfarben um sie herum auf. Sie wälzte sich in seiner Glut, genoß in vollen Zügen die Sinnlichkeit ihrer Rache, während ein krachendes und knallendes Feuerwerk das Fest begleitete.

Das Rattern einer Salve aus einem leichten Maschinengewehr weckte Trent auf. Die Schüsse kamen von flußabwärts. Er vermutete, daß ein Soldat den Windsurfer entdeckt hatte. Das Gewehrfeuer im Osten stammte eher von jemandem, der auf irgendwelche Schatten schoß, obwohl es durchaus noch einige Überlebende des Massakers geben konnte. Ein Außenbordmotor dröhnte auf – Soldaten wollten sich den Windsurfer genauer anschauen. Unter Trents Baum trabte eine Patrouille den Pfad entlang in Richtung Strand. Eine zweite Streife Patrouille würde flußaufwärts vorstoßen, um das Opfer in die Zange nehmen zu können. Die Soldaten mußten unbedingt noch Beweise finden, sonst würden sie argwöhnen, daß es sich bei dem Windsurfer um eine Finte handelte.

Er hörte, wie die Stiefel der Soldaten den Pfad entlang durch den Matsch patschten. Der Pfad war zu gefährlich. Im

Dschungel warteten Fallen auf ihn. Bis zum Strand waren es von hier aus noch etwa drei Kilometer, und die einzige Möglichkeit, dorthin zu gelangen, war der Fluß.

Trent glitt wieder auf den Erdboden zurück und über den fast waagerecht geneigten Baum bis über den Fluß. Der Sog des strömenden Wassers saugte an der brodelnden Flußoberfläche, die in scharlachroten und goldenen Farbtönen aufleuchtete, als die Lava aus dem Vulkan spritze. Durch die Ebbe und das Hochwasser war die Strömung schnell und stark. Die Krokodile würden im langsamer fließenden Wasser an der Außenseite der Flußbiegungen bleiben und auf der Innenseite dort, wo sie sich zwischen die Baumwurzeln schieben konnten. Hielt er sich in der Flußmitte, hatte er vielleicht eine Chance. Die Waffen, die er dem Soldaten abgenommen hatte, würden ihn durch ihr Gewicht nach unten ziehen, daher umwickelte er sie mit der Uniformjacke des Soldaten und versenkte sie im Wasser. Gleich darauf sprang er hinterher und schwamm in die Strömung hinaus.

Das Wasser ähnelte einer dünnen Schleimsuppe, die nach verrotteten Blättern und Erde stank. Er spuckte es aus, als er den Kopf hob. Drüben auf dem schlammigen Ufer glühten im Licht des Vulkans Augen auf – Augen oder Leuchtkäfer. Trent holte kräftig aus, um sich in der Strömung zu halten. Der Fluß riß ihn in die Gerade hinein. Sich kaum noch bewegend, legte er sich auf die Oberfläche, während er Soldaten beobachtete, die das Ufer mit Stöcken absuchten und sich dabei etwas zuriefen.

Von dieser Suche aufgeschreckt, klatschte ein Krokodil ins Wasser und schwamm hinter ihm her; dann drehte es ab und schob sich auf die flache Schlickfläche am Außenrand der nächsten Flußbiegung zu. Die Strömung riß Trent in die Biegung hinein, wieder war er gezwungen, Schwimmbewegungen zu machen, diesmal jedoch mußte er dabei wegen der Suchtrupps vorsichtiger sein. Die letzte gerade Strecke öffnete sich hinter der Biegung, und er sah die bleiche Lücke zwischen den Bäumen. Die sandige Landzunge glänzte im Mondlicht wie ein silberner Strich.

Den Kopf dicht über dem Wasser, beobachtete er die Wasseroberfläche – und sah plötzlich vor dem silbernen Streifen das schwarze Dreieck der Rückenflosse eines Hais. Er verfluchte seine Dummheit, als er an das Krokodilfleisch dachte, das vermutlich flußabwärts gerissen worden war. Haie und Barrakudas wurden doch von Blutgeruch angelockt! Auch seine blutende Wunde am Schenkel fiel ihm ein, und er rührte sich nicht mehr, überließ alle Arbeit der Strömung.

Links von ihm entstand im Wasser ein Wirbel, als der Hai sich drehte, und Trent sah die dunkle Öffnung seines Mauls und hörte ein schnaubendes Grunzen, als der Hai an den Überresten eines toten Krokodils herumriß. Trent sah schon seinen eigenen Schenkel zwischen den Zähnen des Hais, die ihn packten und schüttelten, sah das Blut spritzen und die anderen Haie anlocken, die ihn bereits umkreisten. Dann kam der heftige Stoß, mit dem eine Schnauze in seinen Bauch stieß, der abscheuliche Schmerz, wenn er aufgerissen wurde... Angst nahm ihm den Atem, legte sich so dick und sauer in seine Kehle, daß er dachte, er müsse sich übergeben.

Doch er blieb weiter völlig reglos, lag im Wasser wie eine Leiche, während die Rückenflossen auf der von schimmerndem Mondlicht überzogenen Wasseroberfläche an ihm vorbeiglitten wie die Segel kleiner Modellboote auf dem Teich im Hyde Park, in dem er als Kind gespielt hatte. Der Diener seines Vormundes hatte damals auf der anderen Seite des Teiches darauf gewartet, daß ihre nachgebaute Schaluppe auf dem Zementstrand aufsetzte. Trent klammerte sich an das Bild, klammerte sich an Erinnerungen, die friedlich und angstfrei waren, bis das Übelkeitsgefühl nachließ und sich seine Magenmuskeln entspannten, so daß ihm auch das Atmen wieder leichter fiel.

Der Gezeitenstrom drückte das Wasser um die Spitze der Landzunge herum. In einer halben Stunde würde er schwächer werden und es Trent ermöglichen, aus dem offenen Meer wieder zurückzuschwimmen. Als ihn die Strömung weiter auf das Meer hinaustrieb, dachte er an das Mädchen in der Höhle, an ihren Großvater, an die Soldaten, die das Massaker verübt hatten, und an seine eigenen dunklen Taten, die er für die Sonderabteilung und die Amerikaner ausgeführt hatte. Dann sah er wieder das Mädchen vor sich. Er rief sich noch einmal ins Gedächtnis zurück, welches Bild sie geboten hatte, als er sie das erste Mal in der Hütte ausgestreckt auf dem Boden liegen sah, wie sie sich oben in der Höhle zu einem Ball zusammengerollt hatte. Ihr zierlicher Körper wurde in seinen Gedanken zu einem zerbrechlichen Behälter, in den fürchterliche Qualen und blankes Entsetzen hineingestopft worden waren, und er staunte, daß sie noch einen so unbeschadeten Eindruck machte – ein Mädchen, dem nie jemand beigebracht hatte, wie niederträchtig Menschen sein konnten.

Die frische Tünche konnte die braunen Flecken an der Mauer nicht verbergen. Jay erkannte deutlich die kleinen Vertiefungen, die von den Geschoßeinschlägen früherer Exekutionen stammten. Ihre ganze Familie stand mit dem Rücken an der Wand. Sechs Generationen. Das grelle Sonnenlicht zeigte unbarmherzig ihre Gesichtszüge; sie sahen genauso aus wie auf den Porträts, Daguerreotypien und alten Fotos, die sie früher betrachtet hatte. Die Großeltern aus Hongkong hatten Jay Geschichten über diese Menschen erzählt; sie hatte Tratsch und Märchen gelauscht, hatte historische Berichte über Hongkong gelesen und Romane, die frei erfunden waren.

Schlurfen von Armeestiefeln im Staub kündigte die näher kommenden Soldaten an. In Jays Händen lag die Entscheidung darüber, wen sie verschonen würden, und so begann sie mit einer sorgfältigen Inspektion der Gesichter, aber die drückende Hitze schwächte ihre Erinnerungskraft. Warum sollte sie sich überhaupt die ganze Mühe machen?

Plötzlich wurde die Müdigkeit unerträglich, und sie legte sich im Schatten hin. Sich auf der schlüpfrigen Erde hin und her schiebend, lächelte sie, als sie ihre Arme ausstreckte. »Trent!« rief sie, erinnerte sich an seinen Namen. Sie wußte, er war ganz nah. »Kümmer du dich darum«, sagte sie zu ihm. Eine Salve zeigte ihr, daß er gehorcht hatte.

Jay stellte sich vor, wie ihre Familie am Fuß der Mauer zusammenbrach. Die Leichen waren weit weg, sie würde sie nur sehen, wenn sie den Kopf hob, doch die Anstrengung war zu groß. Sie rollte sich auf die Seite, legte ihre Wange auf die gefalteten Hände, und ihr Kindermädchen wiegte sie sanft hin und her, summte mit schmachtender Stimme, sie sei jetzt in Sicherheit, heute habe sie Geburtstag, und sie solle doch ihr schönes Geschenk auspacken.

Jay zog die Enden der roten Schleife auseinander und schlug das smaragdgrüne Geschenkpapier von der Eisenkiste zurück. Sie versuchte, die Kiste zu öffnen, aber der Deckel war zu schwer, so daß sie noch einmal Trent herbeizitierte und zusah, wie sich beim Heben des Eisendeckels seine Rückenmuskeln anspannten.

In der Kiste lag Wong Fu. Jay stieß ihn an, aber er bewegte sich nicht. Sie versetzte ihm einen weiteren Stoß, diesmal kräftiger. Das Kindermädchen sagte, die Batterien seien alt, aber Jay war an aus Bequemlichkeit geäußerte Notlügen gewohnt. In Wahrheit war das Spielzeug kaputt. Trostlosigkeit hüllte sie ein. Tränen stiegen ihr in die Augen. Ihr Kindermädchen wiegte sie in ihren dicken Armen, der Schweiß zwischen ihren Brüsten roch streng und ein wenig nach Ammoniak. Immer näher kam ein tiefes Grollen und der Gestank heißen Schwefels.

Das tiefe Grollen des Vulkans schien einen Schauer über das Meer zu jagen. Trent sah, wie riesige Brocken geschmolzenen Gesteins in den Himmel spritzten. Er hatte sich mit aller Kraft bemüht, die sandige Landzunge zu erreichen, aber die Strömung war zu stark gewesen und hatte ihn an ihr vorbeigerissen. Schließlich war er gezwungen gewesen, den Gezeitenwechsel abzuwarten, und schwamm erst jetzt vorsichtig auf den Strand zu. Die zurückweichende Flut hatte den Gestank der toten Krokodile mit auf das offene Meer hinausgenommen, und er stellte sich ein neues Rudel von Haien vor, das dadurch in die schmale Wasserstraße gelockt wurde. Er war nach Osten geschwommen, um auf dem mittleren Teil der Landzunge anzukommen, der am weitesten von seinen Verfolgern entfernt und der Stelle am nächsten war, an der er seine Tauchausrüstung versteckt hatte. Wollte er die Wasserstraße wieder in Gegenrichtung überqueren, brauchte er sie, weil auch die größte Bedrohung ihn nicht noch einmal dazu bringen würde, an der Oberfläche entlangzuschwimmen.

Tief im Westen ging der Mond unter, die Dämmerung begann gerade, den östlichen Horizont zu verfärben. Auf dem Kamm der Düne waren die schwachen Konturen der Palmen zu erahnen. Zwischen den Bäumen würden sich Ortegas Männer versteckt halten. Trent war sich dessen genauso sicher wie der Tatsache, daß er ohne Schlaf und Nahrung scheitern mußte. Da er befürchtete, daß die Soldaten seine Schwimmbewegungen im Wasser sehen könnten, hörte er auf zu schwimmen und überließ es der sanften Dünung, ihn zum Strand zu tragen. Seine Füße berührten Sand, und er rollte seitlich aus dem Meer heraus, als sei er tot und werde angespült. Ein erster goldener Strich färbte den Horizont, ein weiteres Mal stieß der Vulkan sein bellendes Husten aus. Im Schwefelgestank, der mit der leichten Brise herüberwehte, kaum wahrnehmbar ein Hauch Tabakrauch. Trent horchte nach schleifenden Geräuschen von Schritten auf dem weichen Sand, atmete ganz flach und wartete auf einen Schuß. Die Sekunden verstrichen, und er begann zu zählen.

Er zählte langsam und dachte sich, daß zwei Minuten ausreichen würden. Das Meer hatte die Wunde in seinem Schenkel saubergewaschen, aber ein dumpf pochender Schmerz warnte ihn vor einer Infektion; außerdem war er müde, unglaublich müde. Er malte sich aus, wie der Soldat oben auf dem Kamm der Düne munter und ausgeruht und gutgenährt dasaß. Hätte der Filipino auf das Meer hinausgeblickt, hätte er ihn gesehen, also mußte er wohl die Meerenge und den Rand des Dschungels beobachten und nach Flüchtigen absuchen, die dem Massaker entkommen waren. Vor allem aber würde er nach dem Mädchen Ausschau halten. Sir Philip hatte bestimmt ein Kopfgeld auf sie ausgesetzt.

Unablässig weiterzählend, richtete er sich langsam auf. Er hatte erwartet, die Füße eines Soldaten vor sich stehen zu sehen, aber der steile Hang endete in einer ebenen Fläche, die von ihm aus gesehen im toten Winkel lag, so daß er sogar die Bäume nicht mehr erkennen konnte. Langsam schob er sein Messer wieder in die Scheide zurück, zentimeterweise robbte er den Hang hoch, suchte mit den Fingerspitzen nach Stöcken oder Steinen. Der leichte Tabakgeruch, den die Brise herübertrug, erlaubte es ihm, die Position des Soldaten zu berechnen. Die Sonne wärmte seine linke Seite, während er dahinkroch. Das feuchte Meersalz brannte in seinen Augen.

Auf halber Höhe des Hanges nahm er den Tabakgeruch nicht mehr wahr. Der Raucher mußte die Zigarette ausgedrückt haben. Vielleicht drei Meter rechts von der Stelle, an der er den Filipino vermutete, knatterte plötzlich ein Funkgerät. Entweder hatte Trent sich mit dem Wind verkalkuliert, oder es waren zwei Männer, die dort auf Lauer lagen. Sie gehörten zu Ortegas Einheiten und waren im Kampf Mann gegen Mann ausgebildet. Trent hatte weder die Kraft noch die Gewandtheit, es mit beiden Männern aufzunehmen. Die einzige Möglichkeit, die ihm blieb, bestand darin, einen von ihnen zu töten, bevor sich der andere bewegte.

Er dachte an die Kinder und die Frauen, die von den Marinesoldaten abgeschlachtet worden waren. Die Soldaten hatten genauso ihre Befehle ausgeführt, wie er das früher getan hatte. Wenn er sie jetzt tötete, würde er das tun, um das Mädchen zu retten. Wieder sah er Jay auf dem Boden der Hütte liegen. Wenn er nur nicht so müde wäre! Doch die Müdigkeit lastete wie eine dicke Decke aus nasser Wolle über ihm, dämpfte die Wut, aus der er versuchte, seine Kraft zu beziehen.

16

Sanft leckte die Brandung am Strand. Obwohl die Sonne erst ein paar Grad über dem Horizont stand, lag bereits ihre Wärme über der schmalen, sandigen Landzunge. In der Stille des frühen Morgens wirkte das Kratzen eines Streichholzes beim Anzünden unnatürlich laut. Der Soldat saß oberhalb von Trent und ein wenig rechts, er nahm gerade einen tiefen Zug aus seiner nächsten Zigarette.

Mühelos glitt das Messer aus seiner Scheide.

Doch er konnte es nicht tun.

Die Erkenntnis kam, ohne daß er den Entschluß faßte; sie war absolut und nahm ihm den letzten Rest von Energie, den er noch in seinen Gliedern spürte. Doch er mußte in Bewegung bleiben, das war eine Grundregel in seinem Beruf, des alten Berufs, von dem er eigentlich gedacht hatte, er habe ihn hinter sich gelassen.

Verzerrt von atmosphärischen Störungen, unterhielten sich auf Tagalog abgehackte Männerstimmen miteinander, und der Soldat, der das Funkgerät in der Hand hielt, grunzte verärgert. Der zweite Filipino, der mit der Zigarette, spuckte ein Stück Tabak von seiner Lippe, bevor er seinen Kommentar abgab, und Trent hörte, wie der erste Mann verhalten lachte. Jetzt wußte Trent genau, wo sich die beiden Männer befanden. Er stellte sich vor, wie sie unter den Palmen hockten, das Kinn auf den Schaft des über die Knie gelegten M-16-Gewehres gestützt, während sie die Meerenge und den Dschungel mit guten Ferngläsern absuchten.

Ferngläser! Der Augenring aus Gummi würde es den beiden Männern unmöglich machen, irgend etwas aus den Augenwinkeln heraus zu sehen. Er mußte nur sichergehen, daß beide durch die Ferngläser schauten. Der leichte Wind wehte den Schwefelgestank herüber, und plötzlich erkannte Trent, was er längst hätte erkennen sollen, wenn er nicht so müde gewesen wäre: Das einzige Risiko bestand darin, noch länger zu warten. Trotzdem schob er das Messer wieder in seine Scheide zurück und rutschte nach links, damit er sich direkt unterhalb des Mannes mit dem Funkgerät befand.

Die Minuten verstrichen. Der Soldat schnippte seine Zigarette über seine Schulter nach hinten weg, und Trent beobachtete, wie der letzte Rauch davontrieb. Der Soldat direkt über ihm machte eine Bemerkung, erhob sich, stellte sich hin und fummelte mit beiden Händen unterhalb seines Gürtels herum. In wenigen Augenblicken würde er sich umdrehen und über die Düne kommen, um zu urinieren. Weit und breit gab es für Trent keine Möglichkeit, sich zu verstecken.

Er versuchte, sich zusammenzureißen und so zu denken, wie er es in seiner Ausbildung gelernt hatte, Ziele zu sehen und keine Wesen aus Fleisch und Blut. Doch es war einfach zu lange her.

Plötzlich ertönte wieder das Krachen atmosphärischer Störungen, und eine metallische Stimme bellte Befehle, verlangte vielleicht einen Bericht. Ungehalten griff der Soldat nach dem Funkgerät und gab kurz Antwort. Dann nahm er sein Gewehr und setzte zu der Bewegung an, mit der er sich umdrehen und damit genau auf die Stelle blicken würde, an der Trent völlig ungeschützt auf dem Hang der Düne lag; aber in diesem Moment donnerte der Vulkan, und der Mann blickte zu dem Bergkegel hinüber.

Riesige Brocken geschmolzenen Gesteins wurden Hunderte von Metern in den Himmel geschleudert und zogen einen scharlachroten Schweif hinter sich her, der in kleine Tropfen zerfiel, die auf die goldenen Außenränder des Kegels niederprasselten. Der Soldat lehnte sein Gewehr gegen sein Bein und hob sein Fernglas.

Trent richtete sich auf.

Mit den Ferngläsern vor den Augen, bekamen die beiden Marinesoldaten seine Annäherung überhaupt nicht mit. Acht Schritte waren es bis zu dem Mann mit dem Funkgerät; Trent bewegte sich lautlos.

Profis verfügen bei der Ausübung ihres Berufs über eine Art Instinkt, der sie vor unerwarteten Ereignissen warnt – urplötzlich blickte sich der Soldat um und griff nach seinem Gewehr. Sein Hals war für einen Augenblick lang ungeschützt; Trent streckte ihn mit einem harten Schlag hinter das linke Ohr zu Boden, machte einen Hechtsprung auf das M-16 zu, schwenkte es herum und hielt den zweiten Mann in Schach.

Der zweite Soldat hatte sein Gewehr bereits halb im Anschlag. In seinen Augen stand Haß, weniger Angst. Trent mußte ihm seine Überlegenheit unter Beweis stellen, andernfalls forderte er sein Schicksal heraus.

»Versuch das ja nicht«, warnte er. »Verschwende nicht den

kleinsten Gedanken daran, es zu versuchen. Los, die Hände hinter den Rücken! Sei ein braver Junge, dann hast du noch eine Chance.«

Der Soldat spuckte ihn an.

Trent schlug ihm den Gewehrlauf unters Kinn und schleuderte das M-16 des Bewußtlosen und das Funkgerät die Düne hinunter.

Der Soldat, dem er den Karateschlag verpaßt hatte, stöhnte, als er wieder zu Bewußtsein kam. Trent befahl ihm, sich mit nach vorne ausgestreckten Händen niederzuknien wie ein Kommunikant. Der Haß dieses Mannes war nicht so groß wie der seines Gefährten. Erfolglose Abenteuer im Boxring hatten ihm ein zertrümmertes Nasenbein und Narben an den Augenbrauen eingebracht. Er war viel zu intelligent, um Energie mit Schimpfwörtern zu verschwenden. An Hitze war er gewohnt, die kühlere Nacht war weniger sein Fall, daher trug er über Hemd und Baumwollunterhemd seine Kampfjacke mit hochgezogenem Reißverschluß. Der Knauf eines Armeerevolvers ragte aus einem geflochtenen Halfter heraus, nicht sehr gut zum schnellen Ziehen der Waffe geeignet. In einer an sein rechtes Bein geschnürten Scheide hatte er noch eine Machete stecken.

Trent befahl ihm, die Scheide mit der linken Hand zu lösen, den Gürtel abzuschnallen und das ganze Knäuel den Hang hinunterzuwerfen. Danach folgten Jacke, Hemd und Unterhemd, als letztes Kampfstiefel und Unterhose. Einer der beiden Männer war damit entwaffnet. »Auf den Bauch! Hände hinter den Rücken«, befahl Trent.

Zu müde, um auf ähnliche Weise auch mit dem anderen Mann fertig zu werden, der sich ebenfalls wieder regte, unterbrach er mit einem Griff dessen Blutzufuhr zum Gehirn lange genug, um ihn erneut bewußtlos zu machen, schnitt dessen Hose in Streifen und band ihm damit Hände und Füße zusammen. Dann zog er ihn ebenfalls aus und fesselte ihn. Er schleppte die Männer vor zwei Palmen, und band sie so daran fest, daß sie nicht der Sonne ausgesetzt sein würden.

Die Soldaten der Marine hatten seine Tauchausrüstung gefunden; die Flasche lehnte ganz in der Nähe der Stelle, an der er sie versteckt hatte, am Stamm eines Baumes. Trent entnahm der Kampfjacke des Rauchers die Zigaretten, zündete eine an und hielt sie dem Mann zwischen die Lippen.

»Reines Gift«, meinte er, als der Soldat den Rauch ausstieß. Der Mann wünschte ihm nichts Gutes.

Trent grinste und steckte dem Mann die Kippe zwischen die Lippen. Er hatte den Eindruck, daß der Soldat deswegen so wütend war, weil er sein Gesicht verloren hatte, und fragte ihn deshalb: »Hat dich Ortega eigentlich davor gewarnt, daß ich früher einmal selbst Männer einer Elitetruppe ausgebildet habe?«

Der Marinesoldat horchte auf, und Trent fuhr fort: »Ich gelte sogar als einer der besten Ausbilder, man hätte euch also besser vor mir warnen sollen.«

Der Mann, der das Funkgerät bedient hatte, knurrte: »Der Kommandant sagte uns, Sie hätten ein Boot.«

»Ich habe einen Katamaran«, sagte Trent. »Die Tauchausrüstung habt ihr ja gefunden, das Schlauchboot nicht? Oder habt ihr den Strand nicht abgesucht?«

Die Männer schauten sich an, und Trent grinste. »Wenn ihr es aufgeschlitzt hättet, wären wir niemals bis zur Yacht zurückgekommen. Das Glück ist wohl auf unserer Seite.«

Er ließ sein Messer aus der Scheide gleiten, hielt es an der Spitze der Klinge fest und ließ es auf und ab tanzen wie ein Surfbrett. Die Sonne blitzte auf dem Stahl. Dann war das Messer verschwunden, und der Soldat links von Trent keuchte auf, als sich die Klinge nur wenige Zentimeter neben seinem Kopf in den Stamm grub. »Noch eine Gefahr, vor der euch Ortega nicht gewarnt hat«, meinte Trent.

Er holte sich das Messer zurück und hockte sich gegenüber dem Funken auf den Boden. »Ich wüßte ganz gerne, gegen wie viele Männer ich hier eigentlich antrete. Sollte überall mehr als nur einer stehen, ist es für mich noch das Einfachste, die Posten zu töten. Sagt also die Wahrheit, dadurch rettet ihr euren Kameraden vielleicht das Leben. Lügt ihr, schneide ich euch den Bauch auf, und ihr werdet lebendig verbluten.«

Der Filipino blickte zu seinem Gefährten hinüber, und Trent sagte: »Ich zähle bis fünf…«

Der Raucher begann erneut zu fluchen und sagte, es wäre immer nur ein Mann.

»Auch an den Enden der Landzunge? Bist du sicher? Wenn du dich irrst, bist du eine Leiche.«

Der Funker sagte: »Es stimmt. Die anderen Männer durchsuchen den Dschungel nach Ihnen und der Frau.«

Damit hatte Ortega also die Operation erklärt. »Warum sind wir denn so wichtig? Ihr habt doch die Piraten und ihre Familien umgebracht. Reicht das noch nicht?«

»Für jeden Piraten bekommen wir hundert Dollar, für Sie und die Frau fünftausend.«

»Jeweils?«

Der Soldat nickte. »Alles oder nichts – plus zehntausend als Prämie für den, der einen von euch findet.«

Trent grinste ihn an. »Da habt ihr aber Pech. Aber ihr dürft leben, ganz so schlimm ist es also auch wieder nicht.«

Die Männer an den Enden der Landzunge waren zu weit entfernt, um die Rufe seiner Gefangenen zu hören, aber er hatte sowieso vor, sie zu knebeln.

In einem Rucksack fand er Wasser, Biskuits und eine Dose Sardinen. Nachdem Trent sich davon ein spärliches Mahl bereitet hatte, lief er wieder zum Strand hinunter zu der Stelle, an der er an Land gegangen war, und rollte sich auf dem Sand hin und her, bis er eine breite Spur hinterlassen hatte. Dann hob er ein Loch aus, groß genug, um ein Schlauchboot darin zu verstecken, aus dem die Luft herausgelassen war.

Nachdem er zurückgeklettert war, nahm er den Filipinos die Knebel ab, gab ihnen Wasser und knebelte sie danach wieder. Er blickte durch das Fernglas zur Küste hinüber, schien dabei aber nicht viel Interessantes zu finden.

»Eure Freunde suchen am falschen Ort. Das soll aber keine Beschwerde sein«, meinte Trent und lachte ein wenig. Er nahm die Hose und die Kampfjacke des Größeren der beiden Männer an sich, schulterte die Tauchausrüstung und tippte sich an eine imaginäre Mütze. »Nur nicht schwermütig werden!«

Zwanzig Meter folgte er seinen eigenen Spuren und nahm dabei noch die Machete des Funkers mit. Dann strich er seine frischen Fußspuren mit der Kampfjacke glatt, kehrte wieder zu den beiden Männern auf den Kamm zurück und suchte die andere Seite der Meerenge nach Soldaten ab.

Es war Viertel nach acht, und von Osten jagte ein Hubschrauber heran – Ortega und Sir Philip Li. Wäre Trent für den Einsatz verantwortlich gewesen, hätte er seine Männer wieder zum Dorf beordert, hätte sie in einer langen Kette ausschwärmen und den Dschungel bis hinunter zum Meer absuchen lassen. Er und Ortega hatten die gleiche Ausbildung durchlaufen – der Filipino würde also genauso vorgehen wie er. Brach der Funkkontakt zu den Männern ab, die er hier gefesselt hatte, wurde vielleicht ein Boot von der Küste herübergeschickt. Wahrscheinlicher war jedoch, daß die anderen Männer, die auf der Landzunge stationiert waren, den Befehl erhielten, sich an die Position der beiden heranzuschleichen. Sobald sie ihre Kameraden befreit hatten, würden sie seine Fußspuren und das Loch mit der Schleifspur zum Meer untersuchen und Ortega informieren, daß er sich die Sache selbst ansehen sollte. Schluckte er die falschen Beweise, würde er die Suche nach einem Schlauchboot und der *Golden Girl* in die Wege leiten. Eine Seemeile weiter gab es schon das nächste Atoll, und da Ortega weder das Schlauchboot noch den Katamaran finden könnte, ließ er vielleicht einige seiner Männer die Strände der Insel in der Umgebung absuchen.

Trent schätzte, daß ihm höchstens noch fünfzehn oder zwanzig Minuten zur Verfügung standen. In der Meerenge würde es Haie geben, und während er langsam den Hang hinunterglitt und seine Spuren verwischte, vermied er es, die Wasseroberfläche zu beobachten. Unten schlüpfte er in sein Tauchgeschirr, überprüfte den Atemregler, legte den Bleigurt um und zog sich die Flossen an die Füße.

Vorsichtig schob er sich ins Wasser. Erst als er ein Stück von der Küste entfernt war, spuckte er in die Taucherbrille und verstrich den Speichel, um so zu verhindern, daß das Glas beschlug. Hose und Kampfjacke wickelte er um seinen linken Vorderarm, die Machete nahm er fest in die rechte Hand. Noch vierhundert Meter bis zur Flußmündung.

Frisches Meerwasser, das von der einlaufenden Flut in die Meerenge gespült wurde, hatte die schlammige Schleimsuppe, die sich aus dem Fluß ins Meer ergoß, verdünnt. Trotzdem blieb die Sicht unter drei Metern. Trent folgte der Neigung des Meeresgrundes nach unten und schwamm zunächst über bleichen Sand hinweg, dann über Schlamm, der bei der geringsten Bewegung hochstieg, so daß sich hinter ihm ein dunkler, körniger Vorhang schloß.

Fast reglos hing die lange, silberne, wie ein Geschoß geformte Silhouette eines einen Meter zwanzig langen Barrakudas nur wenige Zentimeter unter der Wasseroberfläche. Er wirkte wie ein Teil eines Mobiles in einem Zimmer, in dem sich kein Lüftchen regt. Trent beobachtete die dunkle Spalte seines Mauls und das kalte graue Auge weit hinten an der Seite des Kopfes. Gleichzeitig spürte er die Haie. Sie waren da, hielten sich irgendwo in der aus dünnen Schleiern verwitterter Dschungelpflanzen bestehenden Wolke versteckt, suchten unablässig ihr Revier ab.

Einer kam auf ihn zu. Zunächst war es nur eine dunkle Gestalt, die einem Flugzeug aus den fünfziger Jahren ähnelte: hinten schmal, der lange obere Teil der gespaltenen Schwanzflosse hoch aufragend und nach hinten geschwungen. Ein Tigerhai. Etwa zwei Meter zehn lang und zweihundert Pfund schwer. Heimtückisch und aggressiv.

Der Hai mit seinen schwarzen, weit auseinanderstehenden Augen drehte sich in seine Richtung, seine Schwanzflosse bewegte sich langsam hin und her. Der halbmondförmige Spalt des Mauls lächelte oder schien zu lächeln, als er sich vorsichtig näherte. Noch griff er nicht an, war nur neugierig. In einer Entfernung von drei Metern glitt er vorbei, seine glatten Flanken ähnelten eloxiertem Aluminium. Während der Hai um Trent herumschwamm, folgte ihm dieser mit den Augen. Instinktiv hätte er sich am liebsten mit dem Hai mitgedreht, die Machete in der Hand, aber sein Luftvorrat entschied darüber, welche Bewegungen er machen konnte und welche nicht.

Für wie viele Tauchminuten die Atemluft in der Preßluftflasche noch reichte, war abhängig von seiner Atemrate, die wiederum von der Anstrengung abhing, die er für seine Bewegungen aufwendete, und von der Wassertiefe, in der er sich bewegte. Von dem Moment an, wo er den Strand verlassen hatte, blieben ihm höchstens noch fünfundvierzig Minuten; fünfundvierzig Minuten für vierhundert Meter bedeuteten, daß er ungefähr neun Meter in der Minute zurücklegen mußte. Er hatte also viel Zeit – solange nichts schiefging. Diese Unsicherheit zwang ihn dazu, sich mit den großen Taucherflossen beständig voranzubewegen.

Der Hai schwamm neben ihm her. Sein Kopf schwankte wie der eines streitlustigen Betrunkenen. Er umrundete Trent, schwamm vor ihm, umrundete ihn, schwamm hinter ihm. Dann gesellte er sich wieder neben ihn, so daß der trügerische Eindruck entstand, sie seien Gefährten, zwei Freunde auf einem Unterwasserspaziergang.

Angst und Wut ließen Adrenalin in Trents Brust schießen, jegliche Müdigkeit war vergessen, der Engländer spürte nur noch den ätzenden, sauren Geschmack der Angst in der Kehle und im Bauch. Immer weiter schwamm er auf die Insel zu, und der Hai umkreiste ihn die ganze Zeit. Trent schätzte, daß er wahrscheinlich schon etwas gefressen hatte. Gefrühstückt, verbesserte er sich und versuchte, in sich hineinzulächeln, aber die Angst war zu groß, die Angst vor dem plötzlichen Wirbel, der den Angriff begleiten würde.

Er hatte einmal miterlebt, wie ein Hai einen Fischer von einem Riff im Persischen Golf heruntergerissen hatte. Es war in demselben Jahr gewesen, in dem sich sein Vater an seinem Schreibtisch erschossen hatte. Trent war damals zwölf Jahre alt und schaute dem Fischer beim Auswerfen seiner Netze zu. Für Trent war es ein alter Mann gewesen, doch als Kind wirkte jeder über Vierzig alt. Der Fischer hatte in knietiefem Wasser am Rand des Riffs gestanden. Trent sah den Wirbel im Wasser und den plötzlichen weißen Spalt, als die Sonne den Unterkiefer des Hais beleuchtete, während dieser mit dem Bein des Fischers im Rachen herumwirbelte.

Der Fischer hatte sich an den Korallen festgehalten. Einen Augenblick lang war es ein Tauziehen, dann kam ein zweiter Hai herangeschossen und fiel den Mann am Bauch an. Der Fischer stieß einen verzweifelten Schrei aus, dann war er verschwunden. Das Wasser färbte sich blutrot. Eine Hand und ein Unterarm stießen aus der Wasseroberfläche; doch der Arm war nicht mehr mit dem Körper verbunden, und die Schnauze eines Hais schnappte ihn sich. Trent hatte aufgeschrien und war blindlings in die Arme des älteren Pferdepflegers gelaufen, der ihn vorher von den Rennställen des Scheichs, in denen sein Vater als Verwalter und Trainer tätig war, zum Meer gebracht hatte. Haie! Trent fürchtete und haßte sie, und keine noch so umfangreiche ökologische Propaganda konnte diese Einstellung ändern.

Seit fünfzehn Minuten schwamm er jetzt im Meer. Immer wieder korrigierte er mit dem Kompaß seinen Kurs. Ohne jede Anstrengung wurde der Hai schneller und verschwand in der trüben Finsternis. Vor dem Engländer verstärkte sich die Dunkelheit, verschob sich, wälzte sich hin und her. Braune Fäden trieben durch den dünnen Vorhang aus Schlamm, lösten sich im Spiel der Wasserströmungen auf. Blutfäden waren es, und die dunkle wirbelnde Masse bestand aus einem Dutzend Haien und genauso vielen Barrakudas, die an den Überresten eines Krokodils herumrissen und auch miteinander kämpften.

Während Trent vorbeipaddelte, schoß ein schwarzer Torpedo an ihm vorbei mitten in das grausige Gewimmel hinein. Eine falsche Bewegung, und alles würde sich auf Trent stürzen und über ihn herfallen. Mit dem Bauch im Schlamm bewegte er sich im Schatten eines zweiten Torpedos, der über ihn hinwegraste, vorsichtig in östliche Richtung.

Die Versuchung, sich zu beeilen, war ungeheuer groß, die damit verbundene Gefahr ebenfalls. Jede plötzliche Bewegung würde die Aufmerksamkeit der Fleischfresser auf ihn lenken; jede Verzögerung schränkte seinen Luftvorrat ein. Wurde er an die Oberfläche gezwungen, würden ihn die Soldaten an den Beobachtungsposten sehen, und er hätte die falschen Fährten umsonst gelegt.

Als er sich von den umeinanderwirbelnden Haien entfernt hatte, hielt er wieder auf die Insel zu, seine Zuversicht jedoch hatte gelitten; häufig blickte er über seine Schulter nach hinten, schaute nach links und rechts und nach oben, wo die Meeresoberfläche in einem blassen Silbergrün aufleuchtete.

Je näher er der Flußmündung kam, desto dichter wurde der

Schlammvorhang, in dem flüchtige Schatten zu erahnen waren. Nahe der Insel sank die Sicht auf weniger als drei Meter, und Trent hatte das Gefühl, in eine dunkle Höhle hineinzuschwimmen. Irgendwann war es dann soweit: Der Atemregler gab nicht mehr genug Luft ab. Trent war gezwungen, nach oben zu steigen, um den Wasserdruck zu verringern und damit Luft zu sparen. Der Meeresgrund hatte bisher seine Bauchseite geschützt. Jetzt, wo er sich auf der gleichen Höhe wie die Haie auf ihren Raubzügen befand, schwamm er völlig ungeschützt dahin. Und tief in seinem Inneren regte sich die Angst, eine klaustrophobische Angst.

Eine Gestalt schoß durch den Vorhang, sauste rechts neben ihm dahin, verschwand wieder in der trüben Dunkelheit, kam wieder zurück, diesmal von links, und stieß gegen seine linke Körperseite. Er sah die hellere Unterseite des Bauchs eines Hais, der gerade herumwirbelte und erneut zurückkam. Er sah die dunklen, glänzenden Augen, sah die beiden, dunklen Schlitzen gleichenden Atemöffnungen. Wie in Zeitlupe sah er, wie sich die dunkle Sichel seines Rachens öffnete und die Zähne im wirbelnden Halbdunkel des trüben Wassers weiß aufleuchteten.

Tief stieß er die Machete in den Rachen des Hais, aber dieser war ihm im Wasser an Kraft haushoch überlegen. Trent rammte seinen linken Arm, den er mit den Kleidungsstücken des Marinesoldaten umwickelt hatte, in sein Maul und bewegte ihn heftig hin und her, um den Rachen weiter aufzudrücken und die Hebelwirkung der Kiefermuskeln geringer werden zu lassen. Der Hai schleuderte ihn nach hinten, und Trent gab mit der freien Hand der Machete einen letzten Stoß; dann ließ er sie los und schnappte sich sein Wurfmesser. Mit heftigen Atemzügen kämpfte er um die letzte Luft aus seiner Flasche, während er das Messer tief in den Kopf des Hais trieb – immer und immer wieder, bis das Blut herausströmte und er wußte, daß es nur noch Minuten dauern würde, bis ihr Kampf neue Angreifer heranlockte. Sobald er jedoch seinen Arm auch nur für eine einzige Sekunde aus dem Rachen zurückzog, würden diese Zähne ihm den Bauch aufreißen.

Wieder trieb er das Messer in sein Ziel. Immer wieder.

Der Kampf peitschte den Schlamm auf, die Sicht war mittlerweile gleich Null. Nur von seinem Instinkt geleitet, stach Trent weiter zu. Die Klinge traf Knorpel oder Fleisch, vielleicht ein Auge. Wie rasend stach er immer wieder auf das Etwas vor ihm ein, und die Raserei ließ in dem Teil seines Verstandes, der rationalen Überlegungen zugänglich blieb, das Bild eines wahnsinnigen Serienmörders entstehen.

Seine Lungen brannten, verlangten nach Sauerstoff, seine Kräfte schwanden. Es fiel ihm immer schwerer, den Arm weiter im Rachen des Hais zu halten, während er die Messerklinge bis zum Heft in dessen Fleisch stieß. Dann drang durch sein verzweifeltes Wüten hindurch irgendwann die Erkenntnis, daß er gewonnen hatte. Immer noch zustechend, zog er seinen Arm zurück und packte den Griff der Machete. Mit allen noch verbliebenen Kräften stieß er den Hai von sich fort und schwamm davon, ohne darauf zu achten, ob die Flossenbewegungen des Tieres auf einen neuen Angriff schließen ließen. Er mußte zusehen, daß er sich von dem Blut entfernte, mußte jetzt unbedingt auftauchen. Trent löste das Traggeschirr und rollte herum, so daß die Preßluftflasche wegsank und ihm dabei den Atemregler von den Lippen riß. Das letzte bißchen Luft wich aus seiner Lunge, während er hochstieg. Mit dem Kopf stieß er durch die Wasseroberfläche, sog Luft in seine Lunge, tastete nach dem Mundstück seines Schnorchels und pustete das Wasser aus dem Schlauch.

17

Im Osten und Westen der Flußmündung hatten der Fluß und die starken Strömungen der Gezeiten ganz in der Nähe der Insel einen steilwandigen Kanal ausgehöhlt. Am Nordrand dieses Kanals gediehen Mangroven, dahinter lag der Dschungel.

Die Strömung hatte Trent ein Stück weit in östlicher Richtung von der Flußmündung weggetrieben, doch als er an die Wasseroberfläche kam, war er keine fünfzehn Meter von den Mangroven entfernt. Hinter ihm rasten drei Haifischflossen auf den Körper seines Angreifers zu. Instinktiv wollte Trent an der Wasseroberfläche entlang schnell in den Schutz des dichten Bewuchses schwimmen, doch hätte er das getan, wären die Wachen auf der Landzunge durch seine heftigen Flossenbewegungen alarmiert worden. Daher unterdrückte er seine Angst und schwamm dicht unter der Wasseroberfläche dahin, so daß nur sein Hinterkopf und die Spitze des Schnorchels aus dem Wasser ragten; die Beine hielt er völlig reglos und paddelte mit den Händen wie ein Hund voran. Der aus dem Sumpf steigende Gestank drang sogar durch den Schnorchel; Schwefelgeschmack legte sich auf seine Zunge.

Das erstickte, bellende Husten des Vulkans schien jetzt gar nicht mehr aufzuhören. In der nächsten Nacht würde er Jay über die Flanke dieses Berges führen, und Trent fragte sich, wie weit die Lavaströme am Bergkegel mittlerweile wohl zur Küste heruntergeflossen sein mochten. Nach den Gefahren der letzten vierundzwanzig Stunden wäre es eine böse Ironie des Schicksals, wenn der Berg sie dem Feind in die Hände triebe.

Trent stieß gegen Schlamm, griff nach der ersten Mangrovenwurzel und zog sich über den schleimigen Boden nach vorne. Sobald er die erste Schlickfläche erreicht hatte, wälzte er sich darauf herum, um seinen Körper mit einer tarnenden Schlammschicht zu bedecken. Zentimeterweise schob er sich dann weiter vor, glitt ganz langsam in den Schutz hinein, den der Sumpf ihm bot – ein Mensch oder ein Tier verrieten sich immer durch ihre Bewegungen.

Während er sich noch tiefer in das Gewirr aus ineinander verschlungenen Wurzeln und Gestrüpp hineinschob, horchte er aufmerksam. Es war durchaus möglich, daß Ortega am Dschungelrand Wachen aufgestellt hatte. In der Karibik oder an der Küste Mittelamerikas wären diese Wachen durch die unzähligen Vögel alarmiert worden, die er von ihren Futterplätzen auf den Schlickflächen hochgeschreckt hätte. Auf den Philippinen jedoch gab es nur wenige Vögel.

Er überquerte die Spuren eines Krokodils. Krustentiere, die übergroßen Käfer glichen, waren in seichten, von der Flut zurückgelassenen Pfützen gefangen. Krabben huschten aus seinem Weg. Und es gab Moskitos, Millionen von Moskitos. Ihr hohes Sirren drang mit einem scharfen Ton durch das tiefe Grollen des Vulkans hindurch. Der Schlamm schützte Trent vor Insektenstichen, aber nicht vor den Blutegeln, die schon dabei waren, sich in sein Fleisch zu bohren. Erschöpfung und ein ungeheures Gefühl der Sinnlosigkeit wollten ihn dazu verführen, einfach aufzugeben, aber sobald er das sichere Versteck des Dschungels erreicht hatte, gab es Aussicht auf fünf Stunden Schlaf, und das hielt ihn in Bewegung.

Um halb elf flog der Hubschrauber dicht über ihn hinweg und landete mitten auf der sandigen Landzunge. Trent stellte sich vor, wie Ortega die falschen Spuren des Schlauchbootes begutachtete. Der Korvettenkapitän würde den Sand befühlen und auf das Meer hinausschauen, während er überlegte, was er glauben sollte. Seit Trent die beiden Marinesoldaten gefesselt zurückgelassen hatte, war mehr als eine halbe Stunde vergangen. Damit hätte er Zeit genug gehabt, um außer Hörweite zu paddeln, den Außenbordmotor anzuwerfen und bis zum nächsten Atoll zu gelangen.

Der Hubschrauber stieg wieder auf, gewann rasch an Höhe und raste dann in südlicher Richtung davon. Trent bezweifelte, daß Ortega von ihrer Flucht überzeugt war; wahrscheinlich hatte er nur mit der Suche begonnen, um gleichzeitig seine nächsten Schritte planen zu können. Trent hätte an seiner Stelle genauso gehandelt.

Die Hitze war unerträglich, die Luft so schwül, daß sie sich anfühlte wie ein feuchtes Baumwolltuch. Der stechende Gestank des warmen Schlicks war übermächtig. Eine Schlange hob ihren Kopf; Trent wartete, bis sie sich nicht mehr für ihn interessierte und davonkroch. Sein Unterarm und sein Schenkel pochten, und als er zum bleichen, heißen Himmel hochblinzelte, verspürte er hinter seinen Augen einen stechenden Schmerz. Nur zwanzig Meter trennten ihn noch von den Bäumen. Vorsichtig schob er sich voran, immer auf der Suche nach auf der Lauer liegenden Soldaten.

Spuren an den Baumstämmen hätten ihn verraten. Sobald er daher die Bäume erreicht hatte, kratzte er den Schlamm von der Vorderseite seiner Arme und Beine, von Brust und Bauch ab. Dann hockte er sich in die Sonne und wartete, bis der Rest getrocknet war, so daß er auch ihn abreiben konnte. Die Blutegel beobachtete er nicht weiter. Wenn er sie abriß, würden die Saugmale nässen. Nur mit einer Streichholzflamme oder der Spitze einer brennenden Zigarette konnte man sie dazu zwingen, sich zu lösen.

Von dem Kampf im Wasser war sein Unterarm angeschwollen; Blutergüsse, schwarz und sichelförmig, hatten ihn purpurrot verfärbt. Nicht mehr lange, und der Arm würde steif werden. Trent lockerte seine Muskeln, während er in der Sonne wartete. Nachdem er dann den Schlamm abgerieben hatte, schnitt er die Hose des Marinesoldaten in Streifen, flocht die Streifen zu einem Seil zusammen, schlang das Seil um einen *Banas*-Baum und band seine Füße zusammen. Wie eine Raupe kroch er bis zur ersten Astgabel hoch und kletterte dann von Ast zu Ast immer höher, bis er schließlich das Gefühl hatte, vor jeder Entdeckung sicher zu sein.

Er schlief, von den Streifen der Hose gehalten, in einer Wiege aus Zweigen, die er in etwa achtzehn Metern Höhe über das schmale V zwischen zwei dicken Ästen gelegt hatte. Während der Zeit, in der er für die Sonderabteilung gearbeitet hatte, war es ihm zur zweiten Natur geworden, sogar im Schlaf auf verdächtige Geräusche zu achten. Schritte auf dem Erdboden unter ihm hätten ihn sofort geweckt, die immer lauteren Geräusche der Eruptionen des Vulkans jedoch wurden von seinem Unterbewußtsein als unbedenklich eingestuft.

Die Eruptionen ließen die Höhle erzittern. Jay bewegte sich lethargisch. Drei Tage lang hatte sie nur für die Rache gelebt, die Folterungen hatten ihre Rachegelüste angestachelt. Jetzt bekamen ihre Fantasien keine Nahrung mehr, und ihre Gedanken verloren ihr Ziel. Sie war im Frieden. Das war alles. In einem Frieden, in dem sie davontrieb und sich immer weiter von dem Zentrum entfernte, das sie für sich selbst gehalten hätte, wäre sie fähig gewesen, einen klaren Gedanken zu fassen. Langsam, aber beständig zog sie sich immer weiter in ihr Unterbewußtsein zurück, ihre Atmung wurde flacher – als ob ihr Körper keine Energie mehr benötigte. Sie war dem Tode nahe, ganz nahe.

Die Höhle erzitterte ein weiteres Mal; ein Gesteinsbrocken löste sich von der Höhlendecke und fiel herunter.

Gewehrfeuer peitschte durch den Dschungel. Trent war sofort hellwach. Langsam kamen zwischen den Bäumen Männer auf ihn zu. Sie waren noch einen knappen Kilometer in nördlicher Richtung entfernt und bildeten eine Kette, die in schrägem Winkel vom Flußufer wegführte und in den Feldern der im Osten liegenden Siedlung endete. Wenn die Soldaten das Meer erreichten, würde dieses Ende der Kette seine Richtung ändern und wieder zum Fluß zurückwandern, so daß er wie in einem sich zusammenziehenden Netz saß. Konnte er dem entkommen, gab es gute Chancen, daß Ortega die falschen Fährten auf der Landzunge als echte Spuren ansah. Doch dem Netz auszuweichen würde schwierig werden – sehr schwierig, dachte er sich, als er seinen angeschwollenen und purpurrot verfärbten linken Unterarm überprüfte.

Er entlastete seinen verwundeten Schenkel, probierte, wieviel Kraft er darin noch hatte, und schwang sich erst einen Ast, dann noch einen weiteren Ast nach unten. Dabei stellte er fest, daß sich die Schmerzen in seinem Arm kontrollieren ließen, wenn er ihn vorsichtig bewegte; immerhin hatte er sich nichts gebrochen, und im Notfall stand ihm daher auch die ganze Kraft des Armes zur Verfügung. Der Schmerz im Schenkel ließ sich aushalten.

Sobald er auf dem niedrigsten Ast stand, schlang er das aus den Hosenbeinen geflochtene Seil darum, wand sich dessen Ende um seine Handgelenke und ließ sich die letzten zwölf Meter am Stamm bis auf den Erdboden hinuntergleiten. Er horchte auf das Näherkommen der Soldaten und schätzte, daß ihm noch eine halbe Stunde blieb.

Schnell kehrte er zum Sumpf zurück. Die Flut hatte alle Spuren weggespült, die er hinterlassen hatte, als er an Land gekommen war. Erleichtert hockte er sich zwischen zwei Bäume und entfernte sorgfältig die Schicht aus toten Blättern auf dem Boden, bevor er sich in der nassen Erde darunter wälzte. Er schmierte sich die Erde über Gesicht und Körper, legte die Blätter wieder an ihren ursprünglichen Platz und stellte sich dann aufrecht hin, sein Körpergewicht auf den Fußballen ausbalancierend wie eine Gazelle, die zur sofortigen Flucht bereit ist. Er schnüffelte, nahm die unterschiedlichen Gerüche in sich auf, um die kleinsten Veränderungen bemerken zu können. Schwefelgeruch, vermodernde Pflanzen, schimmeliges Holz, Mangroven – das waren die hauptsächlichen Bestandteile; dazu eine Spur eines süßlichen Geruchs, ein Farn mit einem leicht bitteren Geruch, ein gelber Pilz, der wie eine Leiche roch. Fallen befürchtend, schlugen die Marinesoldaten mit Stöcken auf den Dschungelboden. Trent durfte keinen Laut von sich geben. Landminen, Schnappfallen und Fallgruben waren die Gefahren, und die Route, die er wählte, wurde vom Abstand zwischen den Bäumen bestimmt. Die größte Sicherheit bestand dort, wo der Abstand nur ganz eng und das Wurzelsystem so auffällig und ausgedehnt war, daß es schwerfiel, etwas zu vergraben, und fast unmöglich war, eine Falle zu tarnen.

Unaufhörlich befolgte Trent seine Vorsichtsmaßnahmen. Als erstes wählte er einen Baum aus, zu dem er sich hinbewegen würde, als nächstes überprüfte er den dazwischenliegenden Erdboden. Wenn er genau wußte, wohin er seine Füße setzen würde, sog er prüfend die Luft ein, horchte und musterte das dichte Grün um sich herum. Anstatt zu gehen, schien er von Baumstamm zu Baumstamm zu gleiten, um dann wieder zu erstarren, wobei er seine Sohlen möglichst nur auf Wurzeln setzte.

Die Kette der Soldaten würde ihre Schwachstellen haben: ängstliche, unerfahrene, ungeschickte Männer. Doch diese Schwachstellen waren für Trent nicht erkennbar, und so basierte die Entscheidung, an welcher Stelle er versuchen würde, durch die Kette zu kommen, auf reinem Zufall.

Das Gewehrfeuer hatte sich verstärkt, da die Soldaten alles unter Beschuß nahmen, was sich auch nur entfernt an Verdächtigem im Blätterdach regte. Das Aufheulen eines verwundeten Affen schallte durch die Bäume. Kräftiger Modergeruch lockte Trent nach links, wo ein umgestürzter und verrottender Baum schon halb in den Boden hineingesunken war. Pilze mit bleichen, zerfurchten Schirmen säumten in langen Reihen die Unterseite der Barriere. Die Rinde hatte sich in leicht phosphoreszierenden glänzenden Schleim verwandelt. Rote Ameisen bewegten sich vorsichtig durch den Schleim, das Netz einer Spinne reichte von den zerfetzten Wurzeln des Baumes bis zu einer dünnen Sagopalme, die im Kampf um die freie Lücke, die der gestürzte Baumriese in das Blätterdach gerissen hatte, bereits der Verlierer war. Am Fuß der Sagopalme wuchs ein großer Farn. Der Baumstamm war zu breit und zu hoch, um von einem Mann übersprungen zu werden, und das Ausmaß seines Zerfalls ließ verborgene Schrecken erwarten – der Baum bildete eine Barriere, die nur wenige Männer freiwillig berühren, geschweige denn übersteigen würden. Der Stamm bot zwar keine Möglichkeiten, sich dahinter zu verstecken, durch seine Länge würde an dieser Stelle jedoch eine Lücke in der Kette der Jäger entstehen.

Die nächsten Soldaten waren keine hundert Meter mehr von Trent entfernt, als der Engländer die freie Fläche bis zum Wurzelballen des Baumriesen überquerte. Er hatte vor, sich hinter die Farnpflanzen zu kauern und einfach abzuwarten, einen der Soldaten mit einem geworfenen Stein abzulenken und dann durch die Kette hindurchzuschlüpfen. Hinter den Farnen lag eine zusammengerollte Kobra im Halbschlaf auf dem Stamm. Erschreckt stieß sie nach dem, was sie geweckt hatte. Trent sprang zurück, da brach der Boden unter seinen Füßen ein. Er warf sich nach vorne, krallte die Finger in die Erde, suchte in den vermodernden Blättern nach Halt. Mit seinen nackten Zehen in der Erde scharrend, rutschte er an der Seite der Grube nach unten. Die Erde war zu weich, um ihn zu halten. Zentimeterweise glitt er auf die wartenden spitzen Pfähle zu. Er hatte nur noch eine Hoffnung, eine letzte Hoffnung, griff in seinen Nacken, packte das Wurfmesser und rammte es hinter dem Rand ins Erdreich.

Verzweifelt kämpfte er darum, das Messer schräg zu halten, aber langsam schnitt sich die Klinge durch die Erde auf den Rand zu. Die Grube war ungefähr drei Meter tief, er schaute über die linke Schulter nach unten und sah die zugespitzten Holzpfähle, die etwa einen halben Meter aus dem Boden der Grube ragten und in Zickzackreihen mit weniger als dreißig Zentimetern Abstand voneinander im Boden eingelassen waren. Trent hörte, wie dreißig Meter entfernt einer der philippinischen Soldaten gegen einen Busch klopfte. Einen Augenblick lang dachte er daran, um Hilfe zu rufen, aber es gab keine Hilfe, nur die Aussicht auf einen schnelleren Tod.

Das Mädchen in der Höhle würde verdursten oder verhungern oder sich aus der Höhle stürzen. Lis Enkelin. Noch nie hatte Trent einen Menschen so sehr gehaßt wie den chinesischen Finanzier.

Das Knacken eines Zweiges unter einem Stiefel ließ ihn aufschauen. Nur Sekunden blieben ihm noch, wenige Sekunden, dann hatte sich das Messer durch die letzten Zentimeter Erdreich geschnitten, die ihn von seinem Tod trennten. Er blickte wieder nach unten, diesmal nach rechts. Zuerst sah er es nicht, dann erkannte er, daß an einer Stelle ein Pfahl fehlte. Diesen Platz hatte der Mann benötigt, der die Pfähle in den Boden gehämmert hatte, um die letzten von ihnen mit seiner Machete anzuspitzen.

Die Lücke war etwa einen Meter von der Stelle entfernt, die direkt unterhalb Trents lag, und hatte die Form einer halben Raute. Die Lücke zwischen den Spitzen der Raute maß etwa sechzig mal sechzig Zentimeter. Keine große Zielfläche.

Der Soldat entdeckte Trents Hände. Weil er Angst hatte, sich die Belohnung dessen, der ihn zuerst gesehen hatte, mit jemand anderem teilen zu müssen, rief er die Kameraden nicht herbei.

Trent preßte seine linke Hand auf den Rücken der rechten und benutzte das Messer, um sich Schwung zu holen. Das zusätzliche Gewicht an der Klinge zog das Messer durch das letzte Stück Erdreich hindurch, und er fiel mit dem Messer in beiden Händen nach unten. Mit dem linken Fuß kam er direkt neben der Spitze der rautenförmigen Fläche auf, sein anderer Fuß landete in der Mitte der Lücke. Trent stolperte, und der Pfahl an der Spitze der Raute kam auf sein Auge zu, als er seinen rechten Arm steif nach unten stieß. Mit der linken Hand bekam er den Pfahl zu fassen, wobei er dachte, die Muskeln seines verletzten Unterarms würden zerbersten, doch sie hatten noch Kraft, und er stemmte sich hoch, bis sein Gewicht wieder auf dem rechten Arm lastete. Sofort zog er die Füße an und schob sich in eine aufrechte Stellung.

Einen Augenblick war er unfähig zu atmen. Die schlurfenden Geräusche des Soldaten, der durch die nassen Blätter auf die Grube zurannte, hatten jedoch eine elektrisierende Wirkung. Trent schob sich ein Stück weit nach rechts, den zugespitzten Pfahl zwischen den Beinen, hob das Messer, das ihm entglitten war, wieder auf und säuberte es an der Innenseite seines Oberarms. Dann klemmte er sich die Klinge zwischen die Zähne und wischte sich gleichzeitig die Erde von Daumen, Zeige- und Mittelfinger.

Der Soldat stieß den Lauf seines M-16-Gewehres in die Grube und lehnte sich nach vorne, um über den Rand zu schauen. Er entdeckte Trent, nackt und bis auf das kleine Messer unbewaffnet. Vor seinem inneren Auge sah er die Belohnung und dachte an das wunderbare neue Leben, das er als reicher und mächtiger Mann in seinem Heimatdorf hoch oben in den Bergen Luzons führen würde. Vor dem Messer hatte er keine Angst. Er lächelte und hob sein Gewehr an die Schulter. Beide Männer waren nur dreieinhalb Meter voneinander entfernt. Trents Zielarm schoß nach vorne. Für den Bruchteil einer Sekunde begriff der Soldat nicht, was vor sich ging, da steckte das Messer auch schon in seiner Kehle. Der Mann ließ das Gewehr fallen, versuchte, die Klinge herauszuziehen, erstickte aber bereits im eigenen Blut. Seine Kräfte schwanden; für einen Augenblick schwankte er noch auf dem Rand hin und her, dann gaben seine Knie nach, und er fiel mit dem Gesicht nach unten auf die Reste der Abdeckung der Grube.

Die Abdeckung zersplitterte, und der Filipino stürzte auf die Pfähle, sein Blut ergoß sich in die Grube. Alles schien wie in Zeitlupe abzulaufen. Ein Magenkrampf würgte Trent, doch zwang er sich, nach dem Puls des Filipino zu fühlen. Er war tot, und Trent holte sich sein Messer zurück. Ein zweiter Krampf schüttelte ihn, als er den Kopf des Soldaten so hinlegte, daß sich eine der Pfahlspitzen durch die von der Messerklinge verursachte Wunde bohrte. Sich bekreuzigend und gleichzeitig verwundert darüber, das Bedürfnis danach zu haben, sprach er ein stummes Gebet, an dessen Worte er sich aus seinem katholischen Religionsunterricht nur noch teilweise erinnerte.

Mit dem Gesicht zur Wand schleuderte Trent das Messer mit voller Wucht an eine etwa einen Meter unterhalb des Grubenrandes liegende Stelle. Er zog die Machete des Soldaten aus der Scheide, stieß die Klinge auf Höhe der Brust tief in die Grubenwand, band Streifen von der Hose an den Griff der Machete und lehnte das Gewehr des Soldaten mit der Mündung nach unten gegen die Wand. Sich an der Machete festhaltend, kletterte er auf den Kolben des Gewehrs. Von dort aus war er in der Lage, sein Messer zu erreichen. Mit einem Fuß auf der Machete trat er das Gewehr weg, zog sich hoch und spähte über den Rand der Grube.

Die Zeit arbeitete gegen ihn. Die beiden Soldaten, die sich zu beiden Seiten seiner Position in der Kette befanden, waren etwa dreißig Meter weitergelaufen. Sie hatten den Befehl, keine Lücke in der Kette entstehen zu lassen. Jeden Augenblick würden sie beginnen, nach dem Toten zu suchen.

Trent zog sein Messer aus der Wand, rammte es etwa einen halben Meter vom Rand der Grube entfernt tief in den Erdboden und zog sich hinaus. Flach auf dem Dschungelboden liegend, lockerte er die Machete mit den festgebundenen Stoffstreifen, die er zwischen den Zähnen festgehalten hatte, sauber und warf die Machete auf die zerbrochene Abdeckung der Fallgrube.

Links von ihm rief jemand: »Tony!« Dann folgte eine Frage auf Tagalog. Wahrscheinlich wollte der Mann wissen, wie Tony vorankam. Da er keine Antwort erhielt, rief der Soldat noch einmal, diesmal lauter.

Im Schutz des gestürzten Baumes hockte Trent neben der Grube, schob lockere Erde in die Spuren, die sein Messer hinterlassen hatte, und legte tote Blätter und modernde Pflanzen wieder an ihre ursprüngliche Stelle, um seine Spuren zu verwischen.

Der Soldat brüllte ein weiteres Mal, dieses Mal rief er dem Filipino auf der anderen Seite des Toten etwas zu. Auch der zweite Mann rief nach Tony, und da auch er keine Antwort bekam, machte er über Funk Meldung, dann drehten beide Männer um. Höchstens fünfzig Meter entfernt, würden sie die Falle in dreißig Sekunden entdecken.

Trent blieb in der Hocke und bewegte sich auf den Fußballen nach hinten. Die Finger ließ er leicht über den Boden gleiten und verwischte so seine Spuren. Er erreichte den ersten Baum und glitt hinter ihn. Wenn er kroch, würde er eine deutliche Spur zurücklassen. Stand er auf, konnte man ihn sehen, sobald er sich bewegte. Er suchte den vor ihm liegenden Boden ab, plante jeden Schritt einer Route, auf der er so wenig Spuren wie nur möglich hinterlassen würde.

Der Soldat, der als erster gerufen hatte, kam um den toten Baum herum und sah die Grube. Er warnte den anderen Filipino, der sich geräuschvoll einen Weg durch ein Gewirr dichten Blattwerks bahnte. Der erste Soldat stieß heftige Flüche aus, als er den gepfählten Kameraden sah, der zweite trat zu ihm und rief mit ärgerlicher Stimme etwas ins Funkgerät.

Beide Soldaten waren nur etwa fünf Meter von Trents Versteck entfernt. Solange sie auf die Leiche hinunterschauten, hatten sie ihm ihren Rücken zugewandt. Rutschte er aus, hörten sie ihn, schauten sie sich um, sahen sie ihn, aber trotzdem mußte es jetzt sein, und wie ein Schatten huschte er dahin, Schritt um Schritt. Noch fünfzig Meter, und er war ihnen entkommen, würde sich wieder im Inneren dieser gewaltigen, mit Baumsäulen bestückten Kathedrale verborgen haben. Er hatte das Gefühl, schwerelos zu sein, als er zwischen den mächtigen Bäumen hindurchsprang. Die länger werdenden Schatten kündigten bereits die heranrückende Nacht an. Mit einer Hand bekam er einen Baum zu fassen, schwang sich um seinen Stamm herum ... *Peng!*

Die Kugel zischte über seine rechte Schulter, als er einen Kopfsprung machte und mit einem Salto zwischen die Blätter hechtete. Er verfluchte seine Dummheit, verfluchte, daß er nicht daran gedacht hatte, der verschlagene Ortega könnte auch hinter der Kette noch Soldaten postieren. Die wenigen Sekunden, in denen er sein akrobatisches Kunststück gemacht hatte, verschafften ihm Zeit zum Nachdenken. Er landete mit weit auseinandergebreiteten Armen auf dem Rücken, die Hände offen, damit der Filipino sehen konnte, daß er unbewaffnet und wehrlos war. So stand er auf, die Hände hinter dem Kopf verschränkt. Sein Brustkorb hob und senkte sich heftig, als er dem Soldaten gegenübertrat. So wie er aussah, machte er ganz den Eindruck eines geschlagenen Mannes; er war mit einer Schlammkruste bedeckt, seine Haare verfilzt, und bis auf die an den Knien abgeschnittene Hose war er nackt. Dazu kamen die ganzen Wunden, neue wie alte.

»Da haben wir ja einen richtigen Verlierer«, hatte ihn einmal ein Mafiagangster verspottet, als er Trent nackt unter einem Suchscheinwerfer stehen sah. Der Gangster hatte Trent für harmlos gehalten und war zu sorglos gewesen. Trent betete, daß der Marinesoldat den gleichen Fehler machen würde.

Dieser Soldat war jung, zäh, gut durchtrainiert und wollte sein Glück kaum glauben. Fast hätte er laut losgelacht, als er die Vogelscheuche vor sich musterte. Das war also der Mann, den sie gejagt hatten! Zehntausend Dollar für den, der ihn entdeckte, weitere zehntausend für die Frau. Herrgott! Soviel Geld! Damit konnte er sich in Puerto Galera ein Stundenhotel und eine Disco hinstellen und fetten Australiern minderjährige Mädchen verkaufen. Doch dazu brauchte er auch noch die Frau, aber das war kein Problem, denn diese jämmerliche Kreatur zum Sprechen zu bringen, war das Einfachste von der Welt. Er würde ihn schon weichkriegen, und um damit anzufangen, holte er mit dem Gewehr weit aus und machte einen Schritt nach vorne, um Trent mit der Kante des Kolbens einen Hieb ins Gesicht zu verpassen.

Trent hätte ihn umbringen können, aber er wich dem Schlag aus, indem er zur Seite schwankte und winselnd vor dem Mann auf die Knie fiel.

In Ländern mit weitverbreiteter Korruption entwickeln Polizisten und ähnliche Leute Verachtung gegenüber Menschen, die außerhalb ihrer privilegierten Kreise leben. Bei diesem Marinesoldaten war das nicht anders.

Trent drückte seinen Kopf vor ihm auf den Boden und hielt sich schützend die Hände darüber, um den nächsten Schlag abzuwehren. Er flehte um Gnade, schluchzte wehleidig, als er seine flache Hand mit der Handfläche nach unten zwischen die Beine des Soldaten schob. Mit gebeugtem Rücken und dem Gesicht im Schlamm sah er aus wie eine Kreuzung zwischen Katholik und betendem Moslem.

Der Soldat lachte abschätzig und hob sein Gewehr.

Trents Hände fuhren nach vorne und zogen mit einem heftigen Ruck die Füße des Filipinos auf sich zu. Der Mann wurde nach hinten geschleudert und ließ vor Überraschung seine Waffe fallen. Trent stürzte sich auf ihn, aber der Soldat rollte sich herum, und Trent kam unter ihn zu liegen. Er schaffte es, sich seitwärts herauszuwinden, als der Mann versuchte, ihm seine Knie zwischen die Beine zu rammen. Die Finger des Soldaten preßten sich um seine Kehle. Trent bäumte sich auf, zwang seine Hände zwischen die Arme des Soldaten und versuchte verzweifelt, den Würgegriff zu brechen.

Doch der Marinesoldat war gut genährt und bei frischen Kräften, Trents verwundeter Arm dagegen schwach; er war fünfzehn Jahre älter als sein Gegner und ohnehin schon einem Zusammenbruch nahe. Während er mit dem Mann kämpfte, verfluchte er sich dafür, daß er ihn nicht umgebracht hatte, solange dazu noch Gelegenheit gewesen war. Er dachte an das Mädchen, riß sich zusammen und stieß den rechten Arm des Soldaten nach außen. Als die Finger des Soldaten sich von seiner Kehle lösten, schnappte er nach Luft und versuchte, dem Filipino einen Kopfstoß zu versetzen. Doch der Filipino zuckte mit dem Kopf zurück und verpaßte Trent mit dem Ellbogen einen heftigen Kinnhaken. Trents Kopf rollte mit dem Schlag mit, der Soldat entdeckte sein Messer und packte es.

Frohlockend hielt er das Messer in die Höhe. Ein Sonnenstrahl drang durch eine Lücke im Blätterdach, und die Klinge blitzte auf.

Trent ließ jegliche Kraft aus seinem Körper weichen. Das Mädchen stand ihm vor Augen, und als er sich schlaff zwischen den Knien des Marinesoldaten ausstreckte, betete er. Es schien so, als ob der Engländer durch den Ellbogenhieb das Bewußtsein verloren hatte.

Der Soldat zitterte vor Erleichterung und schaukelte auf seinen Fersen zurück. Er holte tief Luft und lächelte, als er sich aufrecht hinkniete, damit er dem Engländer mit seinem ganzen Körpergewicht das Messer in die Brust stoßen konnte.

Der Winkel mußte stimmen. Das Messer sauste bereits auf ihn herunter, als Trent dem Soldaten das rechte Knie zwischen die Beine rammte. Der Filipino kippte nach vorne, das Messer fuhr nur wenige Zentimeter hinter Trents Kopf in den Boden. Trent wand sich unter dem Mann weg und rollte sich auf dessen Rücken. Sein Unterarm lag auf dem Genick des jüngeren Mannes. Trent nahm seine letzte Kraft zusammen und benutzte sein ganzes Körpergewicht, um das Gesicht des Marinesoldaten in den Dreck zu rammen. Gleichzeitig stieß er die rechte Hand in die Halsschlagader des Filipinos.

Trent wußte, daß das seine einzige Chance war. Nichts anderes hatte mehr Platz in seinem Kopf. Er ließ sein ganzes Gewicht auf dem Genick des Soldaten ruhen, preßte die Finger auf die Arterie und versuchte, die Schmerzen zu negieren, die sich von seinen Wunden aus über seinen ganzen Körper ausbreiteten.

Langsam ließen die Schmerzen nach, auch die Angst verebbte. Trent wußte, daß er den Mann umgebracht hatte, rollte sich auf den Rücken, legte sich neben ihn und beobachtete, wie das Sonnenlicht hoch oben im Blätterdach spielte. Erinnerungen an das Freitauchen kamen ihm, er entsann sich, wie er sich mit der Strömung an der Außenseite des Riffs entlangtreiben ließ und dabei das gleiche sanfte Lichtspiel dort oben genoß. Das heftige Bellen des Vulkans brachte ihn wieder in die Gegenwart zurück.

Die einzige Chance zur Flucht, die ihm und dem Mädchen noch blieb, bestand darin, daß Ortega annahm, sie seien über das Meer entkommen. In der Grube hatte er die Wunde des Toten mit einem der zugespitzten Pfähle unkenntlich gemacht. Jetzt mußte er sich ein zweites Szenario ausdenken. Der Marinesoldat hatte lediglich einen Schuß abgegeben. Es war unwahrscheinlich, daß dieser Schuß bei dem immer wieder aufflackernden Gewehrfeuer aus südlicher Richtung, das die Durchsuchung des Unterholzes begleitete, groß aufgefallen war.

Seine Hände zitterten, als er den Soldaten nach dem fast obligatorischen Taschenmesser durchsuchte. Er fand es in seiner Gesäßtasche. Es war ein nachgeahmtes Schweizer Offiziersmesser mit zwei Klingen, Flaschenöffner, Dorn, Schraubenzieher, Säge.

Trent preßte die Hose des Mannes gegen seine Wade und verpaßte ihm mit dem Dorn zwei kleine Stiche. Dann schlitzte er die Hose am Saum auf, schnitt zwei tiefe Kreuze in die punktförmigen Einstiche und preßte das Blut heraus. Das Blut reichte jedoch nicht. In einer Blechdose in der Brusttasche fand er die Zigaretten des Mannes und ein Feuerzeug, zündete eine Zigarette an und hielt das glimmende Ende an die Blutegel, die sich an seinen Beinen und seinem Rumpf festgesaugt hatten. Sobald sie abfielen, ließ er ihr Blut über die Wunde laufen und vergrub ihre Überreste. Jetzt hatte er keine Eile mehr. Irgendwann war er zufrieden, schmierte Blut auf die Hände und Lippen des Soldaten und ließ ihn dann los; der Filipino kippte auf seine linke Seite.

Fünf Minuten verbrachte Trent damit, gewissenhaft alle Spuren des Kampfes zu entfernen. Die Szene wirkte überzeugend. Wie überzeugend sie tatsächlich war, hing vom Ausmaß des Argwohns beim Betrachter ab. Ortega war argwöhnisch wie ein im Jagdrevier aufgeschreckter Fuchs.

18

Den Leichen der vier Chinesen und der Leiche des Zweiten Offiziers der *Ts'ai Yen* waren Fingerabdrücke abgenommen und Blutproben entnommen worden, darüber hinaus hatte man sie aus jedem Winkel heraus fotografiert. Aus Vorsicht vor Wong Fus unzähligen Kontakten hatte Tanaka Kazuko darauf bestanden, alle Beweise in das Polizeilabor in Madras zu fliegen.

Der Hubschrauber der Marine tauchte aus dem Halbdunkel der Dämmerung auf und landete dort, wo einmal das Zentrum des Piratendorfes gewesen war. Manolo Ortega sprang heraus und ging mit energischen Schritten zu Sir Philip Li auf der Anlegestelle hinüber.

Der Finanzier hatte sich kaum bewegt, seit er an jenem Morgen mit dem Hubschrauber angekommen war. Er stand da, die Hände in die Hüften gestemmt. Seine Krawatte hatte einen perfekten Knoten, sein Hemdkragen war steif, der graue Anzug makellos gebügelt. Selbst die braunen Halbschuhe glänzten sauber und poliert.

Mürrisch erklärte Ortega: »Einer meiner Männer stürzte in eine Fallgrube.«

»Ist er tot?«

»Das kann man wohl sagen.«

Der Finanzier zog einen schlanken goldenen Drehbleistift und ein kleines, in Leder gebundenes Notizbuch mit goldenen Ecken aus der Innentasche seiner Jacke. In säuberlichen Großbuchstaben fügte er den Namen des Mannes der Liste der Toten hinzu, deren Familien er eine Entschädigung zahlen würde. Beim ersten Angriff waren zwei Männer ums Leben gekommen, ferner wurde ein Korporal durch eine Landmine getötet. Mit dem in die Fallgrube gestürzten Mann waren jetzt insgesamt vier Opfer zu beklagen, ein fünfter Mann hatte sein linkes Bein oberhalb des Knies verloren. Sir Philip ließ Bleistift und Notizbuch wieder in seine Tasche zurückgleiten und fragte: »Sind sie entkommen?«

»Vielleicht wurde mein Mann ja in die Grube gestoßen.«

»Glauben Sie das tatsächlich?«

»Ich muß jede Möglichkeit in Betracht ziehen.« Ortega zuckte die Schultern und schlug nach einem Moskito. »Trent ist wie Scheiße, die man nicht los wird. Lesen Sie seinen Lebenslauf! Er ist unauffindbar und nicht totzukriegen.«

»Kein Mensch ist gegen den Tod gefeit, Kommandant!«

»Das ist die Theorie. Bei diesem Mann haben es über die Jahre hinweg wirklich eine ganze Menge Leute probiert. Die meisten von ihnen haben es mit dem eigenen Leben bezahlt. Ich hatte auch hinter der Hauptkette des Suchtrupps noch Soldaten postiert – einer von ihnen ist verschwunden, und wir können ihn auch über Funk nicht erreichen.«

Ortega zeichnete eine Linie in den Dreck, mit der Fallgrube an einem Ende und dem Stützpunkt der Piraten am anderen. »Das ist die Route, auf der sich der Mann befand, der vermißt wird.« Er trat gegen die Mitte der Linie, als könne er seine Befürchtungen mit Gewalt vertreiben. »Ich habe angeordnet, daß das Gelände noch einmal in Gegenrichtung durchkämmt wird, aber im Dunkeln wird man kaum etwas finden.«

Der Vulkan leckte mit einer riesigen Feuerzunge in den Himmel. Die Flamme verlieh dem Gesicht des Finanziers etwas Farbe, und er schaute hoch, ohne Interesse zu zeigen. Trent und seine Enkelin beschäftigten ihn, sonst nichts. Er hatte erwartet, daß die ganze Angelegenheit schon am Morgen des vorigen Tages abgeschlossen sein würde. Jetzt, sechsunddreißig Stunden später, war noch gar nichts gelöst. Er hatte durch das Massaker zwar etwas von seinem Gesichtsverlust wettmachen können, eigentlich sogar mehr an Ansehen gewonnen, als er vorher durch den Piratenüberfall verloren hatte. Andererseits mußte er alles vernichten, was es an Belegen für Jays Entführung gab. Wenn er das nicht schaffte, würden ihn die Leute für einen kläglichen Versager halten, der mit seinen Kräften am Ende war. Er sagte: »Glauben Sie das?«

»Daß Trent wieder hierher zurückkehren will?«

»Ja.«

Ortega zuckte die Schultern. »Die Möglichkeit besteht.«

Das erste Mal innerhalb der letzten Stunden verstummte der Vulkan plötzlich. Der schweigende Berg hatte etwas Beunruhigendes und wirkte seltsamerweise bedrohlicher als der ganze Krach zuvor. Sir Philip merkte es an der plötzlichen Stille, die in der Luft lag. Der Vulkan als Gott, dachte er. Belebt und unbelebt zugleich. Alle waren wie erstarrt, warteten, während der Berg den Atem anhielt. Der Gott des Lebens und der Zerstörung – für was würde er sich entscheiden? Die Besorgnis war auf dem Gesicht des Piloten und den Gesichtern der vier Marinesoldaten, die Ortega am Flußufer als Wachen zurückgelassen hatte, deutlich zu sehen. Sogar Ortega schien sich Sorgen zu machen, als er zum goldumrandeten Kegel hochblickte.

Sir Philip fragte: »Warum sollte er das tun?«

Doch Ortega hatte nichts mitbekommen, und Sir Philip lächelte. Es war ein schwaches, freudloses Lächeln, aber immerhin ein Lächeln. Sachte berührte er den Korvettenkapitän am Unterarm und lenkte ihn so von dem Berg ab. »Der Engländer, Kommandant. Welchen Grund könnte er dafür haben, wieder hierher zurückzukommen?«

»Sein Vater war Ire. Katholik ...«

Wieder lächelte der Finanzier. »Ungewöhnliche Gründe für seine Rückkehr, Kommandant.«

Ortega war den Gedankengängen des Finanziers nicht gefolgt. Er grinste und schüttelte rasch den Kopf: »Sie sagten, er sei Engländer. Das stand in dem Lebenslauf, den Sie aus London bekommen haben, im Kleingedruckten. Doch er hatte einen irischen Vater, der sich wegen eines Kassendefizits in den Büchern eine Kugel durch den Kopf jagte, es war nicht das erste Defizit. Ein paar Monate später fuhr seine Mutter ihren Jaguar gegen eine Mauer.«

Die Psychologiekurse hatten Ortega am besten gefallen – was ließ einen zum Terroristen oder Freiheitskämpfer werden? »Versetzen Sie sich in die Situation des Betreffenden, dann haben Sie eine Chance, seine Absichten zu durchschauen ...« Bei den Moslems auf Mindanao und Basilan hatte er damit Erfolg gehabt. Er hatte verstanden, was sie wollten. Doch Trents Absichten durchschauen zu können, war völlig hoffnungslos, solange er nicht wußte, was Sir Philip einhundertsiebzigtausend Dollar wert war. Ortegas Anteil betrug einhunderttausend Dollar, und auf den Philippinen war das eine Menge Geld. Daß Ortega diesen Trent mochte, war bedauerlich, stellte aber kein Problem dar. Trent war jetzt seit sechsunddreißig Stunden auf der Flucht.

Seine Erschöpfung könnte ihn veranlassen, unvorsichtig zu werden.

Ortegas Funkgerät krachte, und er hielt es an sein Ohr. Der Vulkan beeinträchtigte den Empfang, aber das Wesentliche von dem, was der Sergeant berichtete, bekam er mit.

»Es hat ganz den Anschein, daß mein Mann an einem Schlangenbiß gestorben ist. Aber bevor er hergebracht wird, schaue ich mir die Sache besser selbst an.«

Einen Augenblick stand er da und betrachtete mit finsterem Blick die wuchtigen Baumstämme, die in der späten Abenddämmerung wie eine massive, undurchdringliche Mauer wirkten. »Die Ökologen sind wirklich die einzigen Leute, die dem Dschungel etwas abgewinnen können, Sir Philip. Die Stämme, die dort leben, haben bezüglich ihres Lebensraumes keine Alternative. Sie werden auch nicht bezuschußt wie die Ökologen.« Er winkte einen seiner Männer herbei und ging mit großen Schritten in den Wald hinein.

Am Rand des Piratendorfes hatte Trent sich unter einem Büschel Farne versteckt. Immer noch stiegen von einigen der Hütten dünne Rauchfahnen auf, und der schwere Geruch von brennendem nassem Holz überlagerte den Schwefelgestank des Vulkans. Der Wind hatte sich gelegt, das Blätterdach war jetzt reglos und still.

Ortega schritt zwischen Haufen aus verkohltem Stroh hindurch und verschwand in Dschungel. Ein Mann folgte ihm. Der Pilot und zwei Marinesoldaten blieben in der Nähe des Hubschraubers. Sir Philips Leibwächter stand ein wenig vom Helikopter entfernt an einer Stelle, von der aus er einen ungehinderten Blick über den Fluß und die Ruinen hatte. Den Finanzier konnte Trent nicht sehen, aber er vermutete, daß sich dieser auf der hölzernen Anlegestelle befand.

Links von ihm sah die Höhle in der bleichen Klippenwand aus wie ein schwarzes Auge, aus dem Tränen heruntertropften. Bis es Nacht wurde, behielt Trent das Gelände um die Klippe herum im Auge, aber er konnte dort keine Wachen entdecken.

Er sehnte sich danach zu schlafen und wollte es vermeiden, über die freie Fläche zwischen den verbrannten Hütten zu laufen. Eigentlich hatte er erwartet, daß der Vulkan alle Geräusche überdecken würden, und geplant, im Licht seiner Eruptionen in einem Winkel auf die Wand zuzuschleichen. Doch jetzt war der Vulkan dunkel und still. Ein richtiges Schwein!

In der Ferne hörte er die Marinesoldaten. Mittlerweile mußten sie den Mann gefunden haben, den er umgebracht hatte. Ortega war gegangen, um die Leiche genau zu untersuchen. Ohne entsprechende Laborberichte würde er nicht viel über seinen Tod aussagen können. Die Beweise waren jedoch nicht so wichtig. Wichtiger war, welches Gefühl Ortega hatte. Trent fragte sich, ob der Finanzier Ortega wohl erzählt hatte, daß das Mädchen, das sie jagten, seine Enkelin war. Vielleicht hatte der Chinese ja genau dieses Detail verschwiegen.

Nachdem Trent den Soldaten getötet hatte, war er zum Flußufer gelaufen und hatte das dort versteckte Seil und die drei Dosen mit Eintopf wieder an sich genommen. Er hoffte, daß die Nahrung Jay die nötige Kraft gab, um über den Berg zu kommen.

Sie war zu weit von der Realität weggetrieben worden, um noch zu bemerken, daß es in der Höhle dunkel wurde. In den letzten drei Stunden hatte sie sich nicht mehr bewegt. Sie lag auf der linken Seite, hatte die Knie hochgezogen und die Hände zwischen ihren Schenkeln vergraben. Ihr Geist war leer wie der Geist eines Ungeborenen.

In bestimmter Hinsicht war sie dem Vulkan sehr ähnlich. Beide hingen sie in der Schwebe. Doch der Vulkan sammelte seine Kräfte, während Jays Energie langsam dahinschwand.

Der schwankende Strahl einer Taschenlampe kündigte Manolo Ortegas Rückkehr zur hölzernen Anlegestelle an. Sir Philip Li schien sich nicht von der Stelle bewegt zu haben und stand distanziert und gefaßt da, während er auf das wartete, was Ortega zu berichten hatte.

Selbst die gottverdammten Moskitos hatten Respekt vor

diesem Hundesohn, dachte der Korvettenkapitän. Es gab Millionen von ihnen, und ihr Sirren war lauter als der Klang einer Violine. Der Hubschrauberpilot hatte sich in der Kanzel eingeschlossen, aber Ortega konnte hören, wie er fluchte. Die drei Soldaten, die er bei dem Finanzier zurückgelassen hatte, hielten sich jetzt ein Stück vom Flußufer entfernt auf. Sogar an den Leibwächter des Finanziers hatten sich die Moskitos herangewagt und zwangen ihn, ungefähr jede halbe Minute nach ihnen zu schlagen und sich zu kratzen. Der Finanzier jedoch stand wie in einem geschützten Luftraum da. Als wäre er giftig, dachte Ortega.

»Was haben Sie herausgefunden?« fragte Sir Philip mit einer Stimme, sanft wie Rosenwasser.

»Nicht gerade viel.«

Den Finanzier ansehen zu müssen, erzeugte bei Ortega so etwas wie Unbehagen. Er hockte sich auf den Rand der Anlegestelle und blickte zum Vulkan hoch, wünschte sich, vom Berg würde irgend etwas kommen – doch der Berg schwieg. Die Stille war es, die ihn so beunruhigte. Er nahm ein paar Steine hoch, um mit ihnen zu spielen, merkte aber, daß er durch Sir Philips Schuhe abgelenkt wurde. Das handgearbeitete Leder war so gut poliert, daß die Schuhe sogar im Dunkeln glänzten. Er dachte, daß es wahrscheinlich mehr Spaß machen würde, diese Schuhe mit Dreck zu beschmieren, als eine Runde Golf zu spielen – und darüber hinaus wäre es mit viel größerer Gefahr verbunden. Wahrscheinlich wäre es tödlich.

»Es sah aus wie ein Schlangenbiß«, meinte er. »Der Mann hat sich dort, wo die Einstiche der Giftzähne zu sehen waren, tiefe, kreuzförmige Schnitte zugefügt, um das Blut abfließen zu lassen. Er hat es sogar irgendwie geschafft, seinen Mund auf die Wunde zu bekommen, was nicht gerade einfach gewesen sein muß, und hat das Blut auf die Erde gespuckt. Doch überwiegend hat er es ausgedrückt. Vielleicht war es ja zu spät.«

»Sie wirken nicht sehr überzeugt, Kommandant.«

Ortega beobachtete den Vulkan. »Mein Mann ist tot. Soviel ist sicher. Für alles andere brauche ich ein Labor. Trent weiß das – was nicht bedeutet, daß er es getan hat. Es heißt nur, daß er es getan haben könnte. Er hat dem Mann auf dem Pfad am Fluß aufgelauert, und er hat diese verfluchten Idioten auf der Landzunge gefangengenommen. Das ist offensichtlich. Dem Mann in der Grube hat sich einer der zugespitzten Pfeile direkt durch den Hals gebohrt, was natürlich überhaupt nichts bedeutet. Allerdings steht in Trents Lebenslauf, daß er ein Wurfmesser benutzt und damit hauptsächlich auf die Kehle zielt. Falls er den Jungen mit dem Messer getötet hat, stieß er ihm hinterher einen Pfahl durch die Wunde und hofft, daß wir das nicht merken.«

Er schleuderte einen Stein ins Wasser und zuckte verärgert die Schultern. »Solange es dunkel ist, kann ich nichts unternehmen. Wenn der Morgen anbricht, werde ich mir die Grube und den Boden darum herum ansehen. Vielleicht bringe ich dadurch etwas in Erfahrung, aber ich will es nicht beschwören. War er es, haben wir es mit einem richtigen Profi zu tun. So ungefähr mit dem Besten seiner Zunft – zumindest war er das früher einmal. Das steht im Lebenslauf, und ich würde das gar nicht bestreiten.«

Ruhig sagte Sir Philip: »Sie klingen wie ein Schwarzseher, Kommandant.«

»Ich bin müde, und die ganze Sache kotzt mich an. Wenn Sie mir erzählen würden, worum es hier eigentlich geht, dann kämen wir vielleicht weiter«, sagte Ortega, »aber nur vielleicht, denn wir haben lange damit gewartet.«

»Geben Sie mir lieber den Namen des Mannes...« Sir Philip hatte wieder seinen Drehbleistift aus 24karätigem Gold und sein Notizbuch mit den Ecken aus 22karätigem Gold gezückt.

»Geld löst auch nicht alle Probleme«, meinte Ortega.

»Nein, aber es hilft«, sagte Sir Philip. Sein Lächeln war fast nicht mehr wahrzunehmen. »Es wäre eine Enttäuschung, wenn Trent entkommen würde, Kommandant.«

Die Drohung war unüberhörbar. Keine einhunderttausend Dollar – oder schlimmer noch: Sir Philip konnte seine Karriere zerstören. Auf den Philippinen war alles zu kaufen, und eine Zurückversetzung war billiger als eine Beförderung.

Doch Geld spielte bei Sir Philip sowieso keine Rolle. Ortega jedoch brauchte das Geld. Er brauchte es, um in die Oligarchie einheiraten zu können, der die Philippinen gehörten und die die Inselgruppe beherrschte: die magischen zwanzig Familien. Selbst ein Verwandter zweiten oder dritten Grades konnte ihm die Beförderung zum Admiral sichern oder ihn in die Politik bringen. Die Politik war eine richtige Goldgrube – eine Position als Bürgermeister, Gouverneur, Senator zum Beispiel. Sein Erfolg gegen die Aufständischen hatte ihn bei denen, die Bescheid wußten, schon jetzt zu einem kleinen Helden gemacht. Er brauchte nur noch die richtige Frau.

»Der Vulkan wird ausbrechen. Solange es möglich ist, muß ich den Hubschrauber wegfliegen lassen. Sie sollten mitfliegen, Sir.«

»Ich weiß, daß Sie Ihr Bestes tun werden«, meinte der Finanzier.

Er fragte nicht, woher Ortega das mit dem Vulkan wußte, und Ortega hätte es ihm auch nicht sagen können, aber er wußte es eben und wäre jede Wette darauf eingegangen. Ein Großteil seiner Ausbildung hatte dem Vorhersehen von Gefahren gegolten. Und zwischen dem Vorhersehen von Gefahren und dem Gespür dafür gab es keinen großen Unterschied. Ortega glaubte weder an die Fallgrube noch an den Schlangenbiß. Der Hundesohn war da draußen, ganz in der Nähe. Wenn er wußte, warum, konnte er ihn noch erwischen, aber der Finanzier wollte es ihm nicht sagen, und sonst gab es keinen, den er fragen konnte.

Etwa zwanzig Marinesoldaten hatten sich auf der Dorflichtung versammelt. Sie hatten Feuerholz zusammengetragen, und einige von ihnen hockten sich über ein Bündel Zweige und bliesen die Flammen an. Der Hubschrauber stieg über die Bäume, legte sich in eine Linkskurve und jagte dann in Richtung Mindanao davon. Trent hatte vorgehabt, das Motorengeräusch zu nutzen, um seinen Vorstoß zur Höhle zu tarnen, aber es hätte ihm nicht genügend Zeit gegeben. Der Vulkan ließ sich nicht überbieten. Seit über einer Stunde hatte er den Bergkegel immer wieder beobachtet, als ob nur das

Beobachten ausreichen könne, um etwas geschehen zu lassen.

Ortega ging zum Feuer und sprach mit zweien seiner Männer. Die beiden Männer nickten, suchten ihre Ausrüstung zusammen und verschwanden zwischen den Bäumen. Trent fragte sich, wohin sie wohl gehen mochten und was Ortega von dem Schlangenbiß gehalten hatte.

Trent konnte weder die Klippe noch die Höhle sehen, aber er stellte sich das Mädchen darin vor. Welches Erfolgshonorar durfte Ortega wohl erwarten? Es mußte deutlich mehr sein als das, was er den anderen Dienstgraden zahlte. Eine Enkelin umbringen zu lassen, dürfte ganz schön ins Geld gehen.

Soweit Trent das ganze Geschehen durchschaute, akzeptierte Ortega das Angebot Lis nur, solange er nicht wußte, wer Jay war. Ein Massaker an Piraten und deren Familien unterschied sich durch nichts von einem Massaker an Aufständischen und deren Familien. Auf ihn, Trent, traf diese Gleichung jedoch nicht zu. Er war zweimal mit Ortega zusammengetroffen, und sie hatten beide die gleiche Ausbildung durchlaufen. Allerdings machte sie das nicht zu Freunden, denn Trent war Ausländer, und Ausländer hatten sich in den Philippinen nicht gerade durch ihre guten Taten hervorgetan.

Als erstes hatten die Spanier die Filipinos dreihundertfünfzig Jahre lang drangsaliert und ausgenutzt; die nächsten achtzig Jahre taten die Amerikaner dasselbe. Zählte man die Marcos-Diktatur dazu, die sich noch George Bushs halbherziger Unterstützung erfreute, als Ismelda Marcos bereits in ihrem Schlafzimmer saß und überlegte, welche Schuhe sie mitnehmen sollte, waren es einhundert Jahre.

Die Amerikaner hinterließen eine Hamburger-Kultur und eine hausgemachte Korruption, die eine natürliche Begleiterscheinung gekaufter Regierungen ist.

Die Japaner schließlich schlachteten die Filipinos zum reinen Vergnügen ab und schafften ganze Schiffsladungen philippinischer Frauen für die Truppen in die Bordelle.

Jetzt kamen die Sextouristen.

Während Trent den Vulkan beobachtete, dachte er, eine Frau sollte damit beauftragt werden, sich um den Tourismus zu kümmern, und am Flughafen sollten Transparente mit der Aufschrift hängen:

MÄNNER MIT VORZEITIGEM SAMENERGUSS
WILLKOMMEN

Weniger Arbeit, mehr Geld – und den gewissen Vierteln müßte eine Attraktion fehlen, die einen Mann dazu veranlaßte, um die halbe Welt zu fliegen, um sich flachlegen zu lassen. In den reichen Industrieländern könnte man eine Werbekampagne durchführen:

WARUM ZU HAUSE LEIDEN?
VERFRACHTEN SIE MÄNNER MIT ABARTIGEN
GELÜSTEN DOCH AUF DIE PHILIPPINEN!

Oder:

DIE PHILIPPINEN – EINE WELT FÜR MÄNNER

Trent wußte, daß der Grund für seine Wut oben in der Höhle lag und daß die Wut gefährlich war. Um Erfolg zu haben, mußte er Ruhe bewahren und einen klaren Kopf behalten.

Mittlerweile waren die letzten Männer Ortegas aus dem Dschungel zurückgekommen, sie hatten das Feuer zum Brennen gebracht und nasse Zweige auf die Flammen geworfen, damit der Rauch die Moskitos fernhielt. Jetzt versammelten sie sich auf der Windseite, hockten auf dem Boden und wärmten ihre Nahrungsrationen auf.

Als Trent die Umrisse der Marinesoldaten vor den Flammen sah, mußte er an seine Vergangenheit denken, an die Terroristenlager, die Freiheitskämpfer, und irgendwo in der Gruppe war immer jemand gewesen, auf den er es abgesehen hatte. Diese Niedergeschlagenheit unter den Männern kam ihm nur zu bekannt vor. Es waren Männer, die zu wenig Siege und zu viele Niederlagen erlebt hatten. Damals hatte Trent eine Niederlage nie in seine Überlegungen mit einbezogen. Wieder blickte er zum Vulkan hoch …

19

Jeder Radiosender auf den Philippinen hatte die dringenden Aufforderungen an die Bevölkerung ausgestrahlt, den Ostteil der Insel zu räumen. Doch hatten die Geophysiker der Regierung weder die Macht, eine Evakuierung zu erzwingen, noch waren sie für das Mißtrauen der Inselbewohner gegenüber allen aus Manila kommenden Erklärungen verantwortlich. Sie konnten nur ihr Bestes tun.

In den letzten zwei Wochen hatte der Vulkan seinen Druck über eine geologische Verwerfung abgebaut, die in einem Lavasee im Kraterinneren endete. Der Lavasee hatte wie ein Sicherheitsventil gewirkt. Jetzt war die Verwerfung in sich zusammengebrochen, und der Druck konnte nur noch über einen Weg entweichen, nämlich über eine Schwächezone auf der Ostflanke des Bergkegels. Die Wissenschaftler hatten den Zusammenbruch der Verwerfung vorhergesehen und kannten auch die Schwächezone im Gestein. Ihren Berechnungen zufolge würde sich eine Sprengkraft aufbauen, die einer Explosion von achtzig bis einhundertfünfzehn Tonnen TNT entsprach, bevor der Vulkan explodierte.

Der Druck im Innern des Vulkans war bereits auf einen Wert angewachsen, der einer Sprengkraft von siebzig Tonnen TNT entsprach, als die Verwerfung zusammenbrach.

Im Verlauf der nächsten Stunde stieg dieser Wert auf einhundertundeine Tonne.

Die Instrumente der Wissenschaftler gaben gewisse Hinweise auf das, was gerade vor sich ging, und die Geophysiker forderten alle Radiostationen auf, eine letzte Warnung an die Inselbewohner auszustrahlen. Das Schweigen des Vulkans wurde von diesen jedoch als Bestätigung ihres Mißtrauens angesehen. Sie würden sich von keinen Falschinformationen dazu verleiten lassen, ihr Land aufzugeben.

Ortega war einigermaßen sicher, daß Trent die *Golden Girl* irgendwo in der Nähe der Samal-Inseln versteckt hatte. Er war auch überzeugt davon, daß Trent im näheren Umkreis des

Dorfes geblieben war. Traf das zu, ging er davon aus, daß Trent in dieser Nacht einen Ausbruchsversuch unternehmen würde. Dafür gab es nur eine logische Richtung, und so gab Ortega um 19 Uhr 56 den Befehl aus, daß bis auf sechs seiner Leute alle Soldaten zurück zur Küste kommen sollten. Zwei Männer im Dorf hatten bereits ihre Positionen bezogen, einer saß am Fuß der Klippe, der zweite hatte sich in der Maschinengewehrstellung auf deren Spitze versteckt. Nur eine vage Vermutung veranlaßte Ortega dazu, diese beiden Männer hier zurückzulassen, und er schenkte dieser Vermutung auch kein großes Vertrauen, aber er war schon immer gerne auf Nummer Sicher gegangen. Die anderen vier begleiteten ihn flußabwärts in einem Landungsboot.

Trent beobachtete, wie der Lichtkegel des Suchscheinwerfers auf dem Schlauchboot die Ufer absuchte, als die Marinesoldaten ablegten. Das Platschen der Stiefel im Schlamm verriet ihm, wie weit das Hauptkontingent von Ortegas Männern vorangekommen war. Sie hatten den Pfad zur Küste genommen.

Jetzt war alles ein Kinderspiel, aber trotzdem blieb er vorsichtig, als er gebückt und im Zickzack zur Höhle hinüberrannte.

Rauchen verstieß gegen die Befehle, und Kommandant Ortega war ein strenger Vorgesetzter. Der Marinesoldat, den er auf seinem Posten am Fuß der Klippe zurückgelassen hatte, hielt die Zigarette hinter seinem Rücken in der gewölbten Hand. Er hieß Vicente Ramada, seine Kameraden nannten ihn Ram.

Die Sterne und der glühende Kraterrand waren die einzigen Lichtquellen. Zunächst sah Ram nur eine Bewegung und einen etwas dunkleren Schatten, so daß er sich nicht sicher war, was er gesehen hatte. Weil Trent sich beim Laufen so tief bückte, hielt Ram den Schatten am ehesten für einen der Hunde der Piraten. Der Soldat war auf dem Land aufgewachsen und hatte früher selbst einen Mischlingshund gehabt, der bei seinem Eintritt in der Marine vor Gram gestorben war.

Der Soldat legte zwei Finger an den Mund und wollte gerade pfeifen, aber inzwischen war der Schatten keine hundert Meter mehr von ihm entfernt. Das war kein Hund und auch kein anderer Soldat, der ihm ein Zeichen gegeben hätte.

Ram war einundzwanzig und hatte gerade damit begonnen, in der Armee sein Glück zu machen. Ihm brach der Schweiß aus, vor Aufregung begann sein Herz heftig zu pochen. Seine Hände zitterten, als er das Gewehr hob. Er hielt den Atem an, um sich zu beruhigen. Im Dunkeln konnte er das Visierkorn nicht genau genug erkennen, und deswegen feuerte er wie mit einer Schrotflinte, verlegte das Gewicht auf den linken Fuß und schwang den Lauf fünfzehn bis zwanzig Zentimeter vor der Laufrichtung des Mannes hin und her. Vor Aufregung rutschte seine Hand vom Abzug, und er kam aus seinem Rhythmus. In diesem Augenblick explodierte der Berg.

Trent warf sich flach auf den Boden, als der erste Schuß krachte, rollte sich blitzschnell ab und von der Stelle weg, auf die der Soldat gezielt hatte. Er war wütend darüber, daß er die zwei Männer vergessen hatte, die kurz nach dem Abflug des Hubschraubers im Dschungel verschwunden waren. Den Standort des Soldaten lokalisierte er zwanzig Meter links von der Leiter zur Höhle.

Etwa eine halbe Sekunde vor der gewaltigen Explosion spürte er, wie die Erde zitterte. Der Druck hatte den zusammengebrochenen Kamin unterhalb des Lavasees nur Sekunden vor dem Aufbrechen einer Spalte an der Ostflanke des Bergkegels freigesprengt.

Eine senkrechte Lavafontäne schoß hundertfünfzig Meter in die Höhe. Massive Felsbrocken, einige über eine Tonne schwer, wirkten wie Tupfen in der hochspritzenden, gischtenden Lava. Krachend stürzten die Felsen den Abhang des Bergkegels hinab, lösten Bimssteinlawinen aus, die an den Vulkanhängen hinunterstürzten und sich über die winzigen Felder hinwegwälzten, die die Bauern so sorgfältig angelegt hatten und um die sie sich so gewissenhaft kümmerten. Hütten wurden zermalmt und unter der Steinlawine begraben, die Besitzer wurden zerquetscht wie Fliegen, als sie versuchten, davonzurennen. Der Donner übertönte ihre Schreie.

Hoch oben an der Ostflanke des Vulkans öffnete sich ein Spalt. Es sah aus, als hätte man den Reißverschluß an der Seite eines Rockes geöffnet, der viel zu eng für eine unvorteilhaft dicke Frau war. Nur war es Lava, die durch den Schlitz quoll.

Die Lava floß überraschend langsam, bewegte sich über die Schlacke vorheriger Ausbrüche nach unten und breitete sich entlang eines niedrigen Gesteinsrückens aus, der bei einem Jahrhunderte zurückliegenden Ausbruch einmal der Kraterrand gewesen war. Die Senke füllte sich, und die Lava strömte über den Rücken hinweg, mittlerweile in sechs Ströme unterteilt.

Die Klippe war bereits durch den Raketenbeschuß in ihrer Struktur geschwächt worden. Jetzt lockerten sich große Stücke, und Ram flüchtete entsetzt den Hügel hinab. Blind vor Angst rannte er einige hundert Meter davon, bis ihm der Mann wieder einfiel, auf den er geschossen hatte. Er wirbelte herum und sah die lodernde Glut des Vulkans senkrecht über der Klippenkante hochschießen. Die tanzenden Flammen erzeugten tanzende, verzerrte Schatten, die sich hin und her wanden und umhersprangen wie die Dämonen, die ihn in den Nächten seiner Kindheit gejagt hatten. In seinem Entsetzen hatte der Mann den Eindruck, das Ende der Welt sei gekommen, und er würde für das Massaker an den unschuldigen Frauen und Kindern bestraft. Er wußte, daß er die Strafe verdient hatte, weil er von seinen Eltern, die Adventisten waren, eine Erziehung im Geist der Wahrheit genossen hatte. Seine Eltern hatten um seine Seele geweint, als er zur Marine geflüchtet war. Ram konnte kaum noch einen klaren Gedanken fassen, brabbelte Gebete und jagte eine Salve nach der anderen in das Gelände links oberhalb von ihm, wo er den Mann zum letztenmal gesehen hatte. Sein Herz drohte ihm aus der Brust zu springen, und er wußte nicht einmal, ob er in die richtige Richtung schoß. Wie ein Wilder wirbelte er herum, schoß das Magazin leer, deckte den Abhang mit seinen Salven ein und griff bereits in seinem Gürtel nach einem neuen Magazin. Seine Finger gehorchten ihm nicht mehr, auch die Worte seiner Gebete ließen sich nicht mehr kontrollieren. »Gott!« rief er, mehr nicht – und das rief er immer und immer wieder.

Trents Bewegungen waren so langsam, daß sie kaum noch zu sehen waren. Der Donner des Vulkans übertönte jedes Geräusch, das er verursachte, während er sich bis auf fünfzehn Meter an den jungen Marinesoldaten heranarbeitete. Er hielt inne, duckte sich tief in den Schatten einer zerstörten Hütte und suchte die Umgebung nach Ortegas zweitem Mann ab. Die Erde zitterte, die Landschaft schien zu zerschmelzen und im Einklang mit den tanzenden Glutfontänen dahinzufließen. Der Lauf der M-16 des ersten Soldaten leuchtete im Licht der Glut auf, und das Mündungsfeuer schlug aus der Waffe, als der Mann den Abhang bestrich. Trent beobachtete ihn, wie er ungeschickt versuchte, ein neues Magazin einrasten zu lassen. Die Panik machte den Filipino unberechenbar, und Trent nutzte seine Chance, er lief vor der höllischen Kulisse auf ihn zu. Mit seinem Bart und bis auf das Seil fast nackt, mußte Trent dem Soldaten wie ein Teufel oder Monster vorkommen; der Filipino fiel zitternd und brabbelnd auf die Knie.

Trent fällte ihn mit einem einzigen Schlag seiner Handkante gegen den Hals und zerrte ihn rasch in tiefes Dunkel hinein, wo er dem jungen Mann Hände und Füße fesselte und einen Knebel zwischen die Zähne stieß. Ram war für einen Marinesoldaten recht klein und schmächtig gebaut, und Trent nahm seine Jacke und seine Stiefel für das Mädchen mit, bevor er ihn unter einer Schicht verkohlten Strohs versteckte.

Die Erschöpfung hatte Trent unvorsichtig gemacht, jetzt jedoch war er hellwach und vor der zweiten Wache auf der Hut. Durch das tiefe, grollende Donnern der Eruption hindurch hörte er ganz leise einen spitzen Schrei.

Die ungeheure Explosion ließ Jay vom Rand der Auflösung zurückschrecken. Der Boden unter ihr zitterte, fallende Gesteinsbrocken lösten die instinktive Reaktion aus, sich die Augen zu schützen. Ihr Instinkt war es auch, der sie dazu trieb, vom Rand der Höhle zurückzuweichen. Damit einhergehend kam die Angst, als der Widerschein der Glut über den Höhleneingang tanzte. Doch unvermittelt stürzte der Eingang der Höhle ein, und sie war darüber erleichtert, daß die Flammen verschwunden waren.

Jetzt war sie wach und bei Bewußtsein. Stück für Stück forderten die weniger wichtigen Bedürfnisse des Lebens ihr Recht. Durst. Sie erinnerte sich, daß ein Mann sie hierhergebracht hatte. Trent. Er hatte die Eisenkiste geöffnet, in der sie Wong Fu eingesperrt hatte. Doch Trent war schwach, und sie hatte gesehen, wie er von Wong Fu erwürgt worden war.

Wieder bebte die Erde. Lockeres Gestein löste sich von der Höhlendecke und fiel direkt neben ihre Füße. Plötzlich erkannte sie, daß die Kiste nur ein Traum gewesen war. Sie sah durch sie hindurch und merkte, daß sie selbst eingeschlossen war. Sie sah den dunklen Bart und die dunklen Augen Trents, verfluchte ihn, weil er sie verlassen hatte, weil er so schwach war und weil er ein Mann war. Er hatte sogar die Erschießung ihrer Familie vor dieser Wand zugelassen, als sie gewollt hatte, daß sie am Leben blieben, damit sie sie selbst bestrafen konnte, immer wieder bestrafen konnte, anstatt sie in die friedliche Ruhe des Todes entkommen zu lassen.

Doch auch das war nur ein Traumbild, und Jay verpaßte sich eine Ohrfeige. Dabei stieß sie gegen die Wasserflasche, die der Mann ihr zurückgelassen hatte. Gierig trank sie davon. Dann tastete sie in der Dunkelheit ihre Umgebung ab, und das Entsetzen, lebendig begraben zu sein, war plötzlich da. Sie schrie Trent ihre Wut entgegen. Dieser schwächliche, dumme, verantwortungslose Mann! Wie konnte er es wagen, ihr ihre Rache zu verwehren! Sie schrie seinen Namen und hämmerte mit den Fäusten auf den Boden.

Beleuchtet von der glühenden, geschmolzenen Lava sah Trent, wie der Höhleneingang einstürzte. Wenn der zweite Soldat nicht noch irgendwo gewesen wäre, hätte er direkt zu ihr hochklettern können, doch so hatte er zunächst den Fuß der Klippe abgesucht, ohne den Mann zu finden. Wahrscheinlich war er also oben auf der Klippe postiert. Ortega hatte eine besondere Vorliebe für hinter der Linie stehende Posten.

Die Piraten hatten Stufen in die Klippenwand gehauen, die bis auf halbe Höhe an ihr hochführten. Darüber verbanden etliche kurze Leitern schmale Absätze. Herunterkrachende Felsbrocken hatten die Leitern zerschmettert, die Absätze waren weggebrochen. Doch am Morgen vor dem Angriff in der Abenddämmerung hatte Trent einen zweiten Weg bemerkt, der über eine senkrechte, zwischen einem Meter und einem Meter zwanzig breite und einen Meter achtzig tiefe Spalte in der Klippe nach oben führte. Bergsteiger hätten diese Spalte als Kamin bezeichnet. Ein paar kümmerliche Bäume und Büsche hatten in den Wänden das Kamins Wurzeln geschlagen, so daß es für Hände und Füße Halt gab. Mit dem Mädchen jedoch konnte das Ganze zu einer höllischen Kletterpartie werden. Der Soldat mußte die Schüsse unmittelbar vor der Eruption gehört haben und oben auf der Lauer liegen.

Vielleicht hatten ihn die durch den Vulkanausbruch hervorgerufenen atmosphärischen Störungen davon abgehalten, über Funk zu Ortega durchzukommen. Sobald er jedoch mit ihm Kontakt aufgenommen hatte, würden Verstärkungen im Schlauchboot flußaufwärts rasen. Trent stellte sich vor, wie er im Lichtkegel des Suchscheinwerfers mit dem Mädchen auf dem Rücken gestellt wurde. Der Rest war dann reines Übungsschießen. Wenn er nicht zu hoch geklettert war, hatte er Chancen, den Sturz zu überleben. Er fragte sich, welchen Ausdruck Ortegas Augen wohl annehmen würden, wenn der Kommandant ihm den Gnadenstoß versetzte und merkte, daß er allmählich die Kontrolle über sich verlor. Dann richtete er seine Gedanken wieder auf den Marinesoldaten, der die Klippenspitze bewachte. Ihn galt es zu beseitigen, bevor er das Mädchen holen konnte.

Der Soldat mußte wissen, daß der Kamin den einzigen Weg nach oben darstellte. Er mußte damit rechnen, daß sich in seiner unmittelbaren Nähe ein bewaffneter Mann aufhielt, wodurch es zu einem unnötigen Risiko wurde, über den

Rand des Kamins nach unten zu schauen. Eine Chance hatte er, dachte Trent, keine große Chance, aber immerhin eine Chance. Alles mußte klappten wie am Schnürchen, und alles hing davon ab, daß der Soldat nicht in den Kamin schaute.

Jetzt stürzten keine Gesteinsbrocken mehr nach unten. Der Engländer schob das Stroh von Ram weg und zerrte ihn bis zu einer drei Meter neben dem Kamin liegenden Stelle der Klippe. Der Marinesoldat mußte so aussehen, als ob er aus dem Kamin gestürzt sei, und Trent veränderte seine Fesseln entsprechend. Jetzt lag sein linker Arm vor der Brust und der rechte hinter seinem Rücken. Ram zitterte und warf Trent flehende Blicke zu.

Trent tätschelte ihm die Schulter. »Versuch, dich zu entspannen. Es wird schon alles gut.«

Im Kamin hochzuklettern bereitete Trent keine Schwierigkeiten, allerdings behinderte ihn sein Arm beim Aufstieg ein wenig. Als er noch für die Sonderabteilung gearbeitet hatte, gehörten solche Dinge eben zu seinem Job. Was ihn beschäftigte, waren die vielen Toten, die es gegeben hatte, seit der Sender aktiviert war. Die Piraten kümmerten ihn dabei wenig – bei ihnen gehörte es zum Berufsrisiko, getötet zu werden. Doch schon den Tod ihrer Familien konnte er nicht auf die leichte Schulter nehmen. Die Sache mit der Fallgrube und dem Schlangenbiß waren beides *Ich-oder-du-*Situationen gewesen. Bei dem Mann oben auf der Klippe war es wieder anders. Trent war der Jäger, und er spürte die vertraute Leere in seinem Innern, verbunden mit der Furcht vor dem, was er zu tun hatte.

Im Licht der Eruptionen Halt für die Hände zu finden war ein Kinderspiel. Eine unaufhörliche Abfolge kleinerer Explosionen erinnerte ihn an eine Batterie 88er Haubitzen: *Kapwumpff, Kapwumpff!* machten die Geschosse. Die Geschütze wurden mit unterschiedlicher Geschwindigkeit geladen, so daß es bei einem Sperrfeuer keinen Rhythmus gab. Manchmal war er dem Feuer ausgesetzt gewesen, manchmal hatte es seinem Schutz gedient. Wenn das Feuer dazu diente, seine Flucht oder seine Heimkehr zu decken, waren die Geschosse oft genug in unmittelbarer Nähe um ihn herum eingeschlagen; dann hatte er sich an den Boden gepreßt, geflucht und sich geschworen, den verdammten, inkompetenten Scheißkerl von Kommandant umzubringen. Sich diesem fürchterlichen Beschuß auszusetzen war immer das Allerschlimmste gewesen.

Jetzt lag schwerer Schwefelgestank statt Korditgeruch in der Luft. Die Bodenbeschaffenheit war an jedem Ort anders. Trent war zu einem Experten der verschiedenen Gerüche und Materialien eines Untergrundes geworden. Diese Klippe bestand aus einer bröckeligen Mixtur aus Ton und Bims, die in einer dünnen Schicht auf Kalkstein lag. Das Gestein roch frisch und ein ganz klein wenig feucht, und Trent konnte durch den Geruch der Erde hindurch das Harz der verkümmerten Bäume wahrnehmen, die sich in die Felsspalten klammerten, und den leicht bitteren Duft ihrer Blätter.

Knappe fünf Meter waren es noch bis zum oberen Ende des Kamins. Trent entdeckte an der seitlichen Kante der Kaminwand eine kleine Bruchlinie. Ein Baum, der an dieser Stelle aus der Klippenwand herauswuchs und in den Kamin hineinragte, schien fest verwurzelt zu sein. Der Engländer hatte noch etwa drei Meter Seil bei sich. Das eine Ende band er zu einer Art Steigbügel zusammen, das andere befestigte er auf Höhe der Wurzeln am Stamm des Baumes, so daß er in der Lage war, sich in den Steigbügel zu stellen. Vorsichtig tastete er an der Klippenwand entlang nach einem Spalt, den er dann auch fand. Es war zwar kein großer Spalt, aber er reichte aus, um die Spitze seiner Machete hineinzuzwängen. Innerhalb des Kamins konnte er keine große Stoßkraft aufbringen, aber nach heftigen Bemühungen hatte er die Klinge schließlich ungefähr fünfzehn Zentimeter tief im Gestein verankert.

Mühsam riß Trent die Machete wieder heraus, rammte die Klinge dann erneut tief in die Bruchlinie, die an der seitlichen Kante des Kamins entlanglief, und hebelte das Gestein los. Er dachte daran, daß es doch komisch wäre, wenn die Klinge jetzt abbrechen würde. Es wäre ein Todesurteil ...

Der Felsbrocken, den er schließlich löste, war etwa dreieckig und wog fast einen Zentner. Trent wartete auf einen ruhigen Moment, dann riß er mit aller Kraft den Griff nach unten und stieß einen entsetzten Schrei aus, als der Fels sich löste und in die Tiefe stürzte. Bis zum Fuß der Klippe waren es über zwanzig Meter. Der Brocken krachte auf halber Strecke gegen einen Vorsprung, prallte ab und zerschellte ein gutes Stück von dem Filipino entfernt, den Trent am Fuß der Klippe plaziert hatte.

Der Engländer griff seitlich nach außen und stieß die Machete in einen Spalt der Felswand. Das Seil warf er hinter den Griff. Mit einem Fuß im Steigbügel schwang er sich mit dem linken Arm, den er um das Seil geschlungen hatte, aus dem Kamin an die Klippenwand hinaus. Der Baum trug sein Gewicht, an der Machete hielt er sich fest.

Er versuchte, sich den Marinesoldaten oben auf der Klippe vorzustellen. Seine erste Reaktion würde darin bestehen, über Funk Meldung zu machen, daß sich jemand im Kamin aufgehalten hatte und vielleicht abgestürzt war. Ortega würde fragen, um wen es sich handelte – davon konnte man ausgehen. Doch das zu überprüfen war nicht einfach; der Soldat müßte dazu den Kopf in den Kamin stecken und eine Kugel in den Schädel riskieren.

Der Soldat war auf den Namen Ernesto Louis getauft worden. Er war dreiundzwanzig Jahre alt und hatte nach einem Jahr den Besuch des Colleges abgebrochen. Ursache dafür war weder Faulheit noch mangelnde Intelligenz, sondern einfach die Tatsache, daß er das älteste von sieben Kindern war und die übrige Familie langsam verhungert wäre, wenn für sie nur das Einkommen seines Vaters zur Verfügung gestanden hätte.

Natürlich hatte Ernesto die Geräusche gehört und dachte nur noch an die Belohnung, während er darauf wartete, daß Trent das obere Ende des Kamins erreichte. Statt dessen hörte er jedoch ein schabendes Geräusch und einen Aufschrei – dann das Krachen eines Felsbrockens tief unter ihm. Hoffentlich war der Kletterer abgestürzt, dachte Ernesto. Allerdings war er nicht geneigt, unnötige Risiken auf sich zu nehmen. Er beabsichtigte auch nicht, sich die Belohnung mit jemand anderem zu teilen, und wenn er Hilfe herbeirief, würde er sie teilen müssen.

Der Kommandant hatte ihm befohlen, eine Taschenlampe und ein Seil mitzunehmen, damit er sich auch im Dunkeln beim Abstieg von der Klippe zurechtfand. Ernesto band die Taschenlampe an einen Stock und kroch bis zum Rand des Kamins. Dort schob er den Stock über die Kante hinaus, beschwerte das Ende mit einem Stein und zählte bis zehn. Niemand zerschoß die Taschenlampe, und so schob er seinen Kopf über den Rand hinweg und schaute nach unten. Ein wenig links vom Boden des Kamins lag ein ausgestreckter Körper mit dem Gesicht nach unten. Es war ein mit Shorts und T-Shirt bekleideter Mann. Ein Arm lag in einem merkwürdigen Winkel hinter seinem Rücken, wahrscheinlich hatte er ihn beim Sturz gebrochen. Dann hob er den Kopf, zog die Knie an und kippte auf den Rücken. Sein anderer Arm lag in einem ungewöhnlichen Winkel über seiner Brust. Einem Mann den einen Arm hinter den Rücken und den anderen auf der Brust zu fesseln, so daß es aussah, als sei er aus dem Kamin gestürzt und hätte sich beide Arme gebrochen, war nicht gerade einfach. Hätte sich der Mann nicht bewegt, hätte sich Ernesto täuschen lassen. So vermutete er, daß es sich bei dem Gefangenen um Ram handelte.

Ernesto dachte wieder an den Kletterer. Er befand sich im Kamin und würde dort nicht freiwillig herauskommen – soviel war sicher. Für die Auszahlung der Belohnung war es gleichgültig, ob der Mann tot oder lebendig war. Ernesto suchte hastig einen Felsbrocken von etwa einem halben Meter Durchmesser. Er rollte den Felsen zur Kante, kippte ihn in den Kamin, und achtete dabei darauf, ein gutes Stück von der Kante entfernt zu bleiben. Der nächste Felsbrocken, den er fand, war noch ein bißchen größer.

Der erste Felsbrocken schoß durch den Kamin nach unten wie eine Flipperkugel. Auf halbem Weg traf er auf einen Felsvorsprung, hüpfte zur Seite und krachte unten auf den Boden. Trent hoffte, daß er nicht den Soldaten getroffen hatte, der dort gefesselt lag. Der Engländer befand sich weniger als drei Meter vom oberen Ende des Kamins entfernt und hörte, wie der Soldat über ihm schnaufte und prustete, als er den nächsten Felsbrocken zum Rand wuchtete. Der Fels prallte gegen die Trent am nächsten liegende Seite des Kamins und sprang wieder zurück auf die Wurzeln des Baums, an dem Trents Seil verankert war.

Trent spürte, wie das Seil zitterte, als der Fels die Wurzel traf. Der Felsbrocken schoß weiter nach unten auf den gleichen Felsvorsprung zu wie der erste Brocken. Diesmal wurde der Vorsprung zerschmettert, während der fallende Felsen aus dem Kamin herauswirbelte und etwa dreißig Meter vom Fuß der Klippe entfernt zur Ruhe kam.

Das Seil rutschte ein wenig nach unten. Trent spähte in den Kamin hinein und sah, daß sich der Baum um etwa fünf Grad zur gegenüberliegenden Wand hin geneigt hatte. Wieder zitterte das Seil, und der Baum senkte sich um weitere Zentimeter. Der nächste Felsen würde den Baum herausreißen. Trent konnte den Soldaten bereits wieder fluchen und japsen hören, als hätte er ein richtiges Ungetüm gefunden.

Kurz dachte er daran, einfach zum nächsten Baum hinunterzuklettern, aber das würde viel zu lange dauern. Im Grunde ging es um eine einfache Entscheidung zwischen zwei Möglichkeiten: Entweder würde er senkrecht die Klippe hinunterfallen, oder er konnte sich in den Kamin zurückschwingen und einen Felsbrocken auf den Kopf bekommen. Der Sturz schien Trent die größere Überlebenschance zu bieten, daher blieb er draußen vor dem Kamin am Seil hängen – und spürte, wie es wieder ein paar Zentimeter nachgab. Jetzt blieben ihm nur noch wenige Sekunden. Als sich an der Kante des Kamins Erde löste, versuchte Trent zu beten. Er verspürte Furcht, weniger die Furcht vor dem Tod oder vor Schmerzen, sondern vielmehr eine unspezifische Furcht und Leere. Und er war wütend über sich, weil er das Mädchen im Stich ließ. Der Soldat über ihm grunzte, als er den Felsblock von mehr als einer halben Tonne Gewicht zum Rand stemmte. Es war ein riesiger Felsen. Er krachte nach unten, traf den Baum, und Trent stürzte.

Der Vulkan donnerte, als Ernesto den Felsblock die letzten paar Zentimeter bis zum Kaminrand wuchtete. Schweißnaß und schwer atmend kniete er sich hin. Es war ein unglaublich großer Brocken, fast so groß wie die U-förmige Öffnung, in die er ihn hineingestoßen hatte. Durch ein Wunder konnte der Kletterer von den ersten beiden Felsen noch verschont geblieben sein, vom dritten aber nicht. Ernesto beobachtete, wie die Lava aus der Spalte an der Seite des Bergkegels floß, mußte daran denken, daß sie sich auf die Felder zubewegte und empfand Mitleid für die Bauern; doch die waren Moslems und sprachen kein Tagalog. Er wußte, daß er sich über Funk melden und dem Kommandanten berichten sollte, daß der Mann, den sie verfolgten, tot war, aber noch immer ließ ihm der Gedanke an die Belohnung keine Ruhe. Dem Chinesen traute er nicht über den Weg. Er traute keinem Chinesen. Den Chinesen nicht, und den Juden auch nicht. Das waren die beiden Völker, denen alles gehörte und denen man nicht trauen durfte. Für die zählte nur das Geld, und für Geld taten sie alles.

Sobald er die Leiche hatte, würde er absolut sicher sein. Nicht einmal ein Chinese konnte gegen einen solchen Beweis noch etwas einwenden. Ernesto fragte sich, wie der Soldat unten die Vorkommnisse wohl schildern würde. Er und Ram kamen von verschiedenen Inseln und waren nicht gerade enge Freunde, aber sie waren auch keine Feinde. Ram könnte jedoch Anspruch auf einen Anteil an der Belohnung erheben. Widersprüchliche Schilderungen würden dem Chinesen eine Rechtfertigung an die Hand geben, eine Untersuchung einzuleiten. Die Ermittler wiederum würden ebenfalls einen Teil der Belohnung von dem einfordern, dem sie sie zuerkannten – das war sicher. Am Ende bliebe dann nichts mehr für ihn übrig.

Das ist doch ungerecht, dachte er, als er einen neuen Felsblock an den Rand der Klippe rollte. Die Chinesen hatten alles, die Chinesen und die Juden. Entschlossen kippte er den Brocken in Rams Richtung und holte den nächsten. Alles in allem schob er sechs Felsbrocken über die Kante, dann erst richtete er den Strahl seiner Taschenlampe auf den Fuß der

Klippe. Zumindest einer der Felsen hatte sein Ziel getroffen. Er würde melden, daß Ram durch einen Steinschlag ums Leben gekommen war, doch zunächst mußte er seine Fesseln entfernen. Die Leitern waren zerstört, der einzige Weg nach unten führte durch den Spalt im Felsen – durch den Kamin. Den Kletterer konnte er nirgends entdecken, aber das beunruhigte ihn nicht. Der Körper war wahrscheinlich auf dem Weg nach unten zerschmettert worden.

Selbstsicher und sehr mit sich zufrieden schlenderte Ernesto hinüber zum Kamin.

20

Der Felsblock war zu groß für den Kamin. Er riß zwar den Baum mitsamt den Wurzeln aus und stürzte noch weitere zwei Meter in die Tiefe, verklemmte sich dann aber. Zwischen Fels und Kaminwand steckte der zerquetschte Baum. Das Seil straffte sich mit einem Ruck wieder. Trent hatte sich bereits mit dem Tod abgefunden, jetzt war ihm auf einmal das Leben geschenkt worden. Zunächst begriff er nicht, was passiert war, doch als er dann verstand, schlug die Angst mit noch größerer Macht über ihm zusammen. Er wagte nicht, sich zu bewegen, dachte, die kleinste Bewegung könne den Felsen wieder losreißen, oder die Eruptionen des Vulkans wären dazu in der Lage. Der Widerhall jedes neuen Ausbruchs ließ ihn erzittern. Er zwang sich dazu, ganz langsam zu zählen, atmete durch die Nase ein und aus, bis sich seine Nerven wieder beruhigt hatten.

Die Eruptionen ließen nach. Von oben hörte er das Kratzen eines Steins, als der Marinesoldat einen neuen Felsbrocken auf den Rand zurollte. Trent hätte fast das Seil losgelassen, um es endlich hinter sich zu haben – wieder war es die Angst, die sich eng um seine Kehle legte und ihn zu ersticken drohte, die mit einem Stechen unter dem Brustbein und als ekelhafte Leere in seinem Magen saß. Er war müde, unglaublich müde. Die Schmerzen aus seinen Wunden kamen in Wellen. Er wollte mit all diesen Dingen nichts mehr zu tun haben.

Seit seiner Flucht vor dem Elend seines Vaters hatte er oft genug alles hinter sich lassen wollen. Damals war er zwölf Jahre alt gewesen, und das war eher ein Grund als eine Entschuldigung. Trent glaubte nicht an Entschuldigungen. Seine Gedanken wanderten zu Jay, und er schämte sich. Denk nach, sagte er sich. Um Himmels willen, denk doch nach!

Der Soldat hievte den Felsen über den Rand. Trent hörte ihn über die Klippe gleiten, dann krachte er unten rechts von ihm auf den Boden. Dann kam noch ein Felsen – und noch einer. Insgesamt waren es sechs. Die Felsen sollten den Soldaten treffen, den Trent dort unten gefesselt zurückgelassen hatte. Wahrscheinlich war die Belohnung der Grund dafür ... Die Abscheu, die Trent bei diesem Gedanken empfand, war es schließlich, die ihn wieder in den Kamin trieb.

Sein Herz schien auszusetzen, als der riesige Felsblock unter seinem Gewicht nach unten rutschte. Doch er ruckte nur noch ein kleines Stück tiefer in die Engstelle hinein. Trent zwang sich dazu, ruhig zu bleiben, mit gekreuzten Beinen setzte er sich auf den kühlen Stein. Sein Sitzplatz war wie geschaffen, um den Mann zu töten. Er lächelte. Es war ein frostiges Lächeln. Dann zog er sein Messer.

Die Schritte des Soldaten klangen entspannt und leicht, als er zum Kamin schlenderte. Undeutlich leuchtete seine Taschenlampe über den Rand und zwang Trent, seine Augen mit der linken Hand zu schützen. Der Kopf des Soldaten tauchte als gesichtslose Silhouette über ihm auf. Trent warf das Messer und wußte im gleichen Moment, daß er die Kehle des Mannes verfehlt hatte.

Die Finger zu Krallen geformt, kletterte er die letzten Meter des Kamins hoch und rollte sich über den Rand. Die Augen suchten nach seinem Gegner. Der Filipino war ein halbes Dutzend Schritte nach hinten getaumelt, bevor seine Beine nachgaben. Das Messer war ihm schräg durch die Unterseite seines Kinns nach oben gefahren. Er hielt es mit beiden Händen am Griff fest; Blut spritzte über seine Brust. Den Kopf völlig reglos haltend, verfolgte er Trent mit seinen Blicken.

Trent fand in der Gesäßtasche des Filipinos dessen Verbandszeug. Mit einer schnellen Bewegung zog er das Messer aus der Wunde und preßte eine Mullbinde dagegen. Beide Männer wußten, daß er den Tod damit nur wenige Minuten hinauszögern konnte.

Ernesto spürte, wie die Kraft um den Bausch heraus aus ihm hinaussickerte. Er wollte das mit Ram erklären, die Sache mit den Felsen, wollte erklären, daß der Chinese an allem schuld war, und natürlich auch die Juden, die Juden, die unseren Herrn, Jesus Christus, gekreuzigt hatten, der jetzt im Himmel zur Rechten Gottes, seines Vaters, saß.

Ernesto hätte das alles so ungeheuer gerne noch erklärt, aber dann dachte er, es sei egal, denn Gott würde ihn verstehen. Da entspannte er sich und lächelte den Fremden voller Dankbarkeit an. Wie schwerelos schwebte er in den Marmorsaal, an dessen Ende der goldene Thron stand, der so hell leuchtete, daß er Sein Gesicht nicht erkennen konnte, aber er hatte überhaupt keine Angst, als er sich dem göttlichen Gericht stellte. Er zitterte, aber das war nur sein Körper, und den brauchte er jetzt nicht mehr. Doch plötzlich wurde es dunkel, und es gab nur noch Entsetzen – das Entsetzen darüber, daß Gott seinen Glanz verhüllt hatte. Er versuchte zu schreien, aber es war zu spät.

Trent sah das Lächeln. Der Filipino zitterte, und Trent dachte, er sei jetzt tot. Doch plötzlich trat Entsetzen in die Augen des Mannes, und sein Körper krümmte sich, als versuche er, vor etwas zu fliehen. Dann war er tot, und Trent legte seinen Kopf vorsichtig zurück.

Die Spitze der Klippe mit der Taschenlampe absuchend, fand Trent das M-16-Gewehr des Soldaten, seinen Revolver und eine Rolle leichtes Seil. Er rollte einen Felsbrocken zum Kamin und ließ ihn hinunterfallen. Der fünfte Brocken schließlich löste den festgeklemmten Block, und Trent kletterte nach unten. Ram war tot, Trent löste seine Fesseln. Das änderte zwar nichts, aber er wollte sich von dem Mord distanzieren. Die Leiche verbarg er wieder unter dem verkohlten Stroh, damit das Mädchen sie nicht zu Gesicht bekam.

Das Leuchten des Vulkans überzog die Bäume und den Fluß mit einem schwachen, gelblichen Farbton, der Gestank nach Schwefel, verbrannten Hütten und verkohltem Fleisch lag in der Luft wie dicke Suppe. Trent mußte an die Hölle denken und würgte heftig. Sein Magen war leer, es kam nichts. Der Engländer verfluchte seine Schwäche, wischte sich den Mund an der Rückseite seines Unterarms ab, hob Rams Machete auf und schlang sich das Seil über die Schulter. Dann lief er über die Lichtung zur Leiter.

Sie hatte an den heruntergefallenen Gesteinsbrocken herumgezerrt, bis ihre Hände bluteten. Zwei ihrer Fingernägel rissen ab, und der Schmerz ließ sie innehalten. Dann hörte sie, wie jemand von der anderen Seite mit einem metallischen Gegenstand die Steinbrocken hochhebelte; sie erschrak und zog sich hastig zurück, bis ihr Rücken gegen die hintere Höhlenwand stieß.

Der eingestürzte Höhleneingang bestand aus lockerem Gestein. Trent hebelte die Trümmer mit der Machete los und beförderte sie links und rechts an der Leiter vorbei in die Tiefe.

»Es ist alles in Ordnung, Miß Li. Ich hole Sie!« rief er.

Solange er arbeitete, wiederholte er das unaufhörlich. Ohne sich zu fragen, ob sie ihn hörte oder nicht. Die Sätze glichen eher einem beschwörenden Zauberspruch, der das Mädchen in seiner Vorstellung am Leben erhielt und die Möglichkeit, daß sie zerschmettert oder bereits verhungert oder verdurstet daliegen würde oder gestorben war, weil sie nicht mehr hatte leben wollen, begrenzte. Letzteres war für Menschen, die man gefoltert und geschändet hatte, sehr oft die größte Gefahr.

Er trieb die Machete tief hinter einen Felsbrocken und wäre fast gefallen, als die Klinge plötzlich ins Leere stieß. Es konnte sein, daß die Frau unter den Steinen lag, daher ging er jetzt sehr behutsam vor und schob die Brocken vorsichtig zur Seite. Ein weiteres Trümmerstück löste sich – er sah die dahinterliegende Dunkelheit des Höhleninneren, wagte es aber nicht, die Taschenlampe einzuschalten, da es immerhin möglich war, daß er dem Mädchen damit einen panischen Schrecken einjagte. Bevor er sie anknipste, mußte er zumindest in der Höhle sein.

»Es ist alles in Ordnung, Miß Li! Ich hole Sie hier schon heraus«, sagte er. »Trent... Ich bin der Mann, der Sie von der Hütte hierhergebracht hat. Ich werde Sie auch hier herausholen. Erinnern Sie sich noch? Das habe ich versprochen. Alles wird wieder gut!«

Drei weitere Brocken, und er konnte durch die Öffnung schlüpfen. Sofort legte er seine gespreizten Finger über das Glas der angeknipsten Taschenlampe und lenkte den gefilterten Lichtstrahl zur Höhlendecke, damit sie beide sanft und indirekt beleuchtet wurden. Von oben bis unten mit Hühnerkot bedeckt, kauerte das Mädchen vor ihm, die Arme um den Oberkörper geschlungen. Sie wirkte wie die Insassin eines Irrenhauses.

»Trent«, wiederholte er. »Erinnern Sie sich? Ich habe Sie hier versteckt. Wir müssen jetzt hier raus, Miß Li!«

Haß akzeptierte er als ganz natürliche Reaktion. Doch bei ihr nahm er nur Leere wahr, sonst nichts. Auch das war ihm von früher her vertraut. Er wußte allerdings nicht, daß sie ihn wegen seiner freundlichen Stimme für schwach und unfähig hielt. Vorsichtig streckte er ihr die Tarnjacke entgegen. Das Mädchen jedoch war nicht gewillt, sie anzuziehen, und er mußte erst einen Arm in den Ärmel stecken und dann den anderen.

Mit Wasserentzug war nicht zu spaßen. Er suchte die Wasserflasche und reichte sie ihr, aber sie nahm sie nicht an. Wie eine Schaufensterpuppe reagierte sie nicht einmal, als er ihr die Flasche an die Lippen setzte und das Wasser ihr übers Kinn hinunterlief.

Die Kette war eine zusätzliche Schwierigkeit. Er wickelte sie um sein Handgelenk und versuchte, Jay durch die Lücke in den eingestürzten Felsen zu ziehen. Sie wollte nicht mitkommen.

Er packte ihre Schultern und wollte sie schütteln, verwarf das aber und sagte: »Miß Li, bitte, Sie müssen mir helfen!«

Sie gab keine Antwort, und er fluchte leise. »Hören Sie zu, Miß Li – ich werde Ihnen Ihre Handgelenke zusammenbinden, damit ich Sie tragen kann.«

Er band ihr die Handgelenke mit dem Seil zusammen und manövrierte sie vorsichtig durch die Lücke zum Rand des Höhleneingangs. Dort legte er sich ihre Arme um seinen Hals, so daß sie an seinem Rücken herunterhing. Ihr Gewicht drohte ihn nach hinten zu ziehen, und so legte er sich auf den Höhlenboden und schob sich ganz langsam rückwärts über die Kante auf die Leiter.

Die Entfernung zum Boden war nicht einmal halb so groß wie die Entfernung, die er im Kamin hatte nach oben klettern müssen, aber die Schmerzen in seinem Nacken und in seinen Schultern waren schon jetzt unerträglich. Er war sich nicht sicher, ob er die Kletterpartie überhaupt schaffen würde. Dann dachte er wieder an das Mädchen, dachte an Manolo Ortega, wollte, daß dieser Mann verlor.

Meldete sich der tote Marinesoldat nicht mehr über Funk, würde das den Kommandanten nicht weiter beunruhigen. Zumindest nicht sofort. Ortega konnte die atmosphärischen Störungen dafür verantwortlich machen. Irgendwann würde er jedoch mit dem Schlauchboot eine Patrouille flußaufwärts schicken. Es bestand die Möglichkeit, daß diese Männer die Leiche entdeckten, die Trent unter dem Stroh versteckt hatte. Dann mußten sie allerdings noch den Kamin hochklettern, den zweiten Soldaten finden und Bericht erstatten.

Und dann?

Hubschrauber standen nicht zur Wahl, die Asche des Vulkans konnte die Luftfilter verstopfen und die Triebwerke ruinieren. Nein, sie würden ihn zu Fuß verfolgen müssen, und um das zu tun, machte es wenig Sinn, daß Ortega die vier oder fünf Männer seiner ersten Patrouille vorschickte, es sei denn, er wollte Trent ein paar leichte Ziele zum Einschießen zur Verfügung stellen. Fünfzehn Männer waren das Minimum, dazu ein vollbesetztes Schlauchboot. Trent hatte nur ein einziges Boot gesehen. Schätzungsweise zwanzig Minuten würde es dauern, bis die Männer bereitstanden, weitere zwanzig Minuten, bis sie zum Fuß der Klippe gelangt waren, und noch einmal zwanzig Minuten, bis sie soweit waren, daß sie vom oberen Ende des Kamins aus weiter vorrücken konnten. Er hatte also eine Stunde Zeit.

Unten an der Leiter setzte er Jay ab und manövrierte ihre Füße in Rams Stiefel. Sie wollte nichts aus der Dose essen, die er öffnete, und er hatte nicht die Zeit, sie zu überreden. Sie wollte nicht laufen, daher schleifte er sie bis zum unteren Ende des Kamins, dann hievte er sie sich auf den Rücken. Den Regeln seiner Ausbildung gemäß wählte er sich ein erreichbares Ziel aus und schaute nie weiter als über den nächsten Haltepunkt hinweg. Er versprach sich, auf dem Weg nach oben Ruhepausen einzulegen, und zwar nicht abhängig von der zurückgelegten Entfernung, sondern immer dann, wenn er bis hundert gezählt hatte. Er zählte langsam und benutzte das Zählen dazu, seine Atmung zu kontrollieren. Die Schmerzen mußte er hinnehmen; sie hatten nichts mit dem zu tun, was er gerade machte, sondern gehörten wie der Vulkan und die Schwefeldämpfe zum Hintergrund. Er zählte langsamer, und als er bei hundert angekommen war, trieb er sich wieder voran.

Immer wieder sagte er sich: »Du kannst es! Komm schon, noch ein Halt.« Dann: »Herrgott noch mal! Leg dich ins Zeug! Noch einer. Komm schon – und noch einmal.«

»Du sagtest doch, ich könnte mich ausruhen«, diskutierte er mit sich selbst.

»Okay, aber einer noch!«

Die Finger um einen Felsvorsprung geklammert, beugte er sich leicht vor, um seinen Nacken und seine Schultern zu entlasten und das Gewicht des Mädchens über den ganzen Rücken zu verteilen. Sein rechter Fuß ruhte auf einem schmalen Felssims, der etwa zwölf Zentimeter weit auf einer Seite des Kamins entlanglief. Sein linker Fuß grub sich in ein Loch auf der anderen Seite. Der größte Teil seines Gewichts ruhte auf dem linken Bein, das er gestreckt hielt. Das rechte Knie hatte er angezogen, um neuen Halt für die Zehen zu gewinnen. Suchend schaute er nach oben und erkannte eine

Baumwurzel wieder, die er schon beim ersten Klettergang wahrgenommen hatte, doch jetzt, mit dem Mädchen auf dem Rücken, war sie jenseits seiner Reichweite. Den ganzen Weg hoch war das jetzt schon so, und er war so gottverdammt müde! Für eine Sekunde schloß er die Augen.

Etwas in ihm flüsterte: »Gib auf. Das Mädchen ist unwichtig.«

Er stieß einen heftigen Fluch aus, der entweder ihm selbst oder dem Selbst galt, das fast aufgegeben hätte. Er war sich nicht sicher, an wen er gerichtet war. »Dann öffne wenigstens deine verfluchten Augen«, sagte er.

Trent suchte nach einem näher gelegenen Halt und fand etwa fünfzehn Zentimeter oberhalb seines rechten Fußes eine kleine Felsleiste. Er dachte, er könne seinen Fuß darauf schieben, aber sein rechter Schenkel stand bereits waagerecht. Wenn er das Knie noch weiter hochhob, würde er nicht in der Lage sein, sie beide anzuheben. Das erste Mal war es so leicht gewesen. Wie Treppensteigen. Er fluchte wieder, fluchte, um zu verhindern, daß er die Augen schloß.

Etwa zwölf Zentimeter über der Leiste, auf der sein Fuß ruhte, öffnete sich in der linken Ecke des Kamins ein kleiner Spalt, der ungefähr einen halben Meter nach oben verlief und breit genug war, um einem Fuß Halt zu bieten. Er mußte seinen linken Fuß nur nach vorne und ein bißchen nach oben bewegen...

Entschlossen verstärkte er seinen Griff, machte einen Ruck nach rechts, riß seinen linken Fuß hoch und nach vorne in das untere Ende des kleinen Spalts hinein. Mit gespreizten Füßen, gebeugten Knien und dem Mädchen auf dem Rücken stellte er sich vor, daß sie wie ein Paar kopulierender Frösche aussehen mußten. In seiner neuen Position hing zuviel Gewicht an Hals und Schultern. Er holte mit Bedacht Luft, der Sauerstoff strömte in seine Lunge, dann verlagerte er sein Gewicht wieder auf den rechten Fuß und hob den linken Fuß bis zur Spitze des Spaltes, streckte beide Beine und hob eine Hand bis zu der Wurzel, dann die andere Hand. Jetzt zog er den linken Fuß aus dem Spalt und auf einen Steinhöcker.

Einen halben Meter waren sie dem oberen Rand des Kamins mittlerweile näher gerückt ...

»Wir sind fast da. Komm schon, du kannst es schaffen!« rief er sich zu.

In diesem Moment setzten die Eruptionen des Vulkans aus, und er hörte das Schnurren eines Außenbordmotors. Das ist nicht fair, dachte er.

»Von Fairneß war nie die Rede«, sagte sein anderes Selbst.

»Zum Teufel mit dir«, entgegnete er, und der Zyniker in ihm lachte.

Der Schweiß brannte in seinen Augen, seine Hand rutschte ab. Moskitos umkreisten ihn wie Helikopter. Er haßte Insekten. Wieder wollte er nach oben blicken, um zu sehen, wie weit sie noch zu klettern hatten, aber das würde den Aufstieg weder erleichtern noch beschleunigen. Auch der Blick nach unten auf den Fluß könnte das Schlauchboot nicht dazu veranlassen, langsamer zu werden.

»Beweg dich«, sagte er sich. »Beweg dich. So weit ist es nicht mehr. Noch zehn Griffe.«

Jetzt hatten sie die enge Stelle erreicht, an der der große Felsblock steckengeblieben war. Noch drei Meter, aber erst mußte er sich ausruhen, konnte unmöglich weitermachen. Er versuchte, gleichmäßiger zu atmen. Die Schmerzen hatten sich von seinen Schultern und von seinem Rücken aus bis tief in seine Lunge hinein ausgebreitet, sein Unterarm fühlte sich an, als würde er jeden Moment aufplatzen. Die Wunde an seinem Schenkel näßte. Er mußte sich vom Gewicht des Mädchens befreien, und wenn es auch nur für einen kurzen Moment war. Sich seitlich in den Kamin drehend, warf er sie nach hinten, so daß sie gegen die obere Schräge der Engstelle gepreßt wurde. Zehn Sekunden, versprach er sich.

Er konnte es nicht lassen, nach unten zu blicken.

Der Suchscheinwerfer auf dem Schlauchboot blitzte etwa einen Kilometer unterhalb der Anlegestelle zwischen den Bäumen in der Nähe des Flußufers auf. An der Felswand hochzuschauen war bestimmt das erste, was einer der Männer tun würde – und dann *Peng!*, und es war gelaufen.

Der Teufel soll sie holen, dachte er. Er atmete ein, wuchtete sich herum und schob einen Fuß in das Loch, das die Baumwurzeln zurückgelassen hatten. Der nächste Griff schien kilometerweit weg zu sein.

»Hoch!« rief er und stieß dann in einem unaufhörlichen Wortschwall Flüche aus, die er durch das Grollen des Vulkans hindurch hören konnte, fluchte immer weiter. Der Schweiß floß ihm in Strömen über seine Augen. Er dachte, seine Muskeln würden reißen. Wie einfach und schmerzlos dagegen der Sturz wäre …

»Versuch es noch einmal«, drängte er sich. »Wenn du es nicht tust, kannst du gleich loslassen.«

Jetzt konnte er die Kante sehen. Dreimal würde er seinen Halt noch ändern müssen. Dreimal. Er wußte, daß er das tun konnte oder daß er es tun mußte, hörte auf zu fluchen und bemühte sich, einen klaren Kopf zu bekommen. Dahin würden seine Hände wandern … und dahin … und dahin …

»Ein Kinderspiel«, versprach er sich. »Komm schon, Patrick! Bete zu Gott, du feiger Hurensohn! Unser Vater, der du bist im Himmel …«

Der Außenbordmotor dröhnte noch einmal auf, dann wurde er plötzlich abgestellt, während der Steuermann das Schlauchboot zur Anlegestelle drehte. Trent berührte die obere Kante des Kamins, aber sie war zu weit entfernt, um einen festen Halt zu finden, und er ließ seine Hände wieder zurück auf einen schmalen Sims sinken. Den linken Fuß hoch, dann den rechten … Das letzte Mal stieß er sich nach oben. Die Unterarme über den Rand gelegt, verankerte er sich mit seinen Fingerspitzen und scharrte mit beiden Füßen nach Halt. Der Lichtstrahl einer Taschenlampe traf ihn, und ein Mann rief etwas. Dann wurde es wieder dunkel. Der Mann hatte die Taschenlampe fallen lassen und nach seinem Gewehr gegriffen. In steilem Winkel nach oben oder unten zu schießen ist nicht einfach, insbesondere im Dunkeln. Die Salven ließen Steinbrocken wegspritzen, das Jaulen der Querschläger vermischte sich mit dem scharfen Knattern des Gewehrfeuers. Ein Knie hatte Trent jetzt über den Rand geschoben. Er rollte das Mädchen von seinem

Rücken, krabbelte hinter ihr her und zerrte sie in Sicherheit.

Sofort kroch er zu dem toten Marinesoldaten hinüber und griff nach dessen Gewehr. Im Augenblick stellten die Männer unter der Klippe keine Gefahr dar. Wenn er das Schlauchboot unbrauchbar machen konnte, würden Verstärkungen nur zu Fuß nachkommen können. Flammen aus dem Vulkan überzogen den Fluß mit bleichen, gelben Wirbeln. Das Schlauchboot war ein dunkler Fleck im Schatten der Anlegestelle. Trent jagte in einem Zickzackmuster eine lange Salve in den Fleck.

Vielleicht schickte Ortega die vier Männer ja tatsächlich als Späher voraus und ließ in aller Eile über das Flußufer Verstärkung nachkommen. Da er jetzt wußte, welche Richtung Trent eingeschlagen hatte, würde er auch an der Nordküste zusätzliche Truppen an Land gehen lassen. Trent und das Mädchen konnten also entweder hier auf der Klippe sterben oder dorthin laufen, wo sie von der anderen Seite in die Zange genommen wurden. Sie hatten keine große Wahl, konnten nur zusehen, daß sie in Bewegung blieben. Vielleicht ergab sich ja noch etwas. Vielleicht tauchte der Japaner auf, obwohl Trent das bezweifelte. Er war sich nicht einmal sicher, auf welcher Seite Tanaka eigentlich stand.

Der Engländer suchte einen großen Felsblock aus und manövrierte ihn in den Kamin hinein. Der Felsblock blieb in der Engstelle stecken, und Trent fügte noch ein gutes Dutzend weitere Felsen hinzu. Das würde Ortegas Männer, die sich irgendwo unterhalb der Klippe befanden, eine Weile aufhalten. Hastig bestrich er die Lichtung mit seinem Gewehrfeuer, um die Männer daran zu erinnern, daß man sich Lis Geld verdienen mußte.

Die Hälfte des Seiles, die Machete des toten Soldaten sowie dessen Streichhölzer und Zigaretten nahm Trent mit. Das M-16 und den Magazingurt vor der Brust hängend, hob er das Mädchen hoch und legte sie sich über die Schultern. Ein Streifen offenes Gelände trennte die Klippe vom dichten, zehn bis zwölf Meter hohen Bambusdschungel. Trent lief am Rand der freien Fläche entlang, bis er einen schmalen Pfad erreichte, der nach Norden führte. Die Piraten hatten den Bambus nach unten gezogen, um den Pfad zu tarnen, und ihn so zu einem Tunnel geformt. Trent mußte das Mädchen huckepack nehmen. Trockene Blätter raschelten im leichten Wind, die Bambusstangen schabten aneinander. Zündete man diesen Dschungel an, gab es kein Entrinnen. Trent begann zu laufen, aber die Füße des Mädchens verfingen sich immer wieder im Bambus.

Die Felsen im Kamin würden die Verfolger ein wenig aufhalten, und Trent schätzte, daß sie ungefähr eine halbe Stunde Vorsprung hatten und daß es noch mindestens eine weitere Stunde dauern würde, bis die Verstärkung oben auf der Klippe angelangt sein konnte.

Alle zehn Minuten machte er sechzig Sekunden Pause. Auf diese Weise benötigte er eine halbe Stunde bis zur unbewaldeten Bergflanke. Der Boden hier bestand aus bröckeligem Bimsstein, der noch von früheren Ausbrüchen herrührte. Trent setzte das Mädchen in ausreichender Entfernung von den Bambusstangen ab. Er wünschte sich, daß sie sprechen oder ihn anschauen würde, aber sie saß einfach zusammengekauert da und kuschelte sich in ihre Arme. Bis auf die Tarnjacke und die Stiefel und natürlich die Kette war sie nackt. Er schnitt vier dicke Bambusstangen ab, ferner ein Dutzend dünne und legte sie neben sie. Dann suchte er sich einen Haufen trockener Blätter zusammen und schichtete diese am Rand des Bambusdschungels zu einem lockeren Haufen auf, den er mit abgestorbenen Bambusstückchen noch erhöhte. Ihm blieben noch höchstens zwanzig Minuten.

Die dünnen Bambusstangen band er so über die dicken, daß eine Trage entstand, auf die er das Mädchen legte. Die vulkanische Asche hatte begonnen, alles mit einer dünnen Schicht zu bedecken. Trent befeuchtete ein Stück Unterhemd und wickelte es um ihren Kopf vor ihre Nase. Bei sich selbst machte er es genauso.

»Alles wird gut!« sagte er zu ihr. »Versuchen Sie, sich keine Sorgen zu machen!«

Er hatte schon dümmere Bemerkungen gemacht, wenn auch nicht viele, und mußte dabei an Tanakas sarkastische

Kommentare denken. Der Gedanke an den japanischen Ermittler erheiterte ihn, ohne daß es dafür logische Gründe gab. Trent grinste sogar, als er sich an den Liverpooler Akzent und die schlagfertigen Antworten des Detektivs erinnerte.

»Das wird ihnen etwas zu denken geben«, meinte er zu dem Mädchen, als er sich über den Haufen trockener Blätter kniete und sie anzündete. Die Blätter flammten auf, und er hob das M-16 und schoß ein halbes Magazin leer, um die Verfolger daran zu erinnern, daß er bewaffnet war.

»Wir sollten besser machen, daß wir fortkommen«, meinte er zu dem Mädchen und nahm die beiden Stangen der Schlepptrage hoch. Der Pfad führte hangabwärts, und er konnte die Wärme spüren, die der Lavafluß in nächster Nähe abstrahlte. Wegen des nach außen gewölbten Hangs konnte man die unteren Bereiche des Lavaflusses nicht einsehen, doch von den weiter entfernten Lavaströmen hatte sich keiner so weit den Berg herunterbewegt, daß ihre Flucht gefährdet war.

Seit einer halben Stunde hatte es jetzt keine Eruptionen mehr gegeben, und das Grollen im Hintergrund hatte sich zu einem beständigen Blubbern abgeschwächt, das Trent an einen betrunkenen Riesen denken ließ, der einen Teller heißer Suppe schlürfte. Vom feinen Vulkanstaub gefiltert, nahm das Licht jetzt einen trüben, fahlen Gelbton an, der von der sich unaufhörlich erneuernden Schwefelwolke, die mit dem leichten Wind in südlicher Richtung davontrieb, reflektiert wurde.

Hier gab es keine Bäume, weder Büsche noch einen einzigen Grashalm. Nur graue, alte Lava und die gelben und roten Streifen der frischen Lavaflüsse und weiter oben die gewaltige Spalte im Berghang, aus der die Lava so heiß herausbrodelte, daß Trent die Hitze bis hier unten riechen konnte. Alle paar Minuten hustete der Vulkan; noch immer quoll es aus ihm heraus, und für einen Moment trug er die goldene Feder einer Flamme auf seinem Gipfel.

Der Bambusdschungel hatte sich in eine lodernde Flammenwand verwandelt, die sich mit dem Wind neigte. Das Feuer würde Ortegas Männer eine Weile aufhalten. Die Schlepptrage bewährte sich, bergab ließ sie sich sehr leicht ziehen. Scharfkantige Bimsstückchen, die in Trents Stiefel drangen, waren die einzigen Unbequemlichkeiten, die sich einstellten. Der Engländer blickte zu dem Mädchen zurück und lächelte.

Vor dem flachen Talgrund hatte ein gewaltiger Erdrutsch bis zur Küste hin eine frische Narbe in die Landschaft gerissen. Trent wollte nicht daran denken, daß sie eventuell am gegenüberliegenden Hang wieder hochsteigen mußten, statt dessen erinnerte er sich an Tanaka.

Der Engländer war auch früher immer wieder auf andere Menschen angewiesen gewesen – nicht unbedingt während eines Einsatzes, da war er stets als Einzelgänger vorgegangen, sondern wenn es darum ging, daß man ihn irgendwo heraushauen mußte.

Wie er es früher schon getan hatte, dachte er an die alten Hasen seines Metiers. Genau so ein Mann fehlte jetzt, einer der alten Hasen mit einem Hubschrauber, der sich nicht um die Feuerkraft der gegnerischen Seite scherte, der sich nicht um die Unschlüssigkeit irgendwelcher Ausschüsse scherte, sobald er einmal sein Wort gegeben hatte. Den Briten waren solche Leute immer unheimlich gewesen. Sie hatten schreckliche Angst davor gehabt, Fehler zu machen, taten lieber gar nichts und nannten alles Handeln unverantwortlich. Bosnien bot dafür ein beschämendes Beispiel.

Doch er erging sich in Träumereien, mußte sich kontrollieren. Unvermittelt fiel das Gelände steil ab, und er sah, daß das Tal vor ihnen an einer Klippenkante endete. Davor hatte sich die Lava zu einem etwa zwanzig Meter breiten See ausgedehnt, der seinen Zufluß von einem Strom erhielt, der vor ihnen auf der Talsohle dahinfloß. Es gab keinen Weg, um der Lava auszuweichen. Ortegas Männer waren ihnen auf den Fersen, rückten immer näher. Der einzige Fluchtweg lag direkt vor ihnen.

21

Wieder kam vom Vulkan dieses bellende Husten. Die aufsteigenden Flammen glichen den gelben Blütenblättern einer Lilie. Ein frischer Lavastrom ergoß sich durch den Riß in der Seite des Kraters. Der Hauptstrom unterteilte sich in sechs Einzelströme, von denen der Strom, der in das steile Tal floß, am weitesten reichte. Oberhalb des Lavasees war dieser Strom drei Meter breit; er floß langsam und beständig dahin, die Oberfläche in stoßweisen Bewegungen – aus einer Tube gedrückter Farbe gleichend, die sich Stück für Stück über eine Palette schiebt.

Trent stand einige Meter vom Rand des Lavastroms entfernt. Die Hitze trocknete die letzte Feuchtigkeit seines über das Gesicht gelegten Tuchs, und er zog es herunter, bevor er sich zu dem Mädchen auf der Trage umschaute. Wieder versuchte er zu lächeln, aber der Staub um seine Augen herum hatte sich mit seinem Schweiß zu einer festen Kruste verbacken, die sein Gesicht fast starr machte. Er hatte das Gefühl, es würde gleich zerspringen.

Eine gewisse Ironie lag darin, daß ihr weiteres Vorwärtskommen jetzt von einem schmalen Strom unmöglich gemacht wurde, den er überspringen könnte, der aber zu breit war, um mit dem Mädchen auf dem Rücken hinüberzugelangen. Trent saß neben der Trage, hatte die Arme um die Knie gelegt und beobachtete, wie die Farben des Lavastroms dort dunkler wurden, wo er sich an den Rändern abkühlte. Auf der anderen Seite des Stromes stieg der Talhang steil in die Höhe. Zog er die Trage hinter sich her, würde das ein ganz schön schwieriger Aufstieg werden. Die Soldaten müßten inzwischen aufgeholt haben. Kletterte er ein paar hundert Meter zurück, würde er die sich beim Überqueren der Anhöhe deutlich vor dem Himmel abzeichnenden Gestalten mit dem Gewehr erwischen können, aber er sah keinen Sinn darin.

Das Mädchen konnte er erschießen, damit sie nicht in ihre Hände fiele, und würde das mit einem schnellen Schuß von hinten tun, so daß sie es nicht merkte. Und dann? Was dann? Sollte er Reißaus nehmen? Weder ihre Erschießung noch sein Davonlaufen wären besonders heldenhaft. Trent lächelte über das Wort und beobachtete dabei die ins Leere starrenden ausdruckslosen Augen des Mädchens.

Hoffnung war eine Grundtugend, Verzweiflung daher vermutlich eine Todsünde, die dem Papst aber sicherlich weniger wichtig war als die Verwendung von Verhütungsmitteln. Trent hatte zwar keine Familie, aber er hatte das Mädchen.

Trent umwickelte ihren Fuß und ihren Unterschenkel mit seiner Kampfjacke und vergrub alles im Bims, so daß nur die Kette wie eine Schlange herausragte. Mit der Machete löffelte er Lava auf die Kette. Nach einer Weile hatte sich die Lava abgekühlt, er wischte sie beiseite und ließ neue Lava auf die Kette fallen, bis das Eisen dunkelrot glühte. Noch einmal wechselte er die Lava aus, dann setzte er sich so hin, daß er das Mädchen mit seinem Körper abschirmte, hob den linken Arm, um seine Augen zu schützen, und jagte die noch im Magazin verbliebenen Kugeln in das glühende Kettenglied. Die Geschosse ließen Bimsstückchen hochspritzen, die seine Arme und Beine trafen und in die nicht von seinem Unterarm verdeckten Teile seines Gesichts schnitten. Die Kette hatte einen Riß bekommen, den Trent mit der Machete zu einem kleinen Spalt erweiterte. Schließlich öffnete sich das Kettenglied so weit, daß er die Kette abhebeln konnte. Die Schelle um den Knöchel und sechs Kettenglieder blieben übrig. Er zeigte dem Mädchen die Kette, bevor er sie in den Strom schleuderte, und grinste sie an.

»Noch sind wir nicht geschlagen, Miß Li. Schauen Sie mal her!«

Er löste eine der dicken Bambusstangen von der Trage, stach mit dem Ende in die Mitte der Lava und schwang sich über den Strom. Der Stab hatte zu brennen begonnen, der Engländer löschte die Flammen im Bims und schwang sich wieder zurück.

Neben ihr in die Hocke gehend, grinste er wieder und meinte: »Ein Kinderspiel. Sie müssen es tun, Miß Li. Entweder machen Sie es, oder die Männer Ihres Großvaters bringen Sie um. Gönnen Sie ihm nicht diese Befriedigung!«

Sie lachte ihn an, aber nur innerlich, und er sah es nicht. Dumm und schwach war er, dachte sie, als sie seinen flehentlichen Bitten zuhörte.

»Bitte«, bettelte er. »Bitte, Miß Li...«

Sie freute sich ungeheuer über seine Schwäche und ahmte spöttisch seinen affektierten britischen Akzent nach: »Bitte, bitte, bitte...«

Er hörte es nicht. Soviel Angst stand in seinem Blick – ein Hund, dachte sie, ein Labrador, der um Aufmerksamkeit bettelte. Sie tätschelte ihm den Kopf: »Guter Junge, braver Junge.«

Er stellte sich taub, und sie war versucht, ihm eine Ohrfeige zu geben, aber sie brauchte ihn noch. Er würde ein gutes Werkzeug für sie abgeben. Das wußte sie. Sie mußte ihn nur wie einen Fisch einholen und in ihr Netz gleiten lassen. Sie sah ihn im Netz sterben, er schnappte nach Luft, und sie kicherte, als sie beobachtete, wie sich seine Kiemen öffneten. Sie hielt das Netz ganz dicht über den Fluß, damit er das Wasser spüren konnte, und schaute zu, wie seine Augen glasig wurden und die Kiemen flatterten. Wenn sie ihn mit dem Finger anstupste, würde wie bei einem Fisch, der zu lange beim Fischhändler gelegen hatte, im Körper eine Delle zurückbleiben, dachte sie.

»Nicht gerade frisch«, meinte sie in geziertem Tonfall und freute sich darüber, daß ausgerechnet das die letzten Worte sein sollten, die er zu hören bekam. Sie spuckte ihn an, hoffte, er würde den Speichel in den letzten Momenten, die ihm noch blieben, fühlen, würde die bittere Verachtung fühlen, die sie ihm gegenüber empfand, die sie allen Männern gegenüber empfand, würde ihren Haß spüren.

Dann hörte sie ihr altes Kindermädchen hinter sich husten, und plötzlich fiel ihr ein, daß sie diesen Mann noch eine kleine Weile brauchte, also holte sie ihn wieder aus dem Netz heraus und verwandelte ihn zurück.

Er berührte ihren Unterarm.

»Wir haben nicht viel Zeit«, sagte er. »Bitte, Miß Li! Eine kleine Anstrengung!«

Sie hatte ihn bereits in der Hand, aber er mußte ihr völlig verpflichtet sein. Deutlich sah sie ihren Großvater und Wong Fu und die Männer in der Hütte – nein, die Männer in der Hütte waren schon tot. Aber die anderen ...

»Versprich es mir«, befahl sie.

Er glaubte, in ihren Augen einen Funken Leben zu sehen. Das Tuch vor ihrem Gesicht war trocken, er nahm es ab und besprenkelte es mit Wasser. Dann hielt er ihr die Flasche an die Lippen und tröpfelte ihr Wasser in den Mund, bis sie schluckte. Sie sagte etwas, aber er mußte sich bücken, bis sein Ohr ganz nah an ihrem Mund war. Erst da verstand er, daß sie ihn bat, ihr etwas zu versprechen.

Er versprach es ihr.

Zweimal sagte er es, damit sie sich sicher sein konnte: »Ich verspreche es, Miß Li. Ich verspreche es. Wollen Sie es jetzt versuchen?«

Er stützte sie unter den Armen, als sie sich schwankend neben den Lavastrom stellte. So zart ihr Körperbau auch war, sie schien zäh.

»Probieren Sie Ihre Beine aus. Bewegen Sie sie ein bißchen, damit sie nicht steif sind.«

Kniend rieb er ihre Unterschenkel.

»Sie müssen schnell sein«, warnte er. »Hinein mit dem Stab und rüber, bevor der Bambus zu brennen beginnt. Es ist ganz einfach, aber Sie müssen schnell sein.«

Er stand auf und reichte ihr einen Stab. »Halten Sie ihn fest.«

Sie schaute ihn nicht an.

Er konnte nicht erspüren, was in ihr vorging, aber ihre Finger hatten einen guten Griff, als sie die Stange hochhob. Sie würde es schon schaffen, dachte er. Aber er hatte Angst um sie – Angst, daß die Stange abrutschte und sie in die Lava fiel.

Die Bambusstange, die er ihr gegeben hatte, war diejenige, die er selbst benutzt hatte. Durch das Feuer verkürzt, war sie leichter als die anderen. Es war nicht nötig, daß sie auf den Lavastrom losrannte – ein paar Schritte, um in den Rhythmus zu kommen, dann hinein mit der Stange und hinübergeschwungen. Ohne zu sprechen, übte er es mit ihr ein, hielt sie am Ellbogen, als könnte er ihr die Art und Weise, auf die sie es tun mußte, über den Druck seiner Finger vermitteln. Doch ihre Augen waren wieder völlig ausdruckslos, und er konnte nicht beurteilen, ob sie ihn verstand.

Sie hob die Stange, und ganz plötzlich begann Trent zu beten …

Die Lava war schön, teilweise fast weiß; dort, wo sie sich im Fließen kräuselte, wirkte sie gelb und orange; an den Rändern war sie dunkelrot und schwarz. Der Geruch der Hitze erfüllte sie mit Freude. Sie plazierte den Bambusstab auf Wong Fus Brust und drückte dagegen. Er kippte nach hinten, trieb auf der Oberfläche, und sie genoß seine Qualen. Dann wurde es ihr langweilig, und sie stieß ihn nach unten. Die hochzischende Flamme an der Stelle, an der sein Kopf verschwand, zauberte ein Lächeln auf ihr Gesicht. Sie wandte sich dem Mann zu, Trent, und fragte ihn nach ihrem Großvater. Doch er schüttelte sie und nahm ihr den Stab aus der Hand.

Zunächst hatte sie den Stab nur an die Oberfläche des Stroms gehalten, und er brannte bereits, als sie ihn in die Lava stieß. Sie machte das ganz langsam, als ob sie dabei ein Hindernis überwinden müsse.

»Sie müssen es schnell tun, Miß Li!« rief er.

Er zeigte es ihr noch einmal mit einer neuen Stange. In den zwanzig Minuten, in denen sie am Ufer des Lavastroms gestanden hatten, war dieser breiter geworden. Trent hielt das Mädchen am Ellbogen, legte den verkürzten Stab in ihre Hände.

»Nicht denken, einfach tun«, sagte er. »Es ist ganz einfach, Miß Li. Kommen Sie, wir machen es zusammen!« Er nahm einen der anderen Stäbe. »Sind Sie soweit? Ja? Los jetzt!«

Der Engländer segelte auf die andere Seite und drehte sich

um. Sie beobachtete ihn, hatte sich nicht vom Fleck gerührt. Fluchend schwang er sich wieder über den Lavastrom zurück und drückte die an der Stange hochzüngelnden Flammen aus.

»Miß Li«, sagte er, »die Männer Ihres Großvaters kommen immer näher. Sie müssen es tun, und zwar jetzt!«

Sein Ohr fast an ihren Lippen, hörte er sie flüstern: »Versprich es mir.«

»Ich verspreche es«, sagte er. Was er ihr versprach, war ihm ziemlich gleichgültig. Er mußte das Mädchen über den Lavastrom und über die nächste Anhöhe bringen. Wurden sie auf dem ungeschützten Berg von den Soldaten gestellt, waren sie eine leichte Beute.

»Ich verspreche es«, wiederholte er. Er tat das, um ganz sicherzugehen, daß sie es auch gehört hatte. Dann sagte er: »Aber wenn ich tot bin, hilft Ihnen mein Versprechen auch nicht weiter. Und wenn Sie nicht über den Strom springen, werden wir beide sterben. Also tun Sie es bitte für mich, und zwar jetzt, Miß Li! Kommen Sie, wir machen es zusammen. Auf diese Weise ist es einfacher. Alles klar? Okay. Also, eins, zwei, drei – und bei drei geht's los!«

Er zählte bis drei und schrie zu ihr hinüber: »Los!«

Doch beim Rufen sah er, daß es nicht nötig war, denn sie hatte sich entschlossen, die andere Seite zu erreichen. Der Sprung fiel ihr ganz leicht. Er warf ihre Stange in den Strom, sprang wieder zurück, um das Gewehr zu holen, und befestigte die Wasserflasche an seinem Gürtel. Die restlichen Stangen der Trage schob er ebenfalls ins Feuer, sprang wieder über den Lavastrom zu dem Mädchen und verbrannte auch die letzte Stange.

Nachdem er ihre Gesichtstücher angefeuchtet hatte, band er sie wieder fest. Der Vulkan gab ein hustendes Geräusch von sich; Trent schaute hoch und sah frische Lava aus dem Spalt quellen. Die Soldaten würden beim Überqueren des Stromes Schwierigkeiten bekommen.

»Wir haben unsere Stangen verbrannt«, sagte er mit einem flüchtigen Grinsen und nahm sie an der Hand, um sie den Hang hochzuführen.

Sie lächelte nicht, schaute aber zurück. Von der Anhöhe hinter ihnen kam das schlurfende Geräusch herunterrutschender Bimssteine. Trent warf das Mädchen zu Boden, wenige Augenblicke später hörte er das scharfe Rattern eines M-16-Gewehrs. Die Verfolger wurden von der Lichtglut des Lavastroms geblendet, und die Kugeln schlugen hoch rechts über ihnen ein.

Wenn die Soldaten einen klaren Kopf behielten, würden zwei von ihnen den Hang herunterkommen, während die anderen beiden auf dem weiter oben liegenden Gelände blieben, um ihren Kameraden Deckungsfeuer zu geben. Die ersten beiden Soldaten zu töten, sobald sie den Lavastrom erreichten, würde nicht schwerfallen. Doch die anderen beiden konnte er nicht erwischen, so daß es sinnlos war, überhaupt auf sie zu schießen. Außerdem wollte Trent nicht einfach so Menschen töten – es mußte schon sehr zwingende Gründe dafür geben.

Der Lavastrom erweiterte sich um etwa drei Zentimeter in der Minute. Konnte er die Männer noch eine Weile aufhalten, würden sie nicht mehr in der Lage sein, über den Lavastrom zu gelangen.

Er nahm einige Patronen aus einem Magazin und kroch von dem Mädchen weg. Die Patronen steckte er mit den Zündhütchen nach unten in Richtung Lava in den Bimsstein. Die erste Patrone plazierte er etwa dreißig Zentimeter von der Lava entfernt, die andere in einer Entfernung von sechzig Zentimetern. Trent war erst ein paar Meter von den Patronen weggekrochen, da explodierte bereits die erste von ihnen. Sofort schlugen überall um ihn herum Kugeln ein, doch er kroch weiter. Die zweite Patrone explodierte, und erneut krachten Schüsse.

Dann war er wieder bei dem Mädchen. Er glaubte nicht, daß es viel Zweck hatte, ihr seinen Plan zu erläutern, aber er versuchte es, während er mit dem Daumen die Patronen aus drei der vier letzten Magazine herausdrückte. Er ordnete die Patronen in Gruppen zu je fünf Stück an, wobei er zwischen ihnen jeweils fünf Zentimeter Abstand ließ. Jede Gruppe war zwei bis drei Meter weiter in Fließrichtung des

Lavastroms plaziert und etwa zehn Zentimeter weiter vom Rand des Stroms entfernt als die vorherige.

Die Hitze zündete die erste Gruppe Patronen, einige Sekunden lagen zwischen den Explosionen. Hundertfünfzig Meter Kletterei würden sie auf die nächste Anhöhe bringen. Trent versuchte, das Mädchen zu führen, aber sie blieb wie ein störrischer Esel stehen, und so warf er sie sich über die Schultern.

Die Soldaten bestrichen den Rand des Lavastromes mit ihrem Gewehrfeuer, und ein Querschläger schlug dicht neben ihnen ein. Trent fragte sich, wieviel Munition sie wohl dabei hatten – sechs Magazine plus das Magazin im Gewehr und zwei Patronengurte waren in den USA der Standard. Die Filipinos wurden nach dem für die US-Streitkräfte gültigen Handbuch ausgebildet. Es gab also nicht viel Hoffnung darauf, daß den Soldaten die Munition ausging, bevor er das Mädchen auf die Anhöhe geschleppt hatte.

Der nachgebende Untergrund aus Bims machte den Anstieg noch anstrengender, und Trent mußte nach einem Drittel des Weges schwer atmend und taumelnd haltmachen. Er kippte das Mädchen auf den Boden und ließ sich neben sie plumpsen, als eine weitere Gruppe Patronen mit lautem Krachen in die Luft flog. Die Soldaten schossen jetzt verhaltener zurück.

Eine weitere Gruppe explodierte, und Trent legte sich das Mädchen wieder über seine Schultern. Er hatte erst dreißig Meter zurückgelegt, als er sich schon wieder ausruhen mußte. »Miß Li«, sagte er und legte sich neben sie, »ich bin völlig am Ende. Sie müssen jetzt mithelfen.«

Das Ausmaß ihrer Mißhandlungen hielt ihn davon ab, sie zu ohrfeigen, obwohl das nach den Büchern, die er gelesen hatte, genau das Richtige war – vielleicht waren es aber auch die falschen Bücher gewesen.

»Noch hundert Meter, und wir sind in Sicherheit«, sagte er.

Er zog sie am Arm, und sie wandte ihm ihre ausdruckslosen Augen zu. Einen Augenblick dachte Trent an die Männer, die sie mißhandelt hatten. Eine weitere Gruppe Patronen krachte, und er schulterte sie erneut. Noch hundert Schritte, dann würden sie oben sein.

Jeden Schritt zählend, befahl er sich, weiterzugehen. Die Angst war die ganze Zeit da, lauerte im Hintergrund – die Angst vor der brodelnden und blubbernden, aus dem Spalt schießenden Lava. Schweiß und vulkanischer Staub legten sich wie Zement auf Gesicht und Arme, Staub verstopfte die Nasenlöcher, die Wunden pochten. Sechzig, zählte er, einundsechzig, zweiundsechzig …

Eine Lavawoge verbreiterte den Strom, und ein Dutzend der Patronengruppen flog fast gleichzeitig in die Luft. Dieses Sperrfeuer konnte unmöglich von einem einzigen Mann stammen. Ab jetzt würden die Marinesoldaten den Hang nach Bewegungen absuchen. Neundundsechzig Schritte, siebzig, einundsiebzig …

Trent redete sich ein, es schaffen zu können. Achtzig, einundachtzig …

Der Hang schien jetzt nicht mehr ganz so steil zu sein. Plötzlich wurden sie von der Anhöhe hinter ihnen unter Beschuß genommen. Ganz in der Nähe und etwas weiter links hörte der Engländer das Jaulen einer Kugel, die vom Bims abprallte. Die Soldaten gaben jetzt Einzelschüsse ab und wußten, wohin sie zielen mußten.

Trent wickelte seine Kampfjacke um die Mündung seines M-16-Gewehrs, damit die ersten Blitze des Mündungsfeuers nicht zu sehen waren. Er suchte sich ein scherbenförmiges Bimsstück der richtigen Größe, lud das Gewehr mit dem letzten Magazin, rammte die Scherbe in den Abzugsbügel und schleuderte das Gewehr nach links unten weg. Dann packte er das Mädchen auf die Schulter und jagte den Hang hoch.

Das Feuer aus seiner M-16 wurde mit einem wahren Geschoßhagel beantwortet. Dann war das Magazin leer, und auch die Soldaten hörten auf zu schießen. Trent stellte sich vor, wie sie ihre Ferngläser hin und her schwenkten, und war sich dessen bewußt, daß die Scharfschützen auf der gegenüberliegenden Anhöhe ein sich deutlich vor dem Himmel abzeichnendes Bild ihrer Opfer bekommen würden. Trent hatte nicht sehen können, inwieweit das Gelände hinter der Anhöhe geneigt war, aber es konnte durchaus sein, daß sie dort noch fünfzig oder sechzig Meter überwinden mußten. Das Mädchen und er waren dort kaum zu verfehlen, und eine weitere List wollte ihm durchaus nicht einfallen.

Sein Vater hatte sich an seinem Schreibtisch erschossen, und seine Mutter hatte ihren Jaguar gegen eine Wand gefahren. Dieses Mädchen war vergewaltigt und gefoltert worden, und was noch viel schlimmer war: Ihr Großvater versuchte, sie umbringen zu lassen. Die einzige Wahrheit des Lebens lautete: Wie schlimm die eigene Situation auch sein mochte, es gab immer jemanden, dem es noch schlechter ging. Immerhin hielt er sich freiwillig in der Nähe des Vulkans auf, wodurch er um einiges besser dran war, als wenn er nach der Pfeife der Sonderabteilung oder des Mannes hätte tanzen müssen, der seine Aktivitäten kontrollierte und gleichzeitig versuchte, ihn ermorden zu lassen. Solange das Mädchen in seiner Obhut war, würde ihn oder das Mädchen keiner umbringen.

»Noch zehn Meter, dann sind wir oben, Miß Li«, sagte er. »Wir schaffen es.« Er sagte ihr nicht, daß die eigentliche Gefahrenzone erst dann vor ihnen lag.

Unten am Lavastrom schrie gellend ein Mann – einer der Soldaten mußte versucht haben, über die Lava hinwegzuspringen. Ein einzelner Schuß hallte, und das Schreien hörte auf.

Der Vulkan bellte wieder los, am Kraterrand schlugen die Flammen in den Himmel und beleuchteten ein Plateau von der Ausdehnung eines Sportplatzes. Nirgendwo gab es ein Versteck für sie. Setz alles auf eine Karte! befahl sich Trent. Ein weiterer Schuß wurde auf sie abgefeuert, dann eine ganze Salve.

Der Stoß hätte ihn fast um seine Achse gewirbelt. Er kämpfte um sein Gleichgewicht und raste weiter, weil es jetzt zu spät war, noch irgend etwas anderes zu tun. Alles war feindlich: Li und seine Männer, die Hitze, der stinkende Schwefel, der Staub, der in den Augen brennende Schweiß, das über seinen Rücken fließende Blut, die ganzen Schmerzen.

Unten im Westen konnte er einen sanft abfallenden Hang entdecken, über den der Erdrutsch hinweggefegt war, direkt vor ihm lag das Ende eines Lavastroms. Eine bleiche, schmale Linie markierte den Rand des Bimssteins. Die Linie war ein Weg, dahinter lagen Felder und Bäume.

22

Hochschießende Flammen erhellten die Landschaft, und der hustende und spuckende Vulkan stieß weitere Lava aus der Seite des Bergkegels heraus. Der Weg war nicht einmal einen Kilometer weit entfernt und lag hinter der durch den Erdrutsch gerissenen Narbe. Man mußte nur bergab gehen, es war ganz leicht. Zwar gab es keinen Grund, anzunehmen, daß sie sich in Sicherheit befanden, wenn sie diesen Weg erreichten, aber Trent brauchte ein Ziel.

Kleine Bimsstückchen waren ihm von oben in die Stiefel gefallen und scheuerten die Haut auf. Das Gewicht des Mädchens schien ihn immer tiefer in das lose, krümelige Gestein hineinzuziehen, bis er schließlich auf die Knie gezwungen wurde. Er legte das Mädchen auf den Boden und kniete sich neben sie. Die Kugel hatte ihre Schulter durchschlagen. Trent zerriß seine Jacke, formte einen Bausch und band ihn über die Wunde, dann fesselte er mit den restlichen Streifen ihren Oberarm seitlich an ihren Körper.

Sie war unfähig, den Schmerz zu spüren. Er war zu weit weg. Der neben ihr kniende Mann mit seinen wohlwollenden, anteilnehmenden Worten war ihr viel zu gefühlvoll. Sie hatte genügend Kraft, um ihn genauso zu vernichten, wie sie auch schon die anderen vernichtet hatte, Wong Fu in der Lava… Nein, das war noch nicht zu Ende. Tief im Innern ihrer Höhle schüttelte sie sich wie ein Hund und lachte stillvergnügt in sich hinein, weil ihr das Vergnügen von Wong Fus Tod noch bevorstand, und es würde köstlich sein, darüber nachzusinnen.

Dieser Mann mit seinen Entschuldigungen gehörte ihr und war dazu da, ihre Befehle auszuführen. Sie begutachtete ihn aus der Sicherheit ihres Schlupfwinkels heraus und kam zu der Ansicht, daß er jetzt körperlich genauso schwach war wie geistig und daß sie ihn unterstützen mußte. Er war ihr Diener, ihr Werkzeug, und das mußte benutzbar bleiben.

Sie schaute über ihn hinweg zu dem Schatten, dessen Umriß sich vor den Flammen abzeichnete. Der Schatten verwandelte sich in einen Mann mit einem Gewehr. Er duckte sich wie eine Katze, aber er war nur ein Mann, und sie kicherte über seine Selbstgefälligkeit. »Töte ihn«, befahl sie Trent.

Er war dumm und hörte nicht, daher mußte sie fast bis an den Eingang ihrer Höhle treten, wo die Schmerzen auf sie warteten. Sie würde ihn später dafür bestrafen, daß sie das tun mußte, doch jetzt mußte sie schnell sein, weil der Mann ganz nah war und ein Gewehr hatte und sehr gefährlich schien.

»Töte ihn«, befahl sie erneut. Ihr Handlanger jedoch murmelte weiter seine Entschuldigungen und fummelte an ihrem Arm herum. Er vertrödelt die Zeit mit irgendeinem Unsinn, während um ihn herum die Welt untergeht, dachte sie und kicherte. Dann hob der Mann sein Gewehr, und ihr Haß fegte alles andere hinweg.

»Töte ihn«, kreischte sie. »Töte diesen Scheißkerl!«

Ihre Augen waren ausdruckslos geblieben, aber er hatte gespürt, daß sie ihn beobachtete. Jetzt hatte sie ihre Aufmerksamkeit wieder etwas anderem zugewandt, und Trent fühlte eher, als daß er es sah, wie ein plötzlicher Energieschub ihren Körper erbeben ließ.

»Tut mir wirklich leid, Miß Li. Es ist alles meine Schuld«, sagte er ruhig und horchte. Gleichzeitig hob er seine Schultern, als ob er so seine Schmerzen etwas lindern könne, und griff mit der rechten Hand hinter sich, um seinen Nacken zu massieren.

Aufstöhnend meinte er: »Wir haben schon eine ganz schöne Strecke geschafft, Miß Li. Es sind nur noch ungefähr anderthalb Kilometer.« Dabei schaute er zu der Anhöhe zurück, die sie gerade überquert hatten.

Der Marinesoldat war etwa dreißig Meter entfernt, seine Gestalt war vor der aus dem Spalt in der Bergflanke strömenden Glut deutlich zu sehen.

»O Gott«, murmelte Trent. An das Mädchen gewandt, fügte er hinzu: »Tut mir leid, Miß Li.« Er hob die linke Hand über seinen Kopf und rief dem Soldaten zu: »Wir sind beide verwundet! Wir brauchen Hilfe!« Dann noch ein »Bitte!« und ein »O Gott!«

Bitte, laß ihn noch ein Stück näher herankommen.

Der Soldat kam tatsächlich näher, als wollte er, daß sie ihn deutlich sehen konnten. Sein M-16-Gewehr hielt er locker unter dem rechten Arm, der Finger lag am Abzug. Dann zog er das Handfunkgerät aus dem Futteral.

Zwanzig Meter.

Da kreischte das Mädchen: »Töte ihn!«

In diesem kurzen Moment der Ablenkung schnellte Trents Arm nach vorne. Auf eine Entfernung von zehn Metern konnte er eine Spielkarte oder die Kehle eines Mannes treffen. Jetzt waren es zwanzig Meter, und er hatte sich ein größeres, genauso verwundbares Ziel ausgesucht – den Bauch. Der Mann würde dadurch nicht tot sein. Trent schnellte hoch und rannte wie ein Sprinter los. Er erwartete, daß der Soldat auf ihn schießen würde, der war jedoch so überrascht, daß er sein Gewehr weit wegwarf und den Messergriff umklammerte.

Der Engländer machte einen Satz nach vorne und stieß den Soldaten zurück, der stolperte und stürzte. Trent drehte ihn auf den Bauch, der Mann schrie auf.

»Alle viere von dir gestreckt!« befahl Trent. »Und jetzt roll dich auf den Rücken!« Er nahm dem Mann Revolver, Messer, Machete und Handgranaten ab und forschte in dessen Gesäßtasche nach Verbandszeug. Dann knöpfte er die Kampfjacke des Filipino auf und lockerte seinen Gürtel, um den Druck von der Wunde zu nehmen. »Ich werde mir mein Messer zurückholen«, kündigte er ihm an.

Der Soldat nickte, und seine Lippen wurden weiß, als er

mit den Zähnen knirschte. Trent schlug ihm mit der linken Hand ins Gesicht und nutzte den Augenblick der Überraschung, um das Messer herauszureißen. Dann preßte er den Verband auf die Wunde und legte die rechte Hand des Filipinos darauf.

Der Mann versuchte zu sprechen, aber Trent sagte: »Spar dir das. Du wirst deine Kraft noch brauchen.«

Aus einem der schweren Schuhe des Soldaten zog er den Schnürsenkel heraus und band damit den Sicherungsstift der Handgranate fest. Der Soldat würde einige Minuten benötigen, um den Knoten zu lösen, und währenddessen waren Trent und das Mädchen außer Reichweite.

»Wirf sie weit weg, wenn die Verstärkung kommt, damit sie dich finden, dir aber keine Kugel in den Kopf jagen«, empfahl ihm Trent.

Wenn die Schmerzen zu stark werden sollten, gab es auch noch eine andere Verwendung für die Granate. Sie wußten es beide, und der Filipino schenkte Trent ein müdes Lächeln.

»Es erfordert ganz schönen Mut, über die Lava zu springen«, meinte Trent und fluchte. »Li und sein Scheißgeld ...«

Die Hälfte des Wasservorrats des Soldaten goß er in seine eigene Feldflasche, dann besprenkelte er das Gesichtstuch des Filipino und legte dessen Flasche mit lockerem Verschluß in seine linke Hand.

»Tut mir leid, mehr kann ich nicht für dich tun«, sagte er.

Der Soldat zeigte erneut sein müdes Lächeln, und Trent wandte sich dem Mädchen zu.

Die Verzweiflung hatte sie an die Oberfläche gerissen, und sie hatte einen schrillen Schrei ausgestoßen. Jetzt hielt sie der Schmerz gefangen, und sie konnte nicht mehr zurück. Winselnd beobachtete sie den Mann, Trent, der sich gerade über den Killer beugte – sie wollte, daß er sich neben sie stellte. Zunächst konnte sie nicht begreifen, was er da tat, dann erkannte sie, daß er dem Mann Erleichterung verschaffte.

Daß Männer sich unter Ausschluß der Frauen miteinander verbündeten, war ihr vertraut; Männer hatte ihr schon immer den Rücken zugedreht, wenn sie sich Geheimnisse der

Hochfinanz zuraunten. Doch in Wirklichkeit war es bei ihren Gesprächen meist um Sex gegangen. Einem Mann durfte man einfach nicht vertrauen. Früher hatte sie so getan, als sei das anders, aber diesen Fehler würde sie nie mehr machen.

Sie kroch zu dem Gewehr hinüber, packte es mit einer Hand und setzte sich hin, wobei sie den Lauf auf ihre Knie legte. Mit dem Finger am Abzug wartete sie darauf, daß Trent sich umdrehte. Der Filipino war ihr gleichgültig, aber Trent war ein Verräter. Sie wollte, daß er an ihrem Blick erkennen konnte, daß er sterben mußte.

Er drehte sich um und lächelte, als sie abdrückte. Dann spürte sie, wie ihr die Tränen kamen. Sie konnte sie nicht zurückhalten.

»Es gibt einen Sicherungshebel«, sagte Trent. Sie hatte immer noch Zeit genug, ihn umzubringen, aber das kümmerte ihn nicht weiter. »Für Morde ist die andere Seite zuständig.«

Er entriß ihr das Gewehr und schleuderte es den Hang hinunter. Dann hockte er sich ihr gegenüber hin, sah den Schmerz in ihren Augen, das Leid, die Scham. Am meisten haßte er die Scham, aber bei Folteropfern war das eine ganz normale Regung. Mit dem Handrücken wischte er ihr die Tränen ab. Zumindest hatte sie wieder zu sich gefunden, es gab also noch Hoffnung. Fast mußte er lächeln – Hoffnung in dieser Situation!

»Los, schauen wir mal, ob Sie laufen können«, meinte er.

Er half ihr auf die Beine und legte ihr stützend einen Arm um die Hüfte.

»Ganz langsam«, sagte er und rollte die verschnürte Granate zu dem Soldaten hinüber.

Der Mann hob einen Finger von der Wasserflasche. Es war keine auffällige Geste, aber die Bedeutung war unmißverständlich: *Da kann man nichts ändern, aber zwischen dir und mir ist alles klar.*

Trent dachte daran, noch einmal zu wiederholen, daß es ihm leid täte, aber der Marinesoldat wußte das bereits, und so zuckte er die Schultern und hob die Hand, bevor er das Mädchen den Abhang hinunterführte. Er erwartete, die Detonation der Granate zu hören, aber der Mann war tapfer und hielt noch durch.

Der Hang war nicht steil, und die Spitze des nächsten Lavastroms war ein gutes Stück vom Weg entfernt. Bis zum Flachland an der Nordspitze der Insel waren es etwa sechzehn Kilometer, und dazwischen gab es noch vier weitere Lavaströme. In einem schmalen Streifen fruchtbaren Ackerlandes oberhalb der Klippe waren die philippinischen Flüchtlinge vor der Lava sicher, dieser Streifen glich einem Korridor und bot den einzigen Weg nach Norden.

Sie erreichten den Rand des ersten Erdrutsches. Ursprünglich hatte sich der Bims dort in bis zu eineinhalb Meter hohen Ansammlungen abgelagert, die jedoch durch den Erdrutsch vom Felsuntergrund weggerissen worden waren. Riesige Brocken vulkanischen Gesteins verstrahlten noch drei Stunden nach dem Hauptausbruch rotglühend ihre Hitze; das Grundgestein war mit warmer Schlacke übersät, deren Glutkern wie das Leuchten von Glühwürmchen durch das schwarze Gitterwerk der Oberfläche hindurchfunkelte.

Trent sah keinen Sinn darin, zu versuchen, das Mädchen zur Eile anzutreiben.

Sie tat ihr Bestes, aber sie hatte seelisch furchtbare Wunden davongetragen, und die Schmerzen erinnerten sie ununterbrochen an das, was sie durchgemacht hatte.

Sie liefen durch hauchdünne Staubschleier. Das Glühen der näher kommenden Lava beleuchtete ihren Weg. Die ganze Zeit begleitete sie von oben ein tiefes Grollen; die unaufhörliche Drohung einer herabschießenden Lawine aus glühender Hitze hing wie ein Damoklesschwert über ihnen Jenseits des Weges schwelten Baumstümpfe, der Schwefelgegeruch vermischte sich mit dem Gestank verbrannter Weidetiere.

Dann hatten sie den Fahrweg erreicht. Trent hielt das Mädchen für einen Augenblick fest und sagte zu ihr, daß sie sich gut gehalten habe und daß sie fast da seien. Er sagte allerdings nicht, wo das war. Aber er versprach ihr, daß sie dort in Sicherheit sein würden. Das war natürlich gelogen. Ortegas Männer waren ihnen auf den Fersen, und weitere Männer von ihm hatten wahrscheinlich bereits am Ende des schmalen Korridors aus fruchtbarem Ackerland – ihrer einzigen Möglichkeit, nach Norden zu kommen – Stellung bezogen. Auch Tanaka Kazuko hatte angekündigt, im Norden auf sie warten zu wollen.

Der Urlaubsort auf Mindanao präsentierte dem Betrachter die Postkartenromantik der Philippinen: von Blumenbeeten eingefaßte Rasenflächen, jeder Stein weiß angestrichen. Reihen von Palmen zwischen Hütten mit richtigem Strohdach und richtigem Bambus, obwohl das nur die dekorative Umhüllung klimatisierter Wohneinheiten war – Wohneinheiten mit Fußböden, die mit unglasierten Kacheln belegt waren und über funkelnde Badezimmer verfügten, in denen das heiße Wasser in der Dusche aus Dreifachdüsen spritzte. Dort gab es Waschbecken, Toilettenschüsseln und Bidets *für sie* und *für ihn*. Sogar das durch das Filtersystem des Urlaubsparadieses gesäuberte Wasser schien zu glänzen – die Filteranlage war natürlich importiert, denn für die Reichen war nichts von den Einheimischen Produziertes gut genug. Die Frauen einmal ausgenommen …

Ortega wußte genau, daß Trent sich am Vulkan aufhielt, und war deswegen Sir Philip Li hinterhergeflogen. Seine Uniform und seine Armeestiefel trugen noch die Spuren des Dschungels. Mit seinem Revolver im Futteral am Gürtel sah er richtig echt aus, genau der Mann, um die beiden Starlets aus der Düsseldorfer Medienwelt, die mit Philippine Airlines hergeflogen waren, um Bademode aus einer neuen Kollektion zur Schau zu stellen, einer Ohnmacht nahezubringen.

Der private Speisesaal war für die Hochzeiten und Geburtstagsfeiern der philippinischen Oligarchie entworfen worden. Ein Diener in makellosem Weiß öffnete Ortega die Tür.

Sir Philip saß gerade vor einem Teller perfekt ihrer Schale beraubter und in handgerechte Stücke zerlegter Früchte: Mangos, Ananas, Melonen, Papayas. Er hatte seinen grauen Tagesanzug gegen einen dunkelblauen Anzug aus einem leichten, mit Rohseide verstärkten Wollstoff getauscht. Dazu trug er ein weißes Baumwollhemd, eine edle Markenkrawatte alten Stils, blaue Socken und schwarze, nicht übertrieben auf Hochglanz gebrachte Schuhe. Alles exklusiv, aber Ausdruck des Understatement...

Sein Leibwächter stand so, daß er sowohl die Tür als auch die Fenster mit Blick über den Privatstrand im Auge behalten konnte.

Dies war der Lebensstil, den sich Ortega wünschte. Wenn ihm die Belohnung ausgezahlt wurde, dann sollte diese Welt der Privilegien auch ihm offenstehen.

»Wir haben sie«, sagte er und legte die Karte auf den Tisch. Er zeigte auf den schmalen Korridor, der im Westen vom Berg und im Osten von den Klippen, die senkrecht ins Meer abfielen, begrenzt wurde.

»Ein Flugzeug hat die Gegend überflogen und Fotos gemacht. An dieser Stelle tritt die Lava aus«, sagte er und zeigte auf die Flanke des Bergkegels. Dann berichtete er dem Finanzier von den sechs Lavaströmen und erklärte ihm, daß der südlichste in ein steiles Tal hineingeflossen wäre und dort von einem Erdrutsch aufgestaut würde.

»Diesen Lavastrom haben sie überquert, können aber nicht über ihn zurück«, sagte er.

Da Trent und dem Mädchen der Rückweg abgeschnitten war, habe er seine ganzen Männer von der Südspitze der Insel abziehen und hinter den beiden herschicken können. Eine weitere Hundertschaft ginge gerade im Norden an Land und würde dieses Ende des Korridors abriegeln.

»Wir haben sie in der Zange«, versicherte Ortega dem Finanzier. »Oben auf dem Berg werden sie gebraten, und wenn sie nicht über dreißig Meter tief ins Wasser springen wollen, gibt es keine Möglichkeit, die Klippe zu überwinden.«

Eine Ecke der Karte war an Sir Philips Früchte gestoßen. Als Ortega die Karte zusammenrollte, sah er, wie Sir Philip den Teller vorsichtig weiter weg schob. Ortega stellte sich die beiden Flüchtlinge vor, Trent mit dem Mädchen am Berg. Bis jetzt hatte sich der Engländer ganz gut geschlagen, sehr gut sogar.

»Oftmals ist es nur der Ruf, aber bei diesem Mann stimmt

es wirklich«, meinte Ortega, ohne sich damit dafür entschuldigen zu wollen, daß er ihn noch nicht erwischt hatte; Sir Philip sollte nur begreifen, was geschah. Es ist wie eine Tigerjagd, dachte er. Einige Tiger sind ganz leicht zu erlegen, andere werden von ihren Jägern für ihren Mut und ihre Gerissenheit bewundert.

»Er sitzt in der Falle, aber er hat noch weitere drei Männer von mir erwischt, ein vierter ist mit seiner Meldung überfällig.« Ortega beobachtete, wie der Finanzier sein kleines Buch und den goldenen Drehbleistift aus seiner Innentasche zog, buchstabierte ihm die Namen der Männer und schaute zu, wie Sir Philip sie in säuberlichen Großbuchstaben aufschrieb. Daraufhin ließ der alte Chinese Notizbuch und Bleistift wieder in seine Tasche gleiten.

»Wollen wir hoffen, daß Sie diesmal recht behalten, Kommandant«, meinte er.

Ortega wurde rot und blickte nach draußen über die Rasenflächen hinweg zum Strand. Er stellte sich vor, wie es wäre, wenn seine Männer dieses Urlaubsparadies stürmen würden. Bestimmt vergnüglicher für sie, als Trent in die Enge zu treiben und abzuknallen.

»So oder so werden Sie noch weitere Namen für Ihr Notizbuch bekommen«, sagte er.

Der Marinesoldat wartete an der Stelle, an der Trent ihn zurückgelassen hatte. Er hieß Rodriguez und wurde allgemein Rocco genannt. Zu Beginn hatte er noch Schmerzen gehabt, aber mittlerweile war alles taub geworden. Der Mann wußte, daß der Bauch voller Blut gelaufen war, das von der Wunde durch das Messer herrührte. Er mußte an Kip denken, seinen Partner. Gemeinsam mit ihm hatte er das Rekrutenlager und die weiterführende Ausbildung hinter sich gebracht. Kip war zu kurz gesprungen und im Lavastrom gelandet. Er hatte aufgeschrien und war bereits nach hinten gefallen, als Rocco ihm eine Kugel in den Kopf schoß.

Die ersten Opfer waren die beiden Männer im Dschungel gewesen, dann folgten der Mann am Fuß der Klippe und der andere, den sie mit der Messerwunde unter dem Kinn tot auf der Spitze der Klippe gefunden hatten. Dann Kip, und jetzt war er an der Reihe.

Er rief sich das Bild des chinesischen Mädchens ins Gedächtnis zurück, die er gesehen hatte, als der Ausländer ihm gerade den Arm an den Körper gebunden hatte. Dann erinnerte er sich an das Gewehr in ihrer Hand und daran, wie der Ausländer ihr die Waffe abgenommen und weggeschleudert hatte. Was mochte dieses Paar wohl verbrochen haben, um das Leben so vieler Männer und eine so große Belohnung wert zu sein? Durch seinen Tod wäre bei der Verteilung der Prämie einer weniger zu berücksichtigen. Doch der Kommandant hatte versprochen, daß der Chinese die Familien der Männer, die bei dem Einsatz ums Leben kamen, unterstützen wolle. Dann würde seine Schwester ja vielleicht doch auf das College gehen können.

Zweimal hatte Rocco den Chinesen gesehen. Nach dem Angriff auf das Dorf hatte er geholfen, die Leichen auf den Rücken zu drehen, damit der Finanzier sie inspizieren konnte. Am folgenden Tag hatte er zu den Wachen gehört, die das Flußufer sicherten. Der Mann war immer so ordentlich und sauber gekleidet; ihn und Rocco trennten Welten.

Der Ausländer war eigentlich eher Roccos Fall. Ein Mann, der seine Arbeit machte und der ihn behandelte, als seien sie Kameraden. Rocco vermutete tatsächlich, daß sie so etwas wie Kameraden waren, die nicht auf Grund eigener Entscheidungen auf unterschiedlichen Seiten standen, sondern eher umständehalber.

Der Soldat fragte sich, wie weit der Ausländer mit seinem Mädchen gekommen sein mochte. Rocco nahm jetzt ja nicht mehr an der Schatzsuche teil, und er spürte, wie seine Sympathie für das Paar immer größer wurde. Er selbst konnte nur noch warten. Seine Männer kamen jetzt näher; er hörte das Geräusch der unter ihren Stiefeln wegrutschenden Bimssteine. Es waren viele Männer, vielleicht sogar der ganze Trupp. Der Kommandant hatte ihnen immer eingeschärft, präzise Meldungen zu machen.

Rocco zwang sich dazu, eine sitzende Haltung einzunehmen, und entfernte den Sicherungsstift der Handgranate. Das

Blut in seinem Bauch fühlte sich ungeheuer schwer an, und er konnte sich nicht umdrehen, aber das war auch nicht weiter wichtig. Sich bekreuzigend begann er, ein Gebet zu sprechen: *Heilige Maria, Mutter Gottes …*

Er betete weiter, als er die Handgranate über seinen Kopf nach hinten auf seine Kameraden warf. Im Sitzen gab er ein gutes Ziel ab. Es dauerte nicht lange, und es tat nicht weh.

Die Explosion der Handgranate und die darauf folgenden Schüsse ließen erkennen, daß die Verfolger zwischen dreißig und fünfundvierzig Minuten hinter ihnen waren. Doch die Position der Verfolger bestimmen zu können war zu wenig, um die von dem Marinesoldaten die ganze Zeit seines Wartens über erlittenen Schmerzen wettzumachen. Trent hatte vermutet, daß der Mann warten würde, um ihm zu helfen. Während er das Mädchen weiterscheuchte, sprach er ein stilles Gebet für ihn. Sie waren jetzt am zweiten und dritten Lavastrom vorbeigekommen und befanden sich ungefähr in der Mitte des fruchtbaren Streifens, der von der Lava verschont geblieben war. Hier wurde der Berg etwas steiler. Ein weiterer Erdrutsch hatte etwa zweihundert Meter des Wegs weggerissen, den sorgfältig bewirtschafteten Mutterboden von den Feldern geräumt und ins Meer geschleudert.

Die Überreste einer Bauernhütte schwankten auf dem Rand der in die Landschaft gerissenen Wunde, der andere Teil der Hütte war zusammen mit Bäumen, den Erntevorräten, den Ziegen, den Hühnern, möglicherweise einer Kuh und vielleicht Eltern und Kindern über den Rand der Klippe hinweg verschwunden. Vielleicht war dieses Schicksal dem langsamen Hungertod in einem Flüchtlingslager ja noch vorzuziehen, einem Lager, in dem sich nicht nur die Lebensmittelrationen, sondern auch alle Versprechungen in Luft auflösen würden, in dem es zu wenig Wasser und keinen Schatten, dafür aber Durchfall, Malaria und das Denguefieber gab.

Trent rutschte an der Kante der vom Erdrutsch gerissenen Narbe nach unten und reckte sich hoch, um das Mädchen in beide Arme zu nehmen. Sie legte ihm ihre unverletzte Hand auf die Schulter, um sich abzustützen, und blickte staunend auf das Blut.

Sanft ließ er sie auf den felsigen Boden hinuntersinken. Sie befanden sich etwa fünfzig Meter unterhalb des vorderen Endes eines Lavastroms. Ihr Schweiß verdunstete in der Hitze, der Staub blieb auf der Haut zurück und umrandete ihre Augen und Nasenlöcher, so daß ihre Gesichter wie Totenmasken aussahen. Selbst die Flüssigkeit auf ihren Augäpfeln trocknete. Wenn sie blinzelten, fühlten sich die kleinen Bimskörnchen an wie scharfkantiger Kies.

Wo die Lavafront den Boden berührte, war sie tiefrot, in der Mitte war sie weiß, an der Oberfläche wieder tiefrot. Die weißglühende Mitte bewegte sich aufgrund der höheren Temperatur ein klein wenig schneller; sie glich einem gigantischen Wurm mit scharlachroten Rändern. Doch der Vulkan wurde ruhiger.

Trent zog das Mädchen über den Boden der in die Landschaft gerissenen Wunde hinweg, die zwischen einem Meter zwanzig und einem Meter fünfzig tief war. Mit großer Vorsicht mußten sie sich ihren Weg durch die glühenden Trümmerteile suchen. Trent sagte zu ihr, daß sie sehr tapfer wäre und daß sie ihr Ziel fast erreicht hätten.

23

Die Lava stieg durch eine mehrere tausend Meter unter der Erdoberfläche gelegene Verwerfung aus dem Erdinneren hoch. Der erste Ausbruch hatte soviel Überdruck freigesetzt, daß jetzt in großer Tiefe fast ein Unterdruck entstanden war, der wiederum zur Entstehung einer neuen Bruchstelle führte. Das Magma schoß wie Wasser in einem artesischen Brunnen in die Höhe, bis es auf die Lava aus den älteren Bruchstellen traf.

Trent und das Mädchen hatten gerade die Hälfte der durch den Erdrutsch gerissenen Rinne überwunden und noch einhundert Meter vor sich. Das war nicht mehr weit, und der

Engländer machte sich mehr Sorgen wegen der Verfolger als wegen der Lava. Der Ausbruch kam plötzlich und ohne Vorwarnung.

Als erstes pfiff der Vulkan plötzlich wie ein riesiger Dampfdrucktopf. Das Pfeifen schwoll im Nu zum Tosen eines durch einen Tunnel rasenden Schnellzuges an. Dann kam die Lava. Sie schoß hundertachtzig Meter senkrecht in die Höhe, und gleichzeitig wurde aus der bei dem jüngsten Ausbruch entstandenen Austrittsöffnung an der Ostseite des Berges ein ungeheurer Schwall Lava ausgeworfen, der sich auf die sechs Kanäle verteilte. Der größte Teil dieser frischen Lava floß über die steileren Rinnen ab, die sich bereits der erste und vierte Lavastrom gegraben hatten. Durch die bereits vorhandenen Lavaströme vom kühlen Erdboden isoliert, behielt die frische Lava ihre hohe Temperatur bei und floß wie Wasser nach unten.

»Rennen Sie!« schrie Trent. Er packte Jay um die Hüfte und lief auf die gegenüberliegende Kante zu. Beim Laufen beobachtete er die Lavawoge. Ungeheuer schnell kam sie auf sie zu, war breiter als der alte Lavastrom und wuchs immer mehr in die Höhe. Ihr Gewicht und ihre größere Hitze drückten auf den bereits existierenden Lavastrom, so daß sich auch dessen Fließgeschwindigkeit verdoppelte. Das Mädchen war von dem geschmolzenen Gestein wie hypnotisiert. Sie stolperte und wäre gestürzt, wenn Trent sie nicht aufgefangen hätte. Trotzdem hatte sich ihr Fuß in einem Spalt im Felsen verfangen. Ihr Knöchel verdrehte sich, und sie schrie auf. Trent kniete sich hin, um sie zu befreien. Jetzt war keine Zeit mehr zu verlieren; er stieß seinen rechten Arm zwischen ihre Beine, riß sie hoch und warf sie über seine Schulter. Sie brüllte auf, so stark waren die Schmerzen an ihrer Schußwunde.

Die Lava raste auf sie zu.

Die obere Woge, fast einen Meter hoch, schoß auf ihrem Bett aus alter Lava nach unten. Gegenüber dem unteren Lavastrom wirkte sie viel heller, und die Hitze kam wie eine feste Wand auf die beiden zu. Trent erreichte die Seite des Erdrutsches und kippte das Mädchen gegen die senkrechte Felskante.

Ihr stand nur ein Arm zur Verfügung, und Trent wußte, daß das nicht ausreichte. Er schrie ihr ins Ohr, sie müsse sich auf seine Schultern stellen. Sie hob ihren linken Fuß an, als er sich duckte, aber ihr Knöchel knickte weg.

Die Hitze brannte sich in Trents rechte Seite. Er befahl sich, nicht hinzuschauen, packte beide Füße von ihr, ließ seine Handflächen daruntergleiten und stieß sie die Felskante hoch über den Rand. Dann hetzte er fünf Schritte zurück, drehte sich um, raste auf die Steilwand zu und sprang hoch. Mit der Brust kam er über den Rand, schwang seine Beine hoch und rollte sich von der Kante weg. Direkt hinter ihm wälzte sich in blendender Helligkeit die Woge frischer Lava dahin. Taumelnd kam er hoch, packte das Mädchen an ihrem unverletzten Arm und zerrte sie von dem Schmelzofen weg.

Neben dem Mädchen legte er sich auf den Boden. Sie erschien ihm noch verwundbarer und mitgenommener als vorher: unter der Dreckschicht um ihr linkes Auge herum war ihr Gesicht geschwollen und von Blutergüssen übersät; die rechte Unterseite ihres Kinns sah ähnlich aus. In der Tarnjacke, mit der bandagierten Schulter und dem festgebundenen linken Arm, den Armeestiefeln, die an ihren schlanken Beinen wie die Schuhe eines Clowns wirkten, glich sie in nichts mehr dem Mädchen, das sie einmal gewesen war. Er wollte ihr schwören, daß er sie beschützen und in Sicherheit bringen würde, aber Worte waren nicht gerade seine Stärke – Agenten überlebten bei ihren Einsätzen durch Schweigen. Außerdem meinte er, der erlittenen Qualen wegen müsse das Mädchen sowieso allen Männern gegenüber Abscheu empfinden.

Er lag da wie ein vor Dreck starrendes Schwein in seiner Suhle. Schweiß und der Staub aus dem Vulkan hatten sich miteinander vermischt und seine Haare und seinen Bart zu einer verfilzten Masse werden lassen. Seine dunklen Augen waren vor Erschöpfung trüb und wurden von einer Kruste aus Bimskörnchen umrandet. Ein dunkler Fleck breitete sich von seiner Schulter den Rücken hinunter bis zu seinem Gürtel hin aus. Der Schorf an seinem Schenkel war staubverkrustet, das Fleisch darum herum war angeschwollen und glänzte.

Sie konnte seine Schwäche spüren, aber er hatte auch Kraft, zumindest das, was Männer unter Kraft verstanden – Muskelkraft. Und sie hatte nur ihn. Jay mußte an eine Kopfschmerztablette denken und innerlich plötzlich lachen. Rache war das einzige Heilmittel. Sogar der Gedanke an Rache half, doch sie wußte, daß sie nicht wieder zurück in ihre Höhle rennen durfte, weil dann die Gefahr bestand, den Weg zurück an die Oberfläche nicht mehr zu finden. Da war es besser, die schneidenden Schmerzen in Kauf zu nehmen, bei denen sie sich jetzt auszuruhen versuchte.

Sie brauchte ihn ganz. Da sie seine Zerbrechlichkeit erkannte, streckte sie ihren unverletzten Arm aus und berührte mit ihren Fingerspitzen seine Lippen.

Die Lava war an ihnen vorbeigeflossen und weiter hinab bis hinter die früheren Felder und Hütten und über die Klippe hinweg. Er hörte ihr Zischen, als sie mit dem Meerwasser zusammentraf. Wasserdampf stieg über die Klippenkante hoch; der Geruch nach heißem Salz und Jod vermischte sich mit dem Schwefelgestank des Vulkans.

Trent dachte, sie seien jetzt vor ihren Verfolgern sicher, aber als er aufschaute, sah er, daß die Lava hoch oben in der Nähe des Fußes des alten Kraters durch einen tiefen Spalt hindurchströmte. Da oben würde es zwar ganz schön heiß sein, aber mutigen Männern war es dort möglich, den Lavastrom zu überwinden. Der Anstieg und der nachfolgende schräge Abstieg bis zum Weg gaben ihm noch eine Gnadenfrist von anderthalb Stunden.

Das Mädchen streckte den Arm aus und berührte seine Lippen mit ihren Fingerspitzen. Verlegen meinte er zu ihr: »Wir sollten besser weitergehen.«

Er legte sie sich wieder über die Schultern und lief den Weg entlang. Noch etwa zehn Kilometer, schätzte er. Seine Füße fanden guten Halt, aber seine Schulter, sein Unterarm und sein Schenkel schmerzten. Trent fing wieder an zu zählen. Mit fünfhundert Schritten legte er etwa vierhundert Meter zurück, nach fünfundzwanzig Etappen dieser Länge würden sie am Ziel sein. Die ersten fünfhundert Schritte hatte er bald abgezählt, der Gedanke jedoch, daß er das Mädchen vielleicht nicht mehr hochheben konnte, wenn er sie jetzt ablegte, veranlaßte ihn, weiterzulaufen und so lange zu zählen, bis er nicht mehr wußte, bei welcher Zahl er gerade war.

Wie ein Betrunkener hatte der Vulkan alles erbrochen und war jetzt schläfrig geworden. Ab und zu gab er ein hustendes oder schnarchendes Geräusch von sich. Der Weg schien mit leichtem Gefälle anzusteigen, aber es war nicht einfach, das in dem seltsamen Licht der Lava und der Flammen zu bestimmen.

Das Mädchen hatte zunächst noch gewimmert, war jetzt aber schon eine ganze Weile still. Trent hielt sie für bewußtlos. Energisch erklomm er die kleine Anhöhe und stand dann einen Augenblick lang benommen da. Die gesamte Seite der Bergkegels, der ganze feine Bimsstein schien abgerutscht zu sein, sich über alles ausgebreitet und alles unter sich begraben zu haben. Es gab keinen Weg mehr, keine Bäume, keine Felder, keine Hütten. Und keine Menschen. Nur noch eine riesige Bimsflut, die vom Fuß des Berges bis zur Klippe reichte. Dicker grauer Staub hing darüber in der Luft.

Das Gehen durch die pulverisierte Schlacke war genauso ermüdend wie das Gehen durch trockenen Sand, nur daß der Bims aus scharfkantigen Körnchen bestand, die den ohnehin bereits wunden Ring aus Fleisch an der Oberkante seiner Armeestiefel noch weiter aufscheuerten. Trent machte ganz bewußte Bewegungen, hob die Füße mit Bedacht in die Höhe, um nur nicht zu stolpern. Er lief mit erhobenem Kopf, denn wenn er den Kopf sinken ließ, würde er dem Mädchen damit signalisieren, daß er aufgegeben hatte, und er wollte nicht, daß sie die Hoffnung verlor.

Eine Weile mußte er an Ortegas Männer denken, die am Ende des Weges auf sie warteten, und an die Männer, die jetzt den Berg hoch auf den Einschnitt im Kraterrand zukletterten. Er verstand sie. Sie waren Söldner und zur Marine gegangen, weil sie dort einen sicheren Job hatten, der ihnen in ihrer Gemeinschaft Respekt einbrachte. Jetzt war ihnen mehr

Geld geboten worden, als sie sich je erträumt hatten. Wie bei den philippinischen Freudenmädchen war das Anbieten ihrer Dienste für sie der einzige Weg, der Unterwerfung zu entkommen. Verachtung empfand er eher für diejenigen, die sich diese Menschen kauften.

Dann fiel ihm Tanaka Kazuko ein. Doch er wollte nicht weiter über diesen Mann nachdenken, weil er keine Lust hatte, sich um das zu kümmern, was ihnen bevorstand, wenn sie im Norden angekommen waren. Erst einmal mußte er dorthin gelangen. Achtundvierzig Stunden, das waren die Worte Tanakas gewesen. Trent hatte versucht, die Marinesoldaten in südliche Richtung zu locken und sie durch seine Tricks vielleicht dazu zu bringen, ihre Verfolgung ganz aufzugeben. Wenn Tanaka die Männer Ortegas sah, würde ihn das warnen und ihm zeigen, daß Trents Plan zwar nicht aufgegangen war, daß der Engländer aber noch lebte.

War der Japaner nicht von allen guten Geistern verlassen, würde er trotzdem jeden Gedanken an Rettung aufgeben. Er war ein erfolgreicher Geschäftsmann, und Sir Philip als Feind zu haben war für ihn genausowenig erstrebenswert wie ein Loch im Kopf. Doch Kazuko war Japaner, und Japanern war die Ehre ungeheuer wichtig. Trent gefiel diese Ausrichtung auf die Ehre. In Europa wurde so etwas immer seltener, und in den USA hatte es das sowieso nie gegeben, von einigen alten Hasen unter seinen Berufskollegen vielleicht einmal abgesehen, und diese Männer paßten nicht mehr in die heutige Zeit.

Einfach aufzugeben war bestimmt nicht ehrenhaft, und so trottete Trent im trüben, schmutzigen, gelben Licht, das von der Lava durch den raucherfüllten Dunst drang, weiter über das Bimsgestein. Für eine Weile zählte er wieder, um sich so von allen anderen Gedanken abzulenken. Irgendwann gab es dann nur noch dieses Zählen der Schritte, einen nach dem anderen. Dann ließ er sich wieder treiben, doch hielt er den Kopf hoch, und unaufhörlich stapften seine Füße immer weiter, bis etwas an ihm zerrte und er stolperte.

Ein alter Mann hatte ihn am Ärmel gezogen. Der raucherfüllte Dunst hatte sich zu feinen, staubigen Schleiern gelichtet. Trent konnte den Erdrutsch nicht mehr sehen, sie waren also ein gutes Stück vorangekommen. Seine Beine wollten nachgeben, und er mußte alle Kraft zusammennehmen, um die Kontrolle über sie zu behalten.

Der alte Mann deutete auf ein unordentliches Bündel, das neben einem Handkarren lag, der ein Rad verloren hatte. An einem Ende des Bündels konnte Trent das Gesicht einer alten Frau ausmachen. Sie war wach und mußte ihn schon eine ganze Weile beobachtet haben, während er den Weg entlanggestolpert war, denn sie zeigte keine Überraschung über sein Äußeres. Trent wollte sich dafür entschuldigen, daß er sie nicht bemerkt hatte, aber die Worte wollten nicht kommen. Statt dessen lächelte er, erinnerte sich dann aber daran, daß ein Tuch sein Gesicht bedeckte.

Der alte Mann befürchtete, Trent würde sie verlassen, hielt ihn am Ärmel fest und wiederholte immer wieder denselben Satz, der irgend etwas mit dem Karren zu tun hatte.

Trent ließ seine Knie einknicken, und der alte Mann half ihm, das Mädchen auf den Boden zu legen. Der Engländer band ihr das Gesichtstuch ab und tröpfelte ihr Wasser auf die Lippen; sie kam wieder zu Bewußtsein und ließ ihn beim Trinken nicht aus den Augen.

Er schüttelte den Staub aus dem Tuch, bevor er es wieder befeuchtete, und wollte die Flasche an die alte Frau weiterreichen, aber der Mann nahm sie entgegen und hielt sie an die Lippen der Frau. Sie war sehr schwach, vielleicht war sie auch teilweise gelähmt.

Der alte Mann versuchte, Trent die Flasche zurückzugeben, aber Trent gab ihm mit Zeichensprache zu verstehen, er solle erst selber noch etwas trinken. Dann nahm er die Flasche wieder. Es war nicht mehr viel Wasser darin, und Trent war sich nicht sicher, wie weit sie noch zu gehen hatten, daher schraubte er den Verschluß wieder fest und hakte die Flasche an seinen Gürtel.

Der Alte zeigte ihm einen plattgehämmerten Eisenstift. Der Stift hatte das Rad an der Achse gehalten und war jetzt herausgefallen, das Rad war davongerollt, und der Karren war umgekippt. Der alte Mann war nicht stark genug, um den Karren wieder aufzurichten. Trent schob seine unverletzte Schulter unter den Karren und hob ihn an, bis er auf der Seite lag und die Achse senkrecht in die Höhe ragte. Dann legte er das Rad darauf, nahm den Stift und hämmerte ihn mit einem Stein wieder fest. Schließlich kippte er den Karren auf die Räder.

Die Ladefläche, etwa zweieinhalb Meter lang und einen Meter breit, bestand aus Bambusstreifen. Die beiden Griffe waren vom häufigen Gebrauch glatt geworden; am hinteren Ende hatte der Karren zwei herausklappbare Stützen, mit denen man ihn waagerecht hinstellen konnte, wenn er nicht geschoben wurde. Der alte Mann stellte die Stützen auf, und sie hoben die alte Frau auf die Ladefläche. Sie war leicht und beanspruchte nicht viel Platz. Unablässig Trent anlächelnd, gab sie ihm immer wieder mit einem kurzen Kopfnicken zu verstehen, daß sie ihn für einen guten Menschen hielt.

Trent legte das Mädchen mit ihrer unverletzten Seite auf den Karren und lehnte sie so gegen die alte Frau, daß sie nicht nach hinten auf ihre zerschossene Schulter kippen konnte. Der alte Mann versteckte die Beine des Mädchens unter den Lumpen der alten Frau. Die Kette überraschte ihn nicht weiter. Trent hob die Griffe an, der alte Mann klappte die Holzstützen hoch und machte sie mit einer zerfransten Angelschnur fest.

Jay ließ Trent nicht aus den Augen, aber der Engländer vermied es, ihrem Blick zu begegnen. Er wollte nicht zuviel über das Mädchen nachdenken. Zwar konnte er gefahrlos an das denken, was man ihr angetan hatte, und wie sehr sie diese Männer jetzt haßte, doch über sie selbst nachzudenken war viel zu beunruhigend, und es galt, die wenige Energie, die ihm noch zur Verfügung stand, zu bewahren.

Der Weg führte durch eine Allee aus zurückgelassenen Habseligkeiten und den tragischen Resten der ärmlichen Besitztümer von Menschen vorbei, die ständig am Rand des Existenzminimums gelebt hatten; Tongeschirr, alte Blechdosen mit glattgehämmerten Kanten, schäbige Decken, ein Strohsack, ein ungerahmter Spiegel, von dem hinten die Silberschicht abblätterte, Körbe, ein grob zusammengehauener

Stuhl. Und, was noch schlimmer war, die Werkzeuge, die ihnen die Versorgung mit dem Notwendigsten ermöglichten, Spaten, Breitbeile, Hacken.

Eine hochschwangere Frau hockte japsend zwischen dem Schutt. Zwei winzige verwahrloste Kinder mit angstvoll geweiteten Augen klammerten sich an ihren Rücken. Der alte Mann klappte die Stützen nach unten, während Trent die Frau hochhob und sie und ihre Kinder in den Karren setzte.

Anderthalb Kilometer vor ihnen bildete eine Kombination aus Erdrutsch und einer schon vorher vorhandenen Anhöhe einen Damm, hinter dem sich die letzten beiden Lavaflüsse entlangschoben. Der Wall war etwa einen Kilometer lang, immer wieder sickerte Lava über seine Oberkante. Unterhalb des Damms lief der Weg entlang, und auf dem Weg mühten sich die Überlebenden voran.

Aus Angst vor der Lava hatten die Flüchtlinge zunächst versucht, durch die schmalen Felder oberhalb der Klippe zu entkommen, waren dort aber von den Marinesoldaten zurückgetrieben worden. Jetzt schlurften sie schweigend weiter, wurden von der Lava hinter dem Damm und von den Waffen der Soldaten bedroht. Das Scharren ihrer Füße über den brüchigen Bims auf ihrem Weg hatte etwas Trauriges. Der Vulkan hustete und gurgelte. Gelegentlich war weiter oben Gewehrfeuer zu hören.

Trent schaute zurück in die Richtung, aus der sie gekommen waren, und sah eine dünne Reihe wie Streichholzmännchen wirkender Gestalten, die sich von dem Bogen des Lavastroms unterhalb des Einschnitts deutlich abhoben – Ortegas Jagdhunde.

Ortega war von Mindanao aus zu der Insel zurückgeflogen. Der Pilot hatte ihn etwa dreizehn Kilometer nördlich des Vulkans auf dem Strand abgesetzt. Von dort raste der Kommandant mit dem Jeep über eine holprige Piste durch feuchtes Gelände, dann das sanfte Gefälle einer keilförmigen Lavawüste hoch, die im Osten und Westen von den Klippen eingegrenzt wurde, die bis auf die Nord- und Südspitze die ganze Insel umgaben. Sein Leutnant hatte das Ende des Korridors abgeriegelt, seine Männer bildeten eine Kette, die vom Berghang bis in die Felder reichte.

Die Hitze der Lava trocknete Ortegas Schweiß, als er auf den Damm zuging. Überall sah er die Toten wie halbgefüllte Säcke auf dem Boden liegen.

Der Leutnant salutierte und meinte: »Anders konnten wir sie nicht aufhalten, Kommandant. Sie versuchten, um die Sperrkette herumzukommen. In den Feldern sah es genauso aus, dort dauerte die Aktion nur etwas länger.«

Unter den Gegebenheiten des Geländes war das nicht anders zu erwarten gewesen. Ortega hatte kein Bedürfnis nach mehr Helligkeit. Die Lava hinter und auf dem Damm gab ausreichend Licht. Er hatte Filme, Standaufnahmen und Gemälde von Flüchtlingstrecks gesehen. Um welchen Krieg es sich dabei auch handelte, die Bilder waren immer die gleichen. Und hier herrschte nicht einmal Krieg. Er fragte sich, ob der Damm wohl halten würde. Ihm konnte natürlich nichts passieren. Seine Männer suchten nach dem Piratenführer und seiner genauso bösartigen Konkubine. Unten an den Kontrollpunkten hingen Phantombilder der beiden Flüchtigen an einem Brett; sie selbst hatten Fotos von ihnen dabei.

Ortega blickte zum Gipfel hoch und fragte, wie lange die letzte Eruption her sei.

»Neunzig Minuten, Kommandant.«

Der Damm hat gehalten …«

Es war keine Frage, aber der Leutnant antwortete: »Ja.«

Ortega ging zu der Sperre zurück, an der ein Unteroffizier den Befehl ausgegeben hatte, die Flüchtlinge genau zu durchsuchen und dann zu drei aufgebockten Tischen zu führen, hinter denen jeweils ein Sergeant saß, der ihre Papiere überprüfte. Sie hatten Kerosinlampen auf die Tische gestellt, deren Licht die Gesichter der Sergeanten weiß und hart machte. Die Dokumente waren zerknittert und dreckig.

Die Flüchtlinge wagten nicht, ihren Haß offen zu zeigen, ihre Gesichter waren völlig regungslos – selbst bei den Kindern. Ortega drängte sich zwischen ihnen nach vorne, um zu demonstrieren, daß er weder vor einem von ihnen noch vor der Lava Angst hatte.

Sie wandten ihren Blick von ihm ab, alles. Ihr Schweiß roch sauer, ihr Atem stank nach muffigem Knoblauch und Trockenfisch. Der Kommandant mußte an Sir Philip Li denken und fragte sich, ob der Finanzier wohl schon zu Bett gegangen war.

Die Flüchtlinge schoben sich um einen alten Lastwagen mit einer einfachen Plattform als Ladefläche herum, dessen Kühlerhaube offenstand. Der Fahrer stand gebückt davor. An der Rückseite des Fahrerhauses waren etliche Fässer festgezurrt. Ortega schaute wieder zu dem Damm und der geschmolzenen Lava an dessen Rand hoch. Er konnte den Verfolgungstrupp hören, der gerade das hintere Ende des Flüchtlingstrecks auseinandertrieb. Die Soldaten befürchteten, die Belohnung an die Männer am Kontrollpunkt abgeben zu müssen, fluchten und schlugen mit den Gewehrkolben auf die Flüchtlinge ein.

Der alte Mann hatte die Soldaten am Berg gesehen, warf Trent einen Blick zu und begann, sich im Flüsterton mit den anderen Inselbewohnern zu unterhalten. Vor ihnen war der Weg frei. Sie waren jetzt nicht mehr weit von der Spitze des Flüchtlingstrecks entfernt, und Trent konnte weiter vorne das Dach des Führerhauses eines Lastwagens erkennen.

Auf dem Karren saßen die Kinder mit trockenen Augen zu beiden Seiten ihrer Mutter. Trent fiel der Tod seines eigenen Vaters wieder ein, und er mußte daran denken, wie er sich damals im Pferdestall versteckt und in einer Box zusammengekauert hatte, die Arme um die Knie gelegt. Er erinnerte sich daran, saß seine Mutter und sein Vormund ihn für gefühllos gehalten hatten, weil seine Tränen nicht geflossen waren. Doch hatte er gewußt, daß er an sich halten mußte, wenn er nicht völlig verzweifeln wollte, und vor dieser Verzweiflung hatte er eine fürchterliche Angst gehabt. Sie war wie der Rand eines Abgrundes gewesen.

Die Soldaten interessierte weder der alte Mann noch die alte Frau, weder die Kinder noch irgendeiner der Flüchtlinge. Trent blickte zu der über den Rand des Damms tröpfelnden Lava hoch. Er hatte das Mädchen nicht anblicken wollen, aber jetzt mußte er es tun. Vielleicht war es ja von Anfang an unmöglich gewesen zu entkommen, aber er hatte getan, was er tun konnte.

»Jay, Sie müssen jetzt vom Karren steigen«, sagte er.

Er war sich nicht sicher, wieviel sie verstanden hatte oder ob sie überhaupt etwas begriff, aber sie nahm seine Hand. Er hob sie über die Seite des Karrens auf den Weg und legte seinen Arm um sie.

»Können Sie hinken?« fragte er. »Es ist nicht mehr weit...« Er war verbittert und wütend darüber, daß er sie enttäuscht hatte.

Der alte Mann protestierte, und Trent hörte, wie sich ein Gemurmel in der Menge ausbreitete, keine Worte, sondern eher ein leises, unaufhörliches Surren.

Dann sah er Ortega. Der Korvettenkapitän lehnte am Heck des Lastwagens. Zwei Fässer waren an dessen Fahrerkabine festgezurrt. Der Fahrer steckte immer noch mit dem Kopf unter der Kühlerhaube. Wie in einem Fluß entstand an der hinteren Ecke der Ladeplattform ein kleiner Wirbel, der die Flüchtlinge an Ortega vorbeiriß. Ortega wirkte entspannt und gefaßt. Ihre Blicke trafen sich, und Ortega lächelte, als sehe er einen alten Freund.

Trent überlegte, ob er ihn umbringen sollte. Doch statt dessen zog er das Mädchen nach vorn. Er dachte daran, ihr vielleicht die Kampfjacke zu öffnen, damit Ortega den Schorf auf ihrem Rücken sehen konnte. Aber bei dieser Begegnung ging es um seine Ehre und nicht um ihr Leiden.

»Kommandant Manolo Ortega, Miß Jay Li...« Er drückte den unverletzten Arm des Mädchens und meinte: »Der Kommandant arbeitet für Ihren Großvater, Miß Li.« Und sanft fügte er hinzu: »Ich nehme an, daß er sehr stolz darauf ist, Miß Li. Sein Schulfreund, Ishmael Muhammad, der später Rebellenführer wurde, meint, wenn es darauf ankommt, sei er ein vertrauenswürdiger Mann. Er hält etwas auf seine Ehre, wissen Sie.«

Trent deutete mit einem Kopfnicken auf den Damm über ihnen und auf die Leichen der toten Flüchtlinge. »Seltsam, was die Menschen alles für Geld tun. Aber jetzt hat uns der Kommandant ja gefangen, und dann läßt er die Leute bestimmt in Ruhe.«

Kommandant Manolo Ortega war kurz davor, die Kontrolle zu verlieren. Er blinzelte, während er darum rang, seine Wut zu zügeln und die Schmerzen zu begrenzen, die seinen Kopf wie in einem Schraubstock aus rotglühendem Eisen hielten. Er zog seinen Revolver und schaute das Mädchen an. Dann fiel sein Blick auf das kurze Stück Kette, das mit einer Eisenschelle an ihrem linken Knöchel befestigt war. Wieder schaute er in ihre Augen, aber sie waren ausdruckslos. Über ihre Schulter hinweg wurde er mit der kalten Verachtung Trents konfrontiert.

Nun, der Mann mit dem englischen und irischen Blut in den Adern hatte sich wirklich außergewöhnlich gut geschlagen. Ortega fühlte einen seltsamen Stolz auf ihn – immerhin hatten sie die gleiche Ausbildung durchlaufen. Weiter hinten stieß einer seiner Männer eine Frau mit dem Gewehrkolben zur Seite.

Ortega spannte den Revolver, drehte sich um und bahnte sich mit der Schulter einen Weg durch die Flüchtlinge. Er rief den Männern an der Sperre zu, die Leute durchzulassen.

Der Leutnant raste den Berghang hinunter, hatte seinen Revolver gezückt und rief Gegenbefehle. Als nächstes würde er die Soldaten an die Belohnung erinnern.

Ortega erschoß ihn.

Trent hatte beobachtet, wie sich Ortega einen Weg zur Sperre bahnte. Er hörte die Rufe und den Schuß. Die Kühlerhaube des Lastwagens wurde zugeknallt, und der Fahrer meinte: »He, verdammter Brite, ab in die Fässer mit Ihnen! Oder wollen Sie zu Fuß gehen?«

Die Menge wirbelte um sie herum, das Stimmengewirr war lauter und wütender geworden. Hände warfen ihn auf die Ladefläche. Er sah, wie ein Soldat in der wütenden Menge verschwand, das Mädchen packte und neben ihm in ein Faß schob. Dann wurde es dunkel um ihn. Stotternd sprang der Motor an, und der Lastwagen machte einen Satz nach vorne.

Die Menge jubelte, als Tanaka durch die verlassenen Tische krachte und in Richtung Strand davonraste.

24

Wong Fus Spezialist für Kriegführung legte einen Abschlußbericht über das Massaker am zehnten Tag des Vulkanausbruchs vor: vier seiner Experten waren tot; über Lis Enkelin oder den britischen Segler oder seinen Katamaran gab es keine Nachrichten.

Der Experte hatte erwartet, daß sein Arbeitgeber durch den Fehlschlag der Operation erzürnt sei. Seine Handflächen wurden feucht, als er am Marmorschreibtisch darauf wartete, daß Wong Fu den Bericht durchgelesen hatte. Doch für ihn war nur ein kleiner Teil des Gesamten erkennbar. Indirekt hatte die Aktion Wong Fu etwas genutzt.

Eine kritische Woche lang hatte sich der alte Li mit wenig anderem beschäftigen können, und zwei seiner jungen Mitarbeiter hatten das sinkende Schiff verlassen – die Nichte Ching und der Deutsche Rudi Beckenberg.

Die Frau war von seinem Schiffsdisponenten mit einer sofortigen Zahlung von einhunderttausend Dollar zu ihrem Schritt verleitet worden. Die Zahlung wurde als Umzugszulage klassifiziert, doch war ihr Umzug nach Singapur als Seehafenspediteurin bei Fu eigentlich ein Vorzeichen für den Untergang des Hauses Li.

Der Deutsche war von sich aus auf ihn zugekommen.

Es war klug von Wong Fu gewesen, Timmy Brown an seinem Platz zu belassen. Das Geschick des Amerikaners ermöglichte es den beiden neuen Mitarbeitern, Informationen in eine Computerverbindung einzugeben, die direkt vom Kontor in Wong Fus Penthouse führte. Mit dem größten Teil dieser Informationen war Wong Fu zwar vertraut, aber es gab darüber hinaus wertvolle bruchstückhafte Hinweise, die er aus privaten Gesprächen seiner neuen Informanten mit dem alten Li bezog.

Wong Fu wußte, daß der Sieg zum Greifen nah war.

Die Enkelin und der britische Segler stellten nur geringfügige Irritationen dar. Sie gehörten gewissermaßen zu den Dingen, die noch abgeschlossen werden mußten. Daher schrieb Wong Fu unten auf den Bericht:

Halten Sie weiter nach Trent und dem Mädchen Ausschau!

Er zeigte die Anweisung seinem Spezialisten für Kriegführung und ließ den Bericht in den Reißwolf fallen.

Einen kleinen Teil dessen, was geschehen war, hatte er so gewollt, dachte Korvettenkapitän Manuel Ortega, als er mit seinem Jeep langsam die lange Zufahrt zur Hazienda Sir Philip Lis auf Luzon entlangfuhr. In den sechs Wochen nach dem Vulkanausbruch war Ortega zweimal bei Sir Philip eingeladen gewesen und hatte sich mit Arbeitsdruck entschuldigt. Jetzt war der Finanzier ein weiteres Mal aus Hongkong auf die Philippinen gekommen und hatte ihn über seinen Admiral ein drittes Mal einladen lassen.

»Er möchte sich persönlich bei Ihnen bedanken.«

Ortega hielt vor den großen Türen an und saß einen Augenblick wie überwältigt von der Schönheit dieses Anwesens da. Von wallenden malvenfarbenen Bougainvilleen gekrönt, funkelten die honigfarbenen Steine der hohen Mauern in der Nachmittagssonne. Weiße Tauben mit aufgefächertem Schwanz hüpften an den gewölbten Eingängen eines dreistöckigen Taubenschlages hin und her und machten ihre ruckartigen Verbeugungen. Ihr leises Gurren unterstrich noch das plätschernde Geräusch des Wassers, das aus einem steinernen Löwenkopf in einen Pferdetrog hinter dem dreieckigen Aufsteigeblock rieselte.

Ein Diener weckte mit einem leisen Hüsteln Ortegas Aufmerksamkeit und bat darum, den Jeep des Kommandanten im Schatten der großen Platanen abstellen zu dürfen. Der hochgewachsene Majordomus führte Ortega in das Halbdunkel der riesigen, widerhallenden Entrada mit ihren kleinen, schmalen Fenstern, die hoch oben in die weiß getünchte Mauer eingelassen waren. Die Fenster erinnerten daran, daß die Hazienda nicht nur ein Zuhause, sondern auch einmal eine Festung gewesen war. Die dunklen Gemälde, die Sessel mit ihren hohen Lehnen und der Refektoriumstisch waren weitere Zeugen kolonialen Machtstrebens.

Der große, quadratische Salon mit seinem Bogengang und der zum Innenhof offenen Seite stand in völligem Kontrast zu der düsteren Eingangshalle. Doch auch dieser Raum hatte etwas Bedrohliches an sich, war Ausdruck der Macht. Die vier handgefertigten Sofas mit ihrer Polsterung aus Rohseide, die zentimeterdicke Glasplatte mit abgeschrägten Kanten auf dem Tisch in der Raummitte ließen sich ja vielleicht noch nachahmen, die großen, farbigen Gemälde an den Wänden jedoch faszinierten Ortega.

Der Majordomus berührte den Korvettenkapitän am Arm und winkte ihn in den Innenhof, wo Sir Philip auf den Steinplatten am Rand eines Teiches mit Seerosen stand. Der Finanzier trug einen grauen Anzug, und seine handgearbeiteten braunen Straßenschuhe funkelten im Schatten. Er lächelte Ortega an, es war ein eher scheues Lächeln. Hinter ihm küßte sich das ineinanderverschlungene Liebespaar aus Bronze. Sir Philip wirkte vergleichsweise müde und vom Alter entkräftet. Selbst seine Stimme war unnatürlich ruhig, und Ortega mußte sich nah an ihn heranbeugen, um seine Worte bei dem Geplätscher des fallenden Wassers zu verstehen.

»Ich kann durchaus nachvollziehen, daß Sie seit unserem Ausflug sehr viel zu tun hatten, Kommandant«, meinte er. »Es ist eine lange Fahrt, um einem alten Mann einen Besuch abzustatten. Sehr aufmerksam von Ihnen. Möchten Sie eine Tasse Tee?« Er wandte den Kopf mit einer kaum merklichen Bewegung zum Majordomus und wartete, bis der Mann sich nicht mehr in Hörweite befand. »Sie sind also entkommen«, stellte er ruhig fest.

»Nein, Sir.« Ortega brachte einige Fotos des Vulkans zum Vorschein und zeigte auf den vierten Lavastrom. »Zur Zeit des zweiten Ausbruchs hielten sich die beiden Flüchtigen in diesem Gebiet auf. Meine Männer sind an dieser Seite des Lavastromes bis zu dem Einschnitt hier hochgegangen und haben dort den Strom überquert. Es war die einzige Stelle, an der das möglich war, und der Rückweg über den ersten Strom war mittlerweile unmöglich geworden. Sie sind tot, Sir. Verbrannt.«

Als ob sich der Finanzier gerade ihren Tod ausmalen würde, schloß er für einen Moment die Augen. Dann seufzte er – oder ließ den letzten Rest seiner Atemluft aus der Lunge strömen – und schob die Manschette seines cremefarbenen Baumwollhemdes einen Zentimeter unter den Ärmel seiner Jacke zurück. Seine Fingernägel waren perfekt manikürt, doch er hatte dunkle Leberflecken auf dem Handrücken, und seine Augen wirkten alt und leer.

»Ich würde es begrüßen, wenn Sie bei der Wahrheit blieben, Kommandant«, meinte er mit seiner sanften Stimme. »Ihre Männer sind anderer Meinung als Sie. Einige von ihnen glauben, Sie hätten die Verfolgten absichtlich entkommen lassen. Haben Sie den Befehl zum Entfernen der Sperre gegeben?«

»Nach Einschätzung der Lage war das eine sinnvolle Entscheidung.«

»Wer bewertet das, Kommandant?«

»Ich habe in meiner Eigenschaft als Offizier der philippinischen Streitkräfte gehandelt.« Ortega nahm es in Kauf, ein wenig wichtigtuerisch und gekünstelt zu wirken, doch der Finanzier reagierte lediglich mit einem Kopfnicken.

»Ja, das sehe ich ein.« Er stieß einen weiteren Seufzer aus. »Es ist alles so schwierig, Kommandant. Einige Ihrer Männer meinen, Sie hätten mich hereingelegt.«

Als wäre es das entsprechende Stichwort gewesen, glitt der Majordomus mit einem lackierten Tablett aus dem Salon herein. Auf dem Tablett stand eine mattblaue Tasse aus so dünnem Knochenporzellan, daß sie fast durchsichtig wirkte.

»Bitte«, sagte Sir Philip, doch Ortega hatte genug von der Farce.

»Ich würde gern gehen«, sagte er.

Der Finanzier seufzte wieder und gab dem Majordomus mit einem Wink zu verstehen, er solle sich zurückziehen.

»Gestatten Sie mir wenigstens das Vergnügen, Sie zur Tür zu geleiten«, sagte er und nahm Ortega sanft am Ellbogen.

Neben den wuchtigen Holztüren mit ihren eisernen Beschlägen wirkte der Finanzier sehr klein. Die Angeln der Türen waren gut geölt, die Flügel perfekt ausbalanciert.

Im Schatten der Platanen neben Ortegas Jeep standen vier Männer. Ortega kannte sie aus den Akten. Es waren kommunistische Terroristen von der NPA, der New People's Army. Alle vier standen auf seiner Liste der meistgesuchten Männer ganz oben, sie waren berüchtigt für ihre Grausamkeit und mit AK-47er Gewehren, Pistolen und Messern bewaffnet.

Der Leibwächter des Finanziers war aus dem Schatten getreten und stellte sich mit einer abgesägten Schrotflinte in der Hand neben den alten Mann.

»Tut mir wirklich leid, Kommandant«, sagte Sir Philip.

Ortega spuckte ihm ins Gesicht.

Doktor Imai trottete die Holztreppe herunter und ging über den Rasen zum Strand. Er war ein kleiner Mann Mitte Sechzig, hatte noch kein einziges graues Haar und wirkte eher angenehm rundlich als dick. Er steckte seine Brille in die Tasche seines Kimonos und hängte diesen unter sein Badehandtuch an einen Holzhaken, der am Stamm einer Kokospalme befestigt war. Daran gewöhnt, jeden Morgen etwas für seinen Körper zu tun, schwamm er genau einhundertfünfzig Züge von der Küste weg ins Meer, bevor er sich auf den Rücken drehte und seinen philippinischen Besitz musterte.

Es war eine kleine Ferienanlage mit einem Haupthaus und acht Hütten. Seine Gäste betrachteten es als Ashram. Den japanischen Arzt machte diese Beschreibung verlegen. Er war Herzspezialist und hatte sich nach einem eigenen Herzinfarkt aus dem hektischen Berufsleben verabschiedet. Einen verschmerzbaren Teil seiner Ersparnisse investierte er, um diese Ferienanlage entstehen zu lassen, ursprünglich mit der Absicht, dort anderen Herzkranken, die, durch einen fast tödlichen Infarkt erschreckt, zu einem Wechsel in ihrem Lebensstil gebracht wurden, einen vorübergehenden Aufenthalt in der Abgeschiedenheit zu ermöglichen. Da es ihm wichtig war, sein Herz und sein Seelenleben zu beschützen, hatte er beschlossen, alle Störungen von diesem Ort fernzuhalten.

Der Strand lag nicht in einer Gegend, die von Taifunen heimgesucht wurde, und genoß darüber hinaus den Schutz eines Berges. Elektrizität wurde mit Sonne und Wind erzeugt. Die Frühlingsregen auf dem Berg versorgten den Platz mit sauberem Wasser, und die Abwasserrohre waren doppelt so groß wie sonst hier üblich.

Doktor Imai verwöhnte seine Kunden mit Gerichten aus hiesigen Fischen, Reis und Früchten, die auf Holzkohlenfeuern zubereitet wurden. Alle Baumaterialien stammten aus der Region.

Wie immer genoß der Arzt den Morgen, schwamm zur Küste zurück, trocknete sich ab und lief dreimal in bedächtigem Tempo um den großen Rasen herum. Dann nahm er sich zwei Schüsseln mit Obst und zwei Tassen grünen Tee vom Frühstücksbüfett auf der Terrasse des Hauptgebäudes und trug alles nach Hütte 5. Dort setzte er sich auf die kleine Veranda, lehnte sich gemütlich zurück und beobachtete, wie Sam seine täglichen Übungen gestaltete.

Der Engländer hatte ein Dutzend Spielkarten in unterschiedlichen Höhen im Gebüsch festgemacht. Was immer er tat, ob er sich fallen ließ, eine Rolle oder einen Salto machte – sein Messer traf eine der Karten immer genau in der Mitte.

Der Arzt war von den Leistungen seines Patienten fasziniert und stolz auf dessen Genesung. Der Mann hatte eine schwere Verletzung an der linken Schulter gehabt, eine stark entzündete Wunde am rechten Oberschenkel, schwere Blutergüsse am linken Unterarm und war völlig erschöpft und zerschlagen hier angekommen.

Trent beendete seine einhundert Würfe mit einem Salto rückwärts und kam grinsend wieder auf die Beine. Er zog sein Messer aus dem Baumstamm und sammelte die Karten ein, bevor er sich auf die Stufen setzte.

»Du könntest Eintritt verlangen, Sam«, meinte Imai. »Das wäre auch weniger gefährlich und wahrscheinlich einträglicher als deine gegenwärtige Tätigkeit.« Er betastete Trents linke Schulter und grub mit seinen Fingern tief zwischen die Muskeln, bis er merkte, daß sein Patient zusammenzuckte.

»Wenn du willst, kannst du gehen. Ich werde deinen Arbeitgeber informieren, sobald er kommt.«

»Danke«, erwiderte Trent. Er nippte am heißen Tee und dachte über Tanaka nach.

»Selbst als Sonderangebot wären Sie auf einem Gebrauchtwagenmarkt in Haiti nicht an den Mann zu bringen«, hatte Tanaka gespottet, als Trent im Haupthaus auf dem behelfsmäßigen Operationstisch des Arztes gelegen hatte. »Keiner meiner Partner läßt sich so fertigmachen. Sie werden noch zum Hilfsarbeiter abgewertet.«

Haiti war besser als Liverpool. Wärmer. Hier mußte Trent auch nicht für seine schlagfertigen Entgegnungen auf fröhliche Zitate aus dem Liederbuch der Beatles zurückgreifen. Ein Fan war er sowieso noch nie gewesen. Und mit Sam als Decknamen war er zufrieden.

Trent schaute über den großen Rasen hinweg, als die zum Feriendomizil gehörende *baslig* zum Strand glitt. Der Rumpf des Bootes leuchtete in strahlendem Weiß, die Auslegerstangen waren himmelblau gestrichen und paßten so zu dem gestreiften Sonnensegel, das den vor dem Dieselmotor gelegenen Sitzplatz für die Passagiere beschattete. Der Bug schob sich mit einem sanften Kratzen auf den Sand, das Boot neigte sich und kam auf seinen Backbordausleger zu liegen. Wie ein Feld aus flüssigem Licht erstreckte sich dahinter das Meer.

Leichtfüßig wie eine Katze sprang Tanaka den Strand hoch und trottete dann über das Gras. Er trug ein ausgebeultes Hawaiihemd mit Ananasdesign, rotweiß gestreifte Bermudashorts und hatte einen Handkoffer dabei.

»Wie geht es dem Patienten?« fragte er.

»Wir können ihn von der Krankenliste streichen«, meinte Doktor Imai.

Tanaka rieb sich die Hände.

»Großartig!« Er setzte sich oberhalb von Trent auf die Veranda.

»Ihr Boot wurde abgeholt. Drei Polizisten vom Kioto Athletic Club und ein Marineleutant des Empire. Der Katamaran wird sich in einigen Wochen im Yachtclub von Kioto befinden.«

Der Engländer bedankte sich. Schweigend saßen sie eine

Weile da und versuchten, den schönen Blick, den Blumenduft, den Frieden und die Ruhe zu genießen.

»Keine Änderung, was?« fragte Tanaka.

Er erkundigte sich nach dem neuesten Stand bezüglich der jungen chinesischen Patientin des Arztes.

»Nichts«, antwortete Doktor Imai. Die Unterleibsverletzungen und auch die Schulter Jay Lis heilten gut. Auf ihrem Rücken würden kaum Narben zurückbleiben, doch ihre seelische Verfassung und ihr geistiger Zustand blieben problematisch. In den ganzen sechs Wochen, in denen sie seine Patientin war, hatte sie nicht einmal gesprochen.

»Sie steht nicht mehr unter Schock. Vielleicht am Anfang, aber jetzt nicht mehr«, meinte er.

Er hatte seine Hände wie ein betender Christ zusammengelegt und tippte mit den Fingerspitzen sanft gegen seine geschürzte Unterlippe. Diese Haltung hatte er aus einem melodramatischen Hollywoodstreifen übernommen und als Chefarzt der Zentralklinik in Kioto in dieser aus der jetzigen Sicht schlimmen Zeit schamlos angewendet. Beschämt nahm er die Hände auseinander. Auch das war eine Geste. Das gewohnheitsmäßige Vortäuschen von Wissen aufzugeben war schwieriger, als er gedacht hatte. Er lächelte in sich hinein, dann sagte er: »Mit einem solchen Fall habe ich keinerlei Erfahrungen.«

Doktor Imai war als Japaner der oberen Mittelklasse dazu erzogen worden, keinerlei Gefühlsregungen zu zeigen, und mischte sich nur sehr widerwillig in die intimeren Belange anderer Leute ein. Und dennoch glaubte er, daß es in diesem Fall wichtig war, vielleicht sogar entscheidend.

»Sam, sie ist auf Sie angewiesen«, sagte er.

Doch das entsprach nicht ganz dem, was er spürte. Daher verbesserte er sich und rief sich noch einmal die Eindrücke in sein Gedächtnis zurück, die Sam und das Mädchen bei ihm hinterlassen hatten, wenn sie zusammen gewesen waren.

»Sie vertraut Ihnen«, versuchte er es, aber auch das stimmte noch nicht ganz, weil sie auch Wut und Haß spüren ließ. Zwar versteckte sie diese Gefühle sorgfältig, aber manchmal, wenn Sam ihr den Rücken zuwandte, hatte er sie erahnt.

»Sie wartet«, entschied er schließlich. »Ich weiß zwar überhaupt nicht, warum sie das tut oder was sie damit bezweckt, aber bezüglich Ihrer Beziehung ist das mein Gefühl. Die junge Dame wartet auf Sie, Sam.« Er hatte alles gesagt, was er zu sagen hatte, entschuldigte sich und flüchtete über den Rasen.

»Der gute Mann wird mit zunehmendem Alter immer wunderlicher«, meinte Tanaka. Imai und sein Vater waren Kollegen gewesen, und er kannte den Arzt schon seit frühester Kindheit. »Vielleicht sollten Sie gehen. Es ist nur ein Vorschlag, aber Sie können nicht für den Rest Ihres Lebens hierbleiben. Sie haben sie gerettet, und das war verrückt genug. Jetzt müssen Sie mit dem nächsten Projekt weitermachen, und außerdem haben Sie Ihr neues Büro noch gar nicht gesehen.«

Trent blickte ihn an, und Tanaka grinste. »Abbey Road, Nassau. Denken Sie etwa, ich lasse Sie einfach so ziehen? Kommt überhaupt nicht in Frage, mein Freund. Mein ganzes Leben habe ich jemanden gesucht, der dumm genug ist, den Kugelfang zu spielen. Was wollen Sie denn sonst machen? Den Rest Ihres Lebens um die Welt segeln? Nur zu, aber suchen Sie sich zumindest ein Ziel, sonst fangen Sie wie die anderen Aussteiger auch an, zu saufen oder Drogen zu nehmen.«

Er warf Trent einen Paß, einen Führerschein und drei Kreditkarten in den Schoß.

»Samuel Samuelson«, sagte er mit dem für ihn typischen breiten Grinsen. »Ein argentinischer Polizist, der sich Fehler erlaubte – in politischer Hinsicht, auf dem Kerbholz hat er nichts. Ricardo Acciapatti von der Polizei in Buenos Aires hat uns mit Ihnen in Kontakt gebracht. Ich habe Ihnen einen Job verschafft, indem ich die neue Zweigstelle eröffnete. In dem Koffer befinden sich alle erforderlichen Papiere, die nötige Kleidung und genug, um die Einwanderungsbehörden reinzulegen.«

Von der anderen Seite des Rasens hörte man am metallischen Schnipsen, daß der Arzt wie jeden Morgen begann, mit seiner Gartenschere die Blumenbeete zu säubern.

»Warum verschweigen Sie mir die schlechten Nachrichten?« fragte Trent.

Tanaka ließ einen Umschlag mit Zeitungsausschnitten auf die Treppe fallen:

»Kommandant Manuel ›Manolo‹ Ortega wurde von marxistischen Terroristen der NPA gefangengenommen. Nachdem die Terroristen ihn gefoltert hatten, ließen sie ihn an einen Baum genagelt am Straßenrand zurück. Der Held des Kampfes gegen die Aufständischen war ein enger Freund des Finanziers und Menschenfreundes Sir Philip Li aus Hongkong und wurde auf der Rückfahrt von Sir Philip Lis Hazienda auf Luzon entführt. Obwohl Sir Philip nicht für Interviews zur Verfügung stand, berichteten dem Finanzier nahestehende Quellen, daß ihn die tragischen Ereignisse sehr mitgenommen haben.«

»Eine schöne Bescherung!« meinte Tanaka. »Wollen Sie noch mehr wissen? Auf Ihren Kopf sind zweimal einhundertfünfzigtausend Dollar gesetzt worden; Li und Wong Fu stimmen also zumindest in dieser Sache überein. Einige der großen Triaden versuchen, die ersten zu sein. Machen Sie also besser einen großen Bogen um das Chinesenviertel, sonst enden Sie noch als Chop Suey zum Mitnehmen.«

Er schaute über Trent hinweg. Jay stand auf der Veranda von Hütte 2. Trotz der Wärme des Morgens trug sie einen Frotteebademantel und drückte den Kragen mit gekreuzten Händen gegen den Hals. Sie blickte zu den beiden Männern herüber und ging dann zum Strand hinunter. Dort setzte sie sich auf einen flachen Felsen, hielt die Füße ins Wasser und beobachtete, wie das Meer mit ihren Zehen spielte.

Imai hatte gesagt, sie würde warten, und Trent fragte sich, ob Tanaka das verstanden hatte.

»Sie gehen heute wieder zurück?«

»Morgen früh«, teilte ihm Tanaka mit.

»Ich komme mit Ihnen.«

Trent schlenderte zum Haupthaus hinüber, goß zwei Tassen Tee ein und trug sie zum Strand. Alles mußte ganz beiläufig wirken. Der Engländer stellte die zweite Tasse neben dem Mädchen auf den Felsen und setzte sich ein wenig hinter ihr auf den Sand. Sie trank den Tee in kleinen Schlucken, und er wartete, bis sie die Tasse wieder abgestellt hatte. Vom unteren Zweig einer Kiefer am Rand des Rasens rief ein Nashornvogel, und sie blickte sich um.

»Jay, ich fahre morgen früh«, sagte er.

Ihre Blicke trafen sich. Sie machte sich nicht die Mühe, ihre Wut und ihren Haß zu verstecken. Er dachte an die Schmerzen, die zu diesen Gefühlen geführt hatten, an den berechneten Sadismus, dem sie ausgesetzt gewesen war. Die Narben, die sie davongetragen hatte, würden sie ihr Leben lang begleiten und auch nachts gegenwärtig sein, vielleicht sogar jede Nacht.

Trent blickte weg, schaute auf das Meer hinaus und dachte an den Diplomaten, den er damals aus dem Libanon befreit hatte. Er erinnerte sich noch genau an den Sonnenschein, den Duft nach frischgemähtem Gras, nach Rosen und Geißblatt, daran, wie schön England an jenem Morgen gewesen war, an dem er auf dem Rasen vor seinem Häuschen am Hamble gefrühstückt hatte, während die Leiche des Diplomaten vorbeitrieb und zum Meer getragen wurde. Ein ganz anderes Meer …

Ein dunkelroter Schmetterling flatterte nah am Rand des Wassers entlang. Trent meinte: »Ihr Großvater hat Ortega umbringen lassen – den Mann, der uns entkommen ließ. Sie sollten noch ein paar Wochen hierbleiben. In der Zwischenzeit versuche ich, alles in Ordnung zu bringen.«

Die Muster, die das um ihre Zehen herumströmende Meerwasser bildete, waren interessanter. Vielleicht erinnerte sie sich aber auch nur an die Nacht ihrer Flucht, an den Donner der Eruptionen, an die Lava und den Schwefelgestank. Auf welcher Seite er gestanden hatte, war ihr gleichgültig. Weil er überhaupt etwas mit der ganzen Sache zu tun hatte, wollte ein Teil von ihr, daß er starb. Sie wollte, daß sie alle starben.

Die Flut hatte das Gehäuse einer Mitraschnecke auf den Sand am Fuß der Felsen gespült, und das Mädchen hob sie auf, fuhr mit dem Daumen über die seidenweiche Oberfläche. Trent wünschte, er könnte besser mit Worten umgehen – oder mit Gefühlen –, aber in seiner Ausbildung war er darauf trainiert worden, anderen etwas vorzumachen und sich nie ganz zu offenbaren.

Sie hatte sich abgewandt, und ihre hochgezogenen Schultern zeigten ihm ihre Verachtung. Er wußte nur zu gut, an was bezüglich ihrer Flucht sie sich vor allem noch erinnerte. Doktor Imai hatte mit seiner Schlußfolgerung ins Schwarze getroffen.

Eine winzige Krabbe schob einen Fühler aus ihrem Panzer. Ein Diener hatte auf der Veranda vor der Küche des Haupthauses eine überreife Frucht aufgeschnitten, und die leichte Brise trug den Geruch über den Rasen.

Trent atmete den unangenehmen Fäulnisgeruch ein. Die Krabbe berührte seinen Daumen. »Ich weiß – ich habe es versprochen«, sagte er.

Sie stand auf, drehte sich um und blickte auf ihn herunter. Der unförmige Bademantel machte sie noch kleiner, als sie ohnehin schon war; sie sah aus wie in einem Kokon eingesponnen. Vielleicht eine Sekunde lang berührte sie seine Lippen mit ihren Fingerspitzen.

Mit der gleichen Verachtung hatte sie ihn gestraft, nachdem sie der Lava aus dem zweiten Ausbruch entkommen waren, und ihre Berührung brannte wie Säure. Ruhig meinte er: »Das war nicht nötig.«

Sie hörte ihn nicht.

Alles war durcheinandergeraten, und sie durfte sich nicht daran erinnern, noch nicht – erst wenn alles vorbei war.

Und wenn es dann vorbei war, würde sie sauber sein und sich an alles erinnern. Sie würde es in Ordnung bringen, es zusammenfalten und in der Schublade wegstecken, in der ihr Fotoalbum mit den Fotos ihrer Eltern lag. Nur die ersten drei Seiten des Albums zeigten Bilder.

Doch dieses Album kümmerte sie jetzt nicht mehr. Sie konnte es betrachten und darüber nachdenken. Nicht dagegen das neue Album. Noch nicht. Zuerst mußte es saubergemacht werden. Trent hatte ihr versprochen, es sauberzumachen, doch dann hatte er es vergessen. Sie hatte ihn mit ihrem Schweigen bestraft, bis es ihm wieder eingefallen war. Er verdiente seine Strafe. Alle Männer mußten bestraft werden. Doch wenn er sich erinnerte, war er sehr nützlich. Bald würde sie in Sicherheit und sauber sein. Sie schaute auf ihn hinunter. Er wirkte lustig auf sie – wie ein alter treuer Hund –, und sie freute sich über ihn. Also gab sie ihm ihre Fingerspitzen zum Lecken und beobachtete, wie der Schmerz in seine sanften braunen Hundeaugen stieg. Sie kicherte, und seit sie an diesen Ort gekommen war, sprach sie das erste Mal. Die wenigen Worte kamen ganz ruhig und ohne jede Modulation.

»Ich will dabeisein. Ich will zuschauen.«

Trent ging in seine Hütte zurück. Tanaka wartete auf der Veranda auf ihn. Der Engländer nahm den Paß und überprüfte das Foto. Ein wenig Arbeit noch, und es war vorzeigbar.

25

Achtzehn Jahre lang hatte Trent als Undercover-Agent gelebt. Mittlerweile glaubte er, daß eine gelungene Tarnung viel mehr vom richtigen Verhalten als von den ganzen Utensilien des Make-up-Künstlers abhing.

Das Alter und die Augenfarbe, die Haltung und die persönlichen Eigenarten, die Kleidung und der Haarschnitt, das alles waren die Grundlagen. Dann kamen die Details: Wie band ein Mann seinen Krawattenknoten? Hatte er seine Münzen lose in der Hosentasche oder benutzte er eine Geldbörse? Wie machte er sich die Schuhe zu? In welcher Atmosphäre fühlte er sich wohl? Wo lebte er? Wo kaufte er ein? Welche Autos, Restaurants, Hotels bevorzugte er? Machte er irgendwelche Übungen? Welche Programme schaute er sich im Fernsehen an? Welche Filme im Kino?

Welche Zeitschriften und Magazine, welche Bücher las er? Welche Musik hörte er?

Samuel Samuelson war eine leichte Rolle.

Er wohnte in der Dominikanischen Republik, hatte beim Britischen Hochkommissar in Nassau ein Besuchervisum für das Vereinigte Königreich erhalten und sich eine Stunde bei der Nassau Bank aufgehalten. Mit der American Eagle war er nach Miami geflogen, dann mit der AA nach London. Er sah aus wie ein Mann Mitte Fünfzig, der hoffte, jünger zu wirken. Das schwarze Haar war gerade nach hinten gekämmt, an den Rändern ein bißchen ergraut. Er trug eine Bifokalbrille, doch das war in seinem Alter nicht anders zu erwarten. Wahrscheinlich wollte er sich fit halten, und wenn man bedachte, daß das Militär nicht gerade in Mode war, hatte er eine fast zu gute Körperhaltung.

Sein Tweedanzug war ein wenig zu leicht für das Klima, aber offensichtlich eine Maßanfertigung mit einem ganz passablen Schnitt. Er trug einen jener Kaschmirmäntel, die im Laden hervorragend aussehen, aber anfangen, über den Schultern nach unten zu sacken, sobald sie ein paarmal getragen werden. Seine Schuhe waren ganz ähnlich: braune Straßenschuhe mexikanischen Fabrikats, die britisch wirkten, aber nicht ganz überzeugten, und dazu trug er eine jener gestreiften Krawatten, die so aussehen, als gehörten sie zu irgend etwas dazu, was sie aber nicht tun – oder die zumindest nicht zu etwas gehören, mit dem jemand in Verbindung gebracht werden möchte. Das Begleitpersonal im Flugzeug behandelte ihn wie einen besonders habgierigen Zeitgenossen, aber er benahm sich und trank außer einem Sodawasser oder Kaffee nichts. Vielleicht war er ja ein Alkoholiker, der sich gerade das Trinken abgewöhnte. Er rauchte nicht.

Argentinien und Großbritannien hatten viel länger freundschaftliche Beziehungen zueinander gehabt als in Feindschaft gelebt; Sammi Samuelson hatte außerdem eine weiße Hautfarbe, so daß der für die Einreiseformalitäten zuständige Beamte ihn höflich behandelte und nur wenige Fragen stellte, bevor er ihm den Stempel in den Paß drückte. Sammi nahm sich seinen Handkoffer aus Kunstleder vom Förderband und passierte den Zoll durch den grünen Ausgang, ohne aufgehalten zu werden.

Der Pendelbus nahm ihn mit zum Post Hotel, wo er ein Zimmer für eine Woche bestellte und am Empfang seine Kreditkarte hinterlegte. Er machte sich nicht die Mühe auszupacken, fuhr mit der U-Bahn ins Zentrum von London und stieg dort am Green Park aus. Von der kleinen U-Bahn-Station ging er durch den Park am Buckingham Palace vorbei und bog in die Mall. Hinter dem St. James's Palace blieb er so lange links neben dem überwölbten Fußgängerdurchgang stehen, bis er sich mit seinem unzuverlässigen Feuerzeug eine Zigarette angezündet hatte.

Im Durchgang war ihm keiner gefolgt.

Er ließ die Zigarette durch die Schlitze eines Kanaldeckels fallen, machte einen Schaufensterbummel in der Jermyn Street und begutachtete die Auslagen der Geschäfte für maßgeschneiderte Oberhemden. Um fünf vor eins steuerte er den Hunt Club an, in dem sich vornehmlich britische Katholiken der Oberklasse trafen. Ein Staubkorn flog ihm auf halbem Weg dahin ins Auge, und er stellte sich in den Schutz einer Toreinfahrt, um zu versuchen, sich das Staubkorn mit der Spitze seines Taschentuchs wieder aus dem Auge zu entfernen. Ohne seine Brille konnte er nicht viel sehen. Während er deren Bügel wieder über die Ohren klappte, stieß er mit einem typisch englischen Gentleman im grauen Flanellanzug zusammen, der wie jeden Tag auf seinem Weg von seinem Büro zu seinem Club war, um dort zu Mittag zu essen.

Sammi Samuelson entschuldigte sich auf spanisch und ergänzte auf Englisch: »Das Criterion Restaurant, in fünfzehn Minuten.«

Auf der Südseite des Piccadilly Circus gelegen, bietet das Criterion mit seinen Marmorwänden und -fußböden und einer mit einem Mosaik geschmückten verspiegelten Kuppeldecke Jugendstil in höchster Vollendung. Sammi fragte nach einem Tisch hinter einem Stützpfeiler fast in der Mitte. Er hatte hier einmal eine junge Frau zum Mittagessen eingeladen und wegen der vielen Echos kein Wort verstanden. Dieser

Echos wegen war das Restaurant ein hervorragender Treffpunkt.

Der Engländer kam auf die Minute pünktlich. Das Criterion war nicht ganz seine bevorzugte Umgebung, seine Kleidung kehrte ein wenig zu sehr den Gentleman heraus, und die Freundlichkeit der einen Meter achtzig großen Bedienung mit dem Bürstenschnitt ließ seine Knie weicher werden als alle Schrecken des Zweiten Weltkriegs. Er hieß Charles Benson – mittelgroß, braune Augen, braune Haare, schmales Gesicht, schmächtiger Körper. Eine gewellte Stirnlocke drohte dauernd, ihm nach vorne über die Augen zu fallen, und verlieh ihm ein jungenhaftes Aussehen, das ganz im Gegensatz zu seinem Alter stand. Obwohl er Zivilist war, wurde er nach militärischen Gehaltsstufen bezahlt, und sein Gehalt entsprach dem eines Brigadekommandeurs. Als sie sich das letztemal getroffen hatten, waren die Seiten seiner Finger vom Halten der Zügel ganz schwielig gewesen, doch Verluste bei Lloyd's hatten seiner Pololeidenschaft ein Ende bereitet. Jetzt joggte er. Wäre Sammi noch bei der Sonderabteilung, hätte sich dieser Mann für die Kontrolle seiner Aktivitäten zuständig gefühlt.

»Sammi Samuelson«, sagte Sammi, und sie schüttelten sich die Hände, während die Kellnerin wartete.

»Bier? Oder trinken Sie lieber Wein?«

»Mineralwasser«, sagte Benson, ohne die Bedienung anzuschauen. Die beiden Männer saßen im rechten Winkel zueinander, die Echos gaben ihnen Sicherheit, die Köpfe steckten sie vielleicht ein bißchen enger zusammen, als es in England normal war, aber Sammi war offensichtlich Ausländer.

Er meinte: »Schön, Sie wiederzusehen, Charles. Danke, daß Sie gekommen sind.«

»Es ist gegen die Bestimmungen«, meinte Benson. Er war nicht ängstlich, sondern wollte Sammi nur daran erinnern, daß sie vorsichtig sein mußten. Und vielleicht wollte er ihm auch ins Gedächtnis zurückrufen, daß er dem Treffen eine gewisse Bedeutung beimaß, weil er auf sein Gehalt angewiesen war, seit Lloyd's sein Kapital dezimiert hatte – doch bei Benson lag alles in den Nuancen, und aus ihm schlau zu werden war genauso schwierig, wie mit gesunden Augen Blindenschrift zu lesen.

Benson erzählte: »Man erzählt sich, Sie hätten Schwierigkeiten gehabt.« Sein Lächeln verhieß mehr Humor, als er zur Schau stellen wollte. »Mehr als sonst?«

»Ein wenig...«

Sammi berichtete ihm von den Mordaufträgen.

»Die Triaden sind übel«, meinte Benson. Er bestellte ein Gericht aus der Speisekarte, wieder ohne die Kellnerin anzusehen, und kam dann direkt zur Sache. »Was kann ich für Sie tun?«

»Jemand geht in Fernost mit meiner Geschichte hausieren«, sagte Sammi. »In der Sonderabteilung fiele er viel zu sehr auf, also ist es ein ehemaliger Mitarbeiter. Er wird Ihnen vor kurzem einen Gefallen getan haben – Sie wissen ja, wie das läuft. Wahrscheinlich kommerzielle Informationen, vielleicht hat es irgend etwas mit China zu tun. Schiffe, Bauwesen, Finanzen.«

»Und der hat Sie verkauft?« Ihr Essen war noch nicht gekommen, trotzdem wischte sich Benson die Fingerspitzen an der Serviette ab. »Nicht gerade erfreulich.«

»Ich will einen Namen, nicht die Informationen, die er Ihnen gegeben hat«, meinte Sammi.

Die Informationen waren Sache der Sonderabteilung, und Benson nickte dankbar. »Geben Sie mir bis Ende der Woche Zeit, Mr. Samuelson. Sie sollten ein wenig joggen, das wird Ihnen guttun. Wie wäre es im Richmond Park? Samstag morgen. Am Robin Hood Gate.« Die Kellnerin brachte ihnen das Essen, und Benson schob eine Scheibe perfekt zubereiteter Lammleber auf seinem Teller hin und her. »Ich denke, ich wüßte gerne, wer in der Sonderabteilung die Informationen weitergegeben hat.«

»Ganz gleich, wie weit oben er sitzt?«

Benson nickte schnell. »Ja. Vielleicht sind Sie in dem Punkt effektiver oder einfach schneller, wissen Sie? Für uns ist das schwierig. Wir haben viel zu viele Vorschriften bezüglich unseres Verhaltens. Aber ich brauche eine Aussage von ihm, und daher will ich ihn lebendig zurückhaben, wenn das geht.«

»Einen Brief?«

Benson dachte einen Moment nach, dann tupfte er mit seiner Serviette einen Fleck Sauce auf seiner Unterlippe ab. »Ja, vielleicht wäre ein Brief sogar besser. Das erregt weniger Aufsehen, Mr. Samuelson.«

Ein kalter Wind kam von den Bergen und wehte über das schiefergraue Wasser des Genfer Sees. Sammi Samuelson ging am Seeufer entlang, hatte den Kragen seines Mantels hochgeschlagen und die Hände tief in den Taschen vergraben. Auf dem Genfer Flughafen hatte er sich eine Mütze aus Tweed mit einem Knopf darauf gekauft. Klappte man die oben befestigten Spitzen nach unten, waren seine Augen etwas vor dem Wind geschützt, auch seine Brille half dabei.

Seit zwei Stunden ging er jetzt hier spazieren, und es hatte nicht die kleinste Aufhellung in der dicken grauen Wolkendecke gegeben. Eine Stunde außerhalb der Stadt und die Zeit für die Rückkehr reichten aus. Er war sicher, daß er nicht beschattet wurde, schlenderte vom See hoch zwischen den grauen Granitgebäuden entlang und betrat die Bank durch den Seiteneingang. Ein Mann vom Sicherheitsdienst erkundigte sich, ob er einen Termin habe. Ein Fahrstuhl nahm ihn mit in den vierten Stock, wo ihn eine Sekretärin mittleren Alters in einem graugesprenkelten Twinset durch zwei Doppeltüren mit dicker Schallisolierung führte. Der Bankier wirkte genauso grau wie das ganze Gebäude – graue Augen, graue Haare, grauer Anzug, graue Krawatte, graue Brillenfassung. Sogar das Licht, das durch die gegen elektronische Abhörvorrichtungen geschützten Fenster gefiltert wurde, wirkte grau.

Der vierte Stock bedeutete richtigen Reichtum. Der Bankier war viel zu erfahren, um über die Kleidung des Argentiniers überrascht zu sein. Sammi Samuelson war ihm von einem Kollegen in Nassau empfohlen worden.

»Wir werden uns einen Kaffee machen, Señor Samuelson. Ich habe eine neue Maschine«, meinte er.

Die Maschine war so konstruiert, daß sie lange zischte. Solange man kein Kaffeetrinker war, erwies sich das als überaus sicher und nützlich.

»Wunderbar«, meinte der Bankier. »Moderne Technik. Nun, was können wir für Sie tun?«

»Eine Goldlieferung im Wert von fünfzehn Millionen Schweizer Franken annehmen«, sagte Sammi.

Der Bankier schloß für einen Moment die Augen. »Eine Tonne und 13,75 Feinunzen – nach den Eröffnungskursen an der Züricher Börse.« Beinahe hätte er gelächelt. »Ein kleiner Trick im Kopfrechnen, Señor Samuelson. Hinterläßt bei alten Damen und Gangstern Eindruck.« Die Warnung war ausgesprochen höflich. Der Bankier lehnte sich in seinem Ledersessel nach hinten. Die Fingerspitzen mit den manikürten Fingernägeln berührten sich unter seinem Kinn.

»Es geht um nichts Illegales, aber vielleicht wird es großen Druck geben, die Transaktion offenzulegen. Meine Klienten würden dieser Offenlegung zustimmen, aber als erstes möchten sie über eine größere Anleihe verhandeln.«

Die funkelnde Kaffeemaschine zischte zufrieden und schien über mehr Gefühle zu verfügen als jeder der beiden Verhandlungsführer. Der Bankier schaute sie an, als wolle er sich bei ihr noch einmal versichern, dann fragte er ruhig: »Ist es dringend?«

»Äußerst dringend«, gestand Sammi. »Die ausgebende Bank wird ein von ihrem Vorsitzenden unterzeichnetes Zertifikat über das Gewicht der Sendung ausstellen, aber von Ihrer Seite aus ist es natürlich erforderlich, die Richtigkeit der Angaben persönlich zu überprüfen. Es käme sehr gelegen, wenn diese Überprüfung beim Beladen stattfinden könnte. Nur Sie und ich werden wissen, daß Sie die Empfängerbank repräsentieren. Die genauen Anweisungen hinsichtlich des Ablaufs der Übergabe werden dem Fahrer während der Fahrt per Telefon durchgegeben. Der Wagen wird insgesamt etwa zwanzig Minuten unterwegs sein, und während dieser Zeit können die näheren Einzelheiten der Transaktion publik gemacht werden.«

Der Bankier hob die Fingerspitzen an seine Lippen und tippte sanft gegen seine Vorderzähne. Nur die langweiligsten Leute freuen sich nicht über einen intelligenten Diebstahl, und der Bankier lachte leise in sich hinein. »Das gefällt mir ziemlich gut, Señor Samuelson. Äußerst originell. Wahrscheinlich einzigartig. Und ein sehr persönlicher Service. Sagen wir zehn Prozent? Und raten Sie Ihren Klienten, sich über Ihre Gewinne zu freuen, Señor Samuelson, und nicht über unsere Gebühren zu jammern.«

»Meine Klienten werden sehr zufrieden sein«, versicherte ihm Sammi.

Der Bankier begleitete Sammi zum Fahrstuhl und bezeugte ihm damit einen bemerkenswerten Respekt. »Kalter Wind heute«, meinte er.

Sammi erwiderte: »In Moskau wird es noch um einiges schlimmer werden.«

Sammis Reiseziel war als bruchstückhafte Information gedacht, die der Bankier den wie auch immer gearteten Wölfen hinwerfen konnte, die hinter der Sache her waren, und der Bankier lächelte verständnisvoll.

»Es ist mir ein Vergnügen, mit Ihnen Geschäfte zu machen, Señor Samuelson.«

Die Leute, die sich früher hinter einer undurchdringlichen Mauer aus Geheimhaltung und Sicherheitskräften versteckt hatten, priesen ihre Waren heutzutage an wie Straßenverkäufer. Sammi fand Doktor Dimitri Ignosiev im entsprechenden Telefonverzeichnis unter vier verschiedenen Nummern: unter seinem Büro im KGB-Hauptquartier in der Levitno-Straße, der Klinik, der Eigentumswohnung in der KGB-Wohnanlage für höhere Dienstgrade auf der Veratnigoi, und seiner Datscha draußen in Melnshiv.

Am Telefon gab sich Sammi als Journalist aus und nannte den Namen eines KGB-Experten für Lateinamerika als Referenz. Der Mann war Major und hatte Sammi einmal das Leben gerettet. Die Referenz in Verbindung mit einer angemessenen und in US-Dollar zu bezahlenden Beratungsgebühr brachte ihm eine Einladung in die Datscha des Psychologen ein, und Sammi mietete sich vor dem Beliztny Hotel ein unlizensiertes Taxi. Der Fahrer brummelte unaufhörlich etwas über den erbärmlichen Zustand der Straße und weigerte sich, den letzten Kilometer der zerfurchten Fahrbahn mit dem Wagen zu fahren.

Kleine und große Mücken schienen die einzigen freilebenden Tiere, die noch in den Birkenwäldern lebten. Sammi machte die Knöpfe an den Manschetten und am Kragen seines Hemdes zu und zog sich seine Mütze vom Genfer Flughafen über die Ohren, bevor er mit der Jacke über dem Arm und seiner Reisetasche über der Schulter zwischen den Bäumen hindurcheilte.

Drei Schafe hielten das Gras um die große Blockhütte herum kurz. Ein Lada unbestimmten Alters und unbestimmbarer Farbe stand mit offener Kühlerhaube unter einem Baum. Ein von einem engen blauen Rock verhüllter Hintern beugte sich über den Kühler. Der Rock war kurz, die Beine darunter waren weiß und kräftig und barfuß. Die Person, zu der das alles gehörte, hatte sich mit einem ölverschmierten Fingernagel einen Mückenstich auf der linken Kniekehle blutig gekratzt. Ein Schraubenschlüssel klapperte auf den Boden, und deftige russische Flüche begleiteten das Auftauchen einer jungen Frau mit schwarzen Händen und strahlend blauen Augen.

Als sie Sammi sah, sagte die Frau: »Sie sind Daddys ausländischer … was auch immer.«

»Journalist«, meinte Sammi.

»Was auch immer«, verbesserte sie und rief nach ihrem Vater, bevor sie unter den Lada kroch, um sich den Schraubenschüssel wieder zu holen.

Doktor Ignosiev war ein großer, hagerer Mann. In den fünfziger Jahren war er Hochschulmeister im Hochsprung gewesen und immer noch fit. Als erstes überreichte Sammi ihm den versprochenen Umschlag.

»Falls er in der Lage ist, einen Vergaser zu reparieren, kann er ja über Nacht bleiben!« rief die Tochter, als Doktor Ignosiev Sammi die Treppe hoch über die weite, überdachte Veranda in ein Arbeitszimmer mit Wänden voller Bücher führte.

Die Einrichtung bestand aus zwei Sesseln und einem Schreibtisch mit einem Stuhl dahinter, zwei grobgewebten turkmenischen Teppichen in kräftigen Erdtönen und einem

Holzofen. Draußen gab es die drei Schafe und die blonde Tochter mit ihrem Kopf unter der Ladamotorhaube, einige blühende Rosenbüsche, die Birken und eine einzelne Kiefer. Der Staub auf den Fenstern verhinderte, daß man die Mücken sah. Auch daß der Mann für den KGB arbeitete, war nirgends erkennbar. Doktor Dimitri Ignosiev war die weltweit führende Autorität auf dem Gebiet durch Folter ausgelöster Traumata.

Nervös, sogar ein wenig ängstlich, setzte er sich gegenüber Sammi hin. »Für einen Argentinier sprechen Sie aber außergewöhnlich gut Russisch, Mr. Samuelson. Ich hätte gedacht, Sie kämen aus dem Kaukasus. Wer sind Sie?«

»Ein Geschichtenerzähler«, antwortete Sammi. »Ich bin nicht darauf aus, Sie vor der Weltpresse bloßzustellen. Ich will Ihnen nur eine Geschichte über eine junge Frau erzählen und alle Fragen beantworten, die Sie mir im Hinblick darauf stellen. Während Sie nachdenken, werde ich den Vergaser Ihrer Tochter überprüfen. Und vielleicht können wir ja einen Drink zu uns nehmen. Sobald Sie mir Ihren Rat gegeben haben, kann mich Ihre Tochter zurückfahren.«

Er griff in seine Reisetasche und brachte einen Flasche fünfzehn Jahre alten Malzwhisky zum Vorschein, der einen so trockenen und ausgewogenen Geschmack hatte wie der allerbeste Cognac.

Die beiden Männer lehnten sich in den tiefen, behaglich abgenutzten Ledersesseln zurück, und Sammi berichtete alles, was er von Jay Li wußte. Der Psychologe hörte zu, ohne sich Notizen zu machen oder seinen Gesichtsausdruck zu verändern. Am Schluß zitierte Sammi die Worte, die Jay gesagt hatte, als sie am Strand vor ihm stand: »Ich will dabeisein. Ich will zuschauen.«

Die letzten Sekunden hatte der Psychologe den Atem angehalten, jetzt atmete er geräuschvoll aus und nickte.

»O ja, ja. *Ich will zuschauen.* Da kann ich definitiv erkennen, was sie meint. Sie nicht, Mr. Samuelson? Sie müssen mir allerdings noch ein wenig über sich erzählen. Natürlich sind Sie kein Journalist. Ich kann mir denken, was Sie früher waren. Aber uns, Sie und mich, interessiert die Gegenwart, Mr. Samuelson, nicht wahr?«

Ein plötzliches Lächeln flog über sein Gesicht. »Sie können ja über Ihre Antwort nachdenken, während Sie meiner Tochter helfen, Mr. Samuelson. Sie ist nicht allzu gut auf mich zu sprechen. Das ist verständlich, wenn man bedenkt, wie wenig sie weiß. Doch letztes Jahr ist meine Frau gestorben, und meine Tochter hat zu mir ungefähr dieselbe Einstellung wie ein Mensch zu einem schlechtgelaunten und stinkenden alten Hund, den er geerbt hat. Offensichtlich wäre es das Beste, ihn zu erschießen. Doch was dann? Dann ist kein Mensch mehr da, der für den Zustand des Hauses verantwortlich gemacht werden kann. Ich sage Ihnen das, Mr. Samuelson, weil meine Tochter Besucher von mir nur selten toleriert, und ich möchte nicht, daß Sie ihr Verhalten persönlich nehmen und beleidigt sind.«

Sammi fand die junge Frau draußen, wo sie sich neben dem Lada ins Gras gesetzt hatte. Sie war sich mit dem Handrücken über das Gesicht gefahren, um sich den Schweiß abzuwischen, und hatte dabei einen schmierigen schwarzen Streifen hinterlassen, der die blaue Farbe ihrer Augen nur noch mehr hervorhob. Ihre hohen Wangenknochen, die kurze, breite Nase über vollen Lippen und die Frische, die sie an sich hatte, paßten gut zu dem schräg durch die Zweige fallenden Sonnenlicht, dem Summen der Bienen und dem würzigen Geruch der Birken. Viel von ihrem Vater hat sie nicht, dachte Sammi. Das neue Rußland. Ein Lächeln wäre nett gewesen.

»Kein Glück?«

»Ein Teil fehlt«, antwortete sie.

Sammi dachte zurück an die ganzen Dinge, die er als Junge zerlegt hatte und bei denen beim erneuten Zusammensetzen auch immer ein Teil gefehlt hatte oder ein Teil zuviel dagewesen war. Er zählte zwanzig amerikanische Ein-Dollar-Noten aus seiner Brieftasche ab.

»Ich werde mich mal auf die Suche machen, während du mein Taxi bezahlst«, meinte er. »Der vereinbarte Fahrpreis schließt die Wartezeit mit ein. Und erzähl mir nicht, es wäre zuviel Geld. Taxis sind überall auf der ganzen Welt zu teuer. Diese Regel ist genauso unumstößlich wie die Richtung, in der sich die Erde dreht, und die Gezeiten, oder die Tatsache, daß die Eltern sich in Dummköpfe verwandeln, sobald man ins Teenageralter kommt.«

Das fehlende Teil lag im Gras. Sammi nahm den Vergaser auseinander, setzte ihn wieder zusammen, reinigte die Düsen und stellte die Ventile und die Zündung ein. Ladas zu reparieren hatte in der Sonderabteilung zu den Sachen gehört, die sie gelernt hatten – immerhin waren es damals zur Zeit des kalten Krieges die einzigen Wagen gewesen, die ein Agent in der sowjetischen Einflußsphäre stehlen konnte. Jetzt gehörte zum desorganisierten Verbrechen eher ein überlanger Mercedes oder ein BMW als ein Lada.

Die Tochter war zurückgekommen und beobachtete ihn. Vielleicht wirkte er ein wenig niedergeschlagen, denn sie sagte: »Wenn du dich umbringen willst, dann mach das woanders.«

»Ich hatte nicht daran gedacht«, meinte er.

Bevor er ins Arbeitszimmer zurückkehrte, wusch er sich an der Spüle in der Küche. Der Psychologe hatte sich ein zweites Glas Whisky genehmigt, tupfte die Lippen an einem zusammengefalteten Taschentuch ab und lächelte nichtssagend. Dann hob er sein Glas. »Auf den tapferen Mr. Samuelson, nicht auf den unschuldigen! Keiner von uns war unschuldig. Doch es gibt ein unterschiedliches Maß an Schuld, und ich habe nicht ein einziges Mal abgedrückt oder jemandem Medikamente gegeben, wenn es mit den Regeln meines Berufsstandes nicht vereinbar war.«

Er nahm einen bescheidenen Schluck und schwenkte den Whisky. »Ausgezeichnet, ganz ausgezeichnet. Haben die Leute, die Ihnen sagten, Sie sollten mich um Rat fragen, Ihnen das eigentlich erzählt, Mr. Samuelson? Daß ich nie die Drecksarbeit gemacht habe?«

Der Mann war viel zu intelligent und verstand viel zuviel von den Menschen, um Sympathie oder Vergebung zu erwarten. Er stellte einfach klar, was war und was nicht – vielleicht galt das ja der Tochter, die draußen zuhörte. »Nein, Mr.

Samuelson, keiner von uns war unschuldig. Und was ist jetzt? Sind Sie aus Ihrem Kokon entkommen und zu einem fahrenden Ritter geworden? Oder sind Sie nur ein Schmetterling, der um die Welt flattert?«

Während er Sammi über den Rand seines Glases betrachtete, nahm er einen weiteren Schluck, ein paar Tropfen nur. »O ja, ich kann immer noch grausam sein – soviel ist mir noch geblieben. Und natürlich meine Erfahrung. Was von beiden ist es nun? Der Ritter oder der Schmetterling? Besteht da überhaupt ein Unterschied, Mr. Samuelson? Aber ich vergaß! Sie sind ja gekommen, weil Sie eine klinische Beurteilung der junge Dame wollten und keine Beurteilung Ihres eigenen Zustandes.

Stellen Sie sich einmal eine Frau vor, die in Bosnien vergewaltigt wurde, Mr. Samuelson. Und dann vergegenwärtigen Sie sich, wie demütigend es für sie ist, wenn sie das Fernsehprogramm verfolgt und jede Nacht die Leute vor Augen hat, die Vergewaltigung als Mittel der Politik einsetzen, wenn sie sieht, wie sie von Fernsehinterviewern und den Verhandlungsführern in Genf auch noch wie rechtmäßig handelnde Menschen akzeptiert werden.

Der Fall Ihrer jungen Frau ist ganz ähnlich. Da ist zunächst einmal diese fürchterliche Erniedrigung, die sie erfahren mußte – man hat sich an ihr vergangen, und das nur aus taktischen Gründen, um sie als Schauobjekt benutzen zu können. Und welche Rolle Sie, Mr. Samuelson, auch immer spielen mögen, Sie gehören zu den Zuschauern. Der Schmetterling muß weiterfliegen, Mr. Samuelson – oder ist es der fahrende Ritter, der über die Steppe davonreiten will? Ja, Mr. Samuelson, tun Sie Ihre Pflicht, und dann verschwinden Sie aus ihrem Leben.«

Er machte eine Pause, füllte sein Glas wieder und saß eine Weile tief in Gedanken versunken da. Eine Mücke sirrte am Fenster. Sammi beobachtete, daß sie sich auf den Vorhang setzte. Schritte kamen über die Veranda, das Mädchen zog einen Liegestuhl in die Sonne. Er beneidete sie um ihre Jugend und darum, daß sie nicht mit der Vergangenheit belastet war.

Der Psychologe klopfte mit einem langen, knochigen Finger auf die Lehne seines Sessels, um Sammis Aufmerksamkeit wieder von der Welt des Sonnenlichtes und des Sommerduftes abzulenken. Seine Gedanken schienen klar geordnet. Er saß sehr aufrecht, hatte die Schultern zurückgenommen und sah Sammi direkt ins Gesicht. Seine Worte kamen schnell und präzise. »Meine Erfahrung als klinischer Psychologe veranlaßt mich zu glauben, daß die einzige Möglichkeit zur Absolution für die Gedemütigten in der öffentlichen Demütigung ihrer Peiniger liegt, Mr. Samuelson. – Das Trauma kennt keine Grenzen. Es gibt also kein *Es ist ja alles schon so lange her.*

Galtieri, Stroessner, Pinochet und natürlich unsere Heshner, Degariov – und unter den Millionen auch ich, alte Männer, die sich im Dschungel und in Klöstern verstecken. Sie sollten nicht vor Gericht geschleppt werden, sondern ins Rampenlicht gestellt werden. Und dann? Zwei Augen für ein Auge, Mr. Samuelson. Das schafft Abhilfe.«

Abrupt erhob er sich aus seinem Sessel, stolperte durch die Schwingtür in den Garten und verschwand zwischen den Bäumen. Sammi kam nach draußen auf die Veranda, und die Tochter fragte: »Was hast du mit dem Schwein angestellt?«

»Er sagte die Wahrheit, und das hat ihn aus der Fassung gebracht«, erwiderte Sammi. »Ich würde lieber nicht über Nacht bleiben. Vielleicht könnten Sie mich jetzt zurück nach Moskau bringen? Ihr Wagen ist ja repariert.«

26

Ungefähr fünfundzwanzig Kilometer vom Londoner West End entfernt bildet der Richmond Park eine über zwölf Quadratkilometer große Parklandschaft, über die kleine Eichen- und Buchengruppen verstreut sind. Früher gab es hier auch Ulmen, aber die sind mittlerweile alle dem Ulmensplintkäfer zum Opfer gefallen. In dem Park grasen etwa fünfhundert Stück Rotwild. Der Samstag war einer dieser wunderschönen Sommermorgen, nach denen sich die im Exil lebenden Engländer sehnen, wenn sie Schwierigkeiten im Büro haben.

Charles Benson hatte in seiner Schulzeit und auf der Universität an Geländeläufen teilgenommen, und Sammi Samuelson hatte seine liebe Mühe, ihn nicht aus den Augen zu verlieren. Benson bog zwischen die Eichen oberhalb des Poloplatzes, hielt zwischen den Bäumen an, um seine Turnschuhe wieder zuzuschnüren, und hinterließ in der Gabelung einer großen Wurzel ein dünnes, zusammengerolltes Florpostpapier. Auf ihm stand der Name George Ross und eine kurze Zusammenfassung seiner Karriere und seiner Gewohnheiten.

George Ross hatte seit dreißig Jahren in der für die innere Sicherheit zuständigen Abteilung des militärischen Geheimdienstes gearbeitet. Im kommerziellen Bereich hätte man ihn vielleicht einen Registrator genannt. Der Umgang mit bestimmten Akten war jedoch nur den höheren Dienstgraden innerhalb der Verwaltung vorbehalten. In seiner Position war es ihm möglich gewesen, sich frühzeitig in den Ruhestand versetzen zu lassen und dabei eine Pension zu bekommen, die der eines Colonels bei der Armee entsprach.

Von seiner Abteilung geschützt und mit deren Billigung wechselte er zu einer größeren Sicherheitsorganisation im privaten Bereich, wo seine Anwesenheit seinen alten Arbeitgebern sehr gelegen kam. Diese litten unter dem Ende des Kalten Krieges, hatten mit Einschränkungen der Finanzmittel zu kämpfen und waren eifrig bestrebt, günstigere neue Quellen für nachrichtendienstliche Informationen entstehen zu lassen.

Bald dehnte George Ross sein Tätigkeitsfeld auch auf andere Zweige des SIS und der Streitkräfte aus und wurde zum Händler, der seinen privaten Kunden sicherheitsrelevante Informationen zukommen ließ und dafür im Gegenzug Informationen aus dem Finanzbereich erhielt, die wiederum für seine früheren Dienstherren und seine Freunde aus der Zeit des Kalten Krieges in Langley nützlich waren.

Finanziell war das eine ungemein lohnende Tätigkeit, und deshalb kam Ross jetzt in den Genuß maßgeschneiderter Anzüge und bester Zigarren, besaß eine Zweitwohnung in London und ein Landhaus. Er war dem Königlichen Automobilclub RAC beigetreten, sein gesellschaftliches Renommee war nicht besonders auffällig, aber beim geselligen Zusammensein bevorzugte er opulentere Umgebungen als die von der Aristokratie so häufig besuchten Plätze wie Whites und Boodles und The Hunt.

Am Wochenende hielt er sich am liebsten in London auf. Die Kellnerinnen waren dann viel aufmerksamer, und es war ein Vergnügen, mit dem Mercedes durch die leeren Straßen zu fahren. Am Sonntagabend ging er meist auswärts Essen und spielte in seinem Club Bridge.

Als er in dieser Nacht den Bridgetisch verließ, hatte er einen Gewinnsaldo von sechsundachtzig britischen Pfund. Er schlenderte zur Garderobe und schützte sich mit einem grauen Stabsoffiziersmantel und einem Seidenschal vor der kalten Nachtluft.

Der Wohlstand hatte George Ross dick werden lassen, und er neigte dazu, schnell zu schwitzen. Der Kauf des Stabsoffiziersmantels hatte seine Neigung zum großspurigen Auftreten und zum abrupten Kopfnicken beim Erkennen von Bekannten verstärkt. Er nickte dem Pförtner in der Eingangshalle zu, rückte seinen Hut gerade und streifte sich seine Handschuhe über.

Sein Mercedes war eine Ecke weiter geparkt, und er nahm den Hut ab und knöpfte den Mantel auf, bevor er sich in den Sitz fallen ließ. Er liebte diesen Wagen. Der Geruch nach Leder, kubanischen Zigarren und noblem After-shave war für ihn der Inbegriff seiner neuen sozialen Stellung. Der Motor sprang sofort an, und er blinkte vorschriftsmäßig, bevor er mit dem großen Wagen vom Straßenrand wegfuhr.

»Fahren Sie nach Heathrow, zum Kurzzeitparkplatz am Terminal Drei«, sagte eine Stimme, und George Ross fühlte, wie sich etwas Kaltes und Dünnes um seinen Hals zusammenzog. »Man nennt dies eine Garotte«, sagte die Stimme.

Sammi wollte nicht, daß George Ross um Hilfe rief. Als George das Fenster herunterließ, um dem Automaten am

Flughafenparkplatz den Parkschein zu entnehmen, zog er zur Warnung den Draht stramm.

Die Schranke hob sich, und Sammi befahl ihm, rückwärts in eine Parklücke zu fahren, damit er während des Gesprächs nach Störenfrieden Ausschau halten konnte.

»Wissen Sie, wer ich bin?« wollte Sammi wissen.

George schüttelte den Kopf, Schweiß tropfte von seinem Gesicht.

»Trent«, sagte Sammi. »Erinnern Sie sich? Sie haben mich verkauft. Sie werden mir jetzt sagen, an wen; Sie werden mir sagen, wer Ihnen die Informationen gab; Sie werden mir die anderen Namen nennen, die Ihnen Ihr Informant als von mir benutzte Namen angegeben hat. Ist das klar? Natürlich können Sie auch den Mund halten, George. Wir leben in einem freien Land. Aber wenn Sie es mir nicht sagen, töte ich Sie.«

Sammi packte George seitlich am Hals, stieß seine Finger dagegen und unterbrach die Blutzufuhr zu Georges Gehirn lange genug, um ihn eine Minute lang benommen zu machen.

»Haben wir uns verstanden?«

George nickte.

»Hervorragend. Dann wollen wir von vorne beginnen«, meinte Sammi. »An wen haben Sie mich verkauft?«

George Ross erzählte seine Geschichte mit vielen Pausen, in denen er sich immer wieder den Schweiß vom Gesicht wischte. Er war einer ganzen Reihe kommerzieller Kunden in Fernost verpflichtet. Zwei von ihnen, Cairns Oliver und ein Mittelsmann der Wong-Fu-Gruppe, baten um Recherchen über einen britischen Segler namens Trent. George hatte den Namen seinen üblichen Informanten zugespielt und war bei der Sonderabteilung, bei der Trent früher gearbeitet hatte, fündig geworden. Da er nicht gewußt hatte, daß es noch andere Decknamen von ihm gab, hatte er seinen Informanten auch nicht danach gefragt – und es hatte auch keine weiteren Nachfragen gegeben.

»Ich schwöre es«, sagte er.

Er zögerte damit, den Namen seines Informanten zu nennen, und Sammi zog ihn am Ohr. In der ersten Schulklasse hatte ein sadistischer Lehrer George ebenfalls häufig am Ohr gezogen und damit immer erreicht, was er wollte.

Sammi warf George einen Schreibblock und einen Stift hin und befahl ihm, alle Informationen aufzuschreiben, die ihm sein Informant aus der Sonderabteilung im Laufe der Jahre gegeben hatte. Dann verlangte Sammi einen ganz ähnlichen Brief über Georges Kontakte in Washington.

Als George fertig war, nahm Sammi die Briefe, faltete sie zusammen und ließ sie in seine Tasche gleiten. Dann gab er George ein paar Hintergrundinformationen: Er wollte das Mädchen in Sicherheit wissen, wollte, daß Sir Philip Li das Gold bezahlte, und hatte bestimmte Vorstellungen im Hinblick darauf, wie Sir Philip es bezahlen sollte.

»Li wird das auch alles tun, George, denn wenn er sich weigert, werden die Zeitungen erfahren, daß er viel Geld bezahlte, um seine Enkelin ermorden zu lassen. Ich will nur, daß das Mädchen in Sicherheit ist. Und um sicher zu sein, darf sie nicht mehr existieren.«

Sorgfältig beschrieb er das Begräbnis in allen Einzelheiten: »Sagen Sie Sir Philip, er solle seine Männer nach der Leiche eines Mädchens suchen lassen, das genauso alt wie seine Enkelin ist. Die Beerdigung muß nächsten Freitag stattfinden, und zwar gegen Mittag, und ich will, daß Wong Fu neben Sir Philip am Grab steht. Wenn Wong Fu damit nicht einverstanden ist, sagen Sie ihm nachdrücklich, daß ich das Mädchen in Sicherheit wissen will. Entweder erscheint er auf der Beerdigung, oder die Zeitungen erfahren, daß er Piraten unterstützt.«

Sammi gab ihm seine Anweisungen mit allen nur erdenklichen Einzelheiten und las sie noch einmal durch, sobald George sie aufgeschrieben hatte, damit er sicher sein konnte, daß George keinen Fehler gemacht hatte.

»Sie werden mich umbringen«, sagte George.

»Nicht unbedingt, George. Dazu sind Sie nicht wichtig genug.«

Sammi Samuelson wies ihn an, die Schlüssel im Wagen zu lassen und auszusteigen. George Ross konnte kaum noch richtig stehen.

»Sie brauchen keine Angst zu haben«, sagte Sammi. »Ich brauche Sie noch, George. Ich werde mir Ihren Hut und Ihren Mantel leihen und Sie für eine Weile in den Kofferraum sperren. Sie werden es recht bequem haben, und ich fahre auch vorsichtig.«

Trent fuhr mit dem Mercedes wieder nach London zurück und bog von dem an der Holland Park Avenue gelegenen Ende der Ladbroke Grove in einen hübschen halbmondförmigen Straßenzug aus der Regentschaftszeit. Dort stellte er den Wagen ab und ging die Stufen zur Haustür eines in der Mitte dieses Straßenzuges gelegenen Gebäudes hoch.

Das Haus gehörte Marcus Richworth, einem leitenden Mitarbeiter der Sonderabteilung, für die Trent früher gearbeitet hatte. Trent drückte auf die Klingel, bis sich im Fenster neben der Tür ein Spalt im Vorhang öffnete. Georges Auto stand vor dem Haus, und Sammi trug den richtigen Hut und den richtigen Mantel. Ein Licht ging an, und Schritte kamen durch den Flur auf den Eingang zu. Dann folgte der Lärm der üblichen Sicherheitsschlösser und Sicherungsketten.

Jean Richworth öffnete die Tür. Sie war eine gemütlich wirkende Frau mittleren Alters, die etwas in die Breite gegangen war, und hatte einen üppigen Busen. Auf einem Bauernhof großgeworden, schien sie in der Stadt nie so recht heimisch geworden zu sein. »Oh, mein Mann dachte, es wäre George Ross«, begrüßte sie ihn.

»Der ist noch im Wagen«, erwiderte Sammi.

Sie konnte den Wagen sehen, daher fügte er hinzu: »Im Kofferraum. Aber ihm ist nichts passiert.«

»Es ist also schiefgegangen«, meinte sie.

»Ja«, sagte Sammi.

»Ich hatte immer gedacht, daß es einmal schiefgehen würde…«

Sammi hatte sie immer gemocht und sagte: »Tut mir leid. Es wird zwar nicht lange dauern, aber ich muß mit Ihrem Mann sprechen.«

»Ja«, nickte sie. »Ja, natürlich. Ich werde ihn holen. Möchten Sie eine Tasse Tee oder Kaffee oder einen Drink?«

»Kaffee wäre nett«, erwiderte Sammi.

Sie führte ihn in ein schmuckes Empfangszimmer, das von Rosenduft erfüllt war. Erkerfenster erlaubten den Blick auf eine Terrasse, von der einige Stufen in den Gemeinschaftsgarten hinunterführten. An diesem Platz fehlten nur noch Hunde und Kinder, aber die Richworths hatten weder das eine noch das andere je gehabt. Sammi hatte sich oft über das Fehlen von Kindern gewundert. Jetzt erkannte er, daß Jean Richworth seit Jahren immer mit der Angst vor einem Skandal und seinen Auswirkungen auf Kinder gelebt hatte.

Die Frau rief die Treppe hoch, und mit einem teuren Morgenmantel und einem Seidenpyjama bekleidet, kam ihr Mann herunter. Er war älter als seine Frau, trug eine Hornbrille, hatte gerade seine falschen Zähne eingesetzt und roch nach Zahnpasta. Obwohl er nicht so alt war wie der Mann, der früher Trents Aktivitäten kontrolliert hatte, waren beide Männer enge Freunde und Verbündete gewesen, die auch beide die besonderen Beziehungen zu den Verwandten in den USA unterstützt hatten. Diese besonderen Beziehungen wurden von den Befürwortern einer starken europäischen Position als Knechtschaft angesehen.

»Wo ist George?« fuhr ihn der Mann an. »Und wer zum Teufel sind Sie?«

Seine Frau warf ein: »Jetzt stell dich doch nicht so dumm an, mein Schatz! Du wirst dich doch wohl an Patrick Mahoney erinnern.«

»Mahoney? Unsinn. Der Scheißkerl ist tot. Schon seit Jahren. Er wurde in Irland begraben.«

»Sammi Samuelson«, sagte Sammi. Er machte keine Anstalten, dem Mann die Hand zu geben. »Wir müssen miteinander reden«, sagte er, und Jean Richworth nickte.

»Ja, ja, natürlich«, sagte sie. »Natürlich müßt ihr das. Ich mache Kaffee, ja? Zucker, Milch?«

»Ein klein wenig Milch«, sagte Sammi.

Sie gab ihrem Mann einen leichten Klaps, als sie den Raum verließ. »Versuch, vernünftig zu sein, Liebling. Laß dir keinen Schreck einjagen. Eigentlich ist es nicht weiter schlimm.«

Doch Richworth tobte. »Es ist eine bodenlose Unverschämtheit, mitten in der Nacht in mein Haus zu stürmen. Wie konnten Sie es wagen, meine Frau zu erschrecken?«

»Sie haben mich an George Ross verkauft. Charles Benson weiß darüber Bescheid, und ich habe einen Brief von George an den Generaldirektor«, sagte Sammi. »An wen haben Sie mich noch verkauft? Und unter welchen Decknamen?«

»Nur unter Trent, das ist alles, und nur an George. Und ich habe Sie nicht verkauft. Es war ein Informationsaustausch, der der Sonderabteilung genützt hat.«

»Vielleicht sollten Sie sich den Brief durchlesen.« Sammi nahm ihn aus dem Mantel. Es war ein langer Brief mit mindestens zehn Seiten.

Über die Länge schockiert, nahm Richworth ihn widerwillig entgegen, setzte die Hornbrille ab und klopfte auf der Suche nach seiner Lesebrille seine Taschen ab. »Verdammt, ich habe sie am Bett liegengelassen«, meinte er. »Na ja, im Arbeitszimmer liegt auch noch eine.«

»Benson wird in einer halben Stunde hier eintreffen. Er bringt ein paar Männer von der Staatssicherheitspolizei mit«, sagte Sammi.

Richworth verließ das Zimmer. Sammi hörte, wie die Tür zum Arbeitszimmer zufiel, und meinte auch gehört zu haben, wie sie verriegelt wurde. Er dachte, etwas tun zu müssen, aber eigentlich gab es nichts zu tun.

Jean Richworth blieb unschlüssig vor dem Arbeitszimmer stehen, als sie aus der Küche zurückkam, und Sammi hörte, wie sie ihren Mann durch die Tür fragte: »Ist alles in Ordnung, Liebling?«

Richworth antwortete: »Ja, ja, natürlich. Mach dir keine Sorgen, Liebes.«

Sie kam in das Empfangszimmer und goß Kaffee ein. Dann sagte sie: »Könnten Sie vielleicht meine Hand halten?«

Sammi sagte: »Natürlich.«

Sie weinte und entschuldigte sich dafür, so dumm gewesen zu sein.

»Ist schon gut«, besänftigte Sammi sie. Er wäre am liebsten gegangen oder wütend geworden, aber er war müde und hatte das Bild seines Vaters vor Augen, wie dieser an seinem Schreibtisch gesessen hatte.

Er schauderte, und sie meinte: »Das muß für Sie ja ganz schön schwer sein.«

Der Schuß fiel, und fast unmittelbar darauf waren Schritte zu hören, die die Treppe vor dem Haus hochkamen. Es schellte einmal an der Tür.

»Ich lasse sie herein«, sagte Sammi.

Es war sieben Uhr morgens, und Sammi Samuelson spielte an einem Ecktisch in der Cafeteria der Paddington Station mit einer Tasse miserablen Kaffees und einem faden Croissant. Er saß mit dem Gesicht zur Tür, sein Flugticket ragte aus der Brusttasche.

Der Amerikaner kam fünf Minuten zu spät. Er kaufte sich einen Kaffee und einen kleinen Napfkuchen und kam mit dem Tablett herüber.

»Sammi Samuelson«, stellte sich Sammi vor.

»So sagte man mir«, meinte der Amerikaner. Er war ein gepflegter, gedrungener Mann Anfang Vierzig mit eng am Kopf anliegenden Ohren, grauen Augen und klobigen Händen. Seine Kleidung machte den Eindruck, als habe er vor, den Tag auf dem Land zu verbringen: Kordhose, Flanellhemd, Tweedjacke und gute Schuhe. Er gab das Bild eines Akademikers ab, der Geld geerbt hatte, aber nicht aus der Stadt kam. Der Mann drehte seine Tasse auf der Untertasse hin und her. »Ich muß Ihnen sagen, Sammi, daß es in Washington eine Menge Leute gibt, die meinen, Sie seien das reinste Gift. Da sind zunächst einmal die ganzen Leichen, die Sie für die Dinosaurier aus der Zeit des Kalten Krieges produziert haben. Dann erzählt man sich, daß Sie vor einiger Zeit verhindert haben, daß Castro von der Bildfläche verschwand. Was ist passiert? Sind Sie auf dem Weg nach Damaskus aus einem Hubschrauber gefallen? Hatten Sie eine Vision?«

Er wollte gerade an seinem Kaffee nippen, aber der Geruch bewahrte ihn vor diesem Fehler, und er schenkte Sammi ein Lächeln, das nur eine Seite seines Gesichtes belebte und wie die Stimme auch ganz nebenbei ihn selbst zu verspotten schien.

»Damit will ich Ihnen nur sagen, daß ich mich über Sie erkundigt habe. Wenn ich trotzdem hier sitze, dann liegt das daran, daß es einige mir persönlich bekannte Leute gibt, vor denen ich großen Respekt habe und die mir sagten, ich sollte Ihnen bis auf meine Karriere alles anvertrauen.«

Er lächelte Sammi wieder an: »Es sind ranghöhere Leute, denen haben Sie also nicht geschadet. Ich dachte, ich gehe das Risiko ein, ein paar Schwierigkeiten zu bekommen...«

Sammi zog den Bericht von George Ross über seine Tätigkeiten in den USA aus der Tasche und reichte dem Amerikaner die obersten beiden Seiten.

Der Amerikaner las schnell. Dann stieß er mit geschürzten Lippen geräuschvoll die Luft durch seine Zähne und meinte: »Das ist ja ein tolles Frühstücksgeschenk. Was wollen Sie, Mr. Samuelson?«

Sammi erzählte ihm von Jay Li. »Sie ist amerikanische Staatsbürgerin. Ich möchte, daß sie sich sicher fühlen kann und eine Chance bekommt, sich ein neues Leben aufzubauen.«

»Hat sie das Geld dazu?«

»Genug«, sagte Sammi.

»Dann werde ich mit einem Bekannten von der Steuerfahndung sprechen müssen.«

Der Amerikaner überlegte eine Weile. »Planen Sie einen Austausch?«

»In Tokio«, erwiderte Sammi. »Das ist nicht weit von dem Ort entfernt, an dem mein Boot liegt.«

Der Amerikaner dachte über die Logistik nach. »Alles weitere muß in den USA erfolgen«, sagte er. »American Airlines fliegt von Tokio nach Dallas. Ich werde die Dame dort am Flughafen abholen.«

»Danke«, sagte Sammi. Er gab ihm die restlichen Seiten.

Der Amerikaner las sie durch, faltete sie zusammen und ließ sie in seine Jacke gleiten. Sein Lächeln war wieder da, als er Sammi dankte.

»Ich würde nur allzu gerne glauben, daß ich die neue Identität auch ohne Bezahlung in die Wege geleitet hätte, aber das wäre Selbsttäuschung.«

»Machen Sie sich keine Sorgen«, empfahl ihm Sammi.

Trent war wieder Sammi Samuelson, als er die Einreiseformalitäten in Sydney über sich ergehen ließ. Anschließend mietete er sich dann einen Leihwagen. Auch als er bei einer Theateragentur wegen eines Termins anrief, war er Sammi Samuelson. Auf der Fahrt in die Stadt kaufte er sich eine leichte Hose und zwei Sporthemden, Socken und ein Paar Turnschuhe, ferner Stiefel.

Sammi Samuelsons Anzüge machten in Australien einen besseren Eindruck als in Europa, und der Mann am Empfang der Theateragentur behandelte ihn mit angemessener Höflichkeit. Die Leiterin der Agentur war Anfang Vierzig, hatte klare, schwarze, intelligente Augen in einem ovalen Gesicht mit reiner Haut, das von schulterlangem kastanienbraunem Haar umrahmt wurde. An einer Silberkette hing ein einzelner Opal in ihrer Kehlgrube. Ein cremefarbenes Hemd mit Umschlagmanschetten und Manschettenknöpfen, die ebenfalls von einem Opal geschmückt wurden, ein beiger Leinenrock und ein Körper, der seine tägliche Pflege und die Gebühren für das Gymnastikstudio wert war – alles in allem war das Chloe Isaacs. Ihre schlanken, gepflegten Hände mit dem quadratischen Diamantring statt eines Eherings ruhten neben ihrem Schreibblock, als sie Sammi zuhörte.

»Das Mädchen muß jung und klein sein«, sagte Sammi, »einen Meter fünfundfünfzig bis einen Meter sechzig groß, und auf jeden Fall eine Chinesin. Keine Vietnamesin, die sich wie eine Chinesin zurechtmacht, sondern eine richtige Chinesin, Miß Isaacs. Es geht nicht um die große Karriere. Aber es ist alles legal und ungefährlich, und sie wird gut bezahlt.«

Sammi schrieb ihr den Namen und die Adresse eines Inspektors der Staatssicherheitspolizei in Sydney auf die Rückseite seiner auf den Namen Sammi Samuelson ausgestellten Visitenkarte und darunter noch einen weiteren Namen: Cefyn Evans.

»Überprüfen Sie das ruhig, wenn Sie wollen.«

Sie las die Karte. »Cefyn Evans – sind Sie das, Mr. Samuelson ...?«

»Manchmal«, antwortete Sammi.

Sie fluchte und sagte: »So einer also.«

Sammi hob die Schultern. »Besser als ein Kinderschänder zu sein oder Mordvideos zu drehen, Miß Isaacs.«

»Chloe«, sagte sie.

»Chloe ...«

Sammi fuhr die Küste hoch und blieb die Nacht über in einem Motel. Um fünf Uhr früh fuhr er dort wieder ab und landeinwärts. Nach etwa fünfundvierzig Kilometern kam er an das Schild nach Glengar Stud und bog durch die Toreinfahrt. Der Privatweg war in gutem Zustand und führte zwischen sauberen, gut bewässerten Weiden hindurch, die von Holzzäunen umgeben waren. Es gab genügend schattenspendende Bäume, um den Pferden auch an einem heißen Tag eine behagliche Umgebung zu garantieren. Von weitem machten die Pferde einen guten Eindruck. Trent zählte zwanzig Stuten und ein Dutzend Fohlen, dann gab er es auf. Die Ställe lagen am oberen Ende eines sanft geneigten Hanges, unterhalb verlief ein bei jedem Wetter befahrbarer Weg. Das weiße Holzhaus mit der breiten Veranda und dem Blechdach stand etwa vierhundert Meter weiter links in einem Eukalyptushain und war groß genug für ein Ehepaar und zwei Kinder. Unterhalb vom Haus verspritzten ein Dutzend Beregnungsanlagen ihr Wasser über eine etwa zwei Hektar große Fläche mit smaragdgrüner Luzerne. Ein kühler Wind wehte über die Luzerne hinweg, als Sammit mit seinem Koffer, der Tasche mit den neugekauften Kleidungsstücken und den Stiefeln die Treppe hochstieg.

Das Geräusch des Wagens hatte eine große Frau nach draußen auf die Veranda gelockt. Sie warf Sammi einen prüfenden Blick zu und meinte dann: »Ach, du Scheiße!« Trotzdem hielt sie ihm ihre Wange zum Kuß hin und umarmte ihn: »Du findest Charley unten am Weg.«

»Zunächst muß ich mit dir sprechen, Marce«, sagte er. Sie kannten sich jetzt seit fünfzehn Jahren, und ihre Freundschaft zu verlieren hätte ihm weh getan. Er beobachtete ihre grauen Augen und ihre kräftigen Hände, als er ihr bei einer Tasse Kaffee ein wenig über das Mädchen erzählte.

Sie saß mit gebeugter Haltung am Küchentisch aus Kiefernholz, eine grobknochige und kompetente Frau mit einer sehr liebevollen Art, die sich auch nicht durch ihre beiden quirligen Kinder und ihren in keinem einfachen Berufsfeld arbeitenden Mann hatte dämpfen lassen. Schon immer war sie eine gute Zuhörerin gewesen und wartete jetzt darauf, daß er zum Ende kam. Ihre Augen blitzten wütend, ihre zusammengepreßten Lippen bildeten eine harte Linie. Gegen Ende seines Berichtes rieb sie unablässig ihre Hände aneinander. Auf der Schafzuchtfarm, auf der sie großgeworden war, hatte es noch keine Waschmaschine gegeben, und ihre muskulösen Hände mit den festen Knöcheln konnten einen ganzen Baumstamm in Feuerholz verwandeln, ohne müde zu werden.

»Herrgott, Scheiße!« meinte sie, als er fertig war. Sie legte ihre Hände über seine und strich mit ihren Daumen über deren Handrücken, als versuche sie, die Schmerzen herauszumassieren. Sie wollte sicher sein, daß er wußte, daß sie ihn verstanden hatte und auf seiner Seite stand, und das nicht, weil er seit Urzeiten zur Familie gehörte, sondern weil sie wollte, daß die Sache genauso geregelt wurde, wie er das plante. Ein letztes Mal drückte sie ihm die Hände. »Geh jetzt besser hinunter zum Weg. Sag Charley, daß ich einverstanden bin.«

Sammi zog die leichte Hose, ein Sporthemd und die Stiefel an. Der Mann, mit dem er sprechen wollte, studierte gerade die Bewegungen einer Stute, die von einer jungen australischen Eingeborenen vorsichtig im Kreis herumgeführt wurde. Charley war Anfang Sechzig, etwa einen Meter fünfundfünfzig groß, schlank und hatte eine Haltung wie ein Bambusstab. Ein breitkrempiger Hut beschattete sein Gesicht, und er kaute auf einem Strohhalm.

Der Geruch nach Pferdeschweiß, Sattelfett und dem Staub des Weges waren wie ein Gruß aus längst vergangenen Kindertagen. Nach einer Weile sagte Sammi: »Das linke Hinterbein. Was war es? Eine Zerrung?«

»Ein Stoß«, erwiderte Charley. »Ihre Box wurde von einem Sattelschlepper beiseite geschoben.« Er spuckte den Strohhalm aus. »Was willst du, Paddy? Wenn es einen Auftrag gibt, heraus damit.«

»Es gibt einen Auftrag«, sagte Paddy. Er war es satt, Sammi zu sein.

»Ich bin pensioniert«, meinte Charley.

»Und ich bin nicht mehr bei der Sonderabteilung. Es ist eine Privatsache, und sie bringt zweihundert Riesen ein.«

Charley winkte das Mädchen herbei, unterhielt sich kurz mit ihr und schaute ihr hinterher, als sie das Pferd in den Stall führte. Nach einer Weile fragte er: »Wo?«

»In Hongkong.«

»Marce wird nicht damit einverstanden sein.«

»Mit Marce habe ich bereits gesprochen«, sagte Paddy. »Sie begreift, worum es geht.«

Charley hatte ihm empfohlen, den Braunen zu nehmen. Das Pferd war leicht zu reiten und störte sich nicht an der Mittagshitze, in der die Weiden ganz farblos wirkten und die Stämme der Eukalyptusbäume vor den Flanken der Hügel zu zittern schienen. Sie legten etwa sechs Kilometer zurück, bevor Paddy im Schatten eines Baumes vom Pferd stieg. Er hatte einen Spaten mitgebracht und hob ein etwa sechzig Zentimeter tiefes Loch aus, bevor er auf die Kiste stieß. Sie bestand aus einem speziellen Material, das von einem Metalldetektor nicht aufgespürt werden konnte.

In der Kiste lagen sechs wasserdichte Päckchen, von denen jedes fein säuberlich mit Tinte gekennzeichnet war. Auf einem stand Richard O'Neill. Das war ein australischer Anwalt, der sich auf Steuerfragen spezialisiert hatte, ein Haus in der Normandie besaß und ein Büro in Liechtenstein. Alles, was mit seinen Finanzen zu tun hatte, lief über die Schweiz.

Sammi Samuelson verschwand im Holzschuppen hinter dem Haus.

Der Anflug von Unverfrorenheit, mit dem Sammi Samuelson aufgetreten war, paßte gut zu einem Motel der mittleren Preiskategorie. Richard O'Neill bedeutete Flugtickets erster Klasse, das Connaught oder das Meurice in Paris, Fünf-Sterne-Hotels, aber konservativ. Der Mann hatte kurze graue Haare und verblüffend blaue Augen hinter einer Brille mit Goldfassung. Er trug einen leichten marineblauen Anzug von der Stange, ein Baumwollhemd mit doppelten Aufschlägen und die Krawatte eines Kricketclubs.

Chloe Isaacs meinte: »Ich könnte Ihnen eine Rolle in einer mittelmäßigen Familienserie besorgen.«

Er lächelte.

Die Frau, halb Chinesin, halb Australierin, wartete im nächsten Zimmer. Sie war vier Jahre auf der Schauspielschule gewesen und hatte ein paar kleinere Rollen gespielt, aber nichts, was sie weitergebracht hätte. Chloe Isaacs stellte sie als Laura Sing vor. Sie hatte einen kräftigen Händedruck und die Schultern einer Schwimmerin.

»Auf Fotos sehe ich einfach nicht gut aus«, erklärte sie mit einem anmutigen Schulterzucken, das anzeigte, daß sie keinem dafür die Schuld gab. »Auf der Bühne bin ich okay, aber das macht sich nicht bezahlt.«

Er wandte sich an Chloe Isaacs. »Ich würde das Gespräch gerne draußen am Strand fortsetzen.«

Das Mädchen wirkte überrascht, doch Chloe sagte: »Reicht nicht auch ein Badezimmer mit einem laufenden Wasserhahn? Oder ist das ein alter Hut?«

»Am Strand ist es angenehmer.«

Er fuhr mit Laura Sing nach Bondi, wo sie eine Stunde lang spazierengingen und die Einzelheiten einübten. Er mußte ihr so viele Hintergrundinformationen geben, daß sie die Risiken begriff, durfte aber über Charley kein Wort verlieren. Sie fragte, ob er mit dem Mädchen in Hongkong ein Verhältnis habe.

Er verneinte das.

»Dann machen Sie das also nur, weil Sie meinen, Sie sollten es tun?«

Er gab ihr keine Antwort.

»Das gefällt mir«, meinte sie und hängte sich bei ihm ein, als sie wieder zum Wagen zurückgingen.

In der Stadtmitte setzte er sie ab und fuhr zum Büro zurück, um alle Geldangelegenheiten zu regeln. Er zahlte bar und sagte, er brauche keine Quittung. Chloe stellte ihm trotzdem eine aus.

Die vielen Reisen, die Namensänderungen und Richworths Selbstmord hatten ihn erschöpft und aus dem inneren Gleichgewicht gebracht. Er fragte: »Chloe, ich nehme nicht an, daß Sie Lust haben, irgendwo zu Abend zu essen?«

»Ich habe große Lust«, sagte sie.

Er hätte es dabei bewenden lassen sollen, fragte aber noch einmal nach: »Ist das ein Ja?«

»Es ist ein Ja. Ich will – aber ich habe nicht mehr das richtige Alter, um eine anschließende Dummheit zu begehen.«

Sie hatte recht, und er sagte nichts mehr dazu.

27

Richard O'Neill mietete sich am Flughafen Ninoy Aquino einen Leihwagen und fuhr damit nach Metro Manila. Das mehrstöckige Parkhaus lag einen Häuserblock von der Paseo de Roxas in Makati entfernt. Im sechsten Stock fand Richard weiter hinten einen freien Parkplatz und schloß den Wagen ab. Tanaka hatte ihm die Anweisung gegeben, nach einem silbern und golden gefärbten Toyota Geländewagen mit getönten Scheiben Ausschau zu halten, der im vierten Stock abgestellt war. Die Stromversorgung war ausgefallen, daher ging Richard zu Fuß nach unten und fand den Geländewagen rückwärts gegen eine Säule geparkt. Tanaka schob die Tür auf. Richard kletterte hinein und ließ seine Tasche hinten auf die Ladefläche fallen.

Tanaka hatte einen philippinischen Paß auf den Namen Miß Angelica Chu besorgt. Das Foto von Jay Li im Paß war mit verstärktem Blitz gemacht worden, damit ihre Gesichtszüge nicht so deutlich zu erkennen waren. Es hätte fast jede der zehn Millionen jungen chinesischen Frauen zeigen können. Richard hielt es für perfekt.

Die beiden Männer sprachen nicht viel, als sie aus der Stadt hinaus auf der Schnellstraße in Richtung Süden fuhren. Luzon ist die größte Insel der Philippinen. Die Stadt Sorsogon liegt in der Nähe der Südspitze, die Fahrt dorthin dauerte mit dem Auto von Manila etwa elf Stunden. Beim Fahren wechselten sich die beiden ab. Die Lichtstrahlen der Scheinwerfer ihres Wagens stachen zwischen den Bäumen hindurch, als sie von der Schnellstraße abbogen und einige Kilometer vor der Stadt eine unbefestigte Straße entlang und dann einen kleinen Weg bis zum Strand hinunterfuhren, an dem Doktor Imais *baslig* wartete. Richard O'Neill ließ seine blauen Kontaktlinsen im Wagen zurück und setzte seine Brille auf.

In den letzten Stunden der Nacht war das Meer glatt wie eine Eisbahn, und der schmale Rumpf des Bootes raste mit einer Geschwindigkeit von fünfzehn Knoten über das Wasser hinweg. Nur die hinteren Spitzen der Bambusausleger berührten noch die Wasseroberfläche. Der Himmel war ungewöhnlich klar, die Sterne glichen Halogenspotlights, und die Inseln kamen schwarz und mit verschwommenen Umrissen aus dem Meer heraus auf sie zu.

Die Morgendämmerung brachte einen leichten Dunst mit sich, der sich wie Rauchschleier über dem Wasser ausbreitete. Die Insel, auf die sie zusteuerten, schien über dieser Dunstschicht zu schweben. Bei Sonnenaufgang löste sich der Dunst in einzelne Schlieren auf, die den Berg hinaufzogen. Der Strand der Ferienanlage glänzte wie ein Stück mattes Gold.

Hundert Meter vor dem Strand stellte der Bootsführer den Motor ab, und die *baslig* glitt geräuschlos über die deutlich unter der klaren, stillen Wasseroberfläche sichtbaren Korallenstöcke hinweg auf den Sand. Ein Schwarm winziger Fische blitzte wie poliertes Kupfer unter dem Steuerbordausleger, und ein Fregattvogel segelte über ihren Köpfen dahin. Das plötzliche Klappern einer Pfanne in der Küche drang herüber, und aus dem Haus tauchte Doktor Imai auf.

Tanaka und der Doktor versuchten einige Minuten lang, sich gegenseitig im Einhalten japanischer Etikette zu übertreffen. Jay Li kam auf die winzige Veranda ihrer Hütte, ihre Haare waren noch ganz naß vom Duschen. Sie trug einen gemusterten Seidensarong und ein weißes Oberteil aus Baumwolle mit langen Ärmeln, die locker über die Handgelenke fielen. Richard ging zur Hütte hoch und sagte: »Guten Morgen, Miß Li. Ich hoffe, es geht Ihnen besser.«

Sie schaute ihn an, lächelte aber nicht und bot ihm auch nicht ihre Hand, so daß er sich mit dem Rücken zu ihr auf die unterste der drei Holzstufen setzte, die von der Veranda zum Rasen hinunterführten. Die beiden Japaner hatten aufgehört, sich voreinander zu verbeugen, und waren unterwegs zum Haupthaus.

Kurze Zeit darauf kehrte Doktor Imai mit einem Tablett zurück, auf dem sich eine schwarze Teekanne und drei Tassen befanden. Er ging zu Jays Hütte hinüber, stellte das Tablett auf die Veranda und goß die Tassen voll. Trent nannte er Sam und nicht Richard O'Neill und hoffte, daß seine Reise erfolgreich verlaufen wäre.

»Sie war ein großer Erfolg«, meinte Richard.

Nachdem sie ihren Tee getrunken hatten, spazierten die beiden Männer den Strand entlang, und der Arzt brachte seine Zufriedenheit über Jay Lis Zustand zum Ausdruck. Ihre Wunden seien geheilt, sagte er, und sie sei jetzt fit genug für die Reise. »Damit meine ich den körperlichen Zustand der jungen Dame«, stellte er klar.

Richard O'Neill ging wieder zu seinem Sitzplatz auf der Stufe zurück. »Miß Li«, sagte er. »Wir müssen uns über Ihre Zukunft unterhalten. Ich habe alle Vorkehrungen dafür getroffen, daß Sie Freitag morgen in Hongkong beerdigt werden, und ich muß am Begräbnis teilnehmen. Sie werden freier sein, wenn Sie offiziell als tot gelten. Momentan leite ich alles in die Wege, um Sie mit den nötigen Finanzmitteln auszustatten. Sie werden genug Geld haben.«

Sie stieg die Stufen hinunter, stellte sich auf den Rasen und sah ihn an. Ganz aufrecht stand sie da, als würde sie von einem zwar unsichtbaren, aber sehr widerstandsfähigen und undurchdringlichen Mantel eingehüllt. Das Schweigen schien kein Ende zu nehmen.

Schließlich sagte er: »Alles wurde so geregelt, wie Sie das wollten.«

Jay nahm seine Versicherung mit einem kurzen Kopfnicken entgegen. Die Geste erinnerte ihn an ihren Großvater.

Sie hatte nicht mit ihm gesprochen, aber er sagte trotzdem: »Mein Name ist geändert worden. Ich heiße jetzt Richard O'Neill. Das dürfen Sie nicht vergessen. Auf dem Flug nach Hongkong sind Sie Angelica Chu.« Er reichte ihr einen philippinischen Paß. »Nach dem Begräbnis werden Sie noch einmal den Namen wechseln, damit kommen Sie dann bis Dallas, wo Sie einer meiner Freunde am Flugzeug abholen wird. Er begleitet Sie durch den Zoll, hilft Ihnen bei den Einreiseformalitäten und wird Ihnen mit einem Namen Ihrer Wahl einen neuen Paß als amerikanische Staatsbürgerin zukommen lassen. Sie werden sich ein paar Tage ausruhen müssen, aber dann geht es noch weiter nach Nassau. Dort ist Ihre Bank, und dort werden Sie von einem weiteren Freund von mir erwartet. Wenn Sie in der Bank alles erledigt haben, können Sie gehen, wohin Sie wollen. Vielleicht suchen Sie sich einfach für eine Weile irgendwo ein ruhiges Plätzchen. Vielleicht gehen Sie ja auch noch einmal zur High School?«

Sie blätterte in ihrem philippinischen Paß herum, und einen Augenblick dachte er, sie wolle etwas dazu sagen.

Richard O'Neill und Miß Angelica Chu hatten im Mandarin in Hongkong zwei miteinander verbundene Zimmer. Um sieben Uhr abends telefonierte Richard mit der Braemar Lodge, nannte seinen Namen und fragte, ob er mit Sir Euan Wiley sprechen könne. Man sagte ihm, daß Sir Euan beschäftigt sei, daher gab er das Datum und den Ort ihres Treffens auf den Philippinen durch.

Sir Euan mußte mitgehört haben – Sekunden später meldete er sich persönlich. Wer war O'Neill? Was wollte er?

Richard sagte, er sei Rechtsanwalt und habe sich auf Versicherungsforderungen spezialisiert, die im Zusammenhang mit Piraterie entstanden. Die Philippinen wären eine Region, an der er deswegen besonderes Interesse habe. Er bat um ein kurzes Treffen und deutete an, daß dieses Treffen auch für Sir

Euan von Vorteil wäre. Gegen elf Uhr hätte er Zeit, ob das wohl passen würde?

»Elf Uhr... elf Uhr abends?« Der Vorsitzende der Cairns Oliver klang etwas ratlos, wurde aber nicht ungehalten. »Wo wollen Sie mich treffen?«

Die Braemar Lodge erschien Richard sehr passend. Je weniger Leute von ihrem Treffen Bescheid wußten, desto besser.

Am Flughafen mietete er sich einen kleinen Leihwagen und ein Funktelefon. Um neun Uhr verließ er das Hotel, fuhr zum Peak hoch und parkte fünfzig Meter von der Braemar Lodge entfernt unter einer Straßenlampe zwischen zwei anderen Autos. Eine Stunde lang beobachtete er Haus und Garten, dann rief er noch einmal an. Wiley meldete sich. Richard entschuldigte sich vielmals und erklärte, er käme vierzig Minuten später.

Kurze Zeit später summte ein paarmal das Autotelefon im Wagen vor ihm. Ein Mann stieg aus, legte die Hände an die Hüften und bog sich nach hinten, um seinen Rücken zu strecken. Es hatte den Anschein, als habe er ziemlich lange gewartet. Ein paar Beugen nach vorne, dann zündete er sich eine Zigarette an. Als er sie aufgeraucht hatte, stieg er wieder ein.

Richard fragte sich, ob sich im Wagen vielleicht noch ein Partner von ihm aufhielt – ein Nichtraucher.

Er war davon ausgegangen, daß Wileys Telefon abgehört wurde, und fragte sich, für welchen der beiden Finanziers das Überwachungsteam arbeitete. Oder war ihm etwa eine der Triaden auf der Spur? Er klappte die Rechtsanwaltsbrille mit der Goldfassung zusammen, steckte sie in ihr Etui und entfernte auch die blauen Kontaktlinsen wieder aus den Augen. Dann glitt er auf den Gehsteig und robbte sich an den Wagen vor ihm heran. Um in den Wagen zu schauen, mußte er sich aufrichten, aber das war ungefährlich, weil die Insassen des Wagens Braemar Lodge oder die Straße beobachten würden. Zwei Männer befanden sich im Wagen, einer vorne, einer hinten. Es waren Chinesen, sie trugen schwarze Hosen und schwarze Hemden.

Das Fahrzeug hatte eine Knüppelschaltung. Der Raucher

auf dem Beifahrersitz hatte sich um den Schalthebel herumgekrümmt und stützte sich mit dem Ellbogen auf dem Fahrersitz ab. Das Kinn in die Hände gelegt, beobachtete er Braemar Lodge durch ein Guckloch im Türgriff. Vielleicht hatte er eine Schußwaffe auf dem Fahrzeugboden liegen, aber er würde eine gewisse Zeit brauchen, bis er sich hochgestemmt hatte. Der zweite Mann hatte gerade nichts zu tun und machte es sich auf dem Rücksitz bequem. Kopf und Schultern lehnten an der Tür zum Straßenrand. Die Tür war nicht von innen verriegelt.

Richard riß sie auf. Der Mann fiel nach hinten, und Richard knallte seinen Kopf auf den Gehsteig. Der Raucher versuchte, sich herumzudrehen, doch Richard packte ihn an den Haaren, zerrte ihn halb über den Sitz und verpaßte ihm einen Schlag seitlich gegen den Hals.

Blut tropfte vom Kopf des ersten Mannes. Er ächzte, als Richard ihn hochwuchtete und gegen das Hinterrad stieß. Dort befreite er ihn von seiner 9-mm-Pistole, nahm ihm auch seinen Gürtel ab, legte diesen um den Hals des Mannes und band ihn damit am hinteren Türgriff fest.

Wieder vorne in den Wagen gleitend, riß Richard den Raucher quer über die Vordersitze und verpaßte ihm mit der Pistole einen Kinnhaken. Jetzt konnten beide keinen Schaden mehr anrichten. Die Waffe des Rauchers lag neben den Pedalen auf dem Fahrzeugboden. Im Handschuhfach stieß Richard auf eine Rolle Paketband, was darauf hinwies, daß der Auftraggeber der beiden Männer Richard lebendig haben wollte. Er fesselte jeden der Männer mit dem Paketband und knebelte sie. Keiner von ihnen hatte irgendwelche Papiere dabei, es waren also keine Polizisten. Letzteres hätte ihn in eine peinliche Situation gebracht. Er hoffte, daß der erste Mann keinen Schädelbruch erlitten hatte.

Vorsichtig zog er dem ersten Mann die Hose herunter, hob ihn sorgfältig in den Kofferraum des Wagens und benutzte die Hose als Kissen. Den Raucher sperrte er im Kofferraum des Leihwagens ein. Bis zu der Verabredung blieben ihm noch fünfzig Minuten. Weniger als ein Dutzend Autos fuhren vorbei. Keiner der Wagen passierte ihn mehr als einmal, keiner umkreiste also den Häuserblock. Keiner der Wagen parkte.

Zufrieden damit, daß das Überwachungsteam nicht verstärkt wurde, lief Richard rasch über die Straße und schlüpfte um genau halb zwölf durch das Seitentor von Braemar Lodge. Er hatte einen gelben Aktenordner aus Plastik dabei.

Sir Euan Wiley kam selber zur Tür, als Richard klingelte – vielleicht hatte er sein Personal ja bereits zu Bett geschickt. Er trug ein gestreiftes Hemd, eine blaue Baumwollhose und mit einem Monogramm versehene Samtpantoffeln, von denen Trent vermutete, daß sie ein Geschenk waren. Der *taipan* schien nicht ganz so wichtig zu sein wie Sir Philip.

»O'Neill?«

»Ganz richtig«, antwortete Richard. Er machte keine Anstalten, Sir Wiley die Hand zu schütteln.

Die schwach beleuchtete Eingangshalle erinnerte an ein neugotisches Schloß in Schottland: Zu beiden Seiten der Tür hielt eine Ritterrüstung Wache, Steinplatten auf dem Boden, ein ausgestopfter Grizzlybär am Fuß der mit einem pflaumenfarbenen Läufer belegten Treppe. Von der Eingangshalle gelangte man in ein Frühstückszimmer. Die Wandtäfelung und die Möbel bestanden aus schwerem, dunklem, mit Schellackpolitur behandeltem Mahagoni. Ein kleiner Kerzenleuchter aus Kristallglas trug die einzige Lichtquelle. Wiley schloß die Tür sorgfältig hinter sich, bevor er sich O'Neill zuwandte. »Sie sind Rechtsanwalt? Nach Ihrem Akzent zu urteilen, sind Sie Australier. Was sollte das mit dem Treffen auf den Philippinen?«

»Ich vertrete die finanziellen Interessen von Miß Maisin Jasmine Li, Sir Euan.« Richard O'Neill klopfte auf den Aktendeckel. »Hier habe ich einen genauen Bericht über die Ereignisse, die dem Piratenüberfall auf die *Ts'ai Yen* gefolgt sind.« Er ließ den Aktenordner auf den Tisch fallen.

Zuerst rührte Wiley ihn nicht an, dann legte er seine Finger vorsichtig an eine Ecke, als ob ihn die Papierqualität interessierte. Schließlich nahm er ihn an sich.

In dem Aktenordner befanden sich zwölf mit doppeltem Zeilenabstand beschriebene Seiten. Die Furchen in Wileys

Gesicht vertieften sich, als er die Seiten umdrehte. Am Schluß stieß er auf die drei Unterschriften:

John Patrick Trent, Tanaka Kazuko, M. Jay Li

Die Unterschriften waren von einem Richter in Manila notariell beglaubigt worden, ein halbes Dutzend Stempel in den verschiedensten Druckfarben wiesen die Akte als offizielles Dokument aus.

»M. Jay Li…?«

»Meine Klientin«, sagte Richard.

Wiley hatte begonnen, die Akte ein zweites Mal durchzulesen. »Und das Mädchen… das Mädchen, das wir morgen beerdigen?«

»Tut das denn etwas zur Sache?«

Wiley blickte zu Richard hoch, als sei er ein Schwerverbrecher. »Du lieber Himmel! Sehen Sie denn nicht, daß hier vielleicht ein Mädchen ermordet wurde, um als Leiche zu dienen?«

»Das werden sie nicht getan haben«, sagte Richard. »Hier sind Profis am Werk, und es ist einfacher und billiger, eine Leiche über ein Leichenschauhaus oder eine Leichenhalle zu beziehen.«

Wiley fummelte an dem Aktenordner herum, als er versuchte, sich einen Reim auf das Ganze zu machen. »George Ross?«

»Der führt meine Anweisungen aus«, sagte Richard.

Wiley blickte Richard neugierig an, versuchte, die Absichten seines Besuchers zu durchschauen. »Was wollen Sie?«

»Ich möchte, daß meine Klientin in Ruhe gelassen wird.«

Das reichte noch nicht, und Wiley wartete geduldig. Nach einer Weile fuhr Richard fort: »In die guten Absichten der Superreichen habe ich wenig Vertrauen. Sie besitzen zuviel Macht…« Doch das lag auf der Hand, und Richard war es satt, Spielchen zu spielen und sich hinter den unterschiedlichsten Masken zu verstecken. »Tun Sie es einfach«, sagte er mit Trents oder Patrick Mahoneys Stimme.

Wiley blickte über den Garten hinweg auf das verschlungene Muster der schmiedeeisernen Tore in der Einfahrt zu Braemar Lodge – Wiley, der Geschäftsführer, mit Prestige, aber ohne Macht. Er erinnerte sich daran, wie Philip ihn bei dem Treffen auf seiner Hazienda am Ellbogen genommen und herausgeführt hatte, und fragte sich, wie er wohl gehandelt hätte, wenn ihm Philips Absichten bekannt gewesen wären. Hätte er dem Ganzen ein Ende bereitet? Oder protestiert?

Trent hatte versprochen, um Mitternacht wieder im Hotel zu sein. Jay versuchte, dem Film im Fernsehen zu folgen, merkte aber, daß sie sich statt dessen auf die Minutenanzeige konzentrierte, die auf der Uhr am Fernseher die noch verbleibende Zeit abzählte.

Ein junges Zimmermädchen schloß Trents Zimmer auf, um alles für die Nacht herzurichten. Sie kam durch die Verbindungstür und grüßte: »Guten Abend, Miß.«

Jay beobachtete, wie sie die Bezüge von dem übergroßen Bett abzog, die Decken zurückschlug und die Kissen klopfte.

Als sie mit ihrer Arbeit fertig war, schenkte sie Jay ein dünnes Lächeln. Für sie stand außer Frage, daß ihre Vermutung zutraf: Jay und Trent waren ein Liebespaar.

Jay hätte sie am liebsten angebrüllt. Ihre Beine begannen zu zittern, und sie mußte an sich halten, um ruhig zu bleiben. Solange das Zimmermädchen ihr nicht eine gute Nacht gewünscht und das Zimmer wieder verlassen hatte, war sie nicht in der Lage, sich zu bewegen.

Sie wußte, daß sie allmählich die Kontrolle verlor, doch es gab keine Möglichkeit, sich dagegen zu wehren. Sorgfältig schloß sie ihre eigene Tür zweimal ab. Den Schlüssel für Trents Zimmertür hatte sie nicht. Bestenfalls konnte sie von innen einen Sessel davorstellen, was sie auch tat. Danach setzte sie sich wieder in ihr eigenes Zimmer, das Gesicht vom Bett abgewandt.

Ihre Tür hatte sie jetzt abgeschlossen, das wußte sie. Der Schlüssel lag auf dem Toilettentisch. Ein Schildchen aus Messing hing daran. Sie bemühte sich, nicht auf den Schlüssel zu schauen, aber dann konnte sie sich nicht mehr bremsen. Sie packte ihn, rannte zur Tür und fummelte ungeschickt an ihr herum; als sie versuchte, den Schlüssel wieder ins Schloß zu stecken, ließ sie ihn auf den Boden fallen.

Sie kniete sich hin, um ihn wieder aufzuheben. Draußen im Flur war jemand und horchte. Rückwärts schob sich Jay auf ihren Knien zum Telefon. Der Concierge meldete sich. Er war ein Chinese. Das Zimmermädchen war ebenfalls Chinesin gewesen. Jay knallte den Hörer auf die Gabel.

Trent hatte sie hierhergebracht. Plötzlich wurde ihr Haß auf ihn dermaßen stark, daß er alle Furcht vertrieb. Sie suchte in seinem Gepäck nach einer Waffe, aber er hatte es vorhergesehen und sie mitgenommen. Sie blieb ganz ruhig. Auf dem Schreibtisch lag ein Brieföffner, und Jay befühlte seine Spitze. Sie war spitz genug.

Der Engländer war ganz schön gerissen. Er brachte Onkel Euan dazu, als Verhandlungsführer aufzutreten. Ihr Großvater vertraute Euan. Alle vertrauten ihm. Sie fragte sich, wieviel ihr Großvater Trent wohl zahlen würde, und wußte, daß sie nicht entkommen konnte. Sie beobachteten sie. Der Gesichtsausdruck des Zimmermädchens hätte ihr eine Warnung sein sollen. Ihr Tod machte ihr nichts aus. War sie erst einmal tot, dann würde alles aufhören: die ganzen Schmerzen, die Scham, die Angst. Doch zuerst mußte sie Trent umbringen. Vom Gelingen seines Plans überzeugt, würde er unvorsichtig sein.

Alles mußte ganz normal aussehen, daher zog sie den Sessel wieder von seiner Zimmertür weg, nahm den Stuhl mit der geraden Lehne und stellte ihn in den Durchgang zwischen den beiden Zimmern. Die Spitze des Brieföffners bohrte sie gegen ihren Handballen, damit sie sich ihrer Waffe ganz sicher sein konnte. Die ersten Worte waren wichtig. Als sie die Szene innerlich durchspielte, bedachte sie Trents Herkunft und beschloß, sich wie eine Engländerin zu verhalten, damit er sich ganz wie zu Hause fühlte und in Sicherheit wähnte.

Mit dem Wagen des Überwachungsteams fuhr Richard vom Peak wieder hinunter. An der zweiten Kreuzung unterhalb von Braemar Lodge blinkten ihn Scheinwerfer an – das war die Verstärkung. Er blinkte zurück und gab Gas, wendete an der nächsten Ecke, bog einmal links, einmal rechts und wieder links ab und warf dann einen Blick in den Rückspiegel.

Als er sicher war, daß er sie abgehängt hatte, fuhr er direkt zum Zentralkrankenhaus, stellte den Wagen im Parkverbot in der Nähe der Notaufnahme ab und suchte im Empfangsbereich ein Telefon. Dort wählte er die Notrufnummer und gab an, im Kofferraum eines Wagens vor dem Krankenhaus läge ein Verletzter. Die Telefonistin versuchte, ihn zu unterbrechen, und wollte wissen, wer er sei. Er sagte ihr, sie solle den Mund halten, und nannte ihr die Nummer des Wagens, dessen Marke und Farbe. Die Autoschlüssel lägen unter dem Vordersitz. Nach fünf Minuten liefen zwei Männer mit Bahre zu dem Wagen. Ein Polizeiwagen raste vorbei, als Richard an der Hauptstraße ein Taxi herbeiwinkte.

Richard bezahlte das Taxi hundert Meter hinter dem Hotel und ging zu Fuß zurück. Er hatte Jay gesagt, daß er bis Mitternacht wieder da sein wolle, und war spät dran. Um Zeit zu sparen, zog er schon im Fahrstuhl seinen Schlüssel aus der Tasche und ging schnell durch den Flur. Als er seine Zimmertür aufschloß, lächelte Jay ihn an. Sie hatte auf einem Stuhl im Durchgang zwischen den beiden Zimmern gesessen, stand jetzt jedoch auf und trippelte auf ihn zu, als ob sie mit einem langen Gewand bekleidet wäre.

»Herrgott, ich habe Sie vermißt. Sie waren so *lange* weg! Ich dachte, ich würde sterben, Liebling, wirklich *sterben!*«

Englische Literatur war noch nie seine Stärke gewesen, aber es klang nach Noel Coward. Sie stürzte sich auf ihn, er wich ihr mit einem Schritt zur Seite aus und riß ihr den Brieföffner aus der Hand. Sie fing an zu weinen. »Tut mir leid, Miß Li. Ich wurde aufgehalten.«

Sie hatte sich in den Handballen geschnitten, und er führte sie ins Bad und ließ sie die Wunde unter kaltes Wasser halten. Der Russe hatte gesagt, es dürfe nicht zu gefühlsmäßigen Verwicklungen kommen.

»Das Treffen mit Wiley ist gut gelaufen, Miß Li«, sagte er. »Jetzt kommt noch die Beerdigung, und dann stehen Sie am Beginn Ihres neuen Lebens.«

Er erwartete keine Antwort von ihr, aber sie flüsterte: »Geben Sie mir ein Papiertaschentuch.«

Das waren die ersten normalen Worte, die sie an ihn richtete, und plötzlich erinnerte er sich daran, wie er auf seinem letzten Einsatz mit der Sonderabteilung eine junge Frau in seinen Armen gehalten hatte. Sie hatten damals auf der *Golden Girl* gerade einen Hurrikan überstanden, und er war gezwungen gewesen, zwei Revolvermänner zu töten. Auch sie hatte damals nach einem Papiertaschentuch gefragt, und er hatte seine Taschen durchwühlt, aber lediglich ein Messer, einen Revolver und jede Menge Munition gefunden. Die junge Frau hatte ihn angelächelt und gemeint, so wichtig sei es nicht.

Später waren sie dann in einen Hinterhalt geraten, und es wurde ziemlich übel. Dann war die SAS gekommen, um ihn mitzunehmen. Er hatte auf dem Trittbrett eines Lastwagens gesessen. Sie hatte neben ihm gestanden, und er hätte sie so gerne berührt, einfach nur berührt, aber seine Hände waren starr gewesen und mit getrocknetem Blut bedeckt. Der SAS-Mann hatte ihm zugenickt und so zu verstehen gegeben, daß es an der Zeit wäre, zu verschwinden. Die Blicke der Soldaten hatten ihn verlegen gemacht, und er war nicht einmal fähig gewesen, sich von ihr zu verabschieden. Mariana hatte sie geheißen, und wie Miß Li war sie Anfang Zwanzig. Sie hatte ihm über die britische Botschaft geschrieben, und er hatte zurückgeschrieben und versucht, ihr zu erklären, daß Gefühle, die aus gemeinsam überstandenen Gefahren herrührten, mehr zu sein scheinen, als sie wirklich sind, und daß er viel zu alt für sie sei. Ihre Antwort war sehr kurz gewesen: *Warum bist du nur so ein Feigling, Trent?*

Er nahm ein Pflaster aus seinem Toilettenbeutel und klebte es auf Jays Handballen. Sie sagte: »Danke, Trent.«

»Richard«, verbesserte er. »Richard O'Neill. Sie haben morgen einen langen Tag vor sich, Miß Li. Sie sollten jetzt schlafen gehen. Ich bleibe noch eine Weile auf.«

Sir Euan Wiley war wach und erwischte den Hörer vom Telefon neben dem Bett schon beim zweiten Klingeln. Philip war am Apparat und forderte ihn auf, umgehend zum Firmengelände des Hauses Li herunterzukommen. Nein, es dulde keinen Aufschub.

Wiley hatte die letzte Stunde damit verbracht, über alles nachzudenken, war aber zu keinem Entschluß hinsichtlich seiner nächsten Schritte bezüglich des Berichtes über Jay Li gekommen. Daß Li ihn jetzt zu sich bestellte, kam ihm äußerst ungelegen. Ein Uhr morgens war eine ziemlich ungewöhnliche Uhrzeit. Er zog sich ein Polohemd und eine leichte Hose an, schlüpfte in schwarze Lederslipper und ging über die Hintertreppe zur Garage hinunter.

Der Mini des Kindermädchens fiel weniger auf als die anderen Wagen, und er hatte bereits seine Hand an dessen Türgriff, als er es sich anders überlegte. Mit einem Kopfnicken grüßte er die Wache, ging die Treppe wieder hoch in die Bibliothek und wählte die Privatnummer Philip Lis.

»Philip, verzeih mir, aber ich hatte am späten Abend noch diesen verfluchten Rechtsanwalt aus Australien bei mir – ehrlich gesagt, ist der Tag für mich gelaufen. Ich bin sechzig, und – Herrgott noch mal – wir haben alle einen ziemlich anstrengenden Tag hinter uns. Wir treffen uns in der Kirche.«

Er legte auf, schaute hoch und sah seine Frau, die ihn von der Tür her beobachtete. »Philip bat um ein Gespräch. Ich sagte ihm, ich hätte jetzt nicht mehr die Kraft dazu.«

»Das ist ja etwas völlig Neues«, meinte sie. »Ich dachte, nur für mich hättest du keine Kraft mehr.«

In den Monaten ihrer verbotenen Liebe hatte er den harten Zug um ihren Mund nie bemerkt. Zu jener Zeit hatte er sich selbst auch nie für eine besonders gute Partie gehalten. Jetzt galt es, an die Kinder zu denken. Die Kinder mußten immer als erstes kommen. Er sagte: »Dieser Piratenüberfall hat uns alle durcheinandergebracht. Du wirst sehen, nach dem Begräbnis wird alles besser.«

»Es könnte wohl kaum noch schlimmer kommen.«

»Das denke ich auch«, sagte er.

28

In der Finanzwelt gab es wichtige Leute, die Sir Euan Wiley als Lis Pudel bezeichneten. Sie irrten sich. Sir Philip konnte Hunde nicht ausstehen. Er hatte Euan ausgesucht und aufgebaut, weil sie beide den gleichen Humor hatten und weil die Schüchternheit des Schotten Unvorsichtige dazu verleitete, seine Intelligenz zu übersehen. Darüber hinaus war Euan hartnäckig und angesehen. Doch vor allem war er ein armer Cousin, und die kämpften am härtesten darum, sich vor der Familie zu bewähren.

Robert war für das Begräbnis extra hergeflogen. Um ein Uhr nachts war ein Treffen mit Timothy Brown im Kontor angesetzt. Philip hatte sich gewünscht, daß Euan mit dabei wäre, aber seine Abwesenheit war eigentlich nicht weiter von Belang. Li fragte sich, welcher Rechtsanwalt ihn wohl so spät noch besucht haben mochte. Euan hatte nie gelernt, klare Grenzen zwischen seinem Geschäftsleben und den übrigen Bereichen seines Lebens zu ziehen. Sir Philip dachte an seine Glassammlung, seine Teppiche und seine Gemälde und meinte zu seinem Sohn: »Wir können uns glücklich schätzen, daß wir auch noch andere Interessen haben, Robert.«

Der Hafen von Hongkong kam nie zur Ruhe. Einen Augenblick lang standen die beiden Männer da und bewunderten die Lichter, die von den großen, vor Anker liegenden Schiffen und von den herumhuschenden Barkassen und Dschunken, die ihren nächtlichen Aktivitäten nachgingen, herüberleuchteten. Die schwere und heiße, salzige Luft war Robert fremd, die bedrückenden Gerüche, die aus dem verschmutzten Wasser stiegen, ebenfalls. Mit einem Batisttaschentuch betupfte er sich die Lippen, als wolle er sich vor dieser Luft beschützen.

Sir Philip lächelte, als er sich daran erinnerte, wie er selbst vor so vielen Jahren heimgekehrt war. »Du wirst dich bald daran gewöhnt haben«, meinte er und führte seinen Sohn am Kai entlang zum Kontor.

Außerhalb der normalen Bürostunden wurde das gesamte Personal, unabhängig von der Position, nur von den Sicherheitskräften herein- und hinausgelassen. Seinen eigenen Schlüssel für die großen Türen zu benutzen, war eine der vielen kleinen Freuden, die Sir Philip daraus zog, daß ihm das alles gehörte. Die Wache, die während ihrer Ausbildung auch auf die Eigenarten Sir Philips vorbereitet worden war, grüßte und trat zur Seite.

Der Finanzier schnupperte erfreut die kühle, trockene Luft im Inneren des Kontors, die ihm genauso vertraut war wie das Kreisen der Ventilatoren über ihren Köpfen. Früher hätte ihn das Rattern der Fernschreiber empfangen, jetzt jedoch war nur das zischende Geräusch des Papiers zu hören, das aus einem Laserdrucker herausglitt. Wie immer hatte das halbe Dutzend Marktbeobachter seine Jacken ausgezogen. Einer von ihnen hatte sogar die Füße auf den Schreibtisch gelegt und wäre fast nach hinten gekippt, als er Sir Philip entdeckte.

Sir Philips Lächeln wirkte verschwörerisch, als er den Mitarbeitern zunickte, die von ihren Terminals aufschauten. Er wußte, daß dies eine Nacht war, an die sich jeder von ihnen erinnern und von der noch lange nach seinem Abgang in eine andere Welt jeder in allen Einzelheiten berichten würde.

Mit dem Fahrstuhl fuhren sie in sein Büro hoch, und er sagte seinem Sohn, er solle im ledergepolsterten Kapitänssessel Platz nehmen, der am Doppelschreibtisch stand. »Gewöhn dich daran, Robert.«

Robert schaltete den Laptop seines Vaters ein, und Sir Philip führte ihn durch die Paßwörter und Codes, die ihm den Zugriff auf seine Daten ermöglichten.

»Laß uns als erstes diese Gemeinheit, die sich Brown ausgedacht hat, zum Abschluß bringen.«

Timmy Brown nahm ein Taxi quer durch die Stadt, um zu seinem Treffen mit Sir Philip zu gelangen. Jetzt war alles gelaufen, aber er rief sich noch einmal ins Gedächtnis zurück, wie es angefangen hatte. Mit geschlossenen Augen hatte er unter dem riesigen Chinesen gelegen und gespürt, wie dessen Finger die Rückseite seines Halses entlangwanderten. Für einen so muskulösen Mann waren sie ungeheuer sanft gewesen. Doch diese Sanftheit hatte etwas so Grausames an sich, daß er hätte schreien können. Den Versprechen, ihn zu lieben und ihm treu zu sein, hatte die gleiche Grausamkeit innegewohnt. Dann öffnete sich die Tür, Blitzlichter flackerten, und das Gewicht des Chinesen verschwand von seinem Rücken.

Timmy hatte die Decke an seine Brust gepreßt, während einer der Eindringlinge den Fernsehapparat anstellte. Der Bildschirm flackerte, dann sah man Bilder vom Bett – und von Timmy Brown mit dem Chinesen, der sich ihm mit so großem Feingefühl an der Bar genähert hatte.

»Sie werden uns einen Gefallen tun«, sagte einer der Männer.

Timmy Brown hatte als Zeichen seiner Gehorsamkeit den Kopf gesenkt – und gewußt, daß es Wong Fus Männer waren.

Nur wenige Menschen, die ihn von früher her kannten, hätten ihn für einen tapferen Mann gehalten, aber er war mit seiner Furcht gewachsen. Erst als er den letzten Draht am Telefon von Sir Philips Arbeitszimmer anbrachte, hätte er fast vor seiner Angst kapituliert. Er hatte bereits den Konferenzraum und Sir Philips Büro mit Abhörvorrichtungen versehen, ebenso das Telefon in seinem Büro. Nach diesem letzten Stück Draht würde er Wong Fu nicht weiter nützlich sein müssen. Er hatte sich den Schweiß mit dem Ärmel von der Stirn gewischt, weil er wußte, daß diese Schaltung seinem Todesurteil gleichkam.

Nur das Überlaufen von Ching und Rudi Beckenberg hatte ihn gerettet. Danach hatte ihn Wong Fu nämlich wieder gebraucht, um Verbindungen zwischen dem Kontor und Wong Fus eigenen Computern zu installieren.

Timmy gehörte zu den Besten seines Fachs. Er hatte gute Arbeit geleistet, aber jetzt wurde er ins Kontor bestellt, und damit war die Sache beendet. Er hatte seinem Kontaktmann innerhalb der Wong-Fu-Organisation von dem Treffen berichtet. Dann hatte er sich aus seiner Wohnung geschlichen und war in der Menge untergetaucht.

Er zog einen kleinen, aber leistungsstarken Sender aus seinem Nylonrucksack und wies den Taxifahrer an, über die Connaught Road zu fahren. Als sie am Wong-Fu-Gebäude vorbeikamen, öffnete er das Taxifenster, schaute an der Glaspyramide hoch und stellte sich vor, wie der Finanzier gerade an seinem Schreibtisch saß. Er lächelte, als er auf den Knopf des Senders drückte, mit dem das Signal ausgelöst wurde.

Am Eingang des Firmengeländes des Hauses Li bezahlte er den Taxifahrer, nickte der Wache zu und betrat das letzte Mal das Kontor. Einige der Marktbeobachter schauten hoch, und er grinste sie einfältig an. Bevor er das Büro Sir Philips betrat, klopfte er. Er dachte daran, daß Wong Fu alles mithören würde.

Sir Philip nahm Timmys Hände und hielt sie mit seinen warmen Händen fest, während er den jungen Kalifornier mit einem prüfenden Blick bedachte. »Wie geht es Ihnen?«

Timmy sagte, es sei alles in Ordnung.

»Gut. Hervorragend ...« Der Finanzier wandte sich an seinen Sohn und erklärte: »Du lernst meine Geheimwaffe kennen – Timothy Brown. Mein Sohn Robert.«

Sir Philip schob Timmy zum Beistelltisch, auf dem Miß James eine Flasche Champagner auf Eis und drei schmale Sektgläser abgestellt hatte. »Es ist Ihr Sieg, Timothy. Ich bin Ihr Gast.«

Wong Fu hatte zwei Männern befohlen, sich einen australischen Rechtsanwalt zu schnappen, der auf einen Besuch bei Wiley gedrängt hatte, um etwas im Zusammenhang mit dem Begräbnis zu klären. Einer der Männer lag jetzt mit einer schweren Gehirnerschütterung und einem leichten Schädelbruch im Krankenhaus. Nicht einmal der Polizei wurde erlaubt, ihn innerhalb der nächsten vierundzwanzig Stunden zu sprechen. Der zweite Mann war spurlos verschwunden, und Wong Fu war sowieso schon in Rage, als Timmy Brown in Sir Philips Büro behutsam die Korken löste. Seit George Ross mit dem Flugzeug aus London eingetroffen war und die erpresserische Forderung mitgebracht hatte, Wong Fu solle der vorgetäuschten Beerdigung beiwohnen, war er die ganze Zeit über wütend gewesen.

Diese Irritationen waren allerdings nur vorübergehender Natur und im Vergleich zur baldigen Vernichtung des Hauses Li belanglos. Wong Fu hatte beschlossen, seine Falle unmittelbar nach dem Begräbnis zuschnappen zu lassen.

Als er das leise Knallen des Korkens hörte, der in seinem Penthouse genauso deutlich zu vernehmen war wie in Sir Philip Lis Büro, war er eher verwirrt als besorgt.

»Veuve Cliquot. Ein guter Jahrgang, 1982«, sagte Sir Philip. »Timothy, setzten Sie sich und erzählen Sie Robert, wie Sie es gemacht haben.«

Wut ließ Wong Fus Gesicht rot anlaufen, seine Narbe pulsierte, die Schultermuskeln spannten sich, die Hände schienen sich gegenseitig zermalmen zu wollen, als er zuhörte, wie der Amerikaner jeden Schritt seiner Überwachungsaktivitäten in allen Einzelheiten darlegte und alle Sender, die Abhörvorrichtungen in den Telefonen und die Aufzeichnungsgeräte aufzählte, die er auf Anweisung von Wong Fus Männern installiert hatte.

»Erzähl ihm den letzten Akt, das ist nämlich der beste«, bat ihr Sir Philip und lachte mit einem fast kindischen Glucksen in sich hinein.

Es war fünf vor halb drei, und Wong Fu mußte mit anhören, wie Timothy kicherte. »Ich habe seinen Computer manipuliert. Sobald er eine Taste berührt, aktiviert er einen Virus, der seine Programme und seine Festplatten löscht. Er hat zwar seine Sicherungskopien, aber selbst ein sehr guter Mann wird einige Tage benötigen, um das wieder in Ordnung zu bringen.«

Wong Fu stand wie erstarrt an seinem Schreibtisch, als der alte Li für seinen Sohn die ganzen Falschinformationen auflistete, die er in den letzten Monaten in Wong Fus Computersystem eingespeist hatte. Am verheerendsten waren die Lügen, die er an Beckenberg und Sheila Ching weitergegeben hatte. Auf diesen Informationen basierte Wong Fus entscheidender Angriff. In wütender Verzweiflung drehte er sich zu seiner Tastatur um, aber seine Finger erstarrten. Ohne seine Computer hatte er nichts. Nicht eine einzige Information existierte auf Papier.

Er packte sich einen Notizblock und begann, aus dem Gedächtnis seine vielen Beteiligungen aufzulisten. Seine Handschrift war langsam und häßlich, und sogar ein erster Anfang würde die ganze Nacht beanspruchen. Es hatte keinen Zweck. Die Wut explodierte förmlich in ihm, und er ließ beide Fäuste auf die nächstbeste Tastatur krachen. Das Plastik zersplitterte, und er hieb auf die nächsten Tasten ein. Krach! Krach! Krach! – Insgesamt waren es vier. Er warf den Sessel um und stürmte zum Fenster, von dem aus er über die Stadt zum Firmengelände des Hauses Li blicken konnte. Er hätte den alten Li direkt zu Beginn umbringen sollen. Doch statt dessen hatte er damit gewartet und alle möglichen Pläne geschmiedet, um das viel tiefere und länger anhaltende Vergnügen auszukosten, das mit der Rache verbunden war.

»Die zweite Million«, sagte Sir Philip und reichte Timmy den Umschlag mit der Zahlungsanweisung.

Die erste Million wurde von einer Li-Bank treuhänderisch für Timmys Eltern, seinen Bruder und seine Schwester verwaltet. Diese Million hier war für ihn selbst und seinen Partner in San Francisco. Mit fortschreitender Krankheit würde es auch ihnen an nichts fehlen.

»Ich habe noch einige Anregungen beigefügt, ferner ein Schreiben, das Ihnen den Kontakt zu einem freundlichen Bankier auf den Bermudas eröffnet«, meinte Sir Philip. Dann fügte er hinzu: »Ich wünschte nur, daß es noch irgend etwas anderes gäbe, das ich tun könnte.«

Es gab nichts, was irgend jemand bei Aids tun konnte. Timmy grinste gequält und machte eine kleine Verbeugung, so daß er dem Finanzier einen Blick von der Seite aus zuwerfen konnte. »Meistens hat es Spaß gemacht. Ist es jetzt okay, wenn ich die Wanzen wieder entferne?«

Das Klingeln des Telefons hatte in der Stille des Büros im Penthouse die gleiche Wirkung wie eine Detonation. Mit einem wütenden Knurren griff Wong Fu zum Hörer. Es war der Sohn, und nicht der alte Li.

»Ich werde morgen die Leitung des Hauses Li übernehmen«, sagte Robert mit der gleichen Höflichkeit, die sein Vater immer an den Tag legte. »Es gibt da einige Dinge, die wir miteinander besprechen müssen. Wären Sie vielleicht so freundlich, nach dem Begräbnis unserem Kontor einen kurzen Besuch abzustatten?«

Sir Philip war zufrieden, als er seinen Sohn beobachtete. Wong Fu zu vernichten würde Roberts erstes Werk als Leiter des Hauses Li sein. Sie hatten alles gut geplant, und sobald das über die Bühne war, würde es in der Finanzwelt bezüglich Roberts Kraft keine Zweifel mehr geben. Gut, Trent und das Mädchen, die gab es noch, aber die beiden würden sich zufriedengeben, sobald diese lächerliche Farce einer Beerdigung hinter ihnen lag. Seine Männer würden sie finden. Doch Robert brauchte sich nicht darum zu kümmern. Sir Philip selbst wollte diese Sache in die Hand nehmen, und auch um diesen schwächlichen Narren George Ross mußte er sich kümmern. Letzteres jedoch sollte er besser in England erledigen, wo es nur wenig Aufmerksamkeit erregen würde. Ein Raubüberfall vielleicht oder ein Verkehrsunfall.

Er schaute auf seine Uhr und berechnete den Zeitunterschied. Man würde das Gold bald einladen. Sein Manager in Genf sollte den Transport bis zur Empfängerbank begleiten. Trent und das Mädchen waren wirklich naiv, daß sie nicht begriffen, über welche Macht das Haus Li verfügte.

Der Fahrer setzte mit dem Lastwagen der Sicherheitsfirma rückwärts in die Ladebucht der Bank. Vier Angestellte der Bank luden das Gold ein, drei Männer der Sicherheitsfirma stapelten es. Der Bankier, der sich mit Sammi Samuelson über die Einzelheiten des Transfers geeinigt hatte, war der vierte Mann im Lieferwagen. Er und die Männer von der Sicherheitsfirma trugen alle grüne Overalls und Sturzhelme. Zwei Stunden auf der Ladefläche eines Lastwagens Goldbarren zu überprüfen war eine überaus erfreuliche Sache, wenn einem dafür zehn Prozent von fünfzehn Millionen Schweizer Franken bezahlt wurden.

Fünfzehn Millionen machten einige Unterschriften erforderlich, doch irgendwann war es schließlich soweit. Das Stahltor zur Straße schob sich in die Höhe, vorsichtig bewegte sich der Lastwagen in den regen Verkehr Genfs hinein. Sobald sie das Gebäude verlassen hatten, rief der Bankier über sein Mobiltelefon die Bank an und gab den Code durch, mit dem die Anleihe und der unmittelbare Transfer des Geldes auf das Konto eines privaten Trusts bei einer Bank in Nassau genehmigt wurde.

Die Transaktion dauerte eine Minute und vierzehn Sekunden. Das Eintreffen des Geldes auf dem Treuhandkonto aktivierte ein Computerprogramm, mit dem das Geld nach dem Zufallsprinzip alle zweiundvierzig Sekunden durch eine ganze Reihe von Nummernkonten in fünf verschiedenen Ländern wanderte.

Der Fahrer des gepanzerten Lastwagens hatte Anweisungen bezüglich seiner Route durch Genf bekommen, das Ziel der Fahrt hingegen war ihm noch unbekannt. Zehn Minuten nach Beginn der Fahrt wurde es ihm über Funktelefon durchgegeben.

Zweiundzwanzig Minuten nach Verlassen der Bank, von der das Gold stammte, setzte der Lieferwagen rückwärts in die Ladebucht der Empfängerbank zurück. Das Geld war mittlerweile bereits fünfundzwanzigmal umgebucht worden; das Programm hatte eine kodierte Nachricht an einem für die Öffentlichkeit zugänglichen Ort hinterlassen und sich dann selbst gelöscht.

Acht Minuten später betrat ein Bevollmächtigter des Hauses Li das Büro des Präsidenten der Empfängerbank. Die beiden Männer verbeugten sich voreinander und schüttelten sich die Hände, aber der Gesandte Lis hatte es eilig, und sie tranken auch keinen Kaffee. Das Haus Li hatte fünfzehn Millionen Schweizer Franken in Goldbarren bezahlt und wollte, daß der Bestimmungsort ermittelt wurde. Es gab keinen Grund, dem Vorsitzenden zu drohen oder ihn überreden zu wollen, denn das Haus Li war als potentieller Kunde viel zu bedeutsam. Der Präsident ließ den Vizepräsidenten kommen, der für die Ausführung der Transaktion verantwortlich war.

Der Vizepräsident gab sich ausgesprochen kleinlaut. Hätte er doch nur gewußt, daß das Haus Li an der Sache beteiligt war! Das war ihm natürlich unbekannt gewesen, und es tat ihm daher fürchterlich leid, aber der Großteil der Gelder war nach Nassau gegangen. Das Gold im Lastwagen hatte er überprüft.

Ja, das Ganze war ungewöhnlich und auch äußerst unglücklich gelaufen.

Ein Mr. Samuelson hatte die Sache eingefädelt – seinem Paß nach zu urteilen war er ein lateinamerikanischer Gentleman, allerdings mit Verbindungen nach Moskau. Die näheren Einzelheiten des Transfers befanden sich im Büro des Bankiers im vierten Stock. Obwohl es gegen die Bankvorschriften verstieß... Das Haus Li war eine so geschätzte und angesehene Institution, daß der Bevollmächtigte ihn doch einfach eine Treppe höher begleiten sollte...

In Nassau verbrachte der Repräsentant des Hauses Li zehn Minuten bei Fachleuten für das Rechnungswesen und die Buchhaltung der Bank, in der das Geld zuerst eingegangen war. Als Realist wußte er, wann er geschlagen war, und machte sich nicht die Mühe, danach zu fragen, wie der private Trust hieß, der das Computerprogramm aktiviert hatte. Das Geld konnte sich auf einem Konto befinden oder mittlerweile auf eintausend Konten in fünfzig verschiedenen Ländern verstreut worden sein.

Miß Jasmine Lis Grab war auf halber Höhe des leicht geneigten Friedhofsgeländes ausgehoben worden. Die Elite Hongkongs mit Vertretern aller Rassen und religiösen Glaubensrichtungen wohnte dem Begräbnis bei, und es gab genauso viele Polizisten, private Sicherheitskräfte und Leibwächter wie Trauergäste.

Der australische Rechtsanwalt Richard O'Neill schnitt Sir Philips Sekretärin den Weg ab, als diese dem Finanzier von den Limousinen hoch zum Grab folgte. Durch die Nähe zur Macht ganz unterwürfig, raunte er Miß James zu, daß er von einem Mr. Trent als Anwalt beauftragt sei, sich um alle Angelegenheiten bezüglich des Vermögens und des Nachlasses der Verstorbenen zu kümmern. Er reichte ihr eine selbstverständlich gravierte Geschäftskarte mit der Liechtensteiner Adresse seiner Anwaltskanzlei und bat sie, ganz kurz mit Sir Philip sprechen zu dürfen.

Eine Kombination aus eifrigem Bemühen und den Jahren seines Aufenthaltes in Europa hatten den australischen Akzent des Mannes abgeschwächt, aber verglichen mit dem Etoner Englisch, das Sir Philip Li sprach, war sein Akzent noch immer in peinlicher Weise auffällig.

Er entschuldigte sich mit vielen Worten dafür, Sir Philip in seinem Kummer zu stören, aber er begleite eine Großtante mütterlicherseits aus der Familie der Verschiedenen, die sich nur sehr ungern am Grab einfinden wolle, wenn Sir Philip ihr das nicht ausdrücklich erlaube.

In der Hoffnung, daß Sir Philip Verständnis zeige, wolle er ihm noch eine weitere Sache unterbreiten...

Verlegen blinzelte der Rechtsanwalt ins grelle Sonnenlicht und legte sein Problem dar. Es schien nämlich einen Versuch gegeben zu haben, den Verbleib von Geldern der Verstorbenen zu ermitteln. Dieser Versuch war natürlich erfolglos verlaufen, aber trotzdem war er ausgesprochen unpassend gewesen. Er hoffe, daß Sir Philip ihm versichere, daß sich so etwas nicht noch einmal wiederhole.

Die blasser gewordenen Lippen Sir Philips waren das einzige sichtbare Zeichen seiner Wut. Er entnahm der Tasche seines dunkelblauen Anzugs ein schlankes Notizbuch mit goldenen Ecken und ließ die Geschäftskarte des Australiers hineingleiten.

»Ich bin froh, daß Sie dafür soviel Verständnis aufbringen«, sagte Richard.

Jay Lis Großtante war klein, wirkte in ihrem schwarzen Kostüm ein wenig unförmig und trug dazu noch einen altmodischen schwarzen Hut und einen Schleier. So schüchtern Richard O'Neill sich auch gegenüber dem Großvater verhalten hatte, so eifrig war er jetzt um das Wohlergehen der älteren Dame bedacht, als er sie den Hang hoch durch die Trauergemeinde zum Grab begleitete.

Mit tiefem Respekt vor dem Verlangen Sir Philips, in seinem Kummer nicht gestört zu werden, steuerte der Rechtsanwalt die Großtante zu der Sir Philip Lis kleiner Gruppe gegenüberliegenden Seite des Grabes. Er verbeugte sich vor Robert Li, der neben seinem Vater wartete; Miß James und Sir Euan Wiley standen hinter den beiden. Dem wachsamen Richard war der alte Leichenwagen nicht entgangen, der auf dem Gras zurückgelassen worden war. Auch nicht weiter oben eine Chinesin an einem Grab, ihr Motorroller stand am Straßenrand.

Wong Fus Cadillac glitt durch die Friedhofstore. Drei seiner Männer eskortierten den großen Chinesen. Das Sicherheitspersonal und die Trauergäste schienen den Atem anzuhalten, als die bitteren Rivalen einander gegenüberstanden. Die beiden Männer zögerten einen Moment, bevor sie sich die Hände schüttelten, aber dann war es doch vollbracht, und sie wandten sich wieder zum Grab, an dem sechs Sargträger den Sarg mit den elektrisch betriebenen Hebegurten herunterließen.

Ein peinlicher Augenblick entstand, als der kurzsichtige Bischof zwischen dem Plastikgras nach Erde suchte, mit der er seine kleine Silberschaufel hätte füllen können. Der Friedhofsdirektor hüstelte, um auf sich aufmerksam zu machen, und reichte ihm einen passenden Eimer mit trockenem Mutterboden, der für die Enkelin eines Prominenten und Wohltäters sehr gut geeignet war.

Charley Smith beobachtete, wie der Bischof Erde auf den Sarg streute. Die Schaufel funkelte im Sonnenlicht, als der Präsident sie an Sir Philip Li weiterreichte. Der Friedhofsdirektor beeilte sich, ihm zu Hilfe zu eilen. Danach war Wong Fu an der Reihe.

Charley verfolgte aufmerksam, wie der große Chinese die Schaufel in den kleinen Eimer hineinschob. Er hatte begriffen, was es mit der Chinesin auf sich hatte, und Paddy hatte ihm auch gesagt, wie er die Angelegenheit geregelt haben wollte. Es war noch viel Zeit. Also wartete Charley ruhig und ohne das geringste Zeichen von Nervosität.

Einige unter den chinesischen Trauergästen ahnten nichts davon, daß Wong Fu an dem Piratenüberfall und an der Entführung beteiligt war. Die Stille verstärkte sich, als er an das

Grab trat. Das Geräusch der von der winzigen Schaufel herunterfallenden Erde wirkte entsetzlich laut.

Charley schob sich ein wenig nach vorne. Das Gewehr lag in seiner Hand, das Geschoß war ausgehöhlt und mit Quecksilber gefüllt worden. Er würdigte die Waffe keines Blickes. In den fünfundzwanzig Jahren, in denen er diese schmutzige Arbeit machte, hatte er noch nie ein Ziel verfehlt. In seinem Gewerbe kannte man ihn unter dem Spitznamen *Sin*, einer Abkürzung von *sin error*, was auf spanisch soviel bedeutete wie fehlerlos. Man munkelte, er sei Spanier oder Lateinamerikaner. Jetzt rollte er sich in dem alten Leichenwagen nach links durch die mit Scharnieren versehene Seite des Sockels für den Sarg ins Freie und kam wie ein Athlet in der Hocke auf. Der Leichenwagen verbarg ihn vor den Blicken der Trauergemeinde. Er hob das Gewehr und drückte ab.

Die Chinesin, die weiter oben an einem Grab gestanden und gebetet hatte, trat kurz auf die Bremse, als sie mit dem Motorroller am Leichenwagen vorbeifuhr. Charley sprang rittlings auf den Soziussitz. Der Tachometer des Motorrollers zeigte gemütliche zwanzig Stundenkilometer an, als die beiden die Tore am Friedhofseingang passierten. Charley hatte sein Gesicht eng an den Rücken der Frau gepreßt. Er trug eine Pfadfinderuniform. Die beiden sahen aus wie eine Mutter mit ihrem Sohn auf dem Weg zu einem Pfadfindertreffen.

Die Kugel traf Wong Fu genau in die Mitte seiner Stirn und riß seinen Kopf nach hinten. Seine Knie knickten nach vorne weg, wie in Zeitlupe stürzte er in Miß Jasmine Lis Grab.

Die Polizisten und Leibwächter riefen sich etwas zu, die Trauergemeinde stob auseinander. Schrille Pfeifen und kreischende Sirenen ertönten. Sogar ein paar unschöne Schreie waren zu hören, als sich das stille Ereignis in ein Chaos verwandelte.

Zunächst wirkte Sir Philip Li wie betäubt, als ob das Alter ihn schließlich doch besiegt hätte. Sein Verstand jedoch arbeitete im gewohnten Tempo. Er blickte von der Leiche seines Rivalen hoch und sah über das Grab hinweg den australischen Rechtsanwalt und Jays unförmige Großtante aus San Francisco an.

Die Tante hob ihren Schleier. Seine Enkelin war es, die ihm gegenüberstand. Sie lachte ihn aus. *Lachte* ihn aus! Seine Wut war wie Feuer, steigerte sich mit jeder Sekunde. Er konnte ihrem Blick nicht ausweichen, nicht einmal als die sengende Hitze aus seinem Herz herausplatzte und in sein Gehirn hochschoß.

»Wir können jetzt gehen«, sagte Jay ruhig. Auf dem Weg zu ihrer Limousine legte sie ganz leicht ihre Hand auf Richard O'Neills Arm.

»Zuerst ins Hotel«, befahl Richard dem Fahrer. Sie hatten den Flug um 19 Uhr 46 nach Tokio gebucht, es gab also keinen Grund zur Eile.

Vor ihnen blickte Charley auf seine Uhr. Die Frau steuerte den Motorroller mit großem Geschick im Zickzack durch den Verkehr Hongkongs. Charley würde rechtzeitig im Hotel sein, um die Drei-Uhr-Nachrichten im Fernsehen verfolgen zu können. Er war zwar hundertprozentig vom Erfolg seiner Arbeit überzeugt, aber er liebte es, als Zuschauer daran teilzuhaben.

Epilog

Als Australierin der dritten Generation war Laura Sing in psychologischer Hinsicht ungefähr so chinesisch wie ein Elefant. Sie hatte die drei Tage in Hongkong in vollen Zügen genossen und auch einige Zeit damit verbracht, über Richard O'Neill nachzudenken. Die meisten Menschen, die sie kannte, hatten den gleichen Beruf wie sie und neigten zu mangelndem Selbstvertrauen – vielleicht, weil es so wenig verfügbare Rollen gab. Aus dem gleichen Grund war Loyalität nicht gerade deren Stärke. Dazu kam, daß die meisten Männer in diesem Umfeld narzißtisch veranlagt und egozentrisch waren.

Laura hatte bei Richard O'Neill eine Kraft und eine Zielstrebigkeit gespürt, die etwas völlig anderes war. Trotzdem hätte sie den Job nicht angenommen, wenn sie nicht gewollt hätte, daß irgend etwas passierte. Das hätte ihr nicht entsprochen. Die Umstände waren ideal. Doch sie war sich überhaupt nicht sicher, was dabei herauskommen würde.

Ihr Flugticket besagte, daß sie erster Klasse über Tokio nach Dallas flog, was ihr Zutritt zur Monarch Lounge verschaffte. Am Kiosk in der Eingangshalle des Hotels hatte sie sich die Ausgabe des *Vanity Fair* von diesem Monat besorgt und saß jetzt scheinbar lesend da, genau wie auf der Bühne, wenn sie auf das richtige Stichwort wartete.

Richard O'Neill und eine junge Chinesin betraten die Monarch Lounge. Richard zeigte ihre Tickets an der Rezeption vor. Die Chinesin trug ein beigefarbenes Reisekostüm aus einem Baumwoll-Seide-Gemisch und einen breitkrempigen Hut, der ihr Gesicht beschattete. Sie hatte eine teure blaue Reisetasche dabei und eine dazu passende Schultertasche mit Kaninchendesign, die ungewöhnlich genug war, um ihre Eigentümerin mit einem unverwechselbaren Kennzeichen auszustatten. Sie und Laura hatten ungefähr dasselbe Alter und denselben Körperbau. Laura nahm an, daß sie für jemanden, der kein Chinese war, recht ähnlich aussehen mußten.

Jay stand neben Trent am Empfang und schaute sich in der Monarch Lounge um. Ein halbes Dutzend Chinesinnen ungefähr ihres Alters hielten sich in der Eingangshalle auf, und sie fragte sich, welche von ihnen wohl ihr Double sein mochte. Überrascht stellte sie fest, daß es ihr nicht völlig egal war. Sie berührte Trent am Arm. Er blickte sie an, aber sie nickte ihm nur zu und ging zur Hoteltoilette.

Als die beiden jungen Frauen ihre Kleidung getauscht hatten, betrachteten sie sich in der engen Kabine mit prüfenden Blicken. Sie waren sich unsicher, wie sie sich verhalten sollten, aber dann flüsterte Jay Laura ein Dankeschön zu, und Laura meinte, alles sei in bester Ordnung und sie freue sich sehr.

Richard hatte gesagt, sie sollten gemeinsam aus der Toilette kommen. Laura schwenkte die Schultertasche hin und her, als sie die Lounge durchquerte, und fragte an der Bar nach einem Glas Orangensaft. Sie blickte zu Richard hinüber. »Einen Kaffee, bitte, Jay«, sagte er.

Robert Li, Euan Wiley und Miß James saßen in einem privaten Wartezimmer im Krankenhaus. Robert diktierte eine Verlautbarung für die Banken. Er sprach im gleichen ruhigen, höflichen Stil wie sein Vater: »Die jüngsten Gerüchte über das Haus Li waren ein Ergebnis der Feindschaft zwischen Sir Philip Li und Mr. Wong Fu. Die Leitung des Hauses Li wurde inzwischen von Mr. Robert Li übernommen. Um alle Unsicherheiten bezüglich der Zukunft des Hauses Li auszuräumen, hat Mr. Robert Li beschlossen, mit der Tradition zu brechen und den Wert der realisierbaren Beteiligungen des Hauses Li anzugeben. Am Ersten des Monats betrug er elf Milliarden Dollar. Entsprechende Wertzertifikate werden legitimen Interessenten zur Verfügung gestellt. Das Haus Li verfügt darüber hinaus über Bankeinlagen im Wert von elf Millionen Dollar.

Mr. Robert Li beabsichtigt, zur alten Tradition des Hauses Li zurückzukehren und nur unter Verwendung eigener Finanzmittel zu expandieren. Alle gegenwärtig bestehenden Bankdarlehen werden daher innerhalb von dreißig Tagen zurückgezahlt. Ferner ist von ihm beabsichtigt, zur Stabilisierung des Marktes beizutragen, indem auch die mit Mr. Wong Fu verbundenen und größtenteils beim Haus Li tief verschuldeten Unternehmen zukünftig der Leitung des Hauses Li unterstehen.«

Der Herzspezialist kam zurück, und Euan Wiley beobachtete, wie Robert sich mit gedämpfter Stimme mit ihm unterhielt.

Schließlich ging er wieder, und Robert fuhr ruhig fort: »Lassen Sie die Schreibtische von Beckenberg und Sheila Ching unter Verschluß stellen. Beobachten Sie ihre Wohnungen. Alle Schriftstücke und ihre Computer kommen in den obersten Stock. Die beiden werden dagegen nichts einzuwenden haben. Informieren Sie alle unsere Handelspartner darüber, daß wir ihnen mit großem Mißtrauen begegnen werden, sollten sie einen der beiden bei sich einstellen. Ich möchte auch, daß ihre Banken benachrichtigt, ihre Konten geschlossen, ihre Kreditkarten eingezogen werden. Und jetzt noch ein Wort zu diesem Rechtsanwalt, O'Neill ...«

»Den gibt es gar nicht«, unterbrach ihn Euan. Der Sohn hatte mehr von Philip, als er erwartet hatte. Er fühlte sich ein wenig unbehaglich, als er sich an Miß James wandte, wußte aber, daß es seine Pflicht war.

»Der Brief an die Banken sollte in meinem Namen abgeschickt werden. Sobald er getippt ist, werde ich ihn unterschreiben.

Mord, versuchter Mord, Verschwörung in betrügerischer Absicht – das alles ist in dieser Akte enthalten, Robert. Trent hat sie mir letzte Nacht gebracht. Sie wird an die Behörden gehen müssen, wenn Ihnen das Ganze nicht plausibel erscheint. Ich schlage vor, der größte Teil des persönlichen Nachlasses sollte auf verschiedene Wohltätigkeitseinrichtungen aufgeteilt werden.«

Trent beobachtete, wie die richtige Jay Li am Flughafen Tokio von Bord ging. Ein Angestellter der American Airlines wartete auf sie, um sie zum Flug der AA nach Dallas zu bringen. Jay spazierte die Rampe hoch und schien sich sehr gut unter Kontrolle zu haben. Er hatte sie noch davor warnen wollen, daß es jetzt gefährlich für sie war, sich abzuschotten und allen Menschen ihrer Umgebung mit Mißtrauen zu begegnen, aber er konnte nicht gut mit Worten umgehen. Sie hatten sich nicht einmal voneinander verabschiedet.

Tanakas Freunde von der Polizei waren ebenfalls gekommen, verbeugten sich, schüttelten Hände, teilten Trent mit, die *Golden Girl* stehe bereit. Für die Fahrt nach Kioto warte draußen ein Wagen auf ihn. Einer von Trents Begleitern hatte bei der Überführung des Katamarans von den Philippinen zur Mannschaft gehört, stellte ihm eine Reihe technischer Fragen und wollte wissen, auf welchem Kurs er nach Sydney segeln würde. Trent hatte sechs Wochen für die Reise veranschlagt. Sechs Wochen, in denen die richtige Jay Li sich an ihre neue Persönlichkeit anpassen konnte.

Laura ließ ihre Hand von seinem Arm gleiten. Er blickte einen Augenblick auf sie herunter, dann wieder nach vorne über das Rollband hinweg zu Jay Li hinüber. In diesem Augenblick schaute sie sich um, lächelte, zuckte kurz mit den Schultern, dann war sie verschwunden.

Dieses verdammte Mädchen, wie dumm von ihr, ein so überflüssiges Risiko einzugehen! Er hatte ihr doch gesagt, sie solle sich nicht umschauen.